Martha Waters

Wie man einen Lord gewinnt

Roman

Aus dem Amerikanischen
von Cherokee Moon Agnew

Ullstein

Besuchen Sie uns im Internet:
www.ullstein.de

Wir verpflichten uns zu Nachhaltigkeit
- Klimaneutrales Produkt
- Papiere aus nachhaltiger Waldwirtschaft und anderen kontrollierten Quellen
- ullstein.de/nachhaltigkeit

Deutsche Erstausgabe im Ullstein Taschenbuch
1. Auflage November 2021
© für die deutsche Ausgabe Ullstein Buchverlage GmbH,
Berlin 2021
Original English Copyright © 2020 by Martha Waters
Titel der amerikanischen Originalausgabe: *To Have and to Hoax*
(Atria Books, a Division of Simon & Schuster, Inc., New York)
Umschlaggestaltung: zero-media.net, München
Titelabbildung: © FinePic®, München (Blumen); © Marc Owen / arcangel images (Pärchen)
Gesetzt aus der Quadraat Pro powered by pepyrus.com
Druck und Bindearbeiten: CPI books GmbH, Leck
ISBN 978-3-548-06342-3

Für meine Eltern, die mit mir Jane Austens
Haus besucht haben.
Und für Jillian, Corinne, Eleanor und
Elizabeth – zukünftige Heldinnen ihrer eigenen
Geschichten.

Prolog

Mai 1812

Lady Violet Grey, achtzehn Jahre alt und von schöner Gestalt, mit einem respektablen Vermögen und makellosem Stammbaum, zeigte alle Vorzüge, die sich eine junge Dame aus guter Gesellschaft zu wünschen vermochte. Nur eine wichtige Eigenschaft fehlte ihr, laut ihrer Mutter: eine Sanftmütigkeit, die einer Dame angemessen wäre.

»Neugier, meine Liebe, wird dich nirgendwohin bringen«, hatte Lady Worthington ihre Tochter im Laufe der Jahre ihrer nicht enden wollenden Jugend schon mehr als einmal getadelt. »Neugier führt einen auf *Balkone*! Und sie treibt einen in den Ruin!«

Ruin.

Auch wenn Violet nichts gegen das Wort als solches hatte, es ließ sie an den Parthenon in Griechenland denken – einen Ort, den sie nur allzu gern besucht hätte, wäre sie kein englisches Mädchen aus gutem Hause gewesen –, hasste sie es jedoch mittlerweile, sobald es im Zusammenhang mit jungen Damen, wie sie selbst eine war, fiel. Ihre

Mutter hatte das Wort bereits so oft erwähnt, um Violet vor ihrem unpassenden Verhalten zu warnen, dass sie es sich mittlerweile immer mit großem R vorstellte. Man besuchte Ruinen. Man war Ruiniert.

Und durfte man Lady Worthingtons ständigen Ermahnungen Glauben schenken, so lief Violet große Gefahr, in diesen überaus unerwünschten Zustand zu verfallen. Als Lady Worthington ein Buch mit skandalöser Poesie entdeckte, das Violet aus der Familienbibliothek entwendet hatte, warnte sie vor dem Ruin. Als sie einen Brief entdeckte, den Violet an den Herausgeber des *Arts and Sciences Review* geschrieben hatte bezüglich eines in Frankreich neu entdeckten Kometen, warnte sie vor dem Ruin. (»Aber ich wollte ihn unter männlichem Pseudonym abschicken!«, protestierte Violet, als ihre Mutter den Brief in Fetzen zerriss.) Laut Lady Worthington lauerte der Ruin an jeder Ecke.

Kurzum: Es war besorgniserregend.

Oder zumindest hätte es jeder andere als besorgniserregend empfunden. Nur Violet nicht.

Die ständigen Ermahnungen, die in den Monaten vor Violets Präsentation bei Hofe und ihrer ersten Saison in London immer häufiger wurden, machten sie noch neugieriger, was genau es mit diesem Ruin auf sich hatte.

Ihre Mutter, normalerweise fürchterlich redselig, was dieses Thema betraf, wurde auffällig wortkarg, wenn Violet sich nach konkreten Details erkundigte. Violet hatte bereits ihre zwei besten Freundinnen, Diana Bourne und Lady Emily Turner, gefragt, aber sie schienen genauso wenig darüber zu wissen. Sie begann, die Bibliothek von Worth Hall, dem Landgut der Worthingtons, nach Informationen zu durchforsten, wurde jedoch zur Anprobe nach London geschickt, bevor sie Fortschritte verzeichnen konnte.

Es war frustrierend, die erste Saison so unwissend zu beginnen. Und es war ziemlich enttäuschend, als sie sich ein paar Wochen später an einem der gefährlichsten Orte überhaupt befand, an denen man mit großer Wahrscheinlichkeit den Ruin fand – auf einem Balkon. Sie stellte fest, dass es nicht annähernd so aufregend war, wie sie es sich vorgestellt hatte.

Der Gentleman, der versuchte, sie in den Ruin zu treiben, Jeremy Overington, Marquess of Willingham und berühmt-berüchtigter Lebemann, war ihr nicht ganz unbekannt, da er der beste Freund des großen Bruders ihrer besten Freundin Diana war. Violet erinnerte sich lebhaft, wie Penvale sie, Diana und Emily während seines Heimatbesuchs aus Eton mit Willinghams Heldentaten erfreut hatte. Sie hatte Lord Willingham allerdings schon seit ein paar Jahren nicht mehr gesehen, bis zu diesem Monat, als sie in die Londoner Gesellschaft eingeführt wurde.

Man konnte Willinghams Attraktivität nicht leugnen, vorausgesetzt, man fand goldenes Haar, blaue Augen und perfekt sitzende Reithosen anziehend (was bei Violet – wie bei jedem anderen richtigen englischen Mädchen – der Fall war). An jenem Abend auf dem Montgomery-Ball merkte sie, dass er einen Walzer mit einer jungen Dame gerne dafür nutzte, die besagte junge Dame hinaus auf einen dunklen Balkon zu führen.

Violet war von dieser Entwicklung der Ereignisse ziemlich überrascht. Vor wenigen Augenblicken hatten sie sich noch müßig über ihre ersten Eindrücke von London unterhalten, unter den Kronleuchtern getanzt und in romantischem Kerzenlicht gebadet, und nun waren sie hier. Allein. Die Orchestermusik drang gedämpft durch die französischen Türen, die zurück in den Ballsaal führten. Plötzlich ging alles sehr schnell. Sie konnte gar nicht sagen, wie es passiert war. Doch im einen Moment fragte Jeremy sie lachend, ob es das erste Mal war, dass sie jemand auf einen Balkon gelockt habe, und im nächsten landete sein Mund auf ihrem.

Nun war sie Ruiniert. Und dennoch. Violet hatte bisher den Eindruck gewonnen – durch die vielen Bücher, die sie heimlich gelesen und vor ihrer Mutter versteckt hatte –, dass Ruin eine eher freudvolle Erfahrung war. Warum sonst sollte eine Dame für einen flüchtigen Moment alles aufs Spiel setzen? Doch um ehrlich zu sein, fand Violet ihren eigenen Ruin weitaus weniger vergnüglich, als sie es sich erhofft hatte.

Sicherlich, Lord Willinghams Arme waren stark, als er Violet gegen seine Brust drückte, die beruhigend muskulös war. Und ja, er duftete angenehm nach Bergamotte, und sein Mund bewegte sich mit einer Leichtigkeit, die auf jahrelange Erfahrung schließen ließ, über ihren. Und dennoch.

Und dennoch.

Violet fühlte sich auf seltsame Art unbeteiligt. Während sich ein Teil von ihr auf das Geschehen konzentrierte, eine Hand in Willinghams Nacken, die Augen fest geschlossen, konnte ein anderer Teil ihres Geistes nicht umhin, sich von der kühlen Abendluft gestört zu fühlen, von dem leicht unangenehmen Gefühl im Nacken, das sich langsam einstellte, da sie den Kopf die ganze Zeit nach oben recken musste, und von der Möglichkeit, auf sie zukommende Schritte zu vernehmen.

Kurz darauf stellte sie panisch fest, dass sie tatsächlich Schritte hörte, begleitet von einer eindeutig männlichen Stimme.

»Jeremy, du lässt allmählich nach«, sagte der Mann. Willingham wirbelte herum und versuchte, Violet vor dem Blick des Mannes abzuschirmen. »Ich dachte, du wüsstest inzwischen, dass du dir für deine Liaisons lieber eine dunklere Ecke des Balkons suchen solltest.«

Der Besitzer der Stimme trat in einen Lichtkegel, und Violets erster Eindruck war, dass er der schönste Mann war, den sie je gesehen hatte. Sie hatte es immer für idiotisch gehalten, wenn Mädchen in Büchern diese Aussage trafen. Wie war es bitte möglich, dass eine Frau im Bruchteil einer Sekunde entscheiden konnte, dass das Gesicht eines Mannes schöner war als das aller anderen Männer, denen sie im Laufe ihres Lebens begegnet war? Es war vollkommen unlogisch. Absurd.

Und dennoch. In diesem Moment wurde Violet ebenfalls absurd, denn nichts konnte sie mehr von diesem Glauben abbringen. Der Fremde war groß, breitschultrig und nicht älter als Lord Willingham, von dem Violet wusste, dass er aus Oxford kam und erst seit ein paar Saisons in London war. Sein Haar, noch dunkler als Violets, erschien im schummrigen Licht schwarz. Seine Augen waren von einem kräftigen, erstaunlichen Grün. Als sich ihre Blicke über Lord Willinghams Schulter hinweg trafen, verspürte Violet in Anbetracht seiner körperlichen Nähe und der Art, wie er sie musterte, einen Nervenkitzel. Er bewegte sich mit athletischer Geschmeidigkeit, und mit einem Mal kam ihr der Gedanke, dass sie ihn gern auf dem Rücken eines Pferdes sehen würde. Sie konnte sich regelrecht den Gesichtsausdruck ihrer Mutter vorstellen, wenn sie diesen Gedanken gehört hätte. Lady Worthington hätte es unangebracht gefunden, auch wenn Violet nicht genau wusste, warum. Sie musste die Hand vor den Mund schlagen, um ihr Lachen zu unterdrücken, das in der Stille des Balkons unnatürlich laut klang.

Nun betrachtete der Neuankömmling sie noch genauer, und seine Augen wurden groß. Violet wurde von der wilden, flüchtigen Hoffnung ergriffen, er wäre von ihrer Schönheit ebenso fasziniert wie sie von seiner. Selbst ihre Mutter war mitunter gezwungen, ihre Kritik im Zaum zu halten und widerwillig zuzugeben, dass Violet schön genug sei, dass man über den Rest hinwegsehen könne. Hoffentlich. Natürlich meinte sie mit »dem Rest« alle Aspekte ihres Charakters, die Violet zu dem Menschen machten, der sie nun mal war.

Jedoch verflog diese romantische Vorstellung umgehend, als sie seinen wütenden Gesichtsausdruck sah, als er sie musterte.

»Jeremy«, sagte er und wandte seine Aufmerksamkeit wieder Lord Willingham zu, der mehr schlecht als recht versuchte, Violet vor dem Blick des Fremden abzuschirmen. »Das geht zu weit.«

»Das hast du schon mal gesagt, alter Junge. Aber irgendwie sind das immer leere Worte«, erwiderte Lord Willingham in trägem Ton. Violet spürte jedoch die Anspannung, die von seinem Körper ausging.

»Als ich meinen Vater getroffen habe und er mir sagte, ich würde dich mit Sicherheit hier draußen mit einer Dame finden, die gerettet werden müsse, dachte ich, er würde sich irren. Ich hätte mit einer Witwe gerechnet. Oder vielleicht mit einer untreuen Ehefrau. Aber doch nicht mit einem Mädchen.« Die Augen des Fremden blitzten, als er sprach, und obwohl er nicht die Stimme erhoben hatte, war sich Violet sicher, dass er kein Mann war, den man provozieren sollte. Sie jedoch war von Natur aus eigensinnig und fand die Vorstellung, ihn zu provozieren, nahezu verlockend.

»Audley, mach dir nicht ins Hemd«, antwortete Lord Willingham, und Violet wurde bewusst, dass es sich bei dem Fremden um Lord James Audley handelte, den zweiten Sohn des Duke of Dovington und den dritten im untrennbaren Trio, bestehend aus ihm selbst, Lord Willingham und Penvale. Sie waren alle zusammen in Eton gewesen und dann in Oxford. Doch in all der Zeit, die Violet mit Diana und Penvale verbracht hatte, hatte sie Lord James bisher nicht kennengelernt.

»Du bist der Einzige, der uns gesehen hat. Kein Grund zur Panik«, fuhr Lord Willingham fort. Violet hatte große Mühe, nicht die Augen zu verdrehen. *Das kann auch nur ein Mann sagen*, dachte sie. Natürlich gab es keinen Grund, dass er in Panik verfiel, denn schließlich war er ein Mann und konnte tun und lassen, was er wollte. Sie jedoch saß in der Patsche. Sie versuchte, sich daran zu erinnern, was Penvale im Laufe der Jahre über Lord James erzählt hatte. War er diskret? Diese Frage konnte sie nur schwer beantworten, denn Penvales Geschichten aus der Schulzeit enthielten für gewöhnlich Frösche in Betten und andere Dinge, die Jungs aus unerklärlichen Gründen amüsant fanden. Wirklich, es war Grund genug, um die Intelligenz des anderen Geschlechts gänzlich infrage zu stellen.

»Ich hätte genauso gut jemand anderes sein können. Dann wäre der Ruf der jungen Dame ruiniert gewesen«, sagte Lord James in ruhigem Ton, der jedoch mit jedem Wort eisiger wurde. »Ich fasse nicht, dass du inzwischen so weit gesunken bist, dass du versuchst, Jungfrauen auf Bällen zu verführen.«

Eine Welle der Scham, gepaart mit Wut, überkam Violet. Bevor sie es sich anders überlegen konnte, trat sie aus Lord Willinghams Schatten heraus und sah Lord James geradewegs in die Augen.

»Die Jungfrau, von der hier die Rede ist, kann Sie hören, Sir«, bemerkte sie steif. »Und sie würde Ihre Diskretion in dieser Angelegenheit sehr zu schätzen wissen.«

Lord James kniff die Augen zusammen. »Dann sollte sie zukünftig besser keine Spaziergänge auf Balkonen mit Männern von fragwürdigem Ruf unternehmen.« Er nickte mit dem Kopf in Lord Willinghams Richtung, jedoch ohne den Blick von Violet zu wenden.

Obwohl sie eine erneute Welle der Wut ergriff, stockte ihr der Atem, als sie sich in diesem grünen Blick gefangen sah. Es fühlte sich an, als hätte man ihr Korsett zu eng geschnürt (was durchaus möglich war). Es war ihr unmöglich, den Blickkontakt zu unterbrechen.

»Mir war im Ballsaal zu heiß«, sagte sie und schenkte ihm ihr sittsamstes Lächeln. »Der Marquess war so freundlich, mich nach draußen zu geleiten, damit ich ein wenig frische Luft schnappen kann.«

»War er das?« Der Fremde hob eine der dunklen Augenbrauen. »Zu freundlich von ihm«, fügte er sarkastisch hinzu. »Merkwürdig nur, dass es so schien, als würde er Ihre Luftzufuhr eher verhindern statt fördern, als ich Sie zusammen angetroffen habe.«

Violet spürte, wie ihre Wangen zu glühen begannen, doch sie ließ sich nicht einschüchtern. Sie war nicht sicher, was er an sich hatte, das in ihr den Wunsch weckte, ihm überlegen zu sein, doch sie konnte sich nicht dazu bringen wegzusehen, leise eine Entschuldigung zu murmeln und darum zu bitten, wieder nach drinnen begleitet zu werden.

»Lord Willingham benimmt sich viel mehr wie ein Gentleman, als Sie es gerade tun, Mylord«, konterte sie. »Ich wusste nicht, dass es die Art eines Gentlemans ist, einer Dame Unbehagen zu bereiten.« Doch sie weigerte sich, ihm ihr eigenes Unbehagen zu zeigen. Wie jede wohlerzogene junge Dame hatte sie eine hervorragende Haltung, und sie widerstand dem Impuls, angesichts einer so beschämenden Unterhaltung zusammenzuschrumpfen.

»Bitte vergeben Sie mir«, sagte Lord James, und sein Blick wurde ein wenig sanfter, auch wenn in seinem Tonfall keinerlei Reue mitschwang. »Mir war nicht bewusst, dass Sie sich unbehaglich fühlen. Man merkt es Ihnen kein bisschen an.« Er klang zynisch, doch in seinen Worten lag auch ein Hauch Bewunderung.

»Es ist meine erste Saison, Mylord«, sagte sie und dachte darüber nach, mit den Wimpern zu klimpern, entschied sich dann aber für einen rehäugigen Unschuldsblick. »Das ist alles noch sehr neu für mich.« Sie befürchtete schon, sie hätte es übertrieben, als sich Lord James' Gesichtsausdruck leicht verhärtete. Grund für diese Veränderung schien jedoch etwas zu sein, das sie gesagt hatte, und nicht ihre Rehaugen.

»Meine Güte, Jeremy«, murmelte er und strafte Willingham mit einem bösen Blick. »Kannst du dir nicht wenigstens eine suchen, die schon seit ein paar Saisons dabei ist? Eine, die weiß, was sie von dir zu erwarten hat?«

»Offensichtlich nicht«, entgegnete Willingham fröhlich. »Die Versuchung war einfach zu groß.« Er grinste Violet teuflisch an, und sie hatte große Mühe, das Lächeln nicht zu erwidern. Es war unschwer zu erkennen, warum ihm so viele Ehefrauen und Witwen verfielen. »Da ich ein so unbelehrbarer Schurke bin, dass man mir keine Dame anvertrauen sollte, könntest du, Audley, mir vielleicht den Gefallen tun und Lady Violet wieder nach drinnen begleiten? Natürlich erst in ein paar Minuten. Des Anstands wegen.« Den letzten Satz betonte er übertrieben dramatisch, um Lord James auf die Nerven zu gehen, dessen war sich Violet sicher. Und es schien, als hätte er damit Erfolg. Zwar veränderte sich sein Gesichtsausdruck nicht, doch sie bemerkte, wie sich sein Körper noch weiter versteifte, als würde ihm gleich der Geduldsfaden reißen.

Damit meinte Lord Willingham natürlich, dass es überaus skandalös wäre, wenn Violet nach so langer Abwesenheit mit ihm gemeinsam den Saal betreten würde. Käme sie mit einem anderen Gentleman zurück, würde es den Tratschtanten vermutlich nicht auffallen, wie lange sie mit Willingham auf dem Balkon gewesen war. Oder noch besser: Sie hätten vergessen, mit welchem Gentleman sie überhaupt nach draußen gegangen war.

Lord James runzelte jedoch immer noch die Stirn. »Ich verstehe nicht ganz, warum es weniger skandalös wäre, wenn *ich* die Dame hineinführe«, sagte er, und Violet konnte nicht umhin, sich an seinem Zögern zu stören. Sie hatte sich nie für sonderlich eitel gehalten, aber keine Dame freute sich darüber, wenn sich ein Herr so zierte, ein paar Minuten mit ihr zu verbringen.

Lord Willingham lachte. »Machen wir uns nichts vor, Audley. Jeder weiß, dass du ein ehrenwerter Mann bist, der niemals den Ruf einer unschuldigen Dame beschmutzen würde, während ich nur einen Fehltritt davon entfernt bin, aus allen anständigen Ballsälen verbannt zu werden.« Er trat zurück, als hätte er an einem Duell teilgenommen und würde seinem Gegner nun den Sieg zugestehen. Übertrieben verbeugte er sich vor Violet. Es war fürchterlich schwierig, einen Gentleman zu finden, der die Kunst des Verbeugens wirklich zu schätzen wusste. »Lady Violet Grey, darf ich Ihnen Lord James Audley vorstellen? Er wird Sie sicher in die warme Umarmung der Gesellschaft zurückführen.«

»Wohin gehen Sie?«, fragte Violet.

»Ich hole mir einen Drink«, erwiderte er sehr enthusiastisch. So viel Enthusiasmus hatte er in ihrer Gegenwart bisher noch nicht gezeigt.

Dann war er verschwunden. Mit offenem Mund starrte Lord James ihm hinterher, die teilnahmslose Fassade war endgültig zerbrochen. Vor Empörung war er kurz sprachlos.

»Dieser verdammte Mistkerl«, murmelte er und vergaß wohl, dass er in Beisein einer jungen Dame war, deren Unschuld er eben noch betont hatte. Doch Violet war von seiner derben Ausdrucksweise natürlich entzückt, denn so sprachen sonst nur die Schurken in Büchern. Insgeheim hatte sie schon seit Jahren gehofft, mal einen Mann fluchen zu hören. Für den zukünftigen Gebrauch – natürlich nur außer Hörweite ihrer Mutter – prägte sie sich die Schimpfwörter genau ein.

Erst mit Verspätung wurde sich Lord James ihrer Anwesenheit wieder bewusst. Obwohl er aufgebracht war und offensichtlich verwundert über Lord Willinghams abrupten Abgang, verfehlte seine Aufmerksamkeit auch diesmal nicht ihre Wirkung. Violet versuchte, Worte für das zu finden, was sie empfand, scheiterte jedoch. Sie konnte es nur so beschreiben: Wenn er sie ansah, hatte sie das Gefühl, er würde sie klarer und vollständiger sehen als jeder andere vor ihm.

Es war beunruhigend. Und irritierend.

»Ich entschuldige mich«, sagte er steif, und Violet blinzelte. Sie begriff nicht sofort, dass er sich für seine Ausdrucksweise entschuldigte und nicht für das Unbehagen, das er ihr durch seinen prüfenden Blick bereitete. »Das war ziemlich unhöflich von mir.«

»Oh, Sie müssen sich nicht entschuldigen«, meinte Violet gedankenlos. »Zumindest nicht fürs Fluchen. Wenn Sie sich jedoch dafür entschuldigen wollen, dass Sie mir das Gefühl geben, meine Gesellschaft wäre Ihnen nicht recht, oder für die Tatsache, dass Sie über mich gesprochen haben, als wäre ich nicht da, als wäre ich ein trotziges Kind, dann würde ich das nur zu gern hören.«

Er verengte die Augen zu Schlitzen. »Sie sind ganz schön frech, wenn man bedenkt, dass man uns noch nicht anständig einander vorgestellt hat.«

»Unsinn. Was war es denn Ihrer Meinung nach, was Lord Willingham eben getan hat?«

»Sich so schnell wie möglich aus dem Staub machen«, erwiderte Lord James düster. Dann musterte er sie. »Sie sind also Lady Violet Grey. Penvale hat mir bereits von Ihnen erzählt.«

Violet schenkte ihm ihr bezauberndstes Lächeln. »Hoffentlich nur Gutes?«

»Er meinte, er habe Sie und seine Schwester mal dabei erwischt, wie Sie in Ihren Nachthemden im See badeten«, sagte Lord James knapp. Dann lächelte er ein wenig, was seinen ernsten Gesichtsausdruck abmilderte, und fügte hinzu: »Es ist also eine Frage der Perspektive. Ich nehme an, Ihre Mutter würde das nicht als etwas Gutes erachten. Für einen achtzehnjährigen Kerl jedoch war es zugegeben ziemlich interessant.«

»Mylord, ich glaube, wir kennen uns noch nicht lange genug, als dass wir uns über meine Unterkleidung unterhalten sollten«, sagte Violet grinsend. Ihm entwich ein Lachen, bevor er es zurückhalten konnte, was dazu führte, dass sie ihn jetzt noch mehr mochte.

»Ab welchem Zeitpunkt würden Sie das für angemessen halten? Mit Etiketten kenne ich mich ehrlich gesagt nicht sonderlich gut aus.«

Flirtete er etwa mit ihr?

»Nicht, bevor wir nicht mindestens zweimal miteinander getanzt haben«, entgegnete Violet mit fester Stimme. Flirtete *sie* etwa auch mit *ihm*?

»Verstehe«, erwiderte er gespielt düster.

»Immerhin habe ich sehr zarte Gefühle, die Sie verletzen könnten«, fügte sie hinzu und wurde mit einem kleinen Lächeln in der Dunkelheit belohnt. Es war nur flüchtig, trotzdem hatte es sein Gesicht verändert. In diesem Moment wurde ihr bewusst, dass sie einiges dafür geben würde, noch einmal so von ihm angelächelt zu werden.

»Ehrlich gesagt glaube ich, *Sie* laufen bislang eher Gefahr, *meine* Gefühle zu verletzen«, antwortete er trocken. Als sie bedachte, unter welchen Umständen er sie kennengelernt hatte, spürte Violet, wie sie errötete. Es war zum Verrücktwerden.

»Mylord«, sagte sie steif. »Ich möchte Sie bitten, nicht zu erwähnen …«

»Sie müssen mich nicht erst darum bitten«, unterbrach er sie. »Das würde ich niemals tun.« Er ging nicht näher darauf ein, doch sie glaubte ihm sofort.

»Ich will gar nicht wissen, was Sie jetzt von mir denken«, sagte Violet lachend und hoffte, ihr Lachen würde locker und weltgewandt klingen, als würde man sie regelmäßig dabei erwischen, wie sie auf Balkonen Herren umarmte. Doch ihr Herz hämmerte laut in ihrer Brust, und in einem Moment der Klarheit wurde ihr bewusst, dass es sie durchaus interessierte, was Lord James Audley von ihr hielt, obwohl sie ihn vor nicht einmal fünf Minuten kennengelernt hatte. Das war ziemlich befremdlich, wenn man bedachte, dass sie sich normalerweise nicht um die Meinung anderer scherte, sehr zum Leidwesen ihrer Mutter.

Sie stellte fest, dass sie, ohne es zu merken, ein wenig näher an ihn herangerückt war. Sie musste den Kopf weiter in den Nacken legen, um zu ihm aufzublicken, als noch vor wenigen Augenblicken, und Lord James' breite Schultern schirmten das Licht ab, das aus dem Ballsaal hinter ihnen fiel. Nun standen sie vollständig im Schatten. Selbst wenn jetzt jemand den Balkon betreten hätte, hätte der Eindringling Schwierigkeiten gehabt, sie zu entdecken. Bei diesem Gedanken fühlte sie sich auf seltsame Weise atemlos.

»Sie sind mit Abstand die interessanteste junge Dame, die ich in dieser Saison bisher kennengelernt habe«, sagte er ohne auch nur den geringsten Hauch von Spott in der Stimme und seinem Gesicht. Warum hatte sie das Gefühl, *interessant* sei das Netteste, was sie je von einem Mann zu hören bekommen hatte? Warum wollte sie lieber aus seinem Mund *interessant* hören als *schön* oder *bezaubernd* oder *amüsant*, alles Komplimente, die ihr diese Saison bereits entgegengebracht worden waren?

Er sah ihr in die Augen und hielt ihrem Blick stand, und ihr Herz begann, noch schneller zu schlagen. Ihr Herz hämmerte so laut in ihren Ohren, sie war sicher, er musste es ebenfalls hören. War das normal? Sollte sie besser einen Arzt aufsuchen? So viel sie über die Gewohnheiten zu Hofe auch gelesen hatte, Ohnmachtsanfälle im Mondlicht auf Balkonen aufgrund von Herzschwäche hatten nirgendwo Erwähnung gefunden.

»Ich bin sicher, meine Mutter wäre bestürzt, wenn sie das hören würde.« Violet presste ein Lachen hervor, ohne den Blickkontakt zu unterbrechen. »Sie hat immer Sorge, dass ich zu interessant sein könnte. Das sei nicht zu meinem Besten.«

Er lächelte erneut, nur ein kurzes Aufblitzen, bevor es wieder verschwand. Und wieder hatte Violet das seltsame Gefühl, dass im Vergleich zu diesem strahlenden Lächeln alles um sie herum dunkler wurde. Selbst als es bereits verschwunden war, blieb seine Präsenz immer noch spürbar und ließ sein kantiges Gesicht ein wenig weicher erscheinen. Einladender. Jetzt, da sie dieses Lächeln gesehen hatte, würde sie es nie wieder vergessen können.

»Nun ja, aber es ist zu *meinem* Besten.« Er machte einen Schritt nach vorn und streckte die Hand aus.

»Lady Violet«, sagte er. »Würden Sie mir die Ehre erweisen und mit mir tanzen?«

»Hier?«, fragte Violet lachend. »Auf einem Balkon? Allein?« Schließlich war der Ballsaal, der für einen Tanz mehr als geeignet war, nur ein paar Schritte entfernt. Der Ballsaal, in den er sie eigentlich hätte eskortieren sollen.

»Ich nahm an, wir würden wieder hineingehen«, antwortete er und grinste ein wenig. »Aber ...« Er zögerte, und Violet wusste, dass er es ebenfalls spürte, diese Anziehungskraft zwischen ihnen. Sie wollte nicht in einen lauten, überfüllten Ballsaal zurückkehren und mit ihm über das Wetter plaudern.

»Man kann die Musik immer noch hören«, sagte sie, bevor sie sich selbst davon abhalten konnte. Und es stimmte. Durch die französischen Türen vernahm man den Klang von Musik, die sie in der kühlen Nachtluft zu umhüllen schien.

»Ja, das kann man«, bestätigte er so schnell, dass sie beinahe laut gelacht hätte. »Bitte sagen Sie mir, dass Sie mit mir tanzen«, fügte er hinzu und machte einen weiteren Schritt auf sie zu. Inzwischen war er ihr näher, als es der Anstand zuließ. Violet legte den Kopf in den Nacken und sah ihn an. Wieder nahm sie dieser grüne Blick voll und ganz gefangen. Das Wort *bitte* klang aus seinem Mund überaus anziehend.

»Wenn ich zweimal mit Ihnen tanzen muss, bevor wir über Ihre Unterkleidung sprechen können«, fügte er hinzu, »sollte ich besser keine Zeit verlieren. Es ist eine Unterhaltung, die ich nur allzu bald führen möchte.«

Ein verblüfftes Lachen brach aus Violet hervor, und er ergriff die Chance, sie mit Schwung in seine Arme zu ziehen. Sie hatte diese Beschreibung immer ein wenig absurd gefunden, wenn sie ihr in einem Roman begegnet war, und doch schien sie ihr, hier auf diesem Balkon, an diesem Abend im Mondschein, vollkommen zutreffend.

Natürlich hatte Violet bereits zuvor mit Männern getanzt. Und bis zu diesem Moment hätte sie gesagt, sie habe diese Tänze durchaus genossen. Selbstverständlich waren manche besser gewesen als andere. So sei nun mal das Leben, hatte ihre Mutter einmal seufzend bemerkt. Aber im

Großen und Ganzen verstand sich Violet als eine Dame, die gern tanzte.

Doch nun, Walzer tanzend auf einem Balkon, in den Armen eines Mannes, den sie kaum kannte, erkannte sie, dass alle bisherigen Tänze nur ein flackerndes Kerzenlicht im Vergleich zu diesem gewesen waren, der hell strahlte wie die Sonne. Er hielt sie fest in seinen Armen und drehte sie geschickt im Takt der Musik. Ihm so nahe, konnte sie den besonderen Duft wahrnehmen, der an ihm hing, eine Kombination aus frisch gebügelter Wäsche, Rasierseife und einem Hauch von Alkohol – vielleicht Brandy? Was auch immer es war, die Mixtur war durch und durch betörend. Wilde, verrückte Gedanken gingen ihr durch den Kopf: Wäre es seltsam, die Nase gegen sein perfekt gebügeltes Jackett zu drücken und zu riechen?

Ja, das wäre es, entschied sie.

Sie blickte auf in sein unglaublich schönes Gesicht, während sie sich langsam drehten, und ihre Blicke trafen sich. Sein Lächeln war nicht wieder aufgeblitzt, aber sie konnte es in seinen Augen wiederentdecken. In der Art, wie er zu ihr herabblickte. Ihr wurde heiß, und ihr Körper begann auf eine Weise zu jucken, die sie nicht erklären konnte. Doch es war kein gänzlich unangenehmes Gefühl.

Seit die Saison vor ein paar Wochen begonnen hatte, hatte Violet viele Tänze getanzt, sich mit vielen Gentlemen unterhalten, viele hübsche Kleider getragen – doch es war hier, in einer nur wenig spektakulären Robe aus rosafarbener Seide (die ihrer Meinung nach nicht zu ihrem Hautton passte), auf einem abgeschiedenen Balkon, dass sich Violet dachte *Ja, genau so sollte es sein*.

»Wissen Sie, ich glaube, das waren die angenehmsten zehn Minuten, die ich im vergangenen Jahr auf Bällen verbracht habe«, sagte Lord James, auf fast unheimliche Weise Violets Gedanken aussprechend.

»Das kann ich mir nur schwer vorstellen«, sagte Violet fröhlich und versuchte, das Gefühl zu ignorieren, das seine Worte in ihr ausgelöst hatten. »Gentlemen ist es gestattet, an allerhand Aktivitäten teilzunehmen, die unpassend sind für junge Damen. Manche davon sind bestimmt vergnüglicher, als an einem kühlen Abend im Freien herumzustehen.«

»Das stimmt«, pflichtete er ihr bei. »Und doch muss ich sagen, dass ich Ihre Gesellschaft bisher am meisten genossen habe.«

Sie sah zu ihm auf, während sie sich langsam über den Balkon drehten, seine eine Hand warm und fest in ihrer, während die andere förmlich ein Loch durch die Lagen ihres Kleids zu brennen schien.

»Lady Violet«, sagte er und blieb abrupt stehen. »Ich werde Sie nun hineinbringen, bevor ich noch etwas tue, das ich später bereuen werde.«

»Oh?«, sagte Violet, unfähig, ihre Enttäuschung gänzlich zu verstecken. Doch statt sie loszulassen, zog er sie noch näher zu sich. Sein Körper lockte den ihren an wie das Kerzenlicht die Motten.

»Um ehrlich zu sein«, sagte er und sah zu ihr herab, »weiß ich nicht, ob ich es tatsächlich bereuen würde. Doch da ich mich von den Jeremy Overingtons dieser Welt distanzieren möchte, gehört es nicht zu meinen Gewohnheiten, junge Damen auf Balkonen zu küssen.« Er löste die Hand von ihrer Hüfte und legte sie an ihre Wange. Dann nahm er eine ihrer dunklen Strähnen zwischen Daumen und Zeigefinger. Violet stand da wie angewurzelt. Selbst wenn der Ballsaal jetzt in Flammen aufgegangen wäre, hätte sie sich außerstande gesehen, sich zu bewegen.

Doch wie sie nur wenige Augenblicke später feststellen musste, war die Stimme ihrer Mutter effektiver als jegliches Inferno.

»*Violet Grey!*«, erklang schrill Lady Worthingtons Stimme, in der Entsetzen und Missbilligung um die Vormacht kämpften. Sofort senkte Lord James die Hand, und Violet machte zwei Schritte rückwärts, doch es war bereits zu spät.

Man hatte sie gesehen.

Lady Worthington stürmte auf sie zu, ihr Federkopfschmuck zitterte vor Empörung. Sie war noch immer eine wunderschöne Frau, noch keine vierzig, doch Violet fand, dass sie sich häufig kleidete, als wäre sie wesentlich älter. Aber in diesem Moment verfehlte ihre Schönheit nicht ihre einschüchternde Wirkung – die blassen Wangen glühten, die blauen Augen funkelten vor Zorn. Sie blickte von Violet zu Lord James und wieder zu Violet. Ein einziger ihrer Blicke sagte mehr als tausend Worte. Violet wappnete sich für den Angriff, doch ihre Mutter richtete die ersten Worte an den Herrn statt an sie.

»Lord James Audley, nehme ich an.« Es klang nicht wirklich wie eine Frage. Lady Worthington kannte die wichtigsten Familienstammbäume in- und auswendig, wie Violet nur zu gut wusste.

»Da liegen Sie richtig, Mylady«, erwiderte Lord James mit einer höflichen Verbeugung.

»Nun, Mylord«, sagte Lady Worthington in so spitzem Ton, dass sich Violet krümmte, »ich nehme an, Sie haben nichts dagegen, mir ganz genau zu erklären, was Sie hier auf diesem Balkon mit meiner Tochter vorhatten?«

Kurz hielt Lord James Lady Worthingtons Blick stand, bevor er Violet ansah. Er betrachtete sie einen langen Moment, und sie wusste – aus irgendeinem Grund *wusste* sie es einfach –, was er als Nächstes sagen würde, so gern sie es auch verhindert hätte.

»Um ehrlich zu sein, Mylady«, sagte er, immer noch wie ein vollkommener Gentleman, »wollte ich Ihrer Tochter gerade einen Antrag machen.«

Kapitel 1

Juli 1817

In fünf Jahren Ehe hatte Violet Audley viele Fähigkeiten erlangt, aber zu ihrem ewig währenden Missfallen war das Eingießen von Tee keine davon.

»Wirklich, Violet«, sagte Diana, Lady Templeton, und griff nach der Teekanne. »Lass mich das machen.« Wenn man bedachte, dass sich Diana nicht anstrengte, solange es nicht unbedingt nötig war, zeigte das, wie ernst die Lage war.

»Danke«, sagte Violet erleichtert, überreichte ihr die Teekanne und lehnte sich etwas zurück auf dem grün-goldenen Sofa. »Die Mägde wissen es bestimmt zu schätzen, wenn sie später einen Teefleck weniger aufwischen müssen.«

»Was das angeht, hältst du sie sicher gut beschäftigt«, bemerkte Emily lächelnd und nahm die Tasse entgegen, die Diana ihr reichte, bis zum Rand mit ungesüßtem, unverdünntem Tee gefüllt. Violet hatte es schon immer amüsant gefunden, dass Lady Emily Turner, die hübscheste Debütantin ihres Jahrgangs, die sittsamste, ordentlichste und süßeste aller englischen Rosen, ihren Tee einfach und bitter bevorzugte.

»Das reicht an Kommentaren zu meinen Fähigkeiten im Teeeingießen, vielen Dank«, sagte Violet und beobachtete, wie Diana ein Stück Zucker und ein wenig Milch in ihre Tasse gab, bevor sie sie ihr reichte. Dann begann Diana, ihre eigene Tasse Tee vorzubereiten.

»Das ist bestimmt etwas, das dir an Audley fehlt«, sagte Diana in gelassenem Ton. »Hat er dir Tee eingeschenkt, als ihr noch ... *netter* miteinander umgegangen seid?« Es schwang der übliche Sarkasmus mit, für den Diana so berühmt war, und Violet versteifte sich – wie so oft, wenn der Name ihres Ehemanns erwähnt wurde.

»Hin und wieder«, erwiderte sie und nahm einen großen Schluck Tee, was sie jedoch umgehend bereute, denn der Inhalt ihrer Tasse war siedend heiß. Jedoch, oder vielleicht glücklicherweise, hielt Diana Violets Tränen und rote Wangen für eine Reaktion darauf, dass sie James erwähnt hatte und die schmerzhaften Erinnerungen, die mit ihm verknüpft waren, statt zu merken, dass sich Violet fast den gesamten Gaumen verbrannt hätte. Also drang sie nicht weiter in Violet.

»Da wir gerade von romantischen Verstrickungen sprechen«, sagte Diana, nippte an ihrem Tee, wendete ihren scharfen Blick von Violet, die immer noch pustete, ab und richtete ihn auf Emily. »Hast du in letzter Zeit deinen zuvorkommenden Mr Cartham gesehen?«

Nun wurde Emily rot. Unglücklicherweise hatte sie ihre

Tasse bereits abgesetzt. Somit hatte sie keine Möglichkeit, Dianas Frage zu entkommen. Jedoch fing sie sich schnell und setzte wieder ihre ruhige, gelassene Miene auf. Violet war schon immer sicher gewesen, dass es diese Maske war, die Emily für die Herren so attraktiv machte. Ja, sie war liebreizend – goldene Locken, dunkelblaue Augen, schneeweiße Haut, Kurven an den richtigen Stellen –, doch Diana war mit ihren braunen Augen, den honigblonden Locken und der beeindruckenden Brust ebenso verlockend. Jedoch hatte sie während ihrer ersten Saison weitaus weniger Interessenten gehabt als Emily. Zumindest was Herren mit Eheschließung im Sinn anging. Diana hatte vor allem Angebote unanständiger Natur bekommen.

Wie auch Violet gab sich Diana keinerlei Mühe, ihr Temperament oder ihre scharfe Intelligenz zu verstecken. Oder ihren Frust über die Lage von Frauen aus gutem Hause, die keinen großen Reichtum vorzuweisen hatten, und deshalb auf den Heiratsmarkt geschmissen wurden. Obwohl sich Emily über dieselben Dinge aufregte wie Diana (Violet war die Einzige der dreien gewesen, deren Mitgift als wahrlich beeindruckend erachtet wurde), vermochte sie es, in Gegenwart von Männern eine zustimmende Haltung einzunehmen, der diese scheinbar nicht widerstehen konnten.

Bis sie erfuhren, wie unverblümt Emilys Vater, der Marquess of Rowanbridge, war. Dann konnten sie Emily plötzlich doch widerstehen.

»Er ist noch nicht von seiner Reise nach New York zurückgekehrt«, beantworte Emily Dianas Frage nach Mr Cartham. »Offenbar war es um die Gesundheit seiner Mutter doch nicht so schlecht bestellt, wie vor seiner Abreise vermutet. Und ihr Ableben dauerte länger, als er erwartet hätte.« Sie schien dieses Maß an Sorge angemessen zu halten für eine Dame, die über die sterbende Mutter ihres Verehrers sprach, doch Violet konnte sie nichts vormachen. »Jedenfalls habe ich gestern einen Brief von ihm erhalten, in dem er schrieb, dass er Amerika bald verlassen würde. Er sollte also in ein paar Tagen zurück sein.«

»Wie ärgerlich«, murmelte Diana und setzte ihre Teetasse mit einem Klirren ab. »Dann wird deine Atempause bald vorbei sein.«

»In der Tat«, murmelte Emily.

Schweigen legte sich über den Raum. Alle drei Damen dachten über die unwillkommene Rückkehr von Mr Oswald Cartham nach, der gebürtiger Amerikaner und seit zehn Jahren der Besitzer von Cartham's war, einer der schlimmsten Spielhöllen Londons. Cartham war in seinen Dreißigern, reich wie Krösus und seit drei Jahren Emilys hartnäckigster Verehrer.

Außerdem war er abscheulich.

Es war doch ziemlich absurd, dachte Violet und starrte in die trübe Flüssigkeit in ihrer Tasse. Hier saßen drei Damen, die bei ihrem Einstand bei Hofe vor fünf Jahren alle zu den hübscheren Mädchen gezählt hatten, alle aus aristokratischen, ehrbaren Familien von einwandfreier Abstammung.

Und alle drei hatten sie ein fürchterliches Liebesleben.

Emilys Vater hatte bei Cartham so hohe Schulden, dass er gar keine andere Wahl hatte, als die ungewollte Aufmerksamkeit zu dulden, die dieser seiner Tochter zukommen ließ, bis er das Geld zusammenkratzen konnte.

Dann gab es da noch Diana, die, schon seit sie fünf war, unbedingt von ihrer Tante und ihrem Onkel wegkommen wollte, bei denen sie nach dem Tod ihrer Eltern gelebt hatte – ihre Mutter war bei der Geburt gestorben und ihr Vater kurz danach an einem Hirnschlag. Sie hatte nie die Illusion gehabt, aus Liebe zu heiraten, und sich nichts sehnlicher gewünscht als Freiheit. Und die hatte sie erlangt, indem sie einen Mann geehelicht hatte, der dreißig Jahre älter war als sie und sie mit einundzwanzig Jahren als Witwe zurückgelassen hatte.

Und dann war da noch Violet. Violet mit ihrer überstürzten Liebesheirat. Violet, die James Audley vier Wochen nach ihrem Kennenlernen geheiratet und in der ordentlichen Gesellschaft einen Skandal ausgelöst hatte. Violet, die sich in den vier Wochen Hals über Kopf in den Mann verliebt hatte, der ihr auf dem dunklen Balkon einen Heiratsantrag gemacht hatte – vor ihrer Mutter! Violet, die achtzehn Jahre alt gewesen war, verblendet und verzaubert von ihrem jungen, verwegenen und unglaublich attraktiven Ehemann. Violet, die jetzt … nun ja.

Je weniger man über Violet und James sagte, desto besser.

Es war beinahe unheimlich, dass Violet ausgerechnet jetzt diese düsteren Gedanken hegte – Gedanken an ihren Mann, an Dianas verstorbenen Gemahl und Emilys nicht vorhandenen –, als ihr Butler Wooton im Türrahmen des

Gesellschaftszimmers erschien. Auf der Hand balancierte er ein Tablett, auf dem ein einziger Brief lag.

»Mylady«, sagte er und verbeugte sich, ohne das Tablett auch nur einen Millimeter zu senken. Selbst Violets Mutter hätte an ihm nichts auszusetzen gehabt. »Sie haben soeben eine Nachricht von Viscount Penvale erhalten.«

»Für mich?«, fragte Violet irritiert. »Nicht für Lady Templeton?«

»Nein, Mylady«, erwiderte Wooton. »Sie ist eindeutig an Sie adressiert.«

»Danke, Wooton«, sagte Violet, erhob sich vom Sofa und nahm den Brief entgegen. »Das wäre dann alles.«

»Mylady.« Eine weitere Verbeugung, dann war er weg.

»Warum um alles in der Welt sollte mein Bruder dir schreiben?«, fragte Diana träge.

»Ich weiß nicht«, antwortete Violet und öffnete das Schreiben, das anscheinend hastig verfasst worden war. Penvales Handschrift war kaum lesbar.

15. Juli, Audley House

Lady James,

ich schreibe Ihnen, um Sie darüber zu informieren, dass Ihr Mann heute Morgen vom Pferd gefallen ist, als er versucht hat, einen besonders temperamentvollen Hengst zu reiten. Seither ist er bewusstlos. Wir haben nach einem Arzt schicken lassen. Willingham und ich bleiben an seiner Seite und warten sorgenvoll auf seine Genesung. Natürlich werde ich Sie auf dem Laufenden halten, aber ich dachte, Sie wollten von dem Vorfall sicher so schnell wie möglich erfahren. Und ich glaube, Ihr Mann würde dasselbe wollen.

Hochachtungsvoll

Penvale

Bewusstlos. Das Wort hallte in Violets Gehirn wider, während sie auf Penvales Nachricht starrte. Sie drehte den Brief um und hoffte, noch mehr Informationen zu finden als die wenigen Zeilen, die sie erhalten hatte, doch da war nichts.

»Violet?«, fragte Emily, und Violet blickte auf. Kurz war sie verwirrt, denn sie hatte beinahe vergessen, dass sie nicht allein war. »Ist alles in Ordnung?«

»Nein«, sagte Violet. Ihre Stimme klang selbst in ihren eigenen Ohren fremd. »Ich weiß es nicht. James ist gestern vom Pferd gefallen und ist nun bewusstlos.«

»Meine Güte!«, rief Diana und sprang auf. Mit großen Schritten kam sie auf Violet zu und entriss ihr den Brief. Sie überflog ihn kurz und schnaubte nicht gerade damenhaft. »Typisch für meinen Bruder. Gerade genug Information, um dich zu besorgen, aber nichts, was tatsächlich von Nutzen wäre.«

Violet hörte sie kaum. »Ich muss gehen«, sagte sie, ohne sich der Worte, die aus ihrem Mund kamen, bewusst zu sein. »Ich muss nach Brook Vale.«

Brook Vale war ein malerisches Dorf in Kent und der Sitz des Duke of Dovington, ein Titel, den momentan James' Vater innehatte. Obwohl Brook Vale Park der Familiensitz war, hatte man James das Anwesen Audley House auf der anderen Seite des Dorfes vermacht, als er Violet geheiratet hatte.

Das Haus war klein im Vergleich zum Landgut des Dukes. Doch der wahre Wert von Audley House lag in den angrenzenden Ställen, die spektakulär waren, mit einer Fülle von Rössern mit beeindruckenden Stammbäumen, die jedes Jahr an den wichtigsten Rennen teilnahmen. James' ohnehin nicht unerhebliches jährliches Einkommen, ein Erbe seiner Mutter, wurde durch den Verkauf dieser Pferde, die Gebühren, die andere Besitzer für die Züchtung mit seinen Hengsten zahlen mussten, und die Preisgelder von den Pferderennen beachtlich ergänzt.

Von außen betrachtet, waren die Ställe nur von Vorteil. Doch Violet hasste sie.

»So warte doch, Violet ...«

Doch Violet ignorierte Diana. »Ich muss sofort abfahren. Was, wenn James immer noch bewusstlos ist? Oder ... oder ...« Sie wollte ihre Gedanken gar nicht laut aussprechen. Es war undenkbar, sich ihren unerträglichen, energiegeladenen Gatten anders vorzustellen als bei bester Gesundheit. Sie blickte auf zu Emily, die sie mitleidig ansah.

»Natürlich musst du gehen«, sagte Emily forsch und stand auf. Dann klingelte sie nach Wooton, der umgehend erschien.

»Wooton, Lady Violet muss sofort nach Audley House aufbrechen«, verkündete Emily.

»Wirklich, Mylady?«, hakte Wooton nach und sah Violet auf eine Weise an, die man bei einem weniger erfahrenen Butler als neugierig interpretiert hätte.

»Ja«, brachte Violet hervor. »Es scheint, als hätte Lord

James einen Reitunfall gehabt. Ich will ihn umgehend sehen.«

Ein leichtes Stirnrunzeln erschien auf Wootons sonst ausdrucksloser Miene. In seinem ohnehin so faltigen Gesicht war es nur schwer auszumachen, doch es schien Sorge auszudrücken. »Ich gebe Price umgehend Bescheid, dass sie Ihnen eine Truhe herrichten soll, Mylady.«

»Danke, Wooton«, sagte Violet geistesabwesend und wandte sich wieder Emily und Diana zu. »Wenn ihr mich bitte entschuldigen würdet. Ich sollte selbst mit Price sprechen und ihr sagen, dass ich nur das Allernötigste brauche.«

»Aber natürlich«, erwiderte Emily ruhig und machte zwei Schritte nach vorn, um Violets Hand zu ergreifen. »Liebste Violet, bitte gib Meldung, sobald du mehr über seinen Zustand erfährst.«

»Ich bin sicher, es geht ihm gut«, sagte Diana und versuchte, etwas Humorvolles hinzuzufügen. »Schließlich hast du dich in der Vergangenheit schon oft genug über seinen Dickschädel beklagt.«

»Danke«, sagte Violet und wollte lächeln, doch mehr als ein Zucken der Mundwinkel brachte sie nicht zustande. »Ich bin sicher, es ... nun ja ...« Ausnahmsweise fehlten ihr die Worte. Sie konnte nichts anderes tun, als sich von ihren Freundinnen zu verabschieden und sich auf den Weg in ihr Schlafgemach zu machen.

Dort angekommen, fand sie Price, ihre Dienstmagd, hektisch umherrennend und mit diversen Kleidungsstücken in den Händen vor.

»Pack nur für ein paar Tage, Price«, sagte Violet, als sie

das Zimmer betrat. »Sollte es Lord James gut gehen, werde ich sofort nach London zurückkehren. Und falls nicht ...« Sie hielt inne, schüttelte dann aber bestimmt den Kopf und zwang sich, den Gedanken nicht weiterzuverfolgen. »Falls die Lage ernst ist, werde ich umgehend Bescheid geben, dass man mir mehr Sachen schicken soll.«

»Ja, Mylady«, sagte Price und machte einen Knicks, bevor sie eilig die Arbeit wieder aufnahm. Violet legte sich auf das ordentlich gemachte Bett und starrte hinauf zum Baldachin. Noch nie war sie sich des klopfenden Rhythmus ihres Herzens so bewusst gewesen wie jetzt. Es schlug immer schneller, obwohl sie still dalag. Sie konnte das Bild von James nicht aus ihrem Kopf vertreiben, wie er im Matsch lag, die Vorderhufe eines Pferds gefährlich nahe an seinem Kopf.

Sein Kopf – den sie zwischen ihren Händen gehalten und geküsst hatte, doch in letzter Zeit nur noch so laut anschreien wollte, bis ihr Hals wund war – beinhaltete alles, was James ausmachte. Diese grünen Augen, die ganz nach Belieben Gefühle zeigen oder verstecken konnten. Dieser Mund, den sie im ersten Jahr ihrer Ehe unzählige Male geküsst hatte und seither überhaupt nicht mehr. Und dieser Verstand. Dieser schlaue Verstand, der sie in den Wahnsinn trieb. Sie war wütend auf ihn. Das war sie seit Jahren. Doch auf die Bestürzung, die sie bei der Vorstellung empfand, ihm könnte etwas Schlimmes zugestoßen sein, war sie nicht vorbereitet gewesen.

Im ersten Jahr ihrer Ehe, bevor sie sich so schrecklich zerstritten hatten, hatte sie ihn immer wieder inständig gebeten, in den Ställen vorsichtig zu sein. Er liebte das Reiten, aber die Aufmerksamkeit, die er den Ställen von Audley House zukommen ließ, grenzte beinahe an eine Obsession, die daher rührte, dass er sich seinem Vater gegenüber beweisen wollte. Die Vorstellung, dass er sich aus diesem absurden Grund verletzen könnte, hatte sie zugleich verängstigt und verärgert. Doch er hatte ihre Sorgen ignoriert und sich geweigert, die Aufgaben im Stall zu delegieren, die auch ein Stallbursche hätte erledigen können. Er verbrachte viele Stunden mit der Buchhaltung, obwohl er einen durchaus fähigen Verwalter eingestellt hatte. Immer wieder hatte sie versucht, sich auf die Zunge zu beißen, weil sie ihm nicht auf die Nerven gehen wollte, doch manchmal konnte sie nicht anders, als das Thema anzusprechen, wie zum Beispiel dann, wenn er in einer Woche gleich zweimal nach Kent gefahren war, um die Ställe zu überprüfen, oder wenn er morgens müde am Frühstückstisch erschienen war, weil er wieder bis spät in die Nacht gearbeitet hatte.

Sie hatte ihn gebeten, sich etwas zurückzunehmen. Sie hatte ihm gesagt, er müsse seinem Vater nichts beweisen. Er jedoch beharrte darauf, dass er ihr zuliebe die Ställe zum Erfolg führen wollte und für ihre zukünftigen Kinder – was unausweichlich zu Streit geführt hatte. Ein Streit, dem schon bald die Versöhnung gefolgt war, aber dennoch ein Streit. Selbst jetzt stellten sich Violet noch die Nackenhaare auf, wenn sie daran dachte. Er wollte ihr nicht zugestehen, dass sie ihre eigenen Bedürfnisse am besten kannte. Und er konnte nicht darauf vertrauen, dass sie ihn auch ohne den Gewinn der (zugegebenermaßen überaus lukrativen) Ställe lieben würde.

Und damals hatte James sogar noch viel weniger Zeit in den Ställen verbracht als heutzutage.

Da sie nicht mehr miteinander kommunizierten, war es schon lange her, dass sie ihn gebeten hatte, vorsichtig zu sein.

Vier Jahre, um genau zu sein.

Violet wusste genau, an welchem Tag sie das letzte Gespräch mit James geführt hatte, bevor das passierte, was sie als »DER STREIT« bezeichnete. Sie erwies ihm die Ehre, in Großbuchstaben geschrieben zu werden, denn war es auch bei Weitem nicht der erste eheliche Streit gewesen, so doch der heftigste – und der, der den größten Schaden angerichtet hatte.

Sie erinnerte sich noch, wie sie an jenem Morgen zusammen im Bett gelegen hatten, ihr Kopf auf seiner nackten Schulter, sein Arm fest um sie geschlungen. Sie hatte sich diese Erinnerung bereits so oft ins Gedächtnis gerufen, dass die Kanten mittlerweile ausgefranst waren und sie sich an manche Details nicht mehr richtig zu erinnern vermochte. Hatte es wirklich geregnet? Oder war das Geräusch von Regentropfen nur etwas, das sie in ihrem Geiste hinzugefügt hatte?

In den vergangenen vier Jahren hatte sie jedoch gelernt, dass es sie nur melancholisch machte, wenn sie zu sehr darüber nachdachte. Was sie zurück zu ihrer aktuellen Situation führte: auf ihrem Bett liegend und an einen Mann denkend, der durchaus …

Nein. Violet weigerte sich, das überhaupt in Erwägung zu ziehen. James ging es gut. Es musste ihm gut gehen.

Denn ginge es ihm nicht gut, würde das bedeuten, dass die letzten vier Jahre das Ende ihrer Geschichte waren, nicht nur eine schwierige Zeit zwischendurch. Und tief in ihrem Inneren, ohne es sich selbst einzugestehen, hatte Violet bisher gehofft, es würde Letzteres sein.

Statt also sentimental zu werden, zwang sie sich, wütend zu werden. Hier lag sie nun, kurz davor, in Tränen auszubrechen wegen eines Mannes, der kaum noch mit ihr sprach. Der sich verletzt hatte, weil er ein leichtsinniges, unnötiges Risiko eingegangen war – wovor sie ihn so oft gewarnt hatte. Was er nur tat, um sich vor einem Mann zu behaupten, dessen Meinung – aus Violets Sicht – nichts wert war.

Doch wer war *sie*, so ein Opfer von ihm zu verlangen? Schließlich nur seine Ehefrau. Und nun war sie diejenige, die eine strapaziöse Tagesreise auf sich nehmen musste. Nur weil ihr lästiger Ehemann nicht auf sie hörte. Sollte er aufgrund einer furchtbaren Kopfverletzung nicht tot sein, hätte sie fast Lust, ihm selbst eine zuzufügen, sobald sie ankam.

Mit diesem tröstenden Gedanken erhob sie sich vom Bett und bereitete sich auf ihre Abfahrt vor.

Kapitel 2

Lord James Audley hatte höllische Kopfschmerzen.

»Natürlich hast du höllische Kopfschmerzen«, bemerkte Viscount Penvale von seinem Platz an der Frühstückstafel des Audley House. »Du bist gestern vom Pferd gefallen und warst bewusstlos. Selbst *dein* Dickschädel kann sich von so etwas nicht so schnell erholen.«

»Das stimmt«, fügte der Marquess of Willingham hinzu, der ein paar Stühle weiter saß und eine großzügige Menge an Marmelade auf seinem Toast verteilte. »Vor allem, wenn man nicht mehr so jung ist wie früher, alter Junge.« Zufrieden mit seinem Werk, schob er sich genüsslich den halben Toast auf einmal in den Mund.

James funkelte die beiden böse an und rührte die Milch energischer als unbedingt erforderlich in seinen Tee. »Ich bin achtundzwanzig«, sagte er in eisigem Ton und legte den Löffel beiseite. »Und soweit ich weiß, Jeremy, bist du zwei Monate älter als ich. Höre ich da etwa deine alten Knochen knacken?«

»Ich höre nichts«, erwiderte Willingham – Jeremy – fröhlich und mit vollem Mund.

»Wir haben heute wohl schlechte Laune, was?«, fragte Penvale und widmete sich interessiert einem Ei. »Begrüßen wir die Welt heute nicht mit unserem sonst so fröhlichen Gemüt?«

»Wir«, presste James hervor, »waren gestern bewusstlos, sind in einem Krankenbett erwacht und wurden gezwungen, schwachen Tee zu trinken. Und *wir* haben immer noch das Gefühl, ein Hufschmied würde unseren Schädel mit einem Hammer bearbeiten. Deshalb sind *wir*«, er rammte seine Gabel in ein Würstchen, »heute Morgen nicht zu Plaudereien aufgelegt.«

Stille legte sich über den Raum, während James sein Würstchen verspeiste. Obwohl er sich nur wenige Charakterzüge seines Vaters, dem Duke of Dovington, wünschte, so war er doch für die vererbte Fähigkeit dankbar, einen Raum zum Schweigen bringen zu können. Selbst seine engsten Freunde wussten, dass es nicht schlau war, ihn zu reizen, wenn er in diesem Ton mit ihnen sprach. Durch jahrelange Erfahrung hatten Penvale und Jeremy gelernt, dass es zu nichts führen würde – außer im schlimmsten Fall zu Raufereien.

»Geht es heute zurück nach London, Penvale?«, fragte Jeremy und ignorierte James dabei vorsichtig.

»Ich schätze, schon. Und für dich?«

»Wahrscheinlich auch.«

»Ich komme mit«, sagte James und legte seine Gabel klirrend beiseite. Gerade so schaffte er es, bei dem Geräusch nicht schmerzerfüllt zusammenzuzucken.

»Ich dachte, du wolltest noch ein paar Tage bleiben«, bemerkte Penvale behutsam.

»Das wollte ich«, erwiderte James und griff nach seiner Teetasse. »Aber ich will Worthington persönlich sagen, dass sein verdammtes Pferd seinen nächsten Reiter höchstwahrscheinlich umbringen wird.«

»Wilson hat versucht, dir das mitzuteilen, bevor du aufgestiegen bist«, sagte Penvale. Wilson war hier im Audley House James' Stallmeister.

»Ich weiß«, sagte James reumütig. »Ich weiß wirklich nicht, was ich mir dabei gedacht habe.«

»Findest du es nicht seltsam«, fragte Jeremy so gelassen, dass James sofort in Alarmbereitschaft versetzt wurde, »dass du eher bereit bist, mit Worthington zu sprechen als mit seiner Tochter?«

»Nein«, erwiderte James in dem Ton, den er immer an den Tag legte, wenn jemand auf Violet zu sprechen kam. Ein Ton, der unmissverständlich mitteilte, dass weitere Bemerkungen unerwünscht waren. Normalerweise funktionierte das gut. Nach fünfzehn Jahren der Freundschaft erwarteten Penvale und Jeremy nicht viel – beziehungsweise gar nichts –, was innige Geständnisse vonseiten James' betraf. Dieser Morgen jedoch sollte James als ärgerlich in Erinnerung bleiben, denn Jeremy ließ sich diesmal nicht von dem Tonfall beeindrucken.

»Findet *er* es denn nicht merkwürdig, dass du ihm keine Antwort geben kannst, wenn er fragt, wie es seiner Tochter geht?«

»Könnte sein«, sagte James knapp. »Falls es ihm jemals

in den Sinn kommen würde, diese Frage zu stellen. Was natürlich nicht der Fall ist.« Denn Worthington war ein Arschloch. Zwar ein gütiges Arschloch – er hatte seiner Tochter eine großzügige Mitgift gegeben und ihre Erziehung seiner Frau überlassen –, aber nichtsdestotrotz ein Arschloch. James wusste genug über nachlässige Väter, um genau zu wissen, dass sich Violet an seiner fehlenden Aufmerksamkeit störte, obwohl sie es nie gesagt hatte.

»Aber glaubst du nicht …«, setzte Jeremy an, offensichtlich lebensmüde.

»Jeremy«, sagte Penvale warnend, als James den Mund öffnete. »Hat uns der Arzt nicht gesagt, wir sollen ihn nicht aufregen?«

Das regte James erst recht auf. »Ich bin doch kein kleines Kind. Und ich leide auch nicht an Altersschwäche«, schimpfte er. »Von daher würde ich es sehr zu schätzen wissen, wenn ihr nicht über mich reden würdet, als wäre ich nicht da, während ihr an meinem Tisch sitzt und mein Essen verspeist.«

Die meisten Männer hätten es nun gut sein lassen – James' eisiger, ruhiger Ton hatte schon mehr als einmal eine Diskussion beendet –, doch leider kannten Penvale und Jeremy ihn viel zu lange, um sich einschüchtern zu lassen.

»Bist du sicher, dass du mit uns zurück nach London reisen willst?«, fragte Penvale. »Vielleicht solltest du dich besser noch einen Tag ausruhen. Diesen Sturz gestern solltest du nicht auf die leichte Schulter nehmen.«

»Ich werde noch heute nach London zurückreisen, ob ihr wollt oder nicht«, antwortete James bestimmt und nahm einen Schluck von seinem Tee. Ein Sonnenstrahl fiel durch das Fenster und ließ Jeremys goldenes Haar leuchten. Mit gehobenen Augenbrauen und dem Toast in der Hand starrte er James an. Während des darauffolgenden Schweigens wurde James bewusst, dass er wie ein trotziges Kind klang. Er seufzte laut und setzte seine Tasse mit einem Klirren ab.

»Mein verdammter Kopf tut weh. Ich will in meinem eigenen Bett schlafen«, sagte er und lehnte sich nach vorn, um Penvale und Jeremy abwechselnd in die Augen zu blicken.

»Du hast hier ein Bett, das, soweit ich weiß, ebenfalls dir gehört«, bemerkte Jeremy.

»Das ist nicht dasselbe«, erwiderte James nur, schob seinen Stuhl zurück und stand auf. Natürlich wusste er, dass Jeremy recht hatte. Audley House gehörte ihm. Und alles, was sich darin befand, ebenfalls. Auch die Betten. Irgendwo in einer Schublade in London befanden sich die Papiere, die das bewiesen. Doch aus irgendeinem Grund konnte er das Gefühl nicht abschütteln, das ihn überkam, sobald er hier war. Das Gefühl, dass sein Vater in der Nähe war. Und natürlich gab es noch die andere verdammte Tatsache: Violet war *nicht* da, hier draußen auf dem Land.

»Ich werde jetzt packen«, sagte er. »Wir brechen in einer Stunde auf.«

Ohne ein weiteres Wort verließ er mit großen Schritten den Raum.

Es war absurd, überlegte er, als er die Treppe nach oben stieg. Nahezu lächerlich. Es war vier Jahre her, dass Violet und er ein Bett geteilt hatten. In London schlief er in seinem Schlafgemach und sie in ihrem, getrennt durch eine Wand, ein Ankleidezimmer, eine Verbindungstür, ein weiteres Ankleidezimmer und eine weitere Wand – und vier Jahre eisigen Schweigens. Und trotzdem schlief er ruhiger, wenn er wusste, dass sie sich unter demselben Dach befand. Für genau diese Sorte sentimentalen Unfugs hätte er vor seiner Ehe keine Zeit gehabt.

Aber vor seiner Ehe hätte er natürlich auch nicht gedacht, dass ein einziger Streit mit einer Frau vier Jahre seines Lebens ruinieren könnte.

Und doch war es geschehen.

Seit dem Tag ihres Streits hatte sich Violet geweigert, ihn nach Brook Vale zu begleiten. Er bezeichnete den Tag insgeheim als *Dies Horribilis*. Jedes Mal, wenn er aufbrach, fragte er in gewohnter Höflichkeit – mit einer Stimme, von der er wusste, dass sie ihn wie ein Idiot klingen ließ –, ob sie ihn begleiten wolle. Ein wenig frische Landluft schnappen. Und so weiter. Doch ihre Antwort war immer Nein.

Und James war jedes Mal zugleich enttäuscht und erleichtert.

Es hätte ihn nicht kümmern sollen. Sie hasste die Ställe. Er wusste nicht mehr, wie oft sie ihn schon gebeten hatte, weniger Zeit dort zu verbringen und das Tagesgeschäft dem überaus fähigen Personal zu überlassen. Finanziell befanden sie sich in keiner brenzligen Situation, nicht mit ihrer Mitgift und seinem Erbe. Es war nicht so, als hätte er sich um ihre Existenz sorgen müssen, wenn er sich nicht um alles selbst kümmern würde.

Es hatte ihn schon immer geärgert, dass sie nicht verstand, dass er all die Stunden vor allem für *sie* in den Ställen verbrachte. Er musste ihr, seinem Vater und *sich selbst* beweisen, dass er zu den Männern gehörte, die etwas erreichten. Die etwas zustande brachten. Er konnte ihr keinen richtigen Adelstitel bieten. Nicht er würde das Herzogtum eines Tages übernehmen, sondern sein Bruder. Irgendwie hatte er das Gefühl, die Ställe gäben seinem Leben einen Sinn. Einen Sinn, der ihn Violet würdig machte. Er wollte besser sein als irgendein nutzloser, eitler, wahrscheinlich höhergestellter Aristokrat, den sie geheiratet hätte, wenn er sie nicht an jenem Abend auf dem Balkon kennengelernt hätte. Dass sie das bisher nicht verstanden hatte, war ein ständiger Quell des Konflikts.

Von daher war es verwunderlich, dass er sie vermisste, obwohl er hier von ihren missbilligenden Blicken und spitzen Bemerkungen verschont blieb.

Aber es war nun einmal so, dass er in Audley House immer schlechter schlief als zu Hause.

...

Am frühen Abend hatten sie schon beinahe die Stadt erreicht. Das Wetter war schön, mit Sonnenschein, blauem Himmel und weißen Wölkchen, was die Beengtheit in der Kutsche noch unerträglicher machte. Die grünen Hügel und Wälder Südenglands zogen an ihnen vorüber, und weil James nun mal Patriot war, konnte er nicht umhin, Liebe für sein Heimatland zu empfinden. Seine Eheprobleme belasteten ihn. Und dennoch: Gott schütze den König und so weiter und so fort.

Es hatte schon länger nicht mehr geregnet, sodass die Straßen in gutem Zustand waren und sie zügig vorankamen. Jeremy saß ihm gegenüber und versuchte, in die Ecke gequetscht, ein Nickerchen zu halten, was aufgrund des ständigen Ruckelns nahezu unmöglich war. Penvale saß neben James und hatte die Nase in einen dicken Wälzer über Wasserwirtschaft auf Landgütern gesteckt.

»Du hast doch überhaupt kein Landgut«, bemerkte James. Sein Kopf begann schon wieder zu pochen. Verdammt.

Penvale blickte auf und kniff die Augen zusammen. »Aber eines Tages.«

»Selbst wenn du das Geld auftreiben könntest«, sagte James frei heraus, obwohl er wusste, dass er Penvale provozierte, doch er konnte nicht anders, »glaubst du wirklich, dein Onkel würde verkaufen?«

»Wenn ich ihm ein gutes Angebot unterbreite«, erwiderte Penvale knapp und widmete sich wieder seinem Buch. James stichelte nicht weiter, denn er hatte ja selbst eine Abneigung dagegen, mit seinen Freunden über Persönliches zu sprechen. Von daher konnte er es Penvale nicht verübeln, dass er bei diesem Thema wortkarg wurde.

Penvale war kaum zehn Jahre alt gewesen, als seine Eltern gestorben waren und er ihren Titel geerbt hatte. Das Familienanwesen war derart verschuldet gewesen, dass keine andere Wahl blieb, als es zu verkaufen, um die Erbschaftssteuer zu decken. Der interessierteste mögliche Käufer war der jüngere Bruder seines Vaters gewesen, zu dem dieser den Großteil seines Erwachsenenlebens keinen Kontakt gehabt hatte. Sein Vermögen hatte er bei der East India Company erlangt. Penvale und seine Schwester waren nach Hampshire geschickt worden, um dort bei der Schwester ihrer Mutter und deren Mann zu leben – auf einem Gut, das nur wenige Meilen vom Anwesen der Greys entfernt lag. Seither waren Violet und Diana befreundet.

Seit er mündig war, war Penvale versessen darauf, seinen Titel mit dem Land seiner Vorfahren wiederzuvereinigen. Es war fast unheimlich, wie viel Glück er an Spieltischen hatte, doch statt das Geld für Wein und Frauen auszugeben, hortete er es wie ein Geizhals. Er begann sogar, auf Aktien zu spekulieren, um sein Vermögen zu erweitern, was sonst nur die verzweifeltsten Gentlemen taten. Er mochte es nicht, wenn man ihn fragte, wie wahrscheinlich es war, dass sein Onkel an ihn verkaufen würde.

Die Kutsche wurde langsamer. James spähte aus dem Fenster und sah, dass sie in den Hof eines Gasthauses einfuhren, wo sie die Pferde tauschen und – was noch viel wichtiger war – kurz der Kutsche entkommen konnten.

Sie waren kaum zum Stehen gekommen, da öffnete er bereits die Tür, sprang heraus und erschreckte den Diener, der gerade nach dem Türgriff greifen wollte. Er blickte über die Schulter und beobachtete, wie Penvale sein Buch auf den nun freien Platz fallen ließ und Jeremy mit einem unsanften Schultertätscheln weckte, bevor er ebenfalls ausstieg. James ging auf den Eingang des Wirtshauses zu, blieb jedoch abrupt stehen, als er eine ihm bekannte Kutsche entdeckte, die auf die Rückkehr ihrer Fahrgäste wartete.

Eine ihm *sehr* bekannte Kutsche.

Wenn er nicht vollkommen falschlag – und James rühmte sich damit, nur selten falschzulügen –, gehörte die gut gefederte Kutsche, die da so friedlich vor dem Wirtshaus stand, ihm. Er und seine Freunde waren in Jeremys Kutsche nach Brook Vale gereist. Er hatte Violet die Kutsche überlassen, falls sie ihren Hutmacher oder die Bibliothek besuchen wollte – aber doch nicht *Kent*.

Stolpernd blieb Penvale hinter ihm stehen.

»Was ist los? Audley?«

»Falls mich der Sturz nicht mehr aus der Bahn geworfen hat als befürchtet«, sagte James ruhiger, als er sich fühlte, »ist das meine Kutsche, die da steht. Und wenn sie nicht gestohlen wurde – was eine durchaus reiche Ausbeute wäre –, bedeutet das, dass meine Frau hier irgendwo ist.«

James hatte erwartet, dass Penvale nach Luft schnappen oder seine Verwunderung ausdrücken würde, doch stattdessen fluchte er: »So ein verdammter Mist. Ich hätte ihr diesen verfluchten Brief nicht schicken sollen.«

Mit gehobenen Augenbrauen drehte sich James vollständig zu seinem Freund um. »Wie bitte?«

Penvale schien ungewöhnlich rastlos, wie er so vor James stand. Normalerweise legte er immer eine ruhige, beinahe tödliche Gelassenheit an den Tag – so wie auch seine Schwester –, doch im Moment wirkte er wie ein nervöser Schuljunge, der James mit seinen braunen Augen entschuldigend ansah. »Ich habe ... deiner Frau ein Schreiben zukommen lassen, nachdem du gestern deinen Unfall hattest.«

James bemühte sich, nicht laut zu werden. »Ach ja?«

»Und, nun ja ...« Penvale fuhr sich durch das Haar und ließ den Blick verzweifelt über den Innenhof schweifen, als würde er auf Rettung hoffen. »Kurz nachdem ich ihn abgeschickt hatte, bist du aufgewacht. Und es könnte sein, dass ich vergessen habe, ihr einen zweiten Brief zu schicken, um ihr mitzuteilen, dass du doch nicht im Sterben liegst.«

James öffnete den Mund, doch bevor er etwas sagen konnte, ertönte die Stimme von Jeremy, der eben erst aus der Kutsche gestiegen war. »Lady James! Was um alles in der Welt machst du denn hier?«

Mit einem flauen Gefühl im Magen drehte sich James um – natürlich war es Violet. Sie stand im Eingang des Wirtshauses, trug ein schlichtes Reisekleid, und ihr Haar war ein wenig unordentlich, als wäre sie heute Morgen in Eile gewesen. Natürlich war sie in Eile gewesen, sagte er sich, immerhin hatte sie einen Brief erhalten, in dem stand – nun ja, James wusste nicht, was genau Penvale in seinem verfluchten Brief geschrieben hatte, aber es war ohne Zweifel genug gewesen, um sie in Sorge zu versetzen.

Da stand sie, mit blassem Gesicht, und starrte ihn mit großen braunen Augen an. Dunkle Strähnen umrahmten ihr Gesicht, was für ihn eher verlockend als ungekämmt aussah. Es war zwar vollkommen unangebracht, doch am liebsten hätte er sie jetzt geküsst.

Aber James wollte Violet ohnehin immer küssen. Das Küssen war nie das Problem gewesen. Es war das Reden, das ihnen Schwierigkeiten bereitete. Er machte einen Schritt nach vorn und war sich undeutlich bewusst, dass sie wahrscheinlich schockiert war, ihn plötzlich vor sich zu sehen, gesund und munter, obwohl Penvale es hatte klingen lassen, als würde er schon an die Himmelspforte klopfen.

»Violet«, sagte er. Er hörte das Zögern in seiner eigenen Stimme und merkte, dass er befangen klang.

»Du ... Penvales Brief ...« Sie schien Mühe zu haben, die richtigen Worte zu finden. Das war ungewöhnlich für eine Frau, die so gern redete wie Violet. Obwohl sie nur noch selten das Wort an James richtete, hörte er sie manchmal, wenn er am Salon vorbeiging und sie ihre Freundinnen zu Besuch hatte, mit denen sie so viel plauderte wie eh und je. Dann war er innerlich zerrissen und wusste nicht, ob er lächeln sollte, weil er ihre vertraute Stimme hörte, oder ob er auf irgendetwas einschlagen sollte.

Natürlich verlief der Weg der wahren Liebe nie ganz eben, doch James fand, dass sein Weg unnötig holprig war. Wenn sie während des Essens mal wieder schweigend beisammensaßen, kamen ihm Worte in den Sinn, die sein Leben weitaus treffender beschrieben.

Heirate in Eile, bereue in Weile.

Dieser Gedanke – oder eine bruchstückhafte Version davon – ging ihm durch den Kopf, während Violet tapfer versuchte, die Fassung wiederzuerlangen. Sie wirkte müde, erschöpft und ein wenig zerknittert von der Reise, gar nicht die ach-so-elegante junge Dame, die er vor fünf Jahren auf dem Balkon kennengelernt hatte, und dennoch war sie immer noch das Schönste, was er je gesehen hatte. Er versuchte, sie dafür zu hassen, doch es gelang ihm nicht richtig.

Wenige Augenblicke später machte sie es ihm jedoch wesentlich einfacher, sie zu hassen. Sie kam schnellen Schrittes auf ihn zu, erhob die Hand und erteilte ihm mit beeindruckender Kraft eine Ohrfeige.

»Mein Gott ...« Er unterdrückte weitere Flüche und legte die Hand an die Wange, die unter seinen Fingern regelrecht glühte. Seine Frau war nicht unbedingt von imposanter Statur, doch sie war stärker, als sie aussah. »Violet ...«

»Wie kannst du es wagen«, sagte sie mit zitternder Stimme und emotionaler, als er sie seit Langem erlebt hatte. »Wie kannst du es wagen, so dazustehen, so ... so ...« Ihr fehlten scheinbar die passenden Worte, um seine Straftat angemessen zu beschreiben.

»So gesund, meinst du?«, fragte er in säuerlichem Ton und nahm die Hand von der immer noch brennenden Wange. »Es tut mir außerordentlich leid, meine Liebe, wenn dir meine fortdauernde Existenz solche Umstände bereitet.«

Ihre Augen funkelten gefährlich. »Was mir Umstände bereitet, ist, von deinem Freund da drüben einen Brief zu bekommen ...« Sie deutete mit dem Kopf auf Penvale. James wagte einen kurzen Blick über die Schulter und bemerkte, dass Penvale und Jeremy sie halb amüsiert, halb besorgt beobachteten. James war gerührt von ihrer Sorge um ihn, denn auch er fürchtete nun um seine Unversehrtheit.

Violet ergriff wieder das Wort. »Es klang, als hätte dein letztes Stündlein geschlagen. Und wenn man bedenkt, dass ich jedes Mal mit solch einer Nachricht rechne, wenn du den Fuß in diese Ställe setzt, obwohl du darin nichts verloren hast, ist es kaum verwunderlich, dass ich ein kleines bisschen beunruhigt war.« Ihre Stimme tropfte nur so vor Hohn.

Und sie war noch nicht fertig. »Ich will dir zur Seite eilen, und wen treffe ich auf halbem Weg? Dich, meinen angeblich so angeschlagenen Ehemann, der völlig unbekümmert vor mir steht.« James öffnete den Mund, um etwas zu erwidern, schloss ihn jedoch schnell wieder. Es war allgemein bekannt, dass es besser war, Violet während ihrer Tiraden nicht zu unterbrechen.

»Wären wir nicht gleichzeitig bei diesem Wirtshaus angekommen«, fuhr sie fort, »hätte ich Audley House leer vorgefunden! Findest du das etwa lustig? Willst du noch einen Schritt weiter gehen, statt mich nur zu ignorieren? Soll ich dir jetzt durch ganz England nachjagen?«

Sie hielt inne und atmete schwer, was für jeden Mann, der die weibliche Brust zu schätzen wusste, höchst ablenkend war – und James gehörte definitiv zu diesen Männern. Nach einer Weile begriff er, dass sie irgendeine Form von Antwort von ihm erwartete.

Er schwieg jedoch noch einen Moment, nicht, weil ihm die Worte fehlten, sondern weil er nicht wusste, wo er beginnen sollte. Sollte er anmerken, dass ein Viertel der Strecke zwischen London und Kent nicht als »Reise durch ganz England« bezeichnet werden konnte? Oder dass er, was das Ignorieren des Ehepartners anging, nur ein Amateur war im Vergleich zu der Meisterin, die ihm jeden Abend am Tisch gegenübersaß?

Schlussendlich entschied er sich jedoch, mit einem naheliegenden Punkt zu beginnen. »Ich hatte keine Ahnung, dass dir Penvale diesen verflixten Brief geschickt hat.«

Sie schnaubte sehr undamenhaft, was höchst unattraktiv hätte sein sollen, doch irgendwie war es das nicht.

»Weißt du, es ist ziemlich schwierig«, sagte er mit – wie er fand – liebenswürdiger Höflichkeit, »mitzubekommen, mit wem die Freunde korrespondieren, während man bewusstlos ist.«

Sie verengte die Augen zu Schlitzen, ein klares Zeichen für Zorn, doch das war James egal. Er fühlte sich verwegen. Lebendig. So, wie er sich immer gefühlt hatte, wenn sie sich im ersten Jahr ihrer Ehe gestritten hatten. Er hatte sich seit Jahren nicht mehr so gefühlt.

»Dann hast du dich also tatsächlich verletzt?«, fragte sie skeptisch. James nahm an, sie würde sofort nach einem Arzt rufen und ihn untersuchen lassen, um seine Aussage zu verifizieren.

»Ja, das habe ich«, erwiderte er hastig und hoffte, so einer Untersuchung entgehen zu können. Nach den letzten Tagen hatte er genug von Ärzten. »Der neue Hengst deines Vaters hat mich aus dem Sattel geworfen. Ich war bewusstlos.« Wahrscheinlich hätte es ihm peinlich sein sollen, das zuzugeben, doch das war es nicht. Unter normalen Umständen war er ein guter Reiter, doch dieses Pferd war geistesgestört.

»Und nachdem du das Bewusstsein wiedererlangt hattest, kam es deinem *Freund* nicht in den Sinn«, sie betonte das Wort, als hätte sie *deine handzahme Kakerlake* gesagt, »mir mitzuteilen, dass du nicht auf dem Sterbebett liegst?«

»Ich kann es dir nicht sagen«, erwiderte James und versuchte erfolglos, seine eigene Wut zu unterdrücken. »Denn ich habe keine Ahnung, was über ihn gekommen ist, sodass er dir überhaupt geschrieben hat.«

Kaum hatte er die Worte ausgesprochen, merkte er, dass er etwas Falsches gesagt hatte. Violet funkelte ihn so böse an, dass er am liebsten einen Schritt zurückgetreten wäre.

»Oh, aber natürlich«, sagte sie mit tödlicher Ruhe. »Wie dumm, eine Ehefrau über das mögliche Ableben ihres Ehemannes informieren zu wollen. Wie lächerlich!« Sie kicherte, aber es klang ganz anders als ihr gewöhnliches Lachen. Nicht, dass er ihr Lachen im Laufe der letzten Jahre oft gehört hätte.

»Ich meinte, dass er dich nicht unnötigerweise in Panik hätte versetzen sollen«, sagte James ungeduldig und machte eine wegwerfende Handbewegung. »Es gab keinen Grund, dich so zu beunruhigen.« Kurz stellte er sich vor, wie er Penvale an den Kragen gehen würde. Ein verlockender Gedanke, der ihm nur allzu berechtigt erschien.

»Hätte er mir nicht geschrieben«, sagte Violet hitzig, »hätte ich wahrscheinlich nie von diesem kleinen Vorfall erfahren! Das könnte dir so passen. Du denkst, mein zerbrechliches weibliches Gemüt könnte mit solch einem Schock gar nicht umgehen.« Ihre Worte waren so spitz, es verwunderte ihn beinahe, dass er nicht zu bluten begann, als sie sie ihm entgegenwarf.

»Es ist überhaupt nicht der Rede wert!«, entgegnete James und merkte zu spät, dass er die Stimme erhoben hatte. Kurz ließ er den Blick über den Hof schweifen und stellte erleichtert fest, dass niemand – Jeremy und Penvale natürlich ausgenommen – ihnen sonderlich viel Aufmerksamkeit schenkte. Die Diener und Reisenden hatten offensichtlich Besseres zu tun, als zwei aristokratische Streithähne zu beobachten. Und James gab ihnen recht. Er hatte selbst Besseres zu tun, als einer der beiden aristokratischen Streithähne zu *sein*.

Violet verschränkte die Arme vor der Brust, was überaus irritierende Dinge mit ihrer Oberweite anstellte. James war froh, dass sie kein freizügigeres Kleid trug, sonst hätte er sich noch schlechter konzentrieren können.

»Wie oft ist dir das schon passiert?«, fragte Violet und musterte ihn durchdringend. »Falls es zu deinen Gewohnheiten gehört, dir Kopfverletzungen zuzuziehen, ohne mich darüber zu informieren, sollte ich dann davon ausgehen, dass so etwas tagtäglich passiert?« Sie sprach, als hätte er das verdammte Pferd darum *gebeten*, ihn abzuwerfen.

»Soweit ich mich erinnere, ist es zum ersten Mal passiert, Madam«, presste er hervor, die Arme steif und gerade an den Seiten, als müsste er den Drang unterdrücken, sie zu schütteln. Er versuchte, die Stimme zu senken, damit ein gewisser Viscount und ein gewisser Marquess, die nur wenige Meter entfernt standen, ihn nicht mehr hören konnten.

»Ich weiß nicht, ob ich dir das glauben soll«, sagte Violet leise schniefend. »Und falls es nicht der erste Unfall dieser Art war, wer weiß, welche Gehirnschäden du bereits davongetragen hast?« Sie musterte ihn prüfend. »Ich meine … Sollte ich dir wirklich die Familienfinanzen anvertrauen, James, wenn es sein könnte, dass du nicht mehr ganz richtig bist im Kopf?«

James' Hände ballten sich zu Fäusten, doch wundersamerweise klang seine Stimme immer noch ruhig. »Mein Geisteszustand, Mylady, ist so gut wie eh und je.«

Violet hob eine dunkle Augenbraue. »Da ich keine andere Wahl habe, nehme ich dich beim Wort.« Sie hielt inne. Die sorgsam berechnende Skepsis auf ihrem Gesicht sprach Bände. Er wusste, dass dieser Blick ihn verärgern sollte – und es funktionierte. Er hasste es, dass sie ihn so gut kannte. Er hasste es, dass er sie so nahe an sich herangelassen hatte, denn nun konnte sie dieses Wissen als Waffe gegen ihn verwenden.

»Verdammt, Violet«, setzte er an.

»Ich will nichts mehr von dir hören«, sagte sie und blickte über seine Schulter zu Jeremy und Penvale. »Penvale«, rief sie mit leicht erhobener Stimme, »wenn er das nächste Mal so dumm ist, auf ein Pferd zu steigen, von dem mir mein Vater erst letzte Woche berichtete, dass es nicht zu zähmen sei, dann warte bitte damit, mich zu kontaktieren, bis du weißt, ob er leben oder sterben wird. Ich will es nur ungern zur Gewohnheit werden lassen, die Pferde unnötigerweise durch das ganze Land zu hetzen.«

Während sie sprach, ging sie elegant an James vorbei und schnellen, stolzen Schrittes zu ihrer – *seiner*, verdammt! – Kutsche.

»Von London bis Kent ist nicht durch das ganze Land!«, rief ihr James genervt hinterher, unfähig, länger zu schweigen, doch ein schlagkräftiges Schlusswort war ihm auch nicht eingefallen. »Und es war nicht einmal die halbe Strecke!«

Violet warf ihm über die Schulter einen letzten verächtlichen Blick zu, bevor sie einstieg und verschwand.

»Du hättest dir ruhig mehr Mühe geben können, alter Knabe«, bemerkte Jeremy, der neben James getreten war und Violet beim Weggehen beobachtet hatte. »Schon ein wenig peinlich.«

»Steig in die Kutsche«, befahl James. »Und dann bringt mich nach London und verliert nie wieder ein Wort über die Sache.« Er hielt kurz inne und dachte nach. »Aber zuerst will ich einen Drink.«

»Das«, sagte Jeremy und klopfte ihm auf die Schulter, »war bisher das Sinnvollste, was du heute gesagt hast.«

Kapitel 3

Als die Kutsche spätabends vor ihrem Haus in der Curzon Street zum Stehen kam, war Violet so müde, dass ihre Wut fast verflogen war. Auf dem Weg ins Haus und hinauf in ihr Schlafgemach ließ sie sich die Ereignisse des Tages noch einmal durch den Kopf gehen, aber sie konnte sich auf nichts richtig konzentrieren. Auch wenn sie immer noch der festen Überzeugung war, dass sie recht hatte, war sie doch so erschöpft, dass ihr alles egal war. Sie wollte nur ein Bad nehmen und ins Bett gehen.

Als sie am nächsten Morgen erwachte, fühlte sie sich jedoch wieder viel energiegeladener. An den hereinfallenden Sonnenstrahlen erkannte sie, dass es noch nicht sonderlich spät war. Nachdem sie nach Price geklingelt und sich an ihren Frisiertisch gesetzt hatte, um sich das Haar zu bürsten, fragte sie sich, ob sie ihren Ehemann am Frühstückstisch vorfinden würde.

Falls er überhaupt nach Hause gekommen war. Sie nahm es an, aber vielleicht hatte ihn ihr Zusammentreffen vor dem Wirtshaus auch so sehr verärgert, dass er zurück nach Audley House gefahren war.

Nicht, dass *er* einen Grund gehabt hätte, verärgert zu sein. Violet war diejenige, die vor Wut kochte. Es war schon ärgerlich genug gewesen, dass er von seinem Vater die Ställe als Hochzeitsgeschenk angenommen und ihr erst Tage nach ihrer Heirat davon erzählt hatte. Noch schlimmer war allerdings, dass er, wenn sie sich zum Abendessen am Tisch trafen, besonders schlechte Laune hatte, wann immer er den Tag in den Ställen oder in seinem Arbeitszimmer über den Zahlen verbracht hatte. Was sie jedoch am wütendsten machte, war, wenn er betonte, dass er das alles nur für *sie* tat. Für sie beide. Als ob nur er wüsste, was sie wirklich wollte.

Egal, wie oft sie auch darüber diskutierten, sie verstand nicht, warum er den Ställen von Audley House so viel Aufmerksamkeit schenkte. Ja, sie wusste, dass er es wie alle Männer liebte, durch den Park zu reiten oder über sein Anwesen. Doch es lag nicht in seiner Natur, die Nachmittage bei Tattersalls zu verbringen, um Pferde zu begutachten und endlose Debatten zu führen. Und auch wenn er hervorragend mit Zahlen umgehen konnte – und die Ställe unter seiner Führung beachtliche Gewinne eingebracht hatten –, verstand sie nicht, warum er nicht ein wenig Verantwortung an andere abtreten konnte. Jedes Gespräch, das sie mit ihm darüber zu führen versuchte, machte sie nur zornig.

Die gestrigen Ereignisse hatten gezeigt, dass ihr Mann in der Lage war, ihre Wut in bisher ungeahnte Höhen zu treiben. Sie hätte ihn dafür bewundert, wäre der Drang, ihm – mehrfach – eine Gabel in die Weichteile zu rammen, nicht um ein Vielfaches größer gewesen.

Angriffe mit Besteck konnten allerdings nicht in Abwesenheit des Opfers ausgeführt werden. Bis sie angezogen und hinuntergegangen war, war James bereits verschwunden. Sie hatte Price diskret ausgefragt und erfahren, dass er tatsächlich gestern Abend nach Hause gekommen war. Sie wusste nicht, warum sie erwartet hatte, dass dieser Morgen anders sein würde. Oft frühstückte sie im Bett, damit sie James nicht so häufig am Tisch begegnen musste. Und selbst wenn sie herunterkam, brach er oft vor ihrem Erscheinen auf für seinen Ritt durch den Hyde Park. Er ritt gern früh aus, lange bevor die Massen in den Park strömten.

Früher hatte Violet ihn ab und zu auf seinen Ausritten begleitet. Sie konnte sich noch lebhaft an das besondere Licht zwischen den Bäumen und die frische Luft erinnern. Die kraftvolle Bewegung des Pferds unter ihr, die Euphorie, das Gefühl, am Leben zu sein, während der Rest der Welt – oder besser gesagt *ihrer* Welt – noch schlummerte und sich von den abendlichen Exzessen erholte.

Sie konnte sich noch an den Ton seiner Wangen erinnern, die der Wind rosa gefärbt hatte, was ihn jungenhaft und wesentlich jünger wirken ließ. Sie dachte wehmütig daran, dass James fast noch ein Junge gewesen war, als sie sich kennengelernt hatten. Dreiundzwanzig. Natürlich war er älter gewesen als sie mit ihren zarten achtzehn, doch hatte er Oxford erst ein paar Jahre zuvor verlassen. Ein so junges Alter, um sich zu vermählen.

Und trotzdem waren sie glücklich gewesen.

Größtenteils.

Und nun waren sie …

Nun ja, um ehrlich zu sein, wusste Violet nicht, was sie waren. Sie würde nicht behaupten, dass sie glücklich waren. Sicher nicht. Aber »unglücklich« traf es auch nicht. Das Wort war nicht geeignet, die Komplexität ihrer Existenz zu beschreiben. Manchmal hatte sie das Gefühl, darauf zu warten, dass ihre Ehe die eine oder die andere Richtung einschlug. Entweder würde es wieder so werden wie früher, oder sie würden sich komplett entfremden, sich Liebhaber suchen und sich auf eine Zukunft einlassen, in der sie höflich, jedoch gänzlich leidenschaftslos miteinander umgingen.

Violet war so in Gedanken versunken, dass sie minutenlang dieselbe Stelle ihres Brots mit Butter bestrichen hatte, sodass es schon ganz durchweicht war. Sie schüttelte den Kopf und nahm einen Bissen.

Sie hatte keine Zeit für liebeskranke Grübeleien. Sie krümmte sich bei dem Gedanken, das Wort »liebeskrank« überhaupt im Sinn gehabt zu haben. Denn das war sie ganz sicher nicht. Sie hatte genug gelesen, um zu wissen, dass die liebeskranken Mädchen in Romanen durchweg überaus stumpfsinnig waren, obwohl sie die Heldinnen der Geschichte waren. Violet weigerte sich, sich als eine von ihnen zu betrachten – vor allem, weil sie dann Gefahr liefe, sich ihre Gefühle für ihren nicht-so-geliebten Ehemann einzugestehen.

Nachdem sie eine Weile in ihrem Frühstück herumgestochert hatte, zog sich Violet in die Bibliothek zurück, wie sie es oft tat, wenn sie ein wenig neben der Spur war. Die Bibliothek war ihr liebster Raum im ganzen Haus. Sie hatte sie am Nachmittag ihrer Hochzeit zum ersten Mal betreten, als James und sie nach ihrem Hochzeitsfrühstück nach Hause gekommen waren. Sie hatte ihn damit geneckt, dass er ihr gar nicht erst hätte den Hof machen müssen, wenn er ihr dieses Zimmer früher gezeigt hätte.

»Dir den Hof zu machen hat mich nicht sonderlich viel Mühe gekostet«, hatte James mit der Zufriedenheit eines frischgebackenen Ehemannes erwidert, der eine ungewöhnlich kurze Verlobung erlebt hatte und keine mühselige Reise nach Schottland antreten musste. »Du warst ziemlich willig.«

»Ich hatte nicht wirklich eine Wahl, oder?«, fragte Violet mit gehobenen Augenbrauen. »Wenn man bedenkt, dass Mutter die ganze Szenerie beobachtet hat?« Sie zögerte kurz, bevor sie hinzufügte: »Und du hattest auch keine andere Wahl.«

So kurz ihr Zögern auch gewesen war, James musste es bemerkt haben, denn sein selbstgefälliges Grinsen verschwand nahezu umgehend und wurde durch den Ausdruck intensiver Konzentration abgelöst. Er ließ ihre Hand los, trat näher an sie heran und packte sie an den Schultern. Fest genug, damit sie nicht entwischen konnte, aber nicht so fest, dass es wehtat. »Violet.«

Irgendetwas in seinem Ton brachte sie dazu, ihm sofort in die Augen zu sehen. Er ließ ihre eine Schulter los, legte die Hand an ihre Wange, und sie schmiegte sich an ihn und genoss die Berührung.

»Ich hätte diese Entscheidung auch getroffen, wenn uns deine Mutter nicht erwischt hätte.« Seine Stimme war ruhig und bestimmt. Sie hörte die Wahrheit aus jedem Wort, das er sprach. »Zugegeben, es hätte vielleicht ein bisschen länger gedauert«, seine Mundwinkel bogen sich nach oben, und sie erwiderte das Lächeln, »aber ich habe keinerlei Zweifel daran, dass wir trotzdem hier stehen würden. Hier in dieser Bibliothek. Und wahrscheinlich würden wir eine weitaus interessantere Unterhaltung führen.«

Er hatte zu Ende gesprochen, senkte jedoch weder die Hände, noch unterbrach er den Blickkontakt. Er war so attraktiv, dachte sie, wie immer, wenn sie ihn ansah – groß, breitschultrig, mit dunklem Haar, welches sie in der Kutsche zerzaust hatte, und leuchtend grünen Augen, die sie ansahen, ohne zu blinzeln. Und sie liebte ihn. Er hatte ihr genau das gesagt, was sie hören wollte.

»Dann bin ich froh, dass wir uns einig sind«, sagte sie, darum bemüht, ihren Ton gewohnt lässig klingen zu lassen. Sie war unsicher, ob es ihr gelungen war, doch er zog sie dennoch in seine Arme.

Danach wurde eine ganze Weile gar nicht gesprochen.

Und die Bibliothek wurde gründlich inspiziert.

Jetzt, da sie wieder in demselben Raum stand und sich diesen Moment ins Gedächtnis rief, schluckte sie schwer und verdrängte den Gedanken. Obwohl die Bibliothek mittlerweile nur noch für Studienzwecke und nicht mehr für Liebesdinge genutzt wurde, war sie dennoch ein reizender Raum. Die Wände waren dunkelgrün, der Teppichboden dunkelrot. Überall standen Sofas und Sessel, die nicht mehr besonders neu waren, aber überaus bequem. An einer Seite eröffnete eine lange Fensterfront eine hervorragende Sicht auf den Garten hinter dem Haus. Doch die wahre Schönheit des Raums lag in den Büchern. Deckenhohe Bücherregale zierten drei der Wände, aber Violet war besonders wichtig, dass die Bücher nicht nur der Dekoration dienten. Sie waren abgegriffen, mit rissigen Buchrücken und verblassten Buchstaben.

»Die Bibliothek meines Vaters in Brook Vale Park ist voller Bücher, die er nie gelesen hat«, hatte ihr James einst erzählt, als sie aneinandergeschmiegt auf einem der Sofas gelegen hatten. »Sofort nachdem ich dieses Haus gekauft hatte, beschloss ich, es mit Büchern zu füllen, die ich gelesen habe und liebe, ungeachtet dessen, ob sie eine beeindruckende Sammlung ergeben.«

»Das erklärt die gesammelten Werke der Gebrüder Grimm, die ich gestern gefunden habe«, hatte Violet lächelnd gesagt und sich noch enger an ihn geschmiegt. »Nicht unbedingt die gehobenste Literatur.«

»Durchaus«, hatte er trocken erwidert und war schweigsam geworden. Violet war früher sehr gut darin gewesen, ihn auf verschiedene Arten und Weisen zum Schweigen zu bringen.

Doch das war früher einmal.

An diesem Morgen war die Bibliothek für Violet allerdings nicht der gewohnte Zufluchtsort. Violet war … nervös. Sie konnte sich auf nichts konzentrieren. Heute war Donnerstag, was bedeutete, dass sie heute keine Termine hatte, bis auf ein Hauskonzert am Abend bei der Countess of Kilbourne. Als sie gestern Abend nach Hause gekommen war, hatte sie Wooton befohlen, allen Besuchern zu sagen, sie sei nicht da, weil sie annahm, nach ihrer aufregenden Reise heute erschöpft zu sein. Doch nun bereute sie es. Es war noch früh am Tag, und das leere Haus erschien ihr viel zu groß.

Mit Langeweile hatte Violet nur wenig Erfahrung, obwohl die gute Gesellschaft ihr hinreichend Anlässe gegeben hatte. Jede Beschäftigung, die anstrengender war als Näharbeit, wurde bei wohlerzogenen Damen mit Stirnrunzeln gestraft. Und Violet war eine wohlerzogene Dame, trotz ihrer Bemühungen, die Pläne ihrer Mutter immer wieder zu durchkreuzen. Auch wenn ihr viele Wege verschlossen blieben, die sie als Gentleman bestimmt genossen hätte, so war sie doch intelligent genug, sich selbst zu beschäftigen. Während ihre Mutter die Stunden beklagte, die Violet mit ihren Büchern verbrachte (»Du wirst noch zu schielen beginnen! Welcher Mann will bitte eine Dame heiraten, die schielt?«), hätte sie noch viel größeres Missfallen empfunden, wenn sie gewusst hätte, dass ihre Tochter, neben den Romanen, die sie strategisch und ach so offensichtlich in ihrem Schlafgemach und im Salon aufbewahrte, jeden wissenschaftlichen Text und jeden Gedichtband las, der ihr in die Hände fiel. Noch schockierter wäre sie von der Tatsache gewesen, dass Violet selbst Gedichte schrieb und Briefe an die Verleger von Wissenschaftsjournalen schickte – natürlich unter einem Pseudonym. Violet war zwar mutig, aber nicht verrückt.

Seit ihrer Heirat war es Violet möglich, diese Leidenschaft innerhalb der eigenen vier Wände offen auszuleben. Das kleine bisschen Freiheit hatte sie anfänglich fast schwindelig gemacht. James war amüsiert gewesen, als er von ihrem breit gefächerten Interesse erfahren hatte, und hatte mehrfach angeboten, ihre Gedichte unter seinem Namen zu veröffentlichen, doch sie hatte abgelehnt.

»Sie sind zwar nicht schlecht, aber auch nicht brillant«, hatte sie ihm einmal erklärt. »Ich glaube, ich interessiere mich für zu viele Dinge, um in einer Sache wirklich gut zu sein.«

Er hatte sie angelächelt und die Hand an ihre Wange gelegt, doch sie konnte sehen, dass er sie nicht voll und ganz verstand. Er mit seinen überragenden mathematischen Fähigkeiten konnte einen Geist wie Violets, der für Zerstreuung gemacht war, nicht begreifen.

Jedenfalls war sie in den letzten vier Jahren mehr als einmal dankbar gewesen für ihre endlose und umfassende Neugierde. Sie half ihr, nicht verrückt zu werden, in einer Ehe, die alles andere als zufriedenstellend war.

In ihrem ersten Ehejahr war das natürlich nicht so wichtig gewesen. Damals war James noch häufig zu Hause gewesen. Manchmal war er mitten am Tag vorbeigekommen, nur um sie zu sehen. Inzwischen verbrachte er den Großteil seines Tages außer Haus. Durch Gesprächsfetzen, die sie ab und an aufschnappte, erfuhr sie, dass er sich regelmäßig mit seinem Verwalter traf, um über die Finanzen der Ställe von Audley House zu sprechen, und sie nahm an, dass er sich nach wie vor zierte, Verantwortung abzugeben. Er reiste immer noch häufig nach Kent, manchmal sogar ein- oder zweimal die Woche, je nachdem, was es abhängig von der Jahreszeit in den Ställen zu tun gab. Früher hatte sie das gestört, doch jetzt war es ihr beinahe egal. Denn selbst wenn er zu Hause war, schloss er sich stundenlang in seinem Arbeitszimmer ein, um sich den niemals endenden Aufgaben zu widmen, die der Besitz von Land und Pferden mit sich brachte. Zumindest vermutete sie, dass er sich mit diesen Dingen beschäftigte. Es war nicht so, als würde er mit ihr darüber sprechen.

Dieser Gedanke reichte aus, um ihre Wut neu zu entfachen. Sie erinnerte sich wieder, wie sie gestern die *Blaue Taube* verlassen hatte und ihr Mann plötzlich wohlauf vor ihr gestanden hatte. Wahrscheinlich hatte sie ebenso schockiert dreingeblickt wie er. Es war schon schlimm genug, dass es Penvale nicht in den Sinn gekommen war, sie über die Verbesserung seines Gesundheitszustands zu informieren, obwohl sie zugeben musste, dass sie so übereilt abgereist war, dass sie einen zweiten Brief bestimmt verpasst hätte. Aber dass ihr Ehemann – ihr *Ehemann!* – verärgert gewesen war, weil Penvale ihr überhaupt geschrieben hatte ... Das war ... nun ja ...

Inakzeptabel.

Jawohl, es war inakzeptabel. Und Violet wollte sich das nicht länger bieten lassen.

Sie setzte sich an ihren Schreibtisch, der vor einem der Fenster stand, und griff sich ein Blatt Papier, eine Feder und Tinte. Sie schrieb eine eilige Notiz, nahm ein zweites Blatt Papier und schrieb noch einmal das Gleiche, bevor sie die Feder fallen ließ.

Dann fegte sie so schnell aus der Bibliothek, dass sie einen der Diener erschreckte, der ihr vor die Füße lief.

»John!«, sagte sie und hielt ihm die beiden Briefe entgegen. »Stell bitte sicher, dass Lady Templeton und Lady Emily Turner diese Schreiben umgehend erhalten.« Er verbeugte sich und wollte sich zum Gehen wenden. »Und John«, fügte sie hinzu, und er blieb wie angewurzelt stehen, »bitte sorge dafür, dass Mrs Willis heute Nachmittag einen besonders feinen Tee bereithält. Wir kommen zu dritt. Und wir werden hungrig sein.«

...

Wie Violet erwartet hatte, trafen Diana und Emily umgehend ein. Kurz nacheinander und mit dem gleichen neugierigen Gesichtsausdruck betraten sie das Gesellschaftszimmer.

»Bitte, setzt euch doch«, sagte Violet und stand auf, um die beiden zu begrüßen. »Und danke, dass ihr so schnell gekommen seid.«

»Es ist nicht so, als hätte ich etwas anderes zu tun gehabt«, sagte Diana ehrlich, wenn auch nicht gerade charmant. Sie strich den Rock ihres grünen Kleids glatt, bevor sie sich mit gewohnter Trägheit auf eines der Sofas sinken ließ.

»Ich weiß deine Freundschaft auch sehr zu schätzen«, erwiderte Violet zuckersüß. Sie hielt inne, als Anna, eine der Zofen, den Raum mit prunkvollem Teegeschirr betrat. »Danke, Anna, das wäre dann alles. Und könntest du bitte die Tür hinter dir schließen?« Nachdem Anna ihrer Anweisung Folge geleistet hatte, beugte sich Violet nach vorn, um den Tee einzugießen.

»Violet, warum um alles in der Welt sind wir hier?«, fragte Diana ungeduldig, kaum war die Tür ins Schloss gefallen. »In Anbetracht deiner Kleidung nehme ich an, dass du dich nicht zu mir in den Rang der Witwen gesellt hast?«

Violet warf Diana einen tadelnden Blick zu, weil sie die Vorstellung eines verstorbenen Ehemannes leichter nahm, als es angemessen gewesen wäre.

»Nein«, sagte Violet und verschüttete Tee auf dem Untersetzer. Wortlos griff Emily nach der Teekanne, nahm sie ihr ab und fuhr fort, drei Tassen einzuschenken. »James scheint sich von seinem Unfall bereits vollständig erholt zu haben.«

»Das sind doch gute Neuigkeiten, oder etwa nicht?«, fragte Emily und reichte ihnen ihre Tassen, bevor sie einen Schluck von ihrem unverdünnten Tee nahm.

»Nein«, knurrte Violet und fügte den anderen beiden Tassen Milch und Zucker hinzu.

»Schwarz würde dir ausgezeichnet stehen«, bemerkte Diana und erntete von Emily einen bösen Blick. Diesen Blick wandte Emily zwar nur selten an, doch wenn er zum Einsatz kam, war er höchst effektiv.

»Wie ich bereits sagte«, ergriff Violet wieder das Wort, und Diana schwieg, »ich bin ein wenig …« Sie hielt inne und suchte nach dem passenden Adjektiv. Nachdem sie sich willkürlich für eines entschieden hatte, fuhr sie fort: »… bestürzt darüber, wie sehr es meinen lieben Ehemann verärgert, dass seine Ehefrau über sein mögliches Ableben informiert wurde.«

Diana hob eine ihrer geschwungenen Augenbrauen.

»Wir haben uns unterwegs getroffen. In Kent. Wir haben im selben Wirtshaus eine Rast eingelegt. Er war ziemlich überrascht, mich zu sehen, und nicht sonderlich begeistert, als er erfuhr, dass mir Penvale geschrieben hatte.«

»Männer«, bemerkte Diana kopfschüttelnd.

»In der Tat«, stimmte Violet zu und nippte an ihrem Tee, ohne jedoch wirklich etwas zu schmecken. Sie wünschte, es wäre gesellschaftlich akzeptiert, Freundinnen statt zum Tee zu einem Brandy einzuladen. Dabei mochte sie Brandy nicht einmal sonderlich, obwohl sie hin und wieder einen mit James getrunken hatte. Als sie frisch verheiratet gewesen waren. Doch ein Brandy würde ihre Nerven im Moment besser beruhigen, als es eine Tasse Tee vermochte.

»Was ich damit jedoch sagen will«, fuhr sie fort, »ist, dass ich genug habe.« Sie richtete sich kerzengerade auf und streckte die Wirbelsäule durch, als wäre sie stolz darauf, die Worte laut ausgesprochen zu haben. »Ich kann unmöglich länger so leben.«

»Du kannst zu mir ziehen«, bot Diana umgehend an. »Ich habe ein riesiges Haus ganz für mich allein. Ich glaube, meine Bediensteten machen sich heimlich über mich lustig.«

»Ich gehe nirgendwohin«, sagte Violet, und Diana ließ die Schultern hängen. »Aber ich habe beschlossen zu handeln. Wenn ich James so unwichtig bin, dass er es nicht für nötig hält, mich darüber zu informieren, ob er tot oder lebendig ist, dann finde ich es nur gerecht, wenn er erfährt, wie sich das anfühlt.«

»Wie meinst du das?«, fragte Emily und setzte die Teetasse ab.

»Ich werde den Spieß umdrehen«, verkündete Violet. In den Stunden vor Dianas und Emilys Ankunft hatte sie ausgiebig darüber nachgedacht. »Schauen wir mal, wie er es findet, wenn *ich* krank bin und er nicht sofort davon erfährt.« Zufrieden nahm sie einen Schluck von ihrem Tee, während Diana und Emily einen skeptischen Blick wechselten.

»Violet«, sagte Emily langsam und versuchte, ihre Worte weise zu wählen. »Glaubst du nicht, dass du und Lord James ...«, Emily nahm es mit Titeln immer sehr genau, »vielleicht mal miteinander reden solltet?«

»Es gibt nichts, was ich weniger möchte.« Violet tat, als würde sie sich einen Keks aussuchen, um ihren Freundinnen nicht in die Augen blicken zu müssen.

»Ich stimme Emily zu«, sagte Diana unerwartet. »Dieser Unsinn geht nun schon seit vier Jahren, und bisher habe ich immer den Mund gehalten.« Violet schnaubte. »*Meistens* jedenfalls«, fügte Diana schnell hinzu. »Aber wenn du jetzt zu kindischen Mitteln greifen willst, geht das eindeutig zu weit.«

»Ihr versteht das nicht«, setzte Violet an, doch Diana fiel ihr ins Wort.

»Natürlich nicht«, sagte sie ernst. »Weil du uns nie erzählt hast, worüber ihr euch überhaupt gestritten habt.«

Das stimmte tatsächlich. Nach dem fürchterlichen Morgen war Violet zu aufgelöst gewesen, um ihren Freundinnen viel darüber zu erzählen. Zum ersten Mal in ihrer Ehe schlief sie in ihrem eigenen Schlafgemach und vermisste nachts James' Gegenwart. Sie vermisste seine nachmittäglichen Überraschungsbesuche, wenn er unerwartet von hinten die Arme um sie schlang, während sie in der Bibliothek saß, um zu lesen oder zu schreiben, das Kratzen seiner Bartstoppeln, wenn er ihren Hals küsste. Sie vermisste seine heißen Küsse, seine Haut auf ihrer.

Sie vermisste sogar ihre Auseinandersetzungen, so zermürbend sie auch gewesen waren. Die Ehe mit James war vieles, doch friedlich sicher nicht. Schon im ersten Ehejahr hatten sie sich häufig gestritten – so häufig, dachte sie in den langen Tagen kurz nach ihrem großen Zerwürfnis verbittert, dass sie es hätte kommen sehen müssen. Und dennoch hatten sie sich immer wieder versöhnt – und zwar auf die angenehmste Weise. Bis jetzt.

Kurz gesagt, sie war unglücklich gewesen. Und als es ihr ein wenig besser gegangen war und sie angefangen hatte, ihr Leben weiterzuführen, hatte sie nicht mehr über den Vorfall sprechen wollen. Jedes Mal, wenn sie daran dachte, fühlte sie sich aufs Neue verletzt und hintergangen. Sie spürte wieder den Schmerz, den ihr James durch sein mangelndes Vertrauen zugefügt hatte, weil er nicht darüber hinwegkam, dass sein Vertrauen in sie zum ersten Mal auf den Prüfstand gestellt worden war. Dieser Morgen war so schmerzhaft gewesen, dass der Gedanke, jemandem davon zu erzählen, in etwa so verlockend war, wie Zitronensaft auf einen frischen Schnitt zu träufeln, den man sich an einem Blatt Papier zugezogen hatte. Deshalb wusste niemand – nicht ihre zwei besten Freundinnen, nicht ihre Mutter (was für ein Gedanke), niemand –, warum James und sie sich auseinandergelebt hatten. Außer vielleicht sein Vater. Es könnte sein, dass der es relativ einfach herausgefunden hatte. Doch da sie, genau wie James, so wenig Kontakt zum Duke pflegte wie nur möglich, war das Thema nie zur Sprache gekommen.

»Ich möchte nicht darüber sprechen«, sagte Violet. Ihr angespannter Tonfall entging nicht einmal ihren eigenen Ohren.

»Aber, Violet, es ist jetzt vier Jahre her«, protestierte Diana. »Wenn du uns endlich sagen würdest, was der Mistkerl angestellt hat, hätte ich weniger Mühe, mein Verhalten ihm gegenüber anzupassen. Ich weiß nie, ob ich gelassen bleiben oder auf ihn losgehen soll. Ich würde mich erbärmlich fühlen, wenn ich wüsste, dass er etwas völlig Inakzeptables getan hat und ich seit Jahren höfliche Gespräche mit ihm führe.«

»Fahre mit den Gesprächen ruhig fort«, unterbrach Violet Dianas Wortschwall, als diese endlich Luft holte. Sie ignorierte Dianas Adleraugen und sah stattdessen Emily an, die sie mit einem seltsamen Gesichtsausdruck musterte. Violet hoffte, es war kein Mitleid.

»Du hast ihn mal geliebt, Violet«, sagte Emily leise. »Willst du nicht lieber um diese Liebe kämpfen, statt Spielchen zu spielen?« Sie hielt kurz inne, bevor sie vorsichtig hinzufügte: »Ich würde es tun.«

Violet sah ihre Freundin an, die seit fünf Saisons versuchte, es ihren törichten Eltern recht zu machen, und zugesehen hatte, wie ihre beiden Freundinnen geheiratet hatten, während sie immer noch Lady Emily Turner war, die prüde, korrekte und fürchterlich jungfräuliche Tochter des Marquess. In einem Moment der Klarheit wurde Violet bewusst, dass Emily es für sehr dumm halten musste, eine so große Liebe verwelken und sterben zu lassen. Wenn es doch nur so einfach gewesen wäre, den Schaden zu reparieren. Wenn sie doch nur eines Morgens an ihren Mann herantreten und einen Waffenstillstand fordern könnte.

Doch das ging nicht. Es waren nicht nur vier Jahre des Schweigens und steifer Unterhaltungen, die sie trennten, sondern auch die Tatsache, dass Violet tief in ihrem Inneren wusste, dass ihr Mann ihr nicht vertraute. Er vertraute weder ihr, noch ihrer Liebe und auch nicht darauf, dass sie ihr eigenes Herz kannte.

Das alles behielt sie jedoch für sich. Stattdessen sagte sie nur: »Es ist zu spät, Emily. Einen Schaden von vier Jahren kann man nicht reparieren. Aber ich *kann* diesem Kerl zeigen, dass er mich nicht einfach wegwerfen kann.«

»Ah«, sagte Diana, als wäre ihr eben ein Licht aufgegangen. »Willst du dich etwa schwängern lassen?«

»Ich wüsste nicht, wie ich das anstellen sollte, wenn man bedenkt, dass wir getrennte Schlafgemache haben.«

»Oh, Violet, für eine verheiratete Frau bist du manchmal ganz schön naiv«, sagte Diana ungeduldig. »Ich meinte nicht, dass du dich von *Audley* schwängern lassen sollst. Ich hatte eher an ein Kuckucksei gedacht.«

»Du willst, dass sie sich einen Liebhaber sucht?«, zischte Emily und blickte so panisch drein, als hätten die Wände

Ohren – was bei der Anzahl an Bediensteten durchaus möglich war.

»Sie wäre nicht die erste unglücklich verheiratete Frau, die so etwas tut«, antwortete Diana und zuckte mit den Schultern. »Ich habe auch schon darüber nachgedacht.«

»Diana ... Du ...« Emily schienen nun endgültig die Worte zu fehlen, und sie verfiel in beunruhigtes Gebrabbel.

»Diana, hör auf, Emily in Angst und Schrecken zu versetzen«, sagte Violet.

»Es ist nicht meine Schuld, dass sie so empfindlich ist.« Diana lehnte sich zurück. Wie immer gelang es ihr, ihre schlechte Haltung verführerisch wirken zu lassen, was Violet nicht vermochte.

»Aber dein Mann ist tot, Diana. Das sind ganz andere Umstände, wenn ich das so sagen darf.« Als Diana den Mund öffnete, wahrscheinlich, um ihren nächsten Plan zu erläutern, winkte Violet ab. »Ich weiß deine ... ähm ... hilfreichen Ratschläge sehr zu schätzen, aber ich habe bereits etwas anderes im Sinn.«

»Oh?« Diana richtete sich wieder auf. »Erzähl.«

Verschwörerisch lehnte sich Violet nach vorn und weihte die beiden ein.

Kapitel 4

James hatte einen sehr unbefriedigenden Tag.

Zum zweiten Mal in Folge hatte er das Haus früh verlassen, bevor Violet erwacht war. Nach ihrem letzten Gespräch nahm er an, dass sie keine Lust hatte, ihm am Frühstückstisch zu begegnen. Auch wenn es *sein* verdammter Frühstückstisch war, rief er sich in Erinnerung. Er konnte daran sitzen, wann es *ihm* passte. Wann immer *er* wollte.

Theoretisch.

In der Praxis versteckte er sich mehr oder weniger vor seiner Frau. Es war durch und durch peinlich. Doch Umsicht war besser als Heldenmut und all der Mist, und er fand die Vorstellung eines weiteren Streits dieser Art äußerst nervenaufreibend.

Ja, es war besser, die Luft ein paar Tage lang abkühlen zu lassen, bevor sie mit der gewohnten Kälte fortfuhren. Das Abendessen in der Curzon Street war nahezu unerträglich, um ehrlich zu sein. Natürlich geschah nichts besonders Skandalöses – keine heftigen Auseinandersetzungen oder sonstigen unschicklichen Gefühlsausbrüche. Um Himmels willen, sie waren schließlich Engländer. Doch die Realität war noch schlimmer – Violet gegenüberzusitzen, die stets so schön war in ihren Abendroben, dass es wehtat, ihre tief geschnittenen Mieder eine wahre Versuchung für einen Mann, der seit vier Jahren nur noch seine Hand als Bettpartner hatte. Und das Schweigen – das Schweigen war am schlimmsten. Violet, die eigentlich nur aufhörte zu plappern, um hin und wieder Luft zu holen, so voller Leben und Ideen und Neugierde – ihr schweigend gegenüberzusitzen war schlimmer als jeder Streit.

Das Einzige, was die gemeinsamen Dinner erträglich machte, war die Qualität seines Weinkellers. Sollte er eines Tages sein gesamtes Vermögen für seltene Jahrgänge ausgeben, würde er die Schuld komplett auf Violet schieben. Ohne Alkohol konnte man ihr unmöglich gegenübersitzen.

Dieser mehr als unangenehme Gedanke war ihm schon gestern den ganzen Tag im Kopf herumgespukt und so auch heute, als er sich mit seinem Verwalter und seinen Advokaten zu einer Beratung getroffen hatte. Diesen Aspekt an der Pferdehaltung hatte er früher am meisten genossen – die Verkaufsgespräche bei Tattersalls dagegen weniger. Er liebte das Reiten. Er liebte das Gefühl, auf einem Pferderücken zu sitzen. Er liebte es, dass man beim morgendlichen Ausritt einen so klaren Kopf bekam. Aber er verschwendete nur ungern Stunden darauf, über die Vorzüge eines bestimmten Fohlens zu sprechen. Doch in letzter Zeit hatte selbst die kühle Logik der Finanzen von Audley House an Attraktivität verloren. Was er einst als befriedigend empfunden hatte – eine Aufgabe zu übernehmen, die ihm sein Vater übertragen hatte, und sie besser auszuführen, als es der Duke erwartet hätte –, hatte mittlerweile an Reiz verloren. Er würde es niemals zugeben – zu oft hatte er mit Violet über das Thema gestritten –, aber allmählich wünschte er sich, die Ställe würden nicht so viel seiner Zeit einnehmen.

Die Ställe waren ein Hochzeitsgeschenk gewesen. »Ich bin allmählich zu alt dafür«, hatte sein Vater am Tag von James' Hochzeit gesagt. Und James – der stolz darauf war, zwischen sich und seinem Vater eine gewisse Distanz geschaffen zu haben, und die Vorstellung verabscheute, in irgendeiner Form vom Duke abhängig zu sein – konnte nicht widerstehen. Wegen Violet. Er war kurz davor, Violet Grey zu heiraten. Violet Grey! Ja, die Heirat war ein wenig überstürzt, doch James wollte es so. Die zehn Minuten auf dem Balkon waren die glücklichsten seines Lebens gewesen. Auch wenn er beschlossen hatte, dass sie in dem Haus in der Curzon Street leben würden, in das er eine erhebliche Summe des Erbes investiert hatte, das er von seiner Mutter bekommen hatte, so war er doch froh, ihr auch ein Landgut bieten zu können.

Er war ein dreiundzwanzigjähriger Narr gewesen. Er hätte sich auf alles eingelassen, nur um Violet glücklich zu machen.

James war selbst überrascht gewesen, wie kompetent er die Ställe verwaltete – und es machte ihn stolz. Er war gut in Mathe, kein Genie, aber gut. Er kümmerte sich um die Finanzen der Ställe und schaffte es, den Gewinn zu maximieren. Das Kaufen und Verkaufen von Pferden fand er nicht sonderlich faszinierend. Er fand es weitaus interessanter, sich mit Buchhaltung zu beschäftigen. Und dennoch war er durchaus in der Lage, das Gestüt zu führen. Die viele Zeit in den Ställen – ein Thema, das zwischen ihm und seiner Frau in ihren glücklichen Tagen eine Menge Reibung verursacht hatte – hatte ihn schnell gelangweilt. Doch er hatte sich in den Kopf gesetzt, sie zum Erfolg zu führen, um seinem Vater zu beweisen, dass er etwas taugte, und um Violet zu beweisen, dass er ihr die Welt zu Füßen legen konnte.

Er tauchte in jeden Aspekt der Stallführung voll und ganz ein, doch wenn er wirklich ehrlich zu sich selbst war, war es nicht vollkommen befriedigend – außer dann, wenn er einen Auftrag seines Vaters erfolgreich ausgeführt hatte. Das war es wert. Oder zumindest hatte er sich das immer gesagt.

Jetzt, fünf Jahre später und nicht mehr geblendet von seiner jugendlichen Lust für Violet, sah er die Sache in einem anderen Licht. Nun wusste er – eigentlich hatte er es schon kurz nach der Hochzeit kapiert –, dass sich sein Vater nur absichern wollte. Der Duke of Dovington überließ nichts dem Zufall. Sollte nur die geringste Möglichkeit bestehen, dass West, James' älterer Bruder und der Erbe, nicht in der Lage sein sollte, die Familienlinie weiterzuführen, war es wichtig, sicherzustellen, dass der jüngere Sohn – der kurz davor war, eine fruchtbare junge Dame zu ehelichen – finanziell unterstützt wurde, denn womöglich würde *sein* Sohn eines Tages Duke werden. Natürlich, dachte James verbittert, hatte sich sein Vater zuvor keine Gedanken um seine Absicherung gemacht. Erst als West der Unfall mit dem Zweispänner passiert war, kurz bevor James Violet kennengelernt hatte, war der Duke plötzlich in Sorge um die Zukunft seines Herzogtums. West war bei dem Unfall schwer verletzt worden, und Jeremys älterer Bruder, gegen den West zum Rennen angetreten war, war zu Tode gekommen. Seither sorgte sich der Duke um das Fortbestehen der Audley-Linie.

Immerhin war es höchst unwahrscheinlich, dass James und Violet einen Erben zeugen würden, das war das einzig Positive an der aktuellen Situation. Er hatte es schon immer als Genugtuung empfunden, die Pläne seines Vaters zu durchkreuzen.

Jedenfalls war James nun der Besitzer von sehr erfolgreichen Ställen, was ihn zum Glück genug beschäftigte, um nicht den ganzen Tag Zeitung lesend im Klub verbringen und Ausreden erfinden zu müssen, um nicht nach zu Hause gehen. Doch es war kein Ersatz für eine liebevolle, glückliche, erfüllende Ehe. Nicht einmal für irgendein Projekt, für das er mehr Leidenschaft gehabt hätte. Doch zumindest war es besser als nichts. Heute jedoch lenkte ihn die Arbeit nicht so sehr ab wie sonst. Alles schien ihn zu frustrieren. Am liebsten wäre er aus der Haut gefahren. Und er wusste nicht, warum.

Nein. Das war eine Lüge. Er wusste genau, warum. Er konnte seine verdammte Begegnung mit Violet nicht aus seinen Gedanken vertreiben.

Es war bitter, dass eine Frau, deren Bett er seit vier Jahren nicht besucht hatte, mit der er höchstens fünf Sätze am Stück wechselte, seine Gelassenheit derart zerstören konnte. Doch so war es schon immer gewesen. Seit ihrer ersten Begegnung. James war immer stolz gewesen auf seinen kühlen Kopf, auf seine Fähigkeit, sich von jeder Situation zu distanzieren und sich von anderen nicht die Laune verderben zu lassen. Diese Fähigkeit hatte er aus der Not heraus entwickelt, während seiner langen, einsamen Kindheit in Brook Vale Park. Bevor er Violet kennengelernt hatte, hatte er sich von anderen immer ferngehalten, selbst von seinen besten Freunden. Manchmal war es einsam, aber auch weitaus weniger frustrierend. Die Gefahr, verletzt zu werden, war einfach geringer.

Violet war jedoch in sein Leben getanzt und hatte es auf den Kopf gestellt. Und er hatte das zugelassen. Es hatte ihm nicht einmal etwas ausgemacht, so verliebt, wie er gewesen war. Jetzt, da er daran zurückdachte, fünf Jahre erfahrener und weiser, erkannte er, was für ein Narr er damals gewesen war. Genau aus diesem Grund hatte er vor Violet nie eine Frau an sich herangelassen – und was hatte es ihm eingebracht? Eine Frau, die ihn bei der erstbesten Gelegenheit angelogen hatte, gegen ihn intrigiert hatte. Eine Frau, mit der er sich nur gestritten hatte – die er sogar angeschrien hatte, um Himmels willen – und mit der er sich inzwischen nur noch zu endlosen, schweigsamen Dinnern traf. Es war eine Genugtuung gewesen, ihre sonst so kühle Fassade endlich einmal bröckeln zu sehen. Manche Männer mochten sich vor einer wütenden Ehefrau fürchten. Doch Wut war James lieber als Gleichgültigkeit.

Nachdem ihm diese Gedanken den ganzen Tag durch den Kopf gegangen waren, kehrte er nachmittags mit der vagen Hoffnung nach Hause, Violet würde vielleicht ein spätes Mittagessen einnehmen, und er könnte sich zu ihr gesellen. Zweifelsohne würde das wieder in Streit enden, doch James fand diese Vorstellung auf seltsame Weise verlockend. Er hatte schon oft genug mit ihr gestritten, auch wenn er gerade ein wenig aus der Übung war.

Als er sich bei diesem Gedanken erwischte, schnaubte er. War er wirklich so weit gesunken, dass er die Vorstellung, während des Essens mit seiner Frau zu streiten, als angenehm empfand?

Ganz offensichtlich.

Das war es, was die Ehe mit einem Mann anstellte.

Als er nach Hause kam, informierte ihn Wooton jedoch darüber, dass seine Frau den ganzen Tag nicht aus ihrem Schlafgemach heruntergekommen war.

»Ist sie krank?«, fragte James stirnrunzelnd. Violet faulenzte nicht wie eine wohlhabende Dame, obwohl sie genau genommen genau das war. Sie war einer der aktivsten Menschen, die er kannte, Frauen und Männer eingeschlossen.

»Price sagte, dass sich Mylady seit ihrer Rückkehr nicht besonders wohlfühle«, sagte Wooton, und obwohl sein Ton kein bisschen vorwurfsvoll klang, versteifte sich James ein wenig. Verdammter Wooton. Er war schon während seiner Kindheit der Butler seines Vaters gewesen und hatte nach James' Heirat das Unvorstellbare getan: Er hatte den Dienst beim Duke quittiert, um für dessen zweitältesten Sohn zu arbeiten. James konnte das bis heute nicht verstehen, obwohl er wusste, dass Wooton ihn schon immer gemocht hatte. Tatsächlich war Wooton während James' Kindheit weitaus besorgter um sein Wohlergehen gewesen als sein eigener Vater, auch wenn Wooton seiner Besorgnis auf strenge, unnachgiebige, dienerhafte Weise Ausdruck verlieh. Manchmal schien Wooton zu vergessen, dass James inzwischen ein erwachsener Mann war und nicht mehr der einsame Junge von damals.

Als James vorletzte Nacht spät nach Hause gekommen war, hatte ihn Wooton wie immer an der Tür empfangen. Er hatte ein schlechtes Gewissen gehabt, weil er ihn so lange wach gehalten hatte. Es war lächerlich, seinem Butler gegenüber derart zu empfinden, aber Wooton war nicht mehr der Jüngste, auch wenn James keine genaue Antwort hätte geben können, hätte man ihn nach Wootons Alter gefragt.

Wooton hatte bei seiner Ankunft nicht viel gesagt, nur kurz: »Ich bin froh, Eure Lordschaft in einem Stück zu sehen.« Und dennoch hatte James aus dieser knappen Bemerkung drei Tadel herausgehört – für seinen Leichtsinn, für die unnötige Sorge, die er Violet beschert hatte, und dafür, dass er sie ohne seine Begleitung den halben Weg nach Kent und wieder zurück hatte reisen lassen.

Aber Violet hätte seine Begleitung ohnehin nicht willkommen geheißen, hätte er Wooton am liebsten informiert. Er war ziemlich sicher, dass er jetzt nicht mehr unversehrt wäre, wäre er mit ihr in die Kutsche gestiegen. Das hatte er Wooton jedoch nicht gesagt. Es war ein langer Tag gewesen, doch er war noch nicht so weit gesunken, sich vor seinen Bediensteten rechtfertigen zu müssen. Nicht einmal vor Wooton.

Jetzt spürte James jedoch all die unausgesprochenen Worte, die Wooton zurückhielt. Kein Wunder, dass die Dame des Hauses nach Stunden der Sorge und der anstrengenden Reise krank geworden war. Wieder war er geneigt,

Wooton zu sagen, seine Frau sei von der robusten Sorte und ihr habe eine Kutschfahrt bisher nie etwas ausgemacht. Doch er wusste, dass er von ihm lediglich ein »Natürlich, Mylord« zurückbekommen würde, also ließ er es gut sein.

»Ich werde nach ihr sehen«, sagte er zu Wooton, reichte ihm seinen Mantel, den Hut und die Handschuhe und ging entschiedenen Schrittes in Richtung Treppe. Er warf einen flüchtigen Blick über die Schulter und stellte zufrieden fest, dass Wooton überrascht dreinblickte. Auch wenn er heute nichts zustande gebracht hatte, so hatte er es wenigstens geschafft, seinem Butler eine Gefühlsregung zu entlocken, wenn auch nur kurz – eine Leistung, auf die jeder respektable Engländer stolz wäre.

Als er sich jedoch Violets Tür näherte, verlangsamten sich seine Schritte, und er zögerte. Sollte er besser klopfen oder einfach hineingehen? Er wollte sie nicht stören, falls sie schlief, doch die Vorstellung, unaufgefordert ihr Schlafgemach zu betreten, als wären die letzten vier Jahre nicht passiert ... Nein. Also klopfte er leise an.

Kurz darauf erklang Violets Stimme. »Herein.«

Der Geruch war das Erste, was ihm auffiel, als er das Zimmer betrat. Der ganze verdammte Raum roch nach Violet. Das ergab natürlich Sinn, schließlich schlief sie hier drin. Und dennoch erwischte ihn die Intensität ihres Dufts eiskalt. Violet roch wundervoll. Es war schwer zu beschreiben, wonach sie genau duftete. Blumig, warm, nach Violet eben. Die letzten vier Jahre hatte er den Duft nur vage über den Küchentisch hinweg wahrgenommen, und es war überwältigend, jetzt so von ihm umgeben zu sein. Er kam sich vor wie ein ausgezehrter Mann, den man aus der Wüste gerettet und nun an eine Festtafel gesetzt hatte.

Er rügte sich innerlich. Wurde er etwa senil? Dafür war er noch ein bisschen zu jung.

Violets Anblick lenkte ihn ab von diesen unangenehmen Gedanken. Sie saß an der Feuerstelle in einem Sessel, einen Schal um die Schultern geschlungen, mit einem offenen Buch im Schoß, und sah ihn argwöhnisch an.

»Violet«, sagte er, und seine Stimme klang weitaus förmlicher als am Abend ihres Kennenlernens. »Wie geht es dir?«

Sie hustete leise und unterdrückte es, bevor sie erwiderte: »Passabel, danke.« Ihre Stimme klang ebenso förmlich, und er nahm an, dass sie immer noch wütend auf ihn war.

»Wooton sagte mir, du würdest dich nicht wohlfühlen«, sagte er und machte ein paar Schritte nach vorn. Die Vorhänge waren zugezogen und dämpften das Licht im Raum, doch im Flackern des Feuers sah er, dass sie einen blauen Morgenmantel trug. Ihr Haar, das in einem dicken Zopf über ihrer Schulter lag, war unfrisiert. Sie wirkte dadurch sehr jung – wie das achtzehnjährige Mädchen, in das er sich verliebt hatte.

Er hatte lediglich *gedacht*, er hätte sich in sie verliebt, rief er sich ins Gedächtnis. Er durfte nicht zulassen, dass ihn eine einzige verflixte Frisur jetzt weich in der Birne werden ließ.

»Ja«, sagte sie und gab wieder ein leises Husten von sich. »Ich fühle mich nicht ganz wohl seit meiner Rückkehr vom Land.« Sie gab sich wenigstens keine Mühe, den Vorwurf in ihrer Stimme zu kaschieren. »Aber es ist sicher nichts, worüber man sich Sorgen machen müsste. Morgen bin ich bestimmt wieder kerngesund.«

James sah sie nachdenklich an. Es sah Violet nicht ähnlich zuzugeben, dass sie krank war, bevor sie nicht so hohes Fieber hatte, dass sie schon beinahe im Delirium lag. Während er sie weiter musterte, begann sie, auf ihrem Sessel herumzurutschen. Ihre Wangen erröteten leicht, und das Buch fiel mit einem dumpfen Laut zu Boden.

»Was liest du da?«, fragte James und beeilte sich, das Buch aufzuheben, bevor es Violet selbst tun konnte. Er richtete sich auf und warf einen Blick auf den Buchrücken. Als er den Titel sah, blickte er seine Frau, deren Wangen immer stärker glühten, amüsiert an.

»*Childe Harold*?«, fragte er und gab ihr das Buch zurück. »Bitte korrigiere mich, wenn ich falschliege, schließlich bin ich nicht mehr der Jüngste, aber meintest du nicht einmal, Byron sei ein ›langhaariger Narr‹?«

»Könnte sein«, gab Violet zu und legte das Buch auf den kleinen Tisch neben ihrem Sessel. »Aber ich wollte wissen, was die Leute daran finden. Ich muss zugeben, es ist ziemlich gut«, sagte sie zögerlich, als würde sie zugeben, Napoleons Mantel attraktiv zu finden. »Aber ich halte ihn trotzdem für einen Idioten. Die ganze Sache mit Caro Lamb.« Sie schniefte verächtlich, und James musste sich das Grinsen verkneifen.

»Ich finde auch, dass er ein Idiot ist«, erwiderte James, und Violet sah ihn an. Kurz war es, als wäre überhaupt keine Zeit vergangen. Sie amüsierte sich, das war offensichtlich, aber nur einen Moment lang. Sie hatte diesen Glanz in ihren braunen Augen, der immer erschienen war, wenn sie sich über Geschichte oder Literatur unterhalten hatten. Ihr eifriges Interesse, ihre Intelligenz, die die Gesellschaft als unangemessen empfand für eine Dame, war das, was James an ihr am meisten liebte.

Geliebt *hatte*.

Dieser Nachtrag brachte ihn zurück auf den Boden der Tatsachen und erinnerte ihn an den Grund, warum er nach ihr sehen wollte. »Wenn du gesund genug bist, um über Byron zu diskutieren, dann muss ich wohl keinen Arzt für dich rufen, oder?«

»Oh!«, sagte Violet bestürzt und setzte einen merkwürdigen Gesichtsausdruck auf, der jedoch verschwand, bevor James ihn identifizieren konnte. »Nein! Das heißt, doch. Das heißt …« Sie winkte ab und bemühte sich, gleichgültig zu wirken, jedoch erfolglos. »Sollte es mir nicht bald besser gehen, werde ich selbst einen Arzt konsultieren. Du musst dir um mich keine Sorgen machen, Mylord.«

Und mit einem Schlag war die Distanz zwischen ihnen wieder da. Für einen kurzen Moment, während sie über Byron gesprochen hatten, war es wie früher gewesen, bevor ihre Ehe den Bach heruntergegangen war. Doch mit dem Wort »Mylord« waren die letzten vier Jahre zurückgekehrt, was nun, da er kurz vergessen hatte, wie die Dinge zwischen ihnen standen, umso frustrierender war.

»Nun gut«, sagte er ungeduldig. Er war wütend auf sie, weil sie den Moment ruiniert hatte. Weil sie überhaupt *alles* ruiniert hatte, dachte er zornig. »Wenn du mich nicht brauchst, werde ich dich nun allein lassen.« Manchmal hasste er den Klang seiner Stimme, wenn er mit ihr sprach. Sonst klang er nie wie ein Schnösel, nur wenn er mit seiner eigenen Ehefrau kommunizierte.

Wie so oft rief er sich auch diesmal ins Gedächtnis, dass nicht *er* schuld war an der Misere. Er hatte reagiert, wie es jeder andere Mann auch getan hätte, der erfuhr, dass ihn seine Frau auf niederträchtige Weise manipuliert hatte. Dass er sich überhaupt daran erinnern musste, war ein schlechtes Zeichen. Nach ihrem letzten, finalen Streit war er eine Zeit lang so wütend gewesen, dass er keinen klaren Gedanken hatte fassen können. Damals hatte es keiner besonderen Erinnerung bedurft.

»Ich brauche nichts von dir«, erwiderte Violet leise. Kurz hätte James sie am liebsten geschüttelt und von ihr verlangt, etwas von ihm einzufordern. *Irgendetwas.* Schließlich war er ihr Ehemann, in guten wie in schlechten Zeiten.

Aber natürlich konnte er ihr das nicht sagen. Also verbeugte er sich stattdessen und sagte gar nichts mehr.

...

Violets Plan entpuppte sich als komplizierter, als sie erwartet hatte.

»Das war doch klar!«, sagte Diana am nächsten Tag, als sie, Violet und Emily in ihrer Kutsche vor Gunter's saßen. »Schon als du uns von deiner Idee erzählt hast, habe ich gesagt: ›Hast du den Verstand verloren?‹«

»Und ich habe dir versichert, dass ich ihn *nicht* verloren

habe«, sagte Violet und hielt inne, um einen Bissen von ihrem Eis zu nehmen. Es war ein warmer Tag, und Berkely Square war berstend voll mit Damen wie ihnen, die in ihren Kutschen und Zweispännern saßen, Eis aßen und die Sonne genossen. Violet hatte schon mindestens drei Frauengrüppchen gesehen, die sie kannte, doch sie hatte ihnen lediglich kurz zugenickt, denn sie wollte nicht gestört werden.

»Jedenfalls«, fuhr sie fort, »gibt es ein paar Schwierigkeiten. Glaubt ihr, einer eurer Ärzte wäre bereit, den Sohn eines Dukes zu belügen?«

Diana und Emily blinzelten sie an, Emily mit dem Löffel halb am Mund.

»Es ist nur so, dass ich früher oder später einen Doktor brauchen werde, der bestätigt, dass ich ernsthaft krank bin, wenn ich mit meinem Plan fortfahren will. Und ich weiß, dass James' Arzt es nicht machen wird. Also muss ich einen anderen finden.«

»Und glaubst du nicht, er wird es merkwürdig finden, dass du plötzlich einen anderen Arzt konsultierst?«, fragte Emily skeptisch.

»Ich werde ihm einfach sagen, dass ich niemanden will, der etwas mit der Audley-Familie zu tun hat«, antwortete Violet und schwang abschätzig ihren Löffel. »Wenn ich ihm das gesagt habe, wird er meine Entscheidung nicht mehr allzu sehr hinterfragen.«

»Wie nett ihr doch miteinander umgeht«, bemerkte Diana kopfschüttelnd. »Erzähl. Schneidest du dein Fleisch beim Essen mit größerem Genuss, während du deinem Mann dabei bedrohlich in die Augen starrst?«

»Nur zu besonderen Anlässen«, entgegnete Violet und ließ sich nicht provozieren. »Fakt ist jedenfalls, dass ich einen Arzt brauche, wenn ich mich an James rächen will.«

»Oder jemanden, der *aussieht* wie ein Arzt«, schlug Emily nachdenklich vor, was Violet überraschte. Sie hätte erwartet, dass Emily diejenige sein würde, die Einspruch erhob.

»Wie meinst du das?«

»Nun ja, du wirst Schwierigkeiten haben, einen Doktor zu finden, der den Ehemann einer Lady belügt. Besonders, wenn der besagte Ehemann der zweite Sohn des Dukes ist«, sagte Emily und aß von ihrem Eis. »Vielleicht solltest du besser jemanden finden, der nur so tut, als wäre er ein Arzt.«

»Du meinst einen Schauspieler?«, fragte Violet und hob eine Augenbraue.

»Ganz sicher nicht«, erwiderte Emily und errötete. »Allein die Idee! Für eine Dame wie dich wäre es schon höchst unangebracht, überhaupt in Gesellschaft eines Schauspielers zu sein. Es gibt niemanden, der ...«

»Warte«, sagte Diana, und ihre Augen begannen zu leuchten. »Es gibt da einen Schauspieler, dessen Gesellschaft akzeptabel wäre.«

»Wen denn?«, fragte Emily höchst skeptisch. »Violets Ruf wäre ruiniert, wenn man sie mit jemandem sehen würde, der etwas mit dem Theater zu tun hat. Und es ist ja nicht so, als würden Schauspieler mittwochabends *Almack's* besuchen.«

»Gut für sie«, murmelte Violet.

»Da liegst du falsch«, sagte Diana fröhlich. »Es gibt einen, der genau dahin geht. Nun ja«, fügte sie hinzu, »vielleicht nicht gerade ins *Almack's*, denn keiner, der bei klarem Verstand ist, würde sich für *Almack's* entscheiden. Aber es gibt einen Schauspieler, der Zugang zu den Räumlichkeiten hat, wo wir ihn treffen können.«

Neugierig lehnte sich Violet nach vorn. »Diana, ich glaube deine Schwäche für Klatsch und Tratsch erweist sich endlich als nützlich.«

»In der Tat«, sagte Diana selbstgefällig. »Könnt ihr euch noch an den Skandal um den Sohn des Marquess of Eastvale erinnern?«

Nachdenklich nahm Violet einen Bissen von ihrem Eis. Irgendwie kam ihr der Name bekannt vor – wenn auch nicht so gewohnt wie die Namen der Adelsfamilien, die sie aus den Listen des *Debrett's* kannte. Wer war es nur? Dann schnappte sie nach Luft.

»Julian Belfry?«, fragte sie. »Oh, Diana, manchmal bist du wirklich brillant. Das muss ich schon zugeben.«

»Wer ist Julian Belfry?«, fragte Emily stirnrunzelnd.

»Kannst du dich nicht mehr an die Geschichte erinnern?«, fragte Violet. »Das war vor ein paar Jahren. Vielleicht während deiner zweiten Saison? Er ist der zweite Sohn eines Marquess, und statt dem Militär oder dem Klerus beizutreten …«

»Oder einen Stall voller Pferde zu züchten«, fügte Diana trocken hinzu.

»… gründete er mit dem Geld, das er von einem Verwandten geerbt hatte, sein eigenes Theater. Ich kann mich nicht mehr an alle Details erinnern«, sagte Violet und wedelte ungeduldig mit der Hand. »Aber es war ein ganz schöner Skandal. Seit sein Vater von dem Kauf des Theaters erfahren hat, hat er seinen Namen nie wieder erwähnt. Julian Belfry war ein paar Jahrgänge über James, Penvale und Jeremy in Oxford«, sagte sie. Plötzlich entglitten ihr die Gesichtszüge, als es ihr dämmerte. »Oh, Diana, aber das wird nicht funktionieren! James kennt ihn! Er wird meine List sofort durchschauen.«

»Kennen sie sich denn gut?«, fragte Diana.

»Nein«, erwiderte Violet lang gezogen, während sie sich zu erinnern versuchte, ob James jemals seinen Namen erwähnt hatte. »Ich glaube nicht, dass sie sich je besonders nahestanden.«

»Und Belfry soll ein ziemlich guter Schauspieler sein, nicht wahr?«, drängte Diana. »Er tritt in vielen Stücken seines Theaters selbst auf. Das ist alles Teil des Skandals, der ihn umgibt. Oder etwa nicht?«

»Nun ja, ja …«

»Dann glaube ich nicht, dass es ein Problem sein wird«, sagte Diana herablassend. »Jeder Schauspieler, der sein Geld wert ist, besitzt mit Sicherheit ein paar clevere Kostüme. Und Männer sehen nie etwas anderes, als das, was sie erwarten. Audley wird nichts merken.«

»Es schmerzt mich zwar, es zuzugeben, aber James ist nicht gänzlich unintelligent«, sagte Violet. »Ich weiß nicht, ob es funktionieren wird.«

»Nun ja, hast du eine bessere Idee?«, fragte Diana ungeduldig.

»Im Moment nicht«, gestand Violet.

»Dann ist es einen Versuch wert, würde ich sagen.«

»Du hast leicht reden. Du bist nicht diejenige, die Gefahr läuft, von ihrem Ehemann beim Lügen erwischt zu werden«, entgegnete Violet gereizt.

Aber Diana hatte noch ein Ass im Ärmel. In einer dramatischen Geste legte sie die Hand auf die Brust und seufzte laut. »Aber natürlich. Da hast du vollkommen recht«, sagte sie traurig. »Was würde ich dafür geben, meinen lieben Ehemann hier zu haben, damit er als Ziel eines solchen Vorhabens dienen könnte?« Sie blinzelte, als müsste sie gegen Tränen ankämpfen, auch wenn ihre Augen verdächtig klar waren. »Aber natürlich bin ich jetzt Witwe und muss stellvertretend für ihn leben und bin darauf angewiesen, dass meine Freundinnen meine langen, traurigen Tage füllen ...«

»Genug jetzt«, unterbrach Violet sie, bevor sie sich noch allzu sehr in die Sache hineinsteigerte. »Ich mache es. Sollte es jedoch fürchterlich schiefgehen, werde ich dir die Schuld in die Schuhe schieben.«

»In Ordnung«, antwortete Diana heiter und nahm einen Bissen von ihrem Eis. Alle Spuren der Trauer waren auf wundersame Weise verschwunden.

»Wie willst du ihn kontaktieren?«, fragte Emily neugierig. Seit einigen Minuten hatte sie die Szene kommentarlos beobachtet. »Ihm einen Brief zu schicken scheint mir zu riskant. Und du kannst nicht einfach in seinem Theater auftauchen ...«

»Ich glaube«, sagte Diana langsam, »mein sonst so unnützer Bruder könnte sich endlich als hilfreich erweisen.«

...

»Ich fasse nicht, dass ich mich von dir habe überzeugen lassen, so etwas zu tun«, sagte Penvale schon zum dritten Mal innerhalb der letzten fünf Minuten. Es war gerade Dinnerzeit am folgenden Abend. Am Tag zuvor waren sie von Gunter's direkt zu Dianas Haus aufgebrochen, wo sie Penvale eilig eine Nachricht geschrieben und in seinen Klub geschickt hatten. Keine Stunde später war er erschienen und hatte leicht panisch gewirkt. Doch sein Gesichtsausdruck war schnell zu Irritation gewechselt, nachdem er sich in Dianas elegant eingerichtetem Salon zu ihnen gesellt und von dem Plan erfahren hatte.

»Aus meinem eigenen Klub geschleppt«, fuhr er fort, setzte seinen Drink ab und begann, im Zimmer auf und ab zu gehen. »Gezwungen, einen Mann, den ich kaum kenne, in das Haus meiner Schwester zu locken und es so klingen zu lassen, als wollte sie eine Liaison mit ihm beginnen ...«

»Wer sagt denn, dass ich das nicht tun werde?«, erwiderte Diana und lächelte ihren Bruder unschuldig an. »Ich bin schließlich Witwe. Seit Templetons Tod bin ich erschreckend anständig gewesen.« Sie holte tief Luft und seufzte laut, was ihre ohnehin schon beeindruckende Oberweite in der purpurnen Abendrobe aus Seide noch imposanter erscheinen ließ. Violet fand, diesen Auftritt hätte sich Diana für den Gentleman aufsparen sollen, dessen Hilfe sie in Anspruch zu nehmen gedachten.

»Meine Güte, Diana«, sagte Penvale ernst und sah seine Schwester streng an. »Es wäre besser, wenn du dir wenigstens jemanden suchen würdest, der weniger berüchtigt ist. Schließlich bist du neu in diesen Gefilden.«

»Ja«, sagte Diana und klimperte mit den Wimpern. »Und ich muss viel verlorene Zeit aufholen.«

Penvale griff nach seinem Drink und nahm einen ordentlichen Schluck. »Ich bereue es jetzt schon.«

»Nun ja, dafür ist es nun zu spät«, sagte Violet forsch, obwohl sie insgeheim inzwischen selbst Bedenken hatte. In der Sonne vor Gunter's hatte Dianas Idee so sinnvoll geklungen, sicher in ihrer Kutsche geborgen, alles eher wie im Spiel dahingesagt. Jetzt kam sie sich jedoch ziemlich töricht vor. Die Idee, James vorzumachen, sie wäre krank, und ihn somit in Sorge zu versetzen war ihr vor ein paar Tagen völlig akzeptabel erschienen, als sie noch vor Wut gekocht hatte. Aber jetzt, da sie gezwungen war, ihren Plan einem vollkommen Fremden zu offenbaren, war sie sich der Sache nicht mehr so sicher.

Penvales Reaktion auf ihre Idee war nicht gerade ermutigend.

»Ich werde eine Schwindsucht vortäuschen«, hatte sie ihn so würdevoll wie nur möglich informiert, als klar geworden war, dass es einer Erklärung bedurfte, wenn er seine Mitarbeit zusichern sollte.

»Wie bitte?«, hatte er ungläubig gefragt und Violet angestarrt, als wäre ihr ein zweiter Kopf gewachsen.

»Ich werde ihm eine Lektion erteilen«, sagte Violet. »Und du bist schuld daran, Penvale. Deine verflixte Nachricht ist der Grund für all die Aufregung.«

»Hätte ich gewusst, wie viel Ärger mir dieser Brief einbringen würde, hätte ich stoisch und tatenlos danebengestanden, selbst wenn Audley vor meinen Augen verblutet wäre«, murmelte er.

»Wie liebreizend«, erwiderte Violet. »Jedenfalls will ich meinen Mann spüren lassen, wie es sich angefühlt hat, in diesem Innenhof zu stehen und zu hören, dass es mich nicht zu kümmern habe, ob er lebendig oder tot sei.« Sie verschränkte die Arme. Eine neue Welle der Wut ließ ihr Selbstvertrauen wieder wachsen. »Männer!«

Natürlich hatte Penvale noch ein paarmal protestiert, wie es Männer für gewöhnlich taten. Doch als Violet ihm schließlich erklärt hatte, dass sie den Plan auch ohne seine Zustimmung durchziehen würde – und auf Dianas geflüsterte Drohungen hin, als er angekündigt hatte, James einzuweihen –, hatte er zugestimmt, wenn auch widerwillig.

Von da an hatten sich die Dinge mit Lord Julian Belfry schneller entwickelt, als sie erwartet hatte. Sie verpflichteten Penvale, Belfry zum Dinner einzuladen, sobald er ihn wiedersehen würde. Penvale ließ sie wissen, dass er gerade erst mit dem Mann im *White's Club* Karten gespielt hatte – »bevor ich ärgerlicherweise gezwungen wurde zu gehen« – und dass er ihn noch heute Nachmittag einladen könne, wenn er jetzt wieder seinen Beschäftigungen nachgehen dürfe. Wenige Stunden später erhielten sie ein Schreiben von Penvale. Lord Julian Belfry nähme die Einladung, mit Lady Templeton zu speisen, liebend gern an, sollte sie noch stehen.

Zum Glück hatte Diana ohnehin geplant, heute mit Violet und Penvale zu Abend zu essen, so war es kein Problem, ihren Koch zu informieren, dass ein weiterer Gast mit ihnen speisen würde. So kam es also, dass Violet um zwanzig Uhr des folgenden Tages in Dianas Salon saß und auf den Mann wartete, von dem sie hoffte, er könne ihr behilflich sein.

»Was hat Audley denn gesagt, als seine angeblich kranke Frau zu einer Dinnerparty aufgebrochen ist?«, fragte Penvale zynisch. Er fuhr sich durch das Haar, das genau denselben honigblonden Ton hatte wie Dianas. Er war ein sehr attraktiver Mann, groß und stark und breitschultrig, und dennoch hatte ihm Violet in ihrer Jugend nicht viel Aufmerksamkeit geschenkt. Er war nun mal Dianas leidiger großer Bruder gewesen, niemals das Objekt ihrer romantischen Fantasie. Und das hatte auf Gegenseitigkeit beruht. Wenn er auch kein Freigeist wie Jeremy gewesen war (aber wer war das schon?), so hatte er doch nie Interesse an der Eheschließung gezeigt.

»Ich hatte ihm bereits mitgeteilt, dass ich zum Dinner nicht zu Hause sein würde, da ich mit Diana zu Abend essen würde. Von daher denke ich, er speist heute im Klub. Heute Morgen beim Frühstück habe ich ihm gesagt, es ginge mir schon viel besser. Aber natürlich habe ich darauf geachtet, nicht zu gesund zu wirken.« Sie hustete leise, dann noch einmal, in der Hoffnung, Zerbrechlichkeit und Schwäche auszustrahlen. Doch der Effekt war augenblicklich dahin, als sie merkte, dass sie sich kein Taschentuch in den Ärmel gesteckt hatte.

»Verflixt«, murmelte sie und tätschelte ihren Arm, als könnte auf magische Weise eines erscheinen.

»Eine sehr überzeugende Darbietung«, bemerkte Penvale düster. »Ich fasse nicht, dass Audley tatsächlich geglaubt hat, du wärst krank.«

»Bei ihm habe ich mir mehr Mühe gegeben«, protestierte Violet und ließ die sinnlose Suche nach einem Stofftaschentuch sein.

Weitere Erklärungen blieben ihr dank Wright, Dianas Butler, erspart, der in der Tür des Salons erschien. »Lord Julian Belfry«, verkündete er feierlich.

Violets erster Gedanke war, dass sie nun durchaus verstand, warum Lord Julian auf der Bühne so erfolgreich war. Der Mann war unglaublich attraktiv. Sein Haar war so dunkelbraun, dass es beinahe schwarz wirkte, und ein wenig zu lang, um als modisch zu gelten, was ihm etwas Verwegenes verlieh. Seine Augen waren von einem leuchtenden Blau, sein Gesicht war markant und zeigte ebenmäßige Züge, die den Aristokraten verrieten.

Neben ihr schnappte Diana leise nach Luft. »Lieber Gott«, murmelte sie. Violet konnte nicht widersprechen.

»Belfry«, sagte Penvale und ging auf ihn zu, um ihm die Hand zu schütteln. »Schön, dich wiederzusehen.«

»So eine Einladung kann ich unmöglich ablehnen«, erwiderte Lord Julian und musterte Violet und Diana interessiert. Diana stand vorsichtig auf, um ihre Figur bestmöglich in Szene zu setzen. Violet verkniff es sich, die Augen zu verdrehen.

»Lady James Audley, Lady Templeton, darf ich euch Lord Julian Belfry vorstellen?«, sagte Penvale. Man musste ihm zugutehalten, dass er sich seinen Unmut nicht anmerken ließ.

»Ladys«, sagte Lord Julian und küsste zuerst Violets Hand, dann Dianas. »Es ist eine Schande, dass ich zwei so hübsche Exemplare englischer Schönheit erst jetzt kennenlerne.« Sein Ruf als Frauenheld eilte ihm voraus. Jetzt verstand Violet auch, warum.

»Exemplare, Sir?«, fragte Violet und hob eine Augenbraue. »Klingt, als wären wir Organismen, die man unter einem Mikroskop untersucht.«

Diana funkelte sie böse an. »Ich bin sicher, Lord Julian wollte uns nicht beleidigen«, sagte sie.

»Ich habe nicht gesagt, dass ich mich beleidigt fühle«, entgegnete Violet. »Ich habe lediglich seine interessante Wortwahl kommentiert.«

»Lady James«, sagte Lord Julian, richtete sich gerade auf und sah sie belustigt an. »Es scheint, als wäre alles wahr, was ich bisher über Sie gehört habe.«

»Da ich keinerlei Vorstellung davon habe, was das sein könnte, fasse ich es als Kompliment auf«, erwiderte Violet fröhlich. Das war eine Lüge – sie konnte sich durchaus vorstellen, was er von den anderen Mitgliedern der feinen Gesellschaft über sie gehört hatte. Sittsames Schweigen war noch nie ihre Stärke gewesen. Wie ihre Mutter Violet so oft erinnerte, hatte sie Glück gehabt, James während ihrer ersten Saison – in Lady Worthingtons Jargon – »aufzugabeln«, denn Schönheit machte Eigenartigkeit nicht wett. Männer wollten keine Frauen, die offen ihre Meinung sagten oder skandalöse Bücher lasen. Und so weiter und so fort.

Und so weiter.

Und so fort.

Violet hatte sich nie sonderlich daran gestört. Außerdem war merkwürdiges Verhalten bei einer Dame, die mit dem Sohn eines Dukes verheiratet war, weitaus statthafter als bei einer unverheirateten Miss. Deshalb hatte sie den Zorn der Gesellschaft nie wirklich zu spüren bekommen. Doch sie wusste, dass die Leute tuschelten. Aber sie fand es eigentlich erquickend, jemanden wie Lord Julian kennenzulernen, der die Sache ganz offen ansprach.

»Das sollten Sie auch«, sagte er und grinste so charmant, dass sie unweigerlich zurücklächelte.

In diesem Moment rief der Gong zum Dinner. Penvale führte Violet in den Speiseraum, sodass Lord Julian sich zurückfallen lassen und Dianas Arm ergreifen konnte, in völliger Missachtung der Etikette.

Violet warf einen Blick über die Schulter und sah, wie sich die beiden gegenseitig musterten. Sie kam sich vor wie bei einer Auktion.

Das Dinner selbst war ein wenig merkwürdig. Penvale gab sich größte Mühe, das Gespräch am Laufen zu halten (er konnte nämlich sehr charmant sein), und Diana kokettierte unablässig mit Lord Julian (Violet fand, dass sie ihre Rolle ein wenig zu enthusiastisch spielte), aber Violet spürte eine gewisse Anspannung im Raum. Lord Julian wunderte sich ganz offensichtlich, warum man ihn eingeladen hatte, und als die Diener die letzten Teller abräumten und sich zurückzogen, beschloss Violet, dass es an der Zeit war, mit der Sprache herauszurücken.

»Lord Julian«, begann sie, und sofort richtete er den festen Blick aus blauen Augen auf sie. Es war absurd, dachte sie. Männer sollten nicht so attraktiv sein. »Schön, dass Sie Lord Penvales Einladung so kurzfristig angenommen haben. Ich weiß, Sie sind bestimmt …« Sie zögerte und suchte nach dem passenden Adjektiv.

»Gespannt?«, schlug er mit einem Hauch von Lachen in der Stimme vor. Violet verkniff sich ein Lächeln.

»In der Tat«, antwortete sie förmlich, faltete akkurat ihre Serviette und legte sie vor sich auf den Tisch. »Um die Wahrheit zu sagen – ich brauche Hilfe. Und ich glaube, Sie sind genau der, den ich suche.«

»Lady James, ich muss zugeben, dass Sie meine Neugierde erregen«, sagte er mit einer vielsagenden Betonung auf dem letzten Wort.

Sie beschloss, es sei besser, das zu ignorieren, und fuhr fort: »Ich habe eine Rolle, für die ich Sie gern engagieren würde. Sie ist … ein wenig anders als Ihre übliche Arbeit und könnte ein paar Schwierigkeiten mit sich bringen, aber ich weiß nicht, an wen ich mich sonst hätte wenden sollen.«

»Um was für ein Engagement handelt es sich denn?«, fragte er gelassen, doch Violet konnte sein Interesse spüren und die Energie, die von ihm ausging.

»Ich möchte, dass Sie sich als meinen Leibarzt ausgeben«, verkündete sie. »Ich befinde mich mit meinem Ehemann im Streit und muss ihn davon überzeugen, dass ich schwer krank bin. Er wird mir nicht länger glauben, wenn ich nicht alsbald einen Doktor konsultiere. Also brauche ich jemanden, der so tut, als wäre er ein Arzt, um mich zu besuchen und eine schlimme Diagnose zu stellen.«

»Und welche Art von Diagnose haben Sie im Sinn?«, fragte er trocken.

»Schwindsucht«, sagte sie, als würde sie am Frühstückstisch ihre Lieblingsmarmelade nennen.

Lord Julian starrte sie an, als versuchte er herauszufinden, ob sie es ernst meinte.

»Verstehe«, sagte er schließlich, wenn auch ein wenig unsicher. »Ich muss zugeben, dass mir die Worte fehlen.«

»Vor Aufregung, weil Sie es nicht erwarten können, mir zu helfen?«, fragte Violet hoffnungsvoll.

»Ah, nein. Es liegt eher daran, dass ich nicht weiß, wo ich beginnen soll, um Ihnen die Torheit dieses Plans auseinanderzusetzen.«

»Spar dir das, Belfry. Ich habe es bereits versucht«, sagte Penvale und nahm einen großen Schluck von seinem Wein.

»Erstens denke ich, dass bei Schwindsucht ein langer Aufenthalt in einem Sanatorium in den Alpen oder an einem sonstigen gottverlassenen Fleckchen Erde zur Kur empfohlen wird. Ich glaube, die Rehabilitation dauert länger, als Sie sich vorstellen.«

»Ja, aber …«

»Zweitens kann ich mir nicht vorstellen, dass ein Mann, der noch ganz bei Trost ist, nicht wütend reagiert, sobald er erfährt, dass er von seiner eigenen Ehefrau auf so spektakuläre Weise hereingelegt wurde. Das bedeutet, die ganze Sache wird so enden, dass mir Audley einen Handschuh ins Gesicht schlägt. Und ich glaube, für ein Duell bin ich inzwischen zu alt.«

»Dann würde ich vorschlagen, dass Sie sich nicht zu erkennen geben«, sagte Violet. »Ich hatte den Eindruck, Sie wären ein ziemlich guter Schauspieler. Oder ist Ihr Ruf besser als Ihre Fähigkeiten?« Sie sah ihm an, dass er widersprechen wollte, und hoffte, ihn bei seinem Stolz packen zu können, denn anders schien es nicht zu gehen.

Doch Lord Julian blickte nur amüsiert drein. »Nun, Mylady«, erwiderte er gemächlich und lehnte sich zurück, »so gern ich Ihnen mit Ihrem halb garen Plan auch helfen würde, so befürchte ich doch, dass es aus diversen Gründen nicht möglich sein wird. Der Hauptgrund ist, dass Ihr Ehemann und ich miteinander bekannt sind und ich mich ihm gegenüber wohl kaum als Doktor ausgeben kann.«

»Ein guter Schauspieler ist doch sicherlich ein Meister im Kostümieren«, bemerkte Diana. Ihr Schweigen hatte offensichtlich doch seine Grenzen.

»Das stimmt«, gab Lord Julian zögerlich zu.

»Dann sollte es für Sie kein Problem darstellen, meinem Wunsch nachzukommen«, sagte Violet.

»Ich sehe keinen Grund, warum ich in Ihrem kleinen ehelichen Spiel eine Rolle spielen sollte«, entgegnete Lord Julian.

»Es ist kein …«, wollte Violet widersprechen, doch Lord Julian fuhr fort, als hätte sie nichts gesagt.

»Ich halte nicht sonderlich viel von der Ehe. Von daher können Sie mir ruhig glauben, wenn ich sage, dass meine Weigerung nichts damit zu tun hat, dass ich mir um Ihre und Audleys Verbindung Sorgen mache. Ich erkenne hier jedoch keinen Vorteil für mich. Und dann besteht auch noch die Möglichkeit, dass Ihr Mann mich dazu herausfordert, ihn bei Sonnenaufgang zum Duell zu treffen. Das ist ein Risiko, das ich nur einzugehen bereit wäre, wenn ... sagen wir, wenn das Endergebnis attraktiver wäre.« Er nahm noch einen Schluck von seinem Wein und lehnte sich zurück wie ein Schachspieler, der auf ihren nächsten Zug wartete.

»Natürlich bin ich bereit, Sie für Ihre Zeit angemessen zu bezahlen«, sagte Violet steif. Normalerweise verachtete sie die aristokratischen Sitten, und dennoch fiel es ihr schwer, über Finanzielles zu sprechen.

»Ich brauche Ihr Geld nicht, Mylady.« Lord Julian klang amüsiert.

»Nun ja, es muss doch irgendetwas geben, das ich Ihnen anbieten kann«, entgegnete Violet verzweifelt. Lord Julian ließ den Blick über ihren Körper schweifen, was ihre Wangen zum Glühen brachte. Dann wanderte sein Blick zu Diana, deren Figur er ebenso eingehend betrachtete. Einen Moment später richtete er sich auf seinem Sessel jedoch gerade auf. Plötzlich war sein Verhalten wesentlich geschäftsmäßiger. Während Violet froh darüber war, anscheinend nicht sein Interesse geweckt zu haben, versteifte sich Diana neben ihr kaum merklich. Diana war es gewohnt, dass die Männer sie hoffnungslos verlockend fanden, was ihr die schöne Gelegenheit verschaffte, sie abzulehnen.

»Es gibt da eine Sache, die Sie mir anbieten können«, fuhr Lord Julian nach einem langen Moment des Schweigens fort.

»Und das wäre?«, fragte Violet, hin- und hergerissen zwischen Neugierde und Sorge.

»Ihre Gegenwart«, sagte er. »An meinem Theater.« Violet

wusste nicht, was sie erwartet hatte, doch das sicher nicht. Sie wechselte einen Blick mit Diana und hoffte, dass man ihr das Entsetzen nicht ansah. Diana wirkte ebenfalls überrascht, auch wenn sie ihre Verwirrung, bis auf ein leichtes Stirnrunzeln, sehr gut versteckte.

»Ich habe gehört, Ihr Theater sei überaus erfolgreich«, sagte Violet. Natürlich tratschte man in der feinen Gesellschaft regelmäßig über das *Belfry*, wie Lord Julians Theater treffend benannt worden war. Wenn es auch nicht gänzlich respektabel war, so hatte er mithilfe seiner aristokratischen Beziehungen doch eine Erlaubnis bekommen, während der Sommermonate Stücke aufzuführen. Violet wusste, dass es unter Aristokraten durchaus beliebt war, ihre Mätressen dorthin auszuführen, um nicht Gefahr zu laufen, die Freundinnen ihrer Ehefrauen zu treffen. In ihren dunkleren Momenten hatte sich Violet auch schon einmal gefragt, ob James mit einer Geliebten das Theater besuchte. Sie hatte keinen Grund anzunehmen, er wäre untreu, aber vier Jahre waren eine schrecklich lange Zeit.

»Das ist es«, bestätigte Belfry unbescheiden. »Und es bringt mir zweifelsohne eine ordentliche Summe ein. Aber seit einer Weile bin ich ein wenig rastlos. Ich würde gern meine Grenzen ausweiten. Ich möchte das Ansehen meines Theaters heben. Und dafür brauche ich ehrbare Damen, die meine Vorstellungen besuchen.«

»Warum wollen Sie das?«, fragte Violet verständnislos. Belfry grinste, und Penvale gab ein Geräusch von sich, als hätte er sich beim Lachen am Rotwein verschluckt. Aber sie meinte ihre Frage ernst. Das *Belfry* hatte in der Londoner Gesellschaft eine Nische gefunden. Ein Ort, der von und für die Aristokratie geschaffen worden war, mit einem überwiegend männlichen Publikum. Es war, wie Jeremy es einmal bewundernd ausgedrückt hatte, als hätte man einen Gentlemen's Club in ein Theater verwandelt.

»Ich liebe mein Theater, Lady James«, sagte Lord Julian ungewöhnlich ernst. Er sah ihr direkt in die Augen, ohne eine Spur von Hohn oder Spott. »Ich bin stolz auf unsere Produktionen, aber ich glaube auch, dass es noch besser geht. Doch das wird nicht möglich sein, und wir werden auch nicht die größten Talente anziehen, bis das Theater nicht als Institution angesehen wird, die so respektabel und erhaben ist wie Covent Garden und Drury Lane, und ich nicht die Lizenz habe, wie diese Häuser ernste Dramen auf die Bühne zu bringen. Ich will, dass Männer mit ihren Frauen ins Theater gehen, nicht mit ihren Mätressen. Ich weiß nicht, wie ich sie besser davon überzeugen könnte, als mit gutem Beispiel voranzugehen. Ich werde bei Ihrer kleinen List mitspielen. Ich werde mir einen falschen Bart ankleben und Ihrem Mann etwas von Ihrem schlechten Gesundheitszustand erzählen und dabei sehr ernst und besorgt dreinblicken. Aber ich mache es nur, wenn Sie mir Ihr Wort geben, dass Sie und Lady Templeton eine meiner Produktionen besuchen werden. Und zwar bald. Und bringen Sie so viele Freundinnen mit, wie Sie nur können.«

»Nun ja«, sagte Violet langsam. Es wäre furchtbar skandalös, eine Vorstellung des *Belfry* zu besuchen. Sie konnte bereits die schrille Stimme ihrer Mutter hören, trotzdem fand sie die Idee irgendwie verlockend. Wie so oft, gewann auch diesmal ihre Neugierde die Oberhand.

»Das ist mein letztes Angebot«, fügte Lord Julian hinzu. Anscheinend deutete er ihr Zögern als Ablehnung. »Haben wir einen Deal?«

Violets Gedanken rasten, während sie über die Logistik nachdachte. Sie würde James bitten müssen, sie zu begleiten. Allein das würde schwierig werden. Und sie müsste Freundinnen mitbringen? Angesehene Freundinnen? Sie dachte an die verheirateten Frauen in ihrem Bekanntenkreis. Sie alle waren zu besorgt um ihren Ruf, um überhaupt darüber nachzudenken, eine der Vorstellungen zu besuchen. Doch dann dachte sie an Emily – Emily, die noch unverheiratet war, jedoch zwei verheiratete Freundinnen hatte, die als ideale Begleitung dienen konnten, vor allem, wenn man Emilys Mutter über ihr Ziel im Unklaren ließe.

»Ich bringe Ihnen Ihre respektablen Ehefrauen. Und als Zuschlag sogar noch eine heiratsfähige Miss«, sagte Violet, die sich soeben entschieden hatte.

»Dann haben wir also einen Deal?«, fragte Julian und setzte sein Glas ab. Er sah sie nun aufmerksam an, seine blauen Augen waren durchdringend.

»Ja«, sagte Violet bestimmt und hob ihr Glas. »Wir haben einen Deal.«

Kapitel 5

Als James am nächsten Tag mittags nach Hause kam, nachdem er wieder einmal früh aufgebrochen war, konnte er sich selbst nicht erklären, warum er das tat. Es hätte genug gegeben, womit er sich den Nachmittag über hätte beschäftigen können, und dennoch hatte er den ganzen Morgen an seine Frau gedacht. Er konnte sich darauf keinen Reim machen. Als Grund fiel ihm lediglich ihre Erkrankung die Woche zuvor ein, die sich jedoch als Kleinigkeit entpuppt hatte, denn schon am nächsten Morgen war Violet wieder ihren gewöhnlichen Beschäftigungen nachgegangen. Trotzdem nahm er seither mehr Notiz von ihr. Den ganzen Tag hatte er an sie gedacht, wie sie am Feuer saß, das Haar zu einem mädchenhaften Zopf geflochten. Er musste an die sanfte Wölbung ihrer Brust unter der Morgenrobe denken und stellte sich vor, wie sie sich in seinen Händen angefühlt hätte.

Es war verstörend. Seit vier Jahren legte er, was Violet anging, Gelassenheit an den Tag. Aber nur ein kleines Husten, ein Wedeln mit dem Taschentuch – und schon war die Beherrschung, die er jahrelang aufgebaut hatte, dahin.

Er erreichte die Curzon Street und stellte verwundert fest, dass die Haustür offen stand und Wootons besorgtes Gesicht herausspähte. Offensichtlich hielt er nach ihm Ausschau. Obwohl James stolz darauf war, gut ausgebildetes Personal zu haben, erschien es ihm doch ein wenig übertrieben, dass Wooton ihn so ungeduldig erwartete.

»Mylord«, rief Wooton, sobald James in Hörweite war. »Ich bin froh, dass Sie wieder hier sind.« Das war äußerst alarmierend. James konnte sich nur an wenige Situationen erinnern, in denen Wootons Stimme Emotionen gezeigt hatte.

»Was ist passiert?«, fragte James, stieg die Treppe empor und betrat das Haus.

»Ein Doktor ist hier, Mylord.«

»Worth?«, fragte James und bezog sich auf den Arzt, den er seit seiner Kindheit konsultierte, wenn dieser in der Stadt war.

»Nein, Mylord. Ein Mann namens Briggs, glaube ich. Ich kenne ihn nicht«, erwiderte Wooton und sah James auf eine Weise an, die ihn dazu brachte, seinem Butler einen zweiten, längeren Blick zu schenken.

»Und wo ist dieser Briggs?«, fragte er ungeduldig.

»Ich glaube, er ist bei Lady James …«

»Leider haben Sie unrecht, guter Mann«, kam eine Stimme von der Treppe. »Denn ich bin jetzt hier.«

James wandte sich der Treppe zu und sah einen Mann undefinierbaren Alters auf ihn zukommen. Er war groß, breitschultrig und ganz in Schwarz gekleidet. In einer Hand trug er einen Koffer. Er hatte einen grauen Schnurrbart, der beinahe sein halbes Gesicht verdeckte, und seine Augen verbargen sich hinter dicken Brillengläsern. Doch als er näher kam, erkannte James, dass er kaum Falten hatte. Dieser Briggs schien wesentlich jünger zu sein, als es auf den ersten Blick den Anschein machte.

»Ich habe Mylady eben besucht«, sagte Briggs, nachdem er sich überaus korrekt verbeugt hatte. Es war nichts Unpassendes in seinem Verhalten, doch warum verspürte James, plötzlich und ohne Grund, den Drang, ihm ins Gesicht zu schlagen?

»Tatsächlich?«, fragte James und hob eine Augenbraue, froh, dass er trotz seiner inneren Unruhe gelassen klang.

»Ja«, antwortete Briggs mit einem Nicken. »Sie sagte mir, sie fühle sich seit einer Weile nicht besonders wohl. Sie hat mich auf Empfehlung ihrer Freundin Lady Templeton rufen lassen.«

James entspannte sich ein wenig. Wenn er Dianas Arzt war, konnte er kein vollkommener Quacksalber sein.

»Ich wusste nicht, dass es Mylady immer noch schlecht geht«, sagte James. »Trotzdem bin ich froh, dass sie Sie kommen lassen. Konnten Sie eine Diagnose stellen?«

»Ich bin nicht ganz sicher, Mylord. Und ich will Sie nicht unnötig besorgen ...«

James' Magen zog sich krampfhaft zusammen. Violet ging es gut, sagte er sich. Mein Gott, sie war erst dreiundzwanzig. Nichts außer einer Geburt konnte sie dazu bringen, langsamer zu machen – und das schien in naher Zukunft doch sehr unwahrscheinlich, wenn man bedachte, wie die Situation momentan zwischen ihnen war.

»Heraus mit der Sprache«, befahl er. Selbst in seinen eigenen Ohren klang seine Stimme nicht vollkommen ruhig.

»Ja, Mylord«, sagte Briggs und verbeugte sich noch einmal. »In Anbetracht der Symptome bin ich nicht ganz sicher, aber es könnte sein, dass Mylady ... Nun ja ... Es könnte sein, dass Mylady an Schwindsucht leidet.«

Falls James etwas geantwortet hatte, war er sich dessen nicht bewusst, denn außer dem Rauschen in seinen Ohren hörte er nichts mehr. Plötzlich hatte er das Gefühl zu schwanken. Zum ersten Mal in seinem Leben griff er nach etwas, um sich daran festzuhalten. Er, der so stolz darauf war, sich auf nichts und niemanden zu verlassen, klammerte sich nun ans Treppengeländer, das ihm Halt und Sicherheit bot. Am liebsten hätte er sich an irgendjemanden gewandt und ihn um Bestätigung gebeten, dass alles gut werden würde. Und dennoch war ihm die Vorstellung so fremd, dass es ihm unmöglich erschien. Ganz egal, ob derjenige nun sein Bruder, Penvale, Jeremy oder der angeblich sachkundige Doktor wäre.

Irgendwann wurde ihm bewusst, dass Briggs ihn mit einer Miene anstarrte, die er nicht deuten konnte. Als James ihn genauer musterte, regte sich etwas in seinem Hinterkopf, eine Erinnerung, doch er konnte sie nicht greifen.

»Ich werde nun aufbrechen, Mylord«, sagte Briggs, und seine Stimme klang wie aus großer Entfernung. »Ich habe noch einen anderen dringenden Termin. Ich kann die Lady unmöglich länger warten lassen. Aber ich bin gern bereit, Ihre ... ähm ... Fragen zu einem späteren Zeitpunkt zu beantworten. Ich gebe Ihnen meine Visitenkarte.«

Briggs kramte in seiner Tasche, zog eine Karte hervor und drückte sie James in die Hand. Nach einem weiteren ernsten Blick und einer weiteren Verbeugung ging er.

Das Geräusch der zufallenden Tür brachte James zurück ins Hier und Jetzt. Plötzlich bewegte er sich auf die Haustür zu, ohne sich daran erinnern zu können, es seinen Füßen befohlen zu haben. Wooton öffnete sie bereits. James blinzelte in das Sonnenlicht und öffnete den Mund, um Briggs hinterherzurufen – doch der war bereits verschwunden.

Zumindest der Briggs, der er eben noch gewesen war. Stattdessen eilte ein Mann großen Schrittes zu seiner Kutsche, der in der einen Hand etliche falsche Bärte hielt, in der anderen einen Arztkoffer.

James warf einen Blick auf die Visitenkarte, die seinen Verdacht bestätigte. Darauf stand in aufwendiger Gravur »Lord Julian Belfry« geschrieben.

...

Violet hörte die Schritte auf der Treppe und trat in Aktion. Sie schraubte den Deckel fest auf das Tintenfass und wischte die Feder an einem Taschentuch ab. Dann schob sie beides, zusammen mit der Notiz, die sie gerade geschrieben hatte, eilig in die Schublade ihres Nachttischs. Sie hatte sich gerade zurückgelehnt und die Hände über der Bettdecke gefaltet, als sie den Tintenfleck auf ihrem Zeigefinger entdeckte. Sie drehte sich zur Seite und öffnete hastig wieder die Schublade, griff nach dem befleckten Taschentuch und rieb über ihren Finger. Schließlich war sie gerade von einem Arzt untersucht worden, während sie brav im Bett gelegen hatte, und konnte sich keine verräterischen Tintenflecke erlauben – die Folge eines emotionalen Briefs an den Herausgeber von *Ackermann's Repository* bezüglich der geplanten Ausstellung der Elgin Marbles im British Museum.

Sie schob das Stofftaschentuch unter ihr Kissen und zwang sich, so still zu liegen, wie es jede Kranke tun würde. Sie lag nun schon eine ganze Weile recht nervös im Bett. Wie besprochen war Lord Julian heute Morgen eingetroffen und in ihrem Zimmer geblieben, bis James nach Hause gekommen war. Er hatte einen Papierstapel mitgebracht, den Violet für ein Theaterstück gehalten hatte, einige Stunden mit Lesen verbracht und immer wieder vor sich hin gemurmelt. Sie hatte drei Briefe geschrieben, ein Buch mit skandalöser Poesie und die neueste Ausgabe von *Ackermann's Repository* gelesen und begonnen, einen weiteren Brief zu schreiben. Es war genau das, was sie auch an jedem anderen Tag getan hätte, aber gezwungen zu sein, es vom Bett aus zu tun – schließlich musste sie den Anschein wahren, falls ihre Bediensteten nach ihr sehen würden –, hatte das Ganze wesentlich mühsamer gemacht. Ihr war bisher nie in den Sinn gekommen, wie langweilig das Leben eines Spions sein musste, und sie war froh gewesen, dass James heute früh nach Hause gekommen war.

Lord Julian war sofort in Aktion getreten, als sie James' Stimme von unten gehört hatten – sie hatten Violets Tür extra einen Spalt offen gelassen –, und war zur Tür hinaus verschwunden, der unechte Bart an Ort und Stelle, bevor sich Violet überhaupt richtig bedanken konnte.

Sie hatte von dem Gespräch unten nichts mitbekommen, nur gedämpfte männliche Stimmen. Doch jetzt hörte sie James' Schritte, laut und deutlich, und sie stellte fest, dass sie seinen Gang überall erkennen würde. Sie kannte das exakte Gewicht seines Tritts, die Länge seiner Schritte. Sie versuchte, nicht an die unzähligen Nächte zu denken, in denen sie im Bett gelegen und gelauscht hatte, wie diese Schritte an ihrem Schlafgemach vorbeigegangen waren.

Ihre Tür flog mit einem lauten Knall auf, kein leises Klopfen wie die Tage zuvor. Sie unterdrückte den Drang, ihre Frisur zu richten. Um Himmels willen, sie sollte schließlich *krank* sein.

James betrat das Zimmer, griff hinter sich und schloss die Tür zum Glück sanfter, als er sie geöffnet hatte. Sein dunkles Haar war ein wenig unordentlich, als wäre er sich mehrfach mit der Hand hindurchgefahren. Das tat er nämlich, wenn er aufgebracht oder wütend war. Plötzlich verspürte sie den Wunsch, es für ihn zu glätten. Ihr Herz verkrampfte sich bei dem Gedanken, und sie rügte sich innerlich dafür. Sie wollte ihn bestrafen, nicht trösten.

Er hatte einen merkwürdigen Gesichtsausdruck aufgesetzt, während er an ihr Bett trat. Prüfend. Er schien sie abzuschätzen, musterte sie von Kopf bis Fuß. Seine grünen Augen funkelten, und seine Wangen hatten mehr Farbe als gewöhnlich. Sie hob das Kinn, wartete darauf, dass er das Wort ergriff, und verschränkte die Finger so ineinander, dass man den Tintenfleck nicht sah.

»Warum zum Teufel hat ein Arzt das Haus verlassen, als ich eben angekommen bin?«, bellte er und blieb einen halben Meter von ihr entfernt stehen. »Wooton meinte, er sei eine ganze Weile hier gewesen.«

»Du wolltest doch, dass ich einen Arzt konsultiere«, erwiderte Violet.

»Ich schätze, es wäre zu viel verlangt gewesen, deinen Mann vorher darüber zu informieren?« Er ließ es wie eine Frage klingen, wartete jedoch nicht auf Antwort, bevor er nah an sie herantrat und ihre Hand ergriff. Leider war es die Hand mit dem Tintenfleck.

»Mir war nicht bewusst, dass diese Form der Höflichkeit noch notwendig ist«, sagte sie und hoffte, ihn von dem auffälligen dunklen Fleck ablenken zu können. Seine einzige Reaktion war, unbewusst ihre Hand zu drücken, die er nun fest in seiner hielt. Oder vielleicht doch nicht ganz unbewusst, wie sich herausstellte. Er drehte ihre Handfläche nach oben und bohrte ohne viel Feingefühl seine Finger hinein.

»Darf ich fragen, was du da machst?«, fragte sie und hatte Mühe, die Fassung zu wahren. Seine Berührungen waren nicht so sanft, wie sie hätten sein können. Und war der Tintenfleck sichtbar? Aus diesem Blickwinkel wahrscheinlich nicht. Aber es war besser, dieser Sache so schnell wie möglich ein Ende zu bereiten.

»Deinen Puls kontrollieren«, sagte er knapp, während er fortfuhr.

»Ich glaube, du hast ihn verfehlt«, bemerkte sie trocken, als seine Finger ein Stück ihren Unterarm hinaufwanderten.

»Nun ja, ich bin kein Arzt.« War es nur Einbildung, oder hatte er die letzten Worte überdeutlich betont?

»Ich weiß«, entgegnete sie und befreite sich aus seinem Griff. »Deshalb habe ich einen konsultiert.«

Er musterte sie eine Weile, sein Gesichtsausdruck undurchschaubar. Sehnsüchtig dachte sie zurück an die Tage, als ihm noch jeder Gedanke, jede Idee ins Gesicht geschrieben stand, wenn er sie angesehen hatte. Geheimnisse, die er nur ihr anvertraut hatte. Und dass er so vieles von sich vor anderen verbarg, hatte es noch einzigartiger gemacht, wie ein Geschenk, das er nur ihr angeboten hatte.

»Und was genau hatte dieser Doktor zu sagen?«

Sie sah ihn lange an. Hatte Lord Julian nicht mit ihm gesprochen? War unten irgendetwas schiefgegangen? Sie überlegte kurz, bevor sie antwortete: »Er hat viele gute Dinge gesagt.«

»Was für Dinge?«, fragte er mit tödlicher Ruhe und setzte sich vorsichtig auf die Bettkante. Das Bett war so groß, dass sie sich nicht berührten, doch Violet stützte sich mit einer Hand ab, um sicherzustellen, dass sie nicht aus Versehen in die Kuhle rollte, die er verursacht hatte.

»Nun ja«, sagte sie lang gezogen, »er schien sehr an meinen Lungen interessiert zu sein.«

»An deinen Lungen? Oder doch eher an deinen Brüsten?«, fragte er düster. Violet begann zu stottern. Sein Blick, der kurz auf besagten Vorzügen verweilt hatte, richtete sich nun auf ihr Gesicht. »Was ich sagen wollte«, fügte er eilig hinzu und versuchte, die Situation zu retten, »ist, dass ich es nicht zulassen kann, dass ein lüsterner Arzt meine Frau behandelt.«

Fast hätte Violet geschnaubt. Lord Julian hatte sie in der

ganzen Zeit, die er in ihrem Zimmer verbracht hatte, kaum angesehen, so vertieft war er in das Skript in seinen Händen gewesen. Ab und zu hatte er, um den Schein zu wahren, einen der Bediensteten gerufen, damit sie ihm heißes Wasser oder Tee brachten. Einmal war er in die Bibliothek gegangen, um angeblich in einem Medizinbuch zu lesen. Oder zumindest hatte er das Wooton gesagt, der die ganze Zeit wie eine ängstliche Henne im Korridor herumgelungert hatte. So nervös hatte Violet ihn noch nie erlebt.

»Ich glaube nicht, dass Briggs Unzucht im Sinn hatte, mein lieber Mann«, sagte Violet und unterdrückte den Impuls, mit den Wimpern zu klimpern. »Er war schon ziemlich betagt.«

»Ach ja?« James musterte sie eingehend, und sie hatte das Gefühl, auf die Probe gestellt zu werden, konnte jedoch nicht genau sagen, was er von ihr hören wollte – oder nicht.

»Ja, war er«, bestätigte sie und dachte an Lord Julians lächerlichen Bart. »Du hast ihn doch gesehen, oder? Oder lässt dich dein Augenlicht im Stich, jetzt, da du älter wirst?« Sie provozierte ihn ebenfalls, obwohl sie wusste, dass sie es nicht tun sollte, aber etwas an ihm hatte sie schon immer dazu gebracht, gegen seine harte Schale zu schlagen, bis sie zerbrach. Sein Kiefer spannte sich an, und als sie herunterblickte, sah sie, wie er mit der Hand auf die Bettdecke klopfte, eines der wenigen Dinge, die ihn verrieten.

»Was hat der Doktor gesagt, Violet?« Die Worte waren prägnant und klar artikuliert.

»Hat er es dir nicht erzählt? Hast du nicht mit ihm gesprochen?« Sie zögerte und wusste nicht, warum. Hatte sie sich nicht darauf gefreut, ihm ins Gesicht zu blicken, wenn er von ihrer schweren Krankheit erfuhr? War das nicht die Rache, die sie gewollt hatte? Doch es war weniger befriedigend, als sie es sich vorgestellt hatte. James benahm sich so seltsam, und es fiel ihr schwer, die richtigen Worte zu finden.

Es war eine Sache, einen Plan auszuhecken (wenn auch einen halb garen, wie es Lord Julian formuliert hatte), doch es war etwas gänzlich anderes, dem Mann ins Gesicht zu lügen, dem sie einmal vor Gott und einer ganzen Kirche voller Menschen ewige Treue geschworen hatte. Als es um den Gehorsam ging, hatte sie mental die Finger überkreuzt, aber den Rest ihres Ehegelübdes hatte sie von ganzem Herzen so gemeint. Und dass er sie seit vier Jahren für eine verschwiegene Lügnerin hielt (im besten Fall) und (im schlimmsten Fall) für hinterhältig und manipulativ, machte diese Lüge nicht unbedingt einfacher. Ihr gefiel die Vorstellung nicht, tatsächlich so unehrlich zu sein, wie er es ihr fälschlicherweise vorgeworfen hatte.

»Ja, ich habe mit ihm gesprochen«, sagte James, seine Miene undurchdringlich. »Aber ich würde gern wissen, was er zu *dir* gesagt hat.«

»Nun«, sagte Violet erneut, »wie ich bereits sagte. Er war sehr an meinen ...«

»Deine Lungen, ja, ich weiß«, sagte James, und irgendwie gefiel es ihr, die Ungeduld in seiner Stimme zu hören. Sie wertete es jedes Mal als Sieg, wenn sie es schaffte, seine kühle Fassade zum Bröckeln zu bringen, wenn auch nur ganz kurz.

»Schwindsucht!«, brach es aus Violet hervor. Dann schlug sie die Hand vor den Mund, als könnte sie so das Wort zurücknehmen, das nun zwischen ihnen im Raum schwebte. Schnell kaschierte sie die Bewegung mit einem kleinen Hustenanfall – nicht gerade einer ihrer besten, wenn sie ihr Schauspiel ehrlich bewertete.

»Ja«, erwiderte James, nachdem der Husten abgeklungen war. Sein Tonfall war seltsam, und sie sah ihn lange an. Er blickte ihr geradewegs in die Augen, und sie fühlte sich gefangen, durch seinen starken Blick in die Kissen gedrückt. »Nun«, sagte er und stand auf, sein Verhalten plötzlich geschäftsmäßig. »Wenn man diesem Arzt Glauben schenken kann, sollten wir besser unsere Taschen packen.«

Das war nicht die Reaktion, die Violet erwartet hatte.

»Wie bitte?«

»Unsere Taschen«, wiederholte James langsam und betont. »Ich nehme nicht an, dass du in diesem Nachtgewand reisen willst, so reizend es auch ist?« Violet setzte sich gerade auf, und sein Blick fiel auf ihre Brüste. Sie wollte die Arme vor der Brust verschränken, doch die Hitze seines Blicks machten sie bewegungsunfähig. Kurz sah sie an sich herab, fragte sich, was seine Aufmerksamkeit erregt hatte, und stellte fest, dass ihre plötzliche Bewegung dazu geführt hatte, dass sich der dünne Stoff auf interessante Weise an ihren Körper schmiegte. Sie lehnte sich leicht zurück und ließ ihn sich sattsehen. Es war zugegebenermaßen durchaus befriedigend.

»Was meintest du?«, fragte sie, nachdem sie beschlossen hatte, dass es jetzt genug war. Doch sie musste sich eingestehen, dass dieser Blick ihr Ego gestreichelt hatte. Sie hatte sich mehr als einmal gefragt, ob sich James in den letzten vier Jahren in die Arme einer anderen Frau geflüchtet hatte, doch das hier sprach eher dagegen. Brüste waren immer schön, aber kein Mann, der regelmäßig Bettsport betrieb, betrachtete eine Oberweite mit solch wehmütiger Sehnsucht.

Er riss den Blick los und blinzelte ein paarmal, bevor er sich wieder auf ihr Gesicht konzentrierte.

»Packen?«, erinnerte sie ihn sanft.

»Ah, ja.« Er machte einen Schritt rückwärts, und seine Stimme klang nun wieder gewohnt distanziert. »Packen. Soweit ich weiß, gibt es auf dem Festland Sanatorien, die Erholungskuren gegen Schwindsucht anbieten. Wir sollten also deine Taschen packen und so schnell wie möglich abreisen.«

»Aber wohin?«, fragte Violet besorgt.

»In die Schweiz.«

»Die Schweiz!« Sie schob die Bettdecke zurück – es war sowieso viel zu heiß hier drin – und kniete sich auf die Matratze. »Ich gehe nicht in die Schweiz!«

»Wenn dein Doktor tatsächlich recht hat und du an Schwindsucht leidest, dann befürchte ich, hast du keine andere Wahl.« Nachdenklich ließ er den Blick durch den Raum schweifen. »Soll ich nach Price klingeln? Oder willst du zuerst ein Nickerchen machen? Ich weiß, dass du einen anstrengenden Tag hinter dir hast.« Er streckte den Arm aus und legte die Hand auf ihre Stirn. »Du fühlst dich tatsächlich ein wenig fiebrig an.«

Violet schlug seine Hand weg. Die Invalidin zu spielen

war schön und gut, aber sie war nicht bereit, sich auf ein grünes Fleckchen Erde auf dem Festland verfrachten zu lassen. »Ganz sicher nicht! Mir ist nur heiß, weil ich mitten im Sommer den ganzen Tag im Bett liegen muss.«

Nach einem »Ts« legte er den Handrücken nun an ihre Wange. »So etwas sagt man nur, wenn man tatsächlich Fieber hat. Ich weiß also nicht, ob ich deinem Wort Glauben schenken soll.« Er hielt inne und sah sie nachdenklich an. Im Gegensatz zu eben, als er sie so gemustert hatte, lag nun etwas Liebevolles in seinen Augen.

»Ich gehe nicht in die verdammte Schweiz!«, kreischte Violet beinahe. Dann erinnerte sie sich jedoch daran, dass sie krank sein sollte, täuschte eine Art Ohnmachtsanfall vor und fiel zurück in die Kissen.

»Ich weiß nicht, ob ich in diesem Fall deinen Wunsch respektieren kann«, sagte James und beäugte sie besorgt. »Die Schweiz soll sehr gesund sein. Diese ganze Alpenluft. Und die Ziegen.«

»Ziegen?«, entgegnete Violet verdutzt.

»Ziegen«, bestätigte James mit einem Nicken. »Sie sind äußerst gesunde Kreaturen, nicht wahr?«

»Ähm.« Mehr brachte Violet nicht zustande.

»Wenn die Schweiz gut genug ist für eine Ziege, dann ist sie auch gut genug für dich«, verkündete er.

»Wie romantisch«, murmelte sie und fragte sich, ob sie einen Arzt rufen sollte, der *ihn* untersuchte. »Aber ich verspüre nicht den geringsten Wunsch, in die Schweiz zu reisen. Ziegen hin oder her. Es ist bestimmt wunderschön, aber ich denke nicht, dass das notwendig ist.«

»Nun, ein zweiter Arzt ist es definitiv.« Sein Ton war ausdruckslos, und jede Spur der Leichtigkeit, die sie eben noch an ihm wahrgenommen hatte, war verschwunden. Er verschränkte die Arme vor der Brust, und sie konnte nur den unangebrachten Gedanken fassen, dass diese Bewegung sehr verlockende Dinge mit seinem Bizeps anstellte.

»James, ich will keinen anderen Arzt«, sagte sie ein wenig verspätet. Sie richtete sich wieder auf, und wieder fiel sein Blick auf ihre Brust. Sie musste unbedingt ein anderes Nachtgewand finden, beschloss sie – oder vielleicht auch nicht, wenn sie das verruchte Leuchten in seinen Augen bedachte, als er sie ansah. »So schlecht geht es mir nicht. Wirklich nicht«, sagte sie, bevor sie ein leises Husten hinzufügte. Sie wollte nicht im Bett liegen müssen – und sie wollte ganz sicher nicht, dass ein zweiter Arzt vorbeikam, um ihr zu sagen, dass sie bei bester Gesundheit war. Aber es war auch nicht gut, zu gesund zu wirken.

»Briggs schien anzunehmen, dass mein Zustand von Tag zu Tag erheblich variieren wird«, improvisierte sie und hoffte, dass James nichts über den Verlauf der Krankheit wusste. Sie rügte sich dafür, keine Recherche betrieben zu haben. »Er sagte, es spräche nichts dagegen, mit meinen gewohnten Aktivitäten fortzufahren, wenn ich mich danach fühle.«

»Du liegst im Bett«, bemerkte er. »Am helllichten Tag. Ganz offensichtlich fühlst du dich nicht imstande, auch nur *irgendetwas* zu tun. Es sei denn, das hier ist eine Einladung?«, fügte er hinzu, und sehr zu ihrer Verärgerung errötete sie. Plötzlich kamen alle Erinnerungen zurück, die sie in den letzten vier Jahren zu unterdrücken versucht hatte, um nicht den Verstand zu verlieren. Erinnerungen an nackte Haut, ineinander verschlungene Gliedmaßen, die Wärme von James' Mund auf unaussprechlichen Teilen ihres Körpers.

»Ich bin nur ein wenig müde, das ist alles«, brachte sie hervor, und bevor sie merkte, was sie tat, legte sie die Hand auf seine. Er erstarrte und blickte herab auf ihre Hände.

Es war nicht so, als hätte sie ihn im Laufe der letzten vier Jahre nie berührt. Eine höfliche Verbeugung und ein formeller Handkuss waren nichts Ungewöhnliches, und er hatte ihr bei Kutschfahrten oft beim Ein- und Aussteigen geholfen. Doch das waren vorgeschriebene Berührungen gewesen, die von der Gesellschaft akzeptiert, wenn nicht sogar als notwendig angesehen wurden. Doch das hier war plötzlich, ungeplant, nur für sie allein.

Und es fühlte sich immer noch *richtig* an.

Bevor sie sich eines Besseren besinnen und die Hand zurückziehen konnte, drehte er die Handfläche nach oben und nahm ihre viel kleinere Hand in seine große. Sein Griff war fest, seine Haut warm. Sie traute sich nicht, ihm ins Gesicht zu blicken, stattdessen richtete sie das Wort an ihre ineinander verschränkten Finger.

»Morgen früh geht es mir bestimmt schon viel besser. Also kein Grund zur Sorge. Übrigens hat uns Diana eingeladen, morgen mit ihr ins Theater zu gehen, und ich würde der Einladung gern nachkommen.«

»Ins Theater?«, wiederholte er langsam, und sie wagte einen Blick nach oben und stellte fest, dass er sie mit zu Schlitzen verengten Augen musterte. Er wirkte ... misstrauisch. Misstrauisch war nicht gut. »Dir hat gerade ein verdammter Arzt mitgeteilt, dass du Schwindsucht hast, und du willst ins *Theater* gehen?«

»Nun ja«, wich Violet aus und versuchte, schnell nachzudenken, was nur schwer möglich war, da er immer noch ihre Hand hielt. »Es ist erst *morgen*, nicht heute. Und ich glaube, es geht mir schon besser.«

»Das ist doch lächerlich«, sagte er und ließ ihre Hand fallen. »Ich werde umgehend nach Worth rufen lassen, um eine zweite Meinung einzuholen. Und wenn er die Diagnose des Quacksalbers bestätigt, besprechen wir mit ihm deine Therapie.«

»Wenn man bedenkt, dass meine Sorgen und Wünsche nach deinem Sturz nicht berücksichtigt wurden«, presste sie hervor, »finde ich dein eigenmächtiges Vorgehen ein wenig übertrieben.«

Er hielt inne und sah sie lange an. Sie konnte seinen Blick nicht deuten, weigerte sich jedoch, als Erste nachzugeben, und hielt ihm stand. Seine grünen Augen wanderten über ihren Körper und hinterließen eine Hitzewelle. Violet fühlte sich entblößt, verletzlich, als könnte er all ihre Geheimnisse und Sehnsüchte sehen. Es ärgerte sie, aber sie wollte, dass er weitaus mehr tat, als sie nur anzusehen. Mit seinem leicht unordentlichen Haar und den Wangen, die von der frischen Luft immer noch rosig waren, war er gefährlich verlockend.

»Verstehe«, sagte er schließlich. In seinem Ton lag etwas, das ihr ganz und gar nicht gefiel. Aber wenigstens lenkte es sie von ihren lusterfüllten Gedanken ab. »Deshalb weigern sich Männer zu heiraten. Es ist den verdammten Ärger nicht wert«, knurrte er leise.

»Und diese charmanten Worte, ausgesprochen am Bett deiner geliebten Ehefrau, sind genau der Grund, warum ich abgeneigt bin, deine Sorgen zu berücksichtigen, Mylord«, sagte sie ein wenig schnippisch.

»Ich gehe jetzt«, verkündete er abrupt.

Violet schnaubte. »Wie du wünschst.«

»Ich habe Besseres zu tun, als mit einer unvernünftigen Furie zu diskutieren.«

»Ich wundere mich, dass Männer die Ehe so unerträglich finden«, sinnierte sie laut. »Mir scheint, es gäbe weitaus mehr, worüber wir Frauen uns beklagen könnten, wenn das die Behandlung ist, die wir von unseren Männern zu erwarten haben.« Nun klang sie ein wenig wie Mrs Bennet aus *Stolz und Vorurteil* – ein Roman, den sie durch und durch genossen hatte –, doch sie fand das nur angebracht.

Er verabschiedete sich mit einer unverschämt knappen Verbeugung. Falls er die Tür kraftvoller zuschlug als unbedingt nötig, dann ... Nun ja, jeder Gentleman stieß wohl irgendwann an seine Grenzen.

Kapitel 6

An diesem Abend besuchte James seinen Klub und betrank sich. Noch nie war er so dankbar gewesen, dass Penvale und Jeremy keine Ehefrauen hatten, zu denen sie zu einer vernünftigen Uhrzeit zurückkehren mussten, denn sie widmeten sich der Aktivität mit großem Enthusiasmus.

Es begann mit einem Brandy – oder zwei oder drei – im Salon des *White's*. Dann setzten sie sich an die Spieltische, wo Penvale sowohl Jeremy als auch James um eine erhebliche Summe erleichterte. Später gab es noch mehr Brandy und eine Flasche Bordeaux, bevor James verkündete, dass er genug hatte. Er war zwar betrunken und *extrem* sauer auf seine Frau, doch das bedeutete nicht, dass er so viel Geld verlieren wollte, dass er ihre Juwelen verkaufen musste.

So kam es, zu einer unchristlichen Zeit am frühen Morgen, dass sich die drei Männer in Sesseln vor dem Feuer wiederfanden und sich eine Flasche Madeira teilten, während James düster in die Flammen starrte.

»In Ordnung, Audley«, sagte Jeremy plötzlich und brach das friedvolle Schweigen. »Du riechst wie eine Schnapsbrennerei, also raus mit der Sprache. Warum hast du dich so besoffen?«

»Die Ehe«, erwiderte James knapp und nahm einen ordentlichen Schluck von seinem Drink. Dann warf er einen Blick in sein Glas. War es etwa schon wieder leer? Je länger der Abend dauerte, desto schneller schien das zu gehen.

»Ah«, sagte Jeremy wissend, lehnte sich nach vorn und stützte die Ellbogen auf die Knie. »Genau das ist der Grund, warum ich keinerlei Interesse an einer Heirat habe.«

»Nun ja«, sagte James düster und starrte weiter in sein Glas. »Eins muss ich meiner Frau lassen. Wenn es darum geht, mir das Leben schwer zu machen, hat sie sich mal wieder selbst übertroffen.«

»Was hat sie jetzt angestellt?«, fragte Penvale, und James entging nicht die Vorsicht in seiner Stimme.

Ein vernebelter Teil seines Geistes stellte fest, dass ein nüchterner James und selbst ein leicht angetrunkener James jetzt Ausflüchte suchen oder einer Diskussion komplett aus dem Weg gehen würde. Doch der James, der eine beachtliche Menge an Brandy und Wein getrunken hatte, hatte eine lose Zunge und keine Lust, ein Blatt vor den Mund zu nehmen. »Hat Schwindsucht.«

Jeremy verschluckte sich an seinem Drink. »Wie bitte?«, brachte er hervor, nachdem das Röcheln ein Ende hatte.

»Oder zumindest will sie mich das glauben machen«, fuhr James fort und spürte, wie erneut Wut Besitz von ihm ergriff, während er sprach. Es war schmerzhaft gewesen, vor vier Jahren zu erfahren, dass die Frau, der er vertraut hatte, ihm essenzielle Informationen vorenthalten hatte. Er, der immer nur langsam Vertrauen gefasst hatte, war sich vorgekommen wie ein Narr, weil er auf ein hübsches Gesicht und ein charmantes Lachen hereingefallen war. Jetzt, da er einen weiteren Beweis für ihre Verlogenheit hatte, tat es nicht mehr weh – aber die Wut war genauso stark wie damals.

»Sie benimmt sich seit ein paar Tagen höchst seltsam. Als ich gestern nach Hause kam, fand ich einen Scharlatan von einem Arzt vor, der mir sagte, dass sie eventuell die Schwindsucht habe. Doch er war nicht ganz sicher.« James konnte den Sarkasmus in seiner eigenen Stimme hören.

»Woher weißt du, dass er ein Scharlatan war?«, fragte Jeremy.

James dachte an die Visitenkarte mit Belfrys Namen darauf, die immer noch in einer seiner Manteltaschen steckte. »Glaub mir«, sagte er. »Ich weiß es.« Seine Freunde kannten den Ton nur zu gut, den er an den Tag legte, wenn er nicht weiter über ein Thema sprechen wollte, und fragten nicht weiter. Er richtete den glasigen Blick auf Penvale, der zuletzt recht schweigsam gewesen war. »Und dein verdammter Brief ist schuld daran, du Idiot.«

Penvale blinzelte nicht einmal. »Laut meiner Schwester ist grundsätzlich alles meine Schuld.« Sein Ton war der eines erschöpften Mannes, der schon sein ganzes Leben lang unter falschen Beschuldigungen zu leiden hatte.

»Deine Schwester«, sagte James und hielt inne, als ihm ein Gedanke kam. »Ich wette, sie weiß über alles Bescheid. Du hast nicht zufällig vor, sie in absehbarer Zeit zu besuchen?«

»Ich wurde dazu verpflichtet, sie morgen ins Theater zu

eskortieren«, sagte Penvale mit der Freude eines Mannes, der an den Galgen geführt wird.

James zog die Stirn kraus. »Violet hatte den Theaterbesuch morgen auch erwähnt.« Plötzlich ergab alles Sinn. »Sie sagte allerdings nicht, wohin es geht. Covent Garden? Drury Lane?«, fragte er unschuldig ab, obwohl er genau wusste, was die Antwort sein würde.

»Nein«, erwiderte Penvale kopfschüttelnd. »Ins Belfry.«

Jeremy, der in seinem Sessel gehangen und sein Glas geschwenkt hatte, richtete sich so abrupt auf, dass ein wenig von der Flüssigkeit über den Rand und auf seine makellos gepressten Kniebundhosen schwappte. »Das Belfry?«, fragte er und klang wie eine besorgte Mutter. »Ihr könnt nicht mit Damen ins Belfrys gehen. Seid ihr verrückt geworden?«

Penvale schien über seine Worte nachzudenken. »Diana wurde vor Kurzem mit Julian Belfry bekannt gemacht. Er hat sie eingeladen.«

»Das sieht ihm ähnlich«, murmelte Jeremy empörter, als James erwartet hätte.

»Sie hat Violet gebeten mitzukommen, um den Schein zu wahren«, erklärte Penvale. Er sank in seinem Sessel leicht zurück und führte das Glas mit einer eingeübten Trägheit an die Lippen, die an seine Schwester erinnerte – Penvale und Lady Templeton teilten eine besondere Form der trägen Eleganz.

»Und anscheinend soll ich Violet begleiten. Ebenfalls, um den Schein zu wahren«, sagte James verbittert. Er lehnte den Kopf zurück und starrte leeren Blickes hinauf zur reich verzierten Decke des *White's*. Sein Geist war voller gegensätzlicher Sehnsüchte: Da war der Wunsch, Violets Lüge im peinlichsten Moment zu entlarven, der Wunsch zu erfahren, was zum Teufel Julian Belfry mit alledem zu tun hatte, der Wunsch, ihr dieses verflixte, dünne Nachthemd vom Leib zu reißen und seine Zunge über jeden Quadratzentimeter ihrer Haut gleiten zu lassen.

Dieser verlockende Gedanke verbrauchte das meiste seiner mentalen Energie, als ihn Jeremys Stimme zurück in die Realität holte.

»West! Willst du einen Drink, alter Knabe?«

James hob den Kopf. Sein großer Bruder stand vor ihnen und betrachtete James halb amüsiert, halb missbilligend.

»West«, sagte James knapp.

»James«, erwiderte sein Bruder. »Harter Abend?«

»Kein bisschen«, antwortete James kühl und richtete sich etwas auf.

West hob eine Augenbraue. James tat es ihm gleich.

Er konnte sich noch an glücklichere Tage erinnern, in denen die Gespräche mit seinem Bruder sich noch nicht angefühlt hatten wie ein stiller Krieg. Als sie noch Kinder gewesen waren, hatte der Duke James größtenteils ignoriert und seine Aufmerksamkeit und Energie auf seinen ältesten Sohn und Erben fokussiert – auf West. Der junge Marquess of Weston war derjenige, in den die Familie ihre Hoffnung setzte. Der zukünftige Duke und Haushofmeister der Ländereien. Die Fortsetzung einer langen Linie von Dukes. West hatte mit dem Duke lange Ausritte über das Anwesen unternommen, während man James bei einem Kindermädchen und später bei einem Tutor gelassen hatte.

Warum sein Vater West bevorzugte, war dem Jungen, der sein ganzes Leben in einem großen Haus auf dem Land und ohne väterliche Fürsorge verbracht hatte, damals noch nicht klar gewesen. Und von seinem Bruder hatte James auch nicht viel Aufmerksamkeit erfahren, so oft, wie der abwesend gewesen war. Man hatte James nach Eton geschickt, wo Jeremy und Penvale so etwas wie Brüder für ihn geworden waren. Erst nachdem er sich nach seinem Abschluss in London niedergelassen hatte, hatte sich zwischen ihm und West eine Art Freundschaft entwickelt. Als Erwachsener war klar geworden, dass er – und nicht sein Bruder – in Bezug auf den Vater den besseren Deal bekommen hatte.

Die besagte Freundschaft war jedoch abgekühlt, als seine Ehe den Bach heruntergegangen war. Nach dem Streit mit Violet, hatte sich James – zugegebenermaßen in gereizter Stimmung – mit West vordergründig über die Verwaltung der Ställe von Audley House gestritten, aber vor allem wegen der Rolle, die ihr Vater in seinem Leben spielte, wegen seiner Ehe und der Beziehung zu seinem Bruder.

Ihre Gespräche waren in letzter Zeit nicht mehr so freundlich gewesen wie früher.

»West, hast du für morgen Abend schon Pläne?«, fragte Jeremy und unterbrach James' Gedankengang.

West riss den Blick von seinem Bruder los. »Nichts Besonderes.«

»Dann komm mit uns ins Belfry. Wir nehmen die Damen mit«, fügte Jeremy verschwörerisch flüsternd hinzu.

West hielt inne, wirkte plötzlich und ohne Vorwarnung sehr herzöglich. Seine Handschuhe, mit denen er sich leicht gegen den Oberschenkel geschlagen hatte, stellten ihre Bewegung ein, und alles an ihm – von seinem perfekt gebundenen Halstuch bis zu seinen glänzenden Schuhen – strahlte Missfallen aus. »Die Damen?«, wiederholte er in trügerisch mildem Ton. Er setzte den Gehstock, den er seit seinem Unfall mit dem Zweispänner benutzte, vor sich auf den Boden und stützte sich mit beiden Händen darauf.

»Nur meine Schwester und Violet«, fügte Penvale schnell hinzu, doch das schien West nicht im Geringsten zu besänftigen. Sein düsterer Blick wandte sich von Penvale und Jeremy ab und richtete sich nun noch intensiver auf James. James und sein Bruder sahen sich erstaunlich ähnlich: Sie waren beide groß und breitschultrig, hatten die gleichen unordentlichen Locken und grünen Augen. Aus der Ferne unterschied die beiden nur Wests leichtes Humpeln, das ihn plagte, seit er vierundzwanzig war.

»Wie kannst du es auch nur in Erwägung ziehen, mit deiner Frau einen Ort wie das Belfry zu besuchen?«, fragte er James und gab ihm einen Vorgeschmack, was für ein eindrucksvoller Duke er eines Tages sein würde. Sein Tonfall war mild, und er achtete darauf, dass niemand außer Penvale und Jeremy sie hören konnte. Doch James spürte die Wut, die sich hinter seinen Worten verbarg.

James erhob sich, denn das würde eine Unterhaltung werden, bei der er mit seinem Bruder auf Augenhöhe sein wollte. »Falls du es unbedingt wissen willst, meine Frau hat mich gebeten, sie zu begleiten«, sagte er ruhig und hoffte, keinerlei Emotionen preiszugeben. Abgesehen von Violet war West der Einzige, der hinter seine kühle Fassade blicken konnte.

»Hast du dich wieder mit ihr vertragen?«, fragte West und hob eine Augenbraue.

James ballte die Faust, erwiderte jedoch nur: »Nein.«

West gab nach. »Mach, was du willst, James.« Er nahm den Gehstock wieder in eine Hand und machte einen Schritt rückwärts. »Ich schätze, das ist das neuste Manöver in eurem niemals endenden Krieg.« Er nickte Jeremy und Penvale nacheinander zu und wandte sich dann ein letztes Mal an James. »Dann sehen wir uns wohl morgen im Belfry.«

»Aber ...«

»Wenn du lieber den Ruf deiner Frau aufs Spiel setzt, als eine ordentliche Unterhaltung mit ihr zu führen, muss ich euch wohl der Familie zuliebe begleiten, um den Schaden in Grenzen zu halten.« Dann ging er ohne große Eile.

»Mistkerl«, murmelte James und starrte ihm eine Weile hinterher, bevor er sich wieder in seinen Sessel fallen ließ.

Jeremy beobachtete Wests Abgang interessiert. »Wie schafft er es nur, ein Humpeln so elegant wirken zu lassen?«, fragte er niemand Bestimmten.

»Soll ich dir ein paar Knochen brechen, damit du ein wenig üben kannst?«, fragte James in freundlichem Ton.

»Wenn es das ist, was die Ehe mit dem Gemüt eines Mannes anstellt, dann werde ich ihr auch weiterhin aus dem Weg gehen«, konterte Jeremy.

James lehnte sich zurück, schenkte sich reichlich von dem Madeira nach und nahm einen großen Schluck.

»Was wirst du jetzt tun, Audley?«, fragte Jeremy leise, sein Tonfall ungewöhnlich ernst.

James drehte den Kopf zur Seite und sah seinen Freund an. »Ich werde ihr Spiel mitspielen«, erwiderte er entschieden und nahm einen weiteren Schluck von seinem Drink. Der Raum begann langsam zu verschwimmen, und er wusste, er würde morgen früh höllische Kopfschmerzen haben, aber das kümmerte ihn im Moment nicht. »Und wenn das heißt, dass ich Julian Belfrys verdammtes Theater besuchen muss, dann sei es so.«

...

Es gab doch nichts, sinnierte Violet am folgenden Abend, was befriedigender war als ein ausgeklügelter Plan, der einwandfrei ausgeführt wurde.

Das nahm sie zumindest an. Aus persönlicher Erfahrung konnte sie nicht sprechen. Ihr eigener Plan entpuppte sich als nervenaufreibender als ursprünglich angenommen.

Sie war heute Morgen aufgewacht und hatte es kaum erwarten können, eine vortreffliche Genesung vorzutäuschen, doch sobald sie nach Price geklingelt hatte, hatte sie Besuch von ihrem Mann bekommen. Im Gegensatz zum vorherigen Tag war er allerdings nicht lange geblieben. Er hatte nur kurz im Türrahmen gestanden, um sie über seinen morgendlichen Ausritt zu informieren und darüber, dass er den Bediensteten die strikte Anweisung erteilt hatte, sicherzustellen, dass sie den ganzen Tag im Bett bliebe.

»Damit du wieder zu Kräften kommst«, hatte er salbungsvoll verkündet und war so schnell aufgebrochen, dass er nicht mehr Zeuge wurde, wie Violet das Kissen gegen die Tür warf und undamenhaft fluchte.

Der Tag war nicht sehr zufriedenstellend gewesen, um es höflich auszudrücken.

Anders gesagt: Am liebsten hätte sie sich aus dem verflixten Fenster geworfen.

Es ist ermüdend, einen ganzen Tag im Bett zu verbringen, vor allem, wenn man sich kerngesund fühlt. Zwei Tage hintereinander sind nahezu unerträglich. Vor ihrer »Krankheit« war Violet damit beschäftigt gewesen, den gesamten Inhalt der Bibliothek zu katalogisieren, um sie dann neu zu sortieren. Natürlich konnte sie den ganzen Tag nicht auf der Leiter in der Bibliothek verbringen, aber sie hatte alle aktuellen Ausgaben ihrer Zeitschriften bereits gelesen und genug Briefe an die Herausgeber geschrieben, um das Gefühl zu haben, etwas geschafft zu haben, und dennoch zogen sich die Stunden in die Länge. Sie hatte schon nach einem Dutzend Bücher gegriffen und sie wieder beiseitegelegt. In ihrer Verzweiflung hatte sie sogar eine Nachricht an ihre Mutter geschrieben und sie für den nächsten Tag zum Tee eingeladen. Und dennoch war es erst Vormittag.

Sie beschloss, dass ihre Toleranzgrenze nun erreicht war, und klingelte nach Price. Während sie ihre Bitte vorbrachte, entglitten der Dienstmagd kurz die Gesichtszüge – aber nur kurz. Dann machte sie einen höflichen Knicks und sagte: »Ja, Mylady«, als wäre ihr Anliegen nichts Ungewöhnliches. Zufrieden sank Violet in die Kissen und wartete.

Bis zum späten Nachmittag hatte sie sich eine zufriedenstellende Routine erarbeitet. Price brachte ihr immer wieder einen Stapel Bücher – nur ein paar auf einmal, falls Wooton oder einer der anderen Diener sie beobachteten –, und Violet, die einen improvisierten Schreibtisch benutzte (und zwar ihr Teetablett, das nun frei von Geschirr war), nahm die Titel in ihren Katalog auf. Während sie arbeitete, brachte Price alle Bücher, mit denen sie bereits fertig war, zurück in die Bibliothek und kam mit einem neuen Stapel zurück. Es war zwar nicht ideal, aber allemal besser, als die ganze Zeit Däumchen zu drehen und zum zehnten Mal *Pamela* zu lesen.

Irgendwann gegen Nachmittag vernahm sie von unten aus der Empfangshalle Stimmen. Sie sprang auf, warf dabei fast das Tintenfass um und stopfte den Katalog, die Feder und die Tinte zurück in ihre Nachttischschublade. Doch was sollte sie mit den Büchern machen? Sie würden nicht hineinpassen, und der Geschwindigkeit der Schritte nach zu urteilen, würde sie keine Zeit mehr haben, zu ihrem Schreibtisch zu eilen, den sie nicht benutzt hatte. Sie hatte nicht Gefahr laufen wollen, von einer Magd erwischt zu werden, wie sie dort saß, statt kläglich im Bett zu liegen. Sie glaubte zwar nicht, dass James so tief gesunken war, sie von den Bediensteten bespitzeln zu lassen, aber sie konnte nicht vorsichtig genug sein. Da ihr keine andere Wahl blieb, schob sie die restlichen drei Bücher unter ihre Kissen, warf sich wieder ins Bett und stellte zufrieden fest, dass sie keine Tintenflecke hinterlassen hatte. Dann griff sie nach der nächstbesten Zeitschrift – der *Lady's Monthly Museum*, die sie für so einen Notfall neben das Bett gelegt hatte – und widmete sich interessiert dem Inhalt, als es laut an die Tür klopfte.

»Herein«, rief sie und blätterte träge eine Seite weiter. Sie vermied es aufzublicken und lehnte sich stattdessen nach vorn, um ein rührseliges Gedicht in Augenschein zu nehmen.

Aus Richtung der Tür erklang ein lautes Räuspern.

Violet blätterte weiter.

»Violet.«

Unschuldig blickte sie auf. »Ja?«

James stand in der Tür, die große Gestalt leicht gegen den Rahmen gelehnt. Er trug seine Reitgarnitur, und sie konnte nicht umhin, seine gut geschnittenen Kniebundhosen aus Hirschleder zu bewundern. Seine Jacke war von dunklem Grün, das seine Augen noch mehr betonte. Bei seinem Anblick beschleunigte sich trotz ihres Zerwürfnisses ihr Herzschlag, genau wie damals, als sie achtzehn und über beide Ohren verliebt gewesen war.

Er sah sie mit einem Gesichtsausdruck an, den sie nicht deuten konnte. Violet hob fragend eine Augenbraue.

»Geht es dir heute Abend besser?«, fragte er schließlich, ohne sich von der Stelle zu bewegen.

»Ein wenig«, erwiderte Violet, schlug die Zeitschrift zu, legte sie beiseite und klimperte übertrieben mit den Wimpern. »Was ich zweifelsohne nur deinem Rat, im Bett zu bleiben, zu verdanken habe, mein Lord und Meister.«

Angesichts ihres Sarkasmus huschte irgendein Ausdruck über sein Antlitz, doch er war so schnell wieder verschwunden, dass sie ihn nicht identifizieren konnte. »Dann fühlst du dich also gut genug, um heute Abend ins Theater zu gehen?«

»In der Tat«, sagte Violet und richtete sich auf. »Diana hat mir eine Nachricht zukommen lassen, dass sie und Penvale uns mit der Kutsche abholen, damit wir alle gemeinsam hinfahren können.«

»Wir haben unsere eigene Kutsche.«

»Aber es macht doch viel mehr Spaß, zusammen zu fahren, findest du nicht auch?«

»Du meinst, so eng beisammenzusitzen, dass man kaum atmen kann?«

»Sei nicht so griesgrämig.« Violet verschränkte die Arme vor der Brust, um ihm zu verstehen zu geben, dass die Diskussion hiermit beendet war. James warf die Arme in die Luft und ging, murmelte dabei etwas von seinen Kniebundhosen und dass er den Diener gar nicht darum bitten müsse, sie zu bügeln, wenn er ohnehin in einer Kutsche fahren würde, die so eng sei, dass er auf Penvales Schoß würde sitzen müssen. Violet sprang aus dem Bett und begann, sich für den Abend fertig zu machen.

So kam es, dass sie sich nur wenige Zentimeter von ihrem Ehemann entfernt wiederfand, während Dianas Kutsche über das Kopfsteinpflaster Londons holperte. Als sie vor wenigen Minuten eingestiegen waren, hatten sie festgestellt, dass Emily neben Diana saß und nicht Penvale.

»Penvale hat mich wohl mit den Damen allein gelassen«, bemerkte James, als er einstieg, nachdem er Violet hineingeholfen hatte.

»Er und Willingham haben beschlossen, separat zu fahren, nachdem ich ihm gesagt habe, dass ich seinen Platz für Emily brauchen würde«, erwiderte Diana gelassen.

»Und wie hast du es geschafft, dass dir deine Mutter erlaubt hat mitzukommen?«, fragte Violet Emily, während sie ihre Röcke richtete.

»Diana kann sehr überzeugend sein«, sagte Emily mit einem kleinen Lächeln.

»Lady Rowanbridge war nicht überzeugt, dass ich eine passende Begleitung bin«, sagte Diana verächtlich. »Als sie jedoch erfahren hat, dass du und Audley nicht nur ebenfalls teilnehmt, sondern auch noch in derselben Kutsche fahrt, hielt sie es plötzlich für akzeptabel.« Sie hustete leise. »Ich habe deinen Rat befolgt, Violet, und ihr nicht gesagt, welches Theater wir genau besuchen.«

Emilys und Dianas Anwesenheit hob ein wenig die Stimmung in der Kutsche, die sonst zwischen den Eheleuten eher angespannt gewesen wäre. Für Violet war das keine gänzlich neue Erfahrung. Zwar hatten sie sich in den letzten vier Jahren nicht sonderlich viel zu sagen gehabt, hatten jedoch die eine oder andere gemeinsame Kutschfahrt unternommen – und dennoch fühlte sich das Schweigen zwischen ihnen heute Abend anders an als sonst. Violet war ... sich seiner gewahr wie schon lange nicht mehr. Natürlich war es nicht so, als hätte sie ihn zu irgendeinem Zeitpunkt nicht mehr attraktiv gefunden oder sich nicht des Nachts im Bett herumgewälzt und darüber nachgedacht, dass er sich ein Zimmer weiter befand und vielleicht immer noch nackt schlief – eine Frage, der eine respektable Dame nicht allzu lange nachhängen sollte. Aber Violet hatte sich nie voll und ganz respektabel gefühlt, vor allem, was James anging. Als sie heute Abend die Treppe heruntergekommen war und James – gekleidet in eine makellose schwarz-weiße Abendgarderobe – auf sie gewartet hatte, hätte sie ihm am liebsten die perfekt gebundene Krawatte abgerissen, um seinen Hals zu lecken.

Von daher: nicht respektabel.

»Ich war überrascht, dass ihr heute ins Theater gehen wollt«, sagte Emily und brach das Schweigen. »Ich dachte, du würdest *Romeo und Julia* hassen, Violet.« Emily sah aus wie immer – wunderschön. Das goldene Haar war ordentlich zusammengebunden, und sie trug eine Abendrobe von hellblauer Seide, der Ausschnitt war einer unverheirateten Dame zwar angemessen, gab jedoch ein klein wenig ihrer zarten Haut preis.

Neben ihr kam sich Violet regelrecht verwegen vor. Sie war immer noch überaus wütend gewesen, als sie sich angezogen hatte, und hatte an James' Anweisung gedacht, den ganzen Tag im Bett zu bleiben. Sie hatte absichtlich ein Kleid ausgewählt, das schon mehrere Jahre alt war und über das er lachend gesagt hatte, sie könne es nur für ihn und sonst niemanden tragen. Und es war in der Tat das erste Mal, dass sie es vor anderen Menschen trug. Sie hatte es gekauft, um mit ihm zu zweit auf der Terrasse zu dinieren, wie sie es zu Beginn ihrer Ehe an warmen Sommertagen getan hatten. Es hatte ein Korsett, das so verlockend war, dass sie die Mahlzeiten nie beenden konnten, ohne sich nicht schon vorher der fleischlichen Lust hinzugeben.

Jetzt, da sie in der Kutsche saß, strich sie die violette Seide glatt und warf James dabei einen flüchtigen Blick zu. Ihr verräterisches Herz begann, schneller zu schlagen. Es gab keinen Mann der feinen Gesellschaft, dessen Auftreten nicht durch eine maßgeschneiderte Jacke und ein ordentlich gebundenes Halstuch noch verbessert wurde, aber wenn es nach Violet ging, konnte keiner mit James mithalten. Sein dunkles Haar war zurückgekämmt, sodass nichts seine markanten Gesichtszüge und fesselnden Augen versteckte.

Warum musste er nur so attraktiv sein, dachte Violet mit einem Anflug von Selbstmitleid. So attraktiv, dass es ihr manchmal noch den Atem verschlug und sie sich darüber wunderte, jemals sein Interesse geweckt zu haben. Es wäre so viel einfacher, sauer auf ihn zu sein, die Wut weiterhin lodern zu lassen, wenn sie nicht tief in ihrem Inneren immer noch dasselbe vernarrte Mädchen gewesen wäre wie damals, als sie ihn kennengelernt hatte.

Violet nahm nur am Rande wahr, dass Diana auf Emilys Kommentar antwortete. Sie hörte sie kaum, so abgelenkt war sie von dem Mann neben sich. James hatte die ganze Zeit den Blick aus dem Fenster gerichtet, doch plötzlich sah er sie an, als hätte er ihren Blick gespürt.

»Freut mich, dass du so frisch aussiehst, Liebling«, sagte er mit einem Sarkasmus, der ihr nicht gefiel. »Lass es mich wissen, falls es dir im Laufe des Abends wieder schlechter geht. Dann werde ich dich aus unserer Box bringen, bevor du die anderen vollhustest.«

Violet verengte die Augen zu Schlitzen. Er sah sie an, ohne auch nur zu blinzeln, und sie war nicht imstande, den Blick abzuwenden. Sie wusste, dass er wütend auf sie war, weil sie eine zweite ärztliche Meinung verweigert hatte, und dennoch freute sich ein Teil von ihr, die Gereiztheit in seiner

Stimme zu hören. Erst in den letzten Tagen war ihr klar geworden, wie sehr sie es vermisst hatte, von ihm etwas, irgendetwas, anderes zu hören als kühle Höflichkeit. Ja, er wirkte, als wollte er ihr jeden Moment an die Gurgel gehen, aber aus irgendeinem Grund ängstigte es sie weniger, als es vielleicht sollte.

»Danke, Mylord«, erwiderte sie zuckersüß. »Ich habe ein Taschentuch dabei, das wird wohl genügen. Ich weiß deine Sorge sehr zu schätzen, aber ...«, sie hielt inne, um wohldosiert in ihren Ärmel zu husten, »... Mr Briggs hat mir jede Menge schlaue Ratschläge gegeben, was deinen Beitrag eher überflüssig macht.«

Ein Muskel zuckte in James' Kiefer, und kurz schwieg er. Emily rutschte auf ihrem Sitz umher, offensichtlich war ihr unbehaglich zumute.

Bevor sie sich einmischen und mit einer höflichen Bemerkung die Anspannung durchbrechen konnte, ergriff James wieder das Wort. »Nun gut, Liebling«, sagte er, den Blick noch immer auf Violet gerichtet. »Dann werde ich mich keine Sekunde länger um dich scheren.«

Er richtete den Blick wieder aus dem Fenster, und Violet war plötzlich höchst unzufrieden. *Das* war es nicht, was sie gewollt hatte. Ganz und gar nicht.

Jedoch hatte sie nicht viel Zeit, um sich über seine Worte zu ärgern, denn kurz darauf kam die Kutsche zum Stehen, und die Tür wurde geöffnet. James stieg zuerst aus und bot ihr dann seine Hand an. Manchmal war diese Form des Körperkontakts – erzwungen durch die Etikette des Ein- und Aussteigens – der einzige, den sie wochenlang hatten. Selbst durch den Stoff ihrer und seiner Handschuhe konnte sie seine Wärme spüren, die Stärke seiner Hand. Sie sollte sich dadurch nicht so sicher fühlen.

Nur einen Moment später endete der Kontakt jedoch abrupt, als James ihre Hand fallen ließ, um Emily aus der Kutsche zu helfen – und zwar weitaus galanter, wie Violet feststellte.

»Zu schade, dass uns Mr Cartham heute Abend nicht begleiten kann«, sagte James zu Emily, doch sein Ton verriet, dass er genau das Gegenteil meinte. »Aber es kommt mir nur zugute, jetzt, da ich zwei Damen statt einer am Arm habe.«

Er reichte Violet den anderen Arm, ohne sie anzusehen, seine Aufmerksamkeit noch immer auf Emily und deren gemurmelte Antwort gerichtet, wie Violet zähneknirschend beobachtete. Am liebsten hätte sie jetzt seinen Arm losgelassen und wäre unbegleitet ins Theater gestürmt – nun ja, nein. Das hätte ihr zwar gefallen, das schon, doch es gab einige Dinge, die ihr noch weitaus besser gefallen hätten. Ganz oben auf der Liste stand, einen Brieföffner in James' wohlgeformten, muskulösen Oberarm zu rammen.

Blutvergießen ruinierte jedoch meist den Abend, außerdem ziemte es sich nicht für eine Dame, die gelegentlich krank war. Kurz dachte sie zurück an die Zeit, als James sie noch nicht wie ein lästiges und störrisches Schaf behandelt hatte, und erlaubte ihm, sie und Emily ins Theater zu führen. Diana ging hinter ihnen am Arm ihres Bruders, der zeitgleich mit ihnen angekommen war.

Das *Belfry* war trotz seines skandalösen Rufs ein wundervolles Theater, sowohl von außen als auch von innen. Das Gebäude, das Lord Julian ausgewählt hatte, war ein eleganter, neoklassizistischer Bau in der Nähe des Haymarket, und Violet konnte nicht anders, als die Säulen zu bestaunen, die den Eingang säumten, während James sie zwischen ihnen hindurchführte. Innen war das Belfry sogar noch beeindruckender, prachtvoll ausgestattet mit Samt und Seide in verschiedenen Blau- und Grüntönen. Es war ganz anders, als sie es sich vorgestellt hatte – sie hatte eher eine geschmacklose Nachahmung eines Bordells erwartet –, und jetzt verstand sie auch, warum Lord Julian so darauf erpicht war, den Ruf seines Theaters zu verbessern. Dieser Ort verdiente ein besseres Publikum als irgendwelche lasterhaften Aristokraten mit ihren Mätressen.

Im Moment waren sie jedoch von genau diesen umgeben. Violet erkannte ein halbes Dutzend Männer, Viscounts und Earls und, um Himmels willen, sogar einen Marquess, aber kein einziger war in Begleitung der Dame, die sie für gewöhnlich an ihrer Seite sah. Violet gab sich große Mühe, weltlich und gelangweilt zu wirken, aber in Wahrheit war sie ein wenig entsetzt. Natürlich wusste sie, dass Treue nicht die Norm war in der feinen Gesellschaft und dass Liebesheiraten wie die ihre äußerst selten waren, aber die Gentlemen bei ihren außerehelichen Aktivitäten zu sehen war noch mal etwas ganz anderes.

Sie hatte aus Liebe geheiratet – nun ja, aus Liebe und weil man sie erwischt hatte, doch das war ein weitaus weniger romantischer Grund, den sie für gewöhnlich verschwieg. Sie und James hatten mehr als einmal darüber diskutiert, und er hatte ihr versichert, dass er ihr selbst dann innerhalb von zwei Wochen einen Antrag gemacht hätte, wenn man sie nicht auf dem Balkon entdeckt hätte.

»Wirklich? Zwei Wochen?«, hatte Violet gefragt, als das Thema zum ersten Mal aufgekommen war.

»Höchstens«, hatte James grinsend erwidert. Dann hatte er sich nach vorn gebeugt und Violet auf den Mund geküsst, ein Kuss, den sie von Kopf bis Fuß gespürt hatte.

Inzwischen hatten sie aus ihrer angeblich großen Liebesgeschichte Hackfleisch gemacht – aber das erste Jahr war größtenteils wunderbar gewesen. Gemütliche Morgen im Bett. Lange gemeinsame Stunden in der Bibliothek. Abende im Theater oder bei Hauskonzerten, heimliche Blickkontakte, die das versprachen, was sie zu Hause erwarten würde.

Oh, wie sehr sie es vermisste.

Ja, so viel war sie bereit zuzugeben – sie konnte und *würde* nicht zugeben, dass sie auch James selbst vermisste. Doch sie war nicht zu stolz zuzugeben, dass sie das vermisste, was sie einmal geteilt hatten, was ihre Ehe einmal gewesen war. Ihre Beziehung war nie perfekt gewesen – James hatte sie häufig in den Wahnsinn getrieben, und dennoch hatten sie es immer wieder geschafft, sich zu versöhnen. Bis sie es eines Tages nicht mehr geschafft hatten.

Jetzt, da sie in diesem wundervollen Theater stand, umgeben von Männern mit Damen, die nicht ihre Ehefrauen waren, spürte sie ein wenig Unsicherheit. War James schon einmal hier gewesen? Es war vier Jahre her, seit sie sich ein Bett geteilt hatten. War er wirklich die ganze Zeit enthaltsam geblieben? Sie hatte immer angenommen, dass er genauso litt wie sie. War sie vielleicht naiv gewesen?

James, mit seinem üblichen miserablen Timing, wählte genau diesen Moment, um sie anzusprechen.

»Versuch, nicht so schockiert dreinzublicken, Liebling. Das ziemt sich nicht.«

Violet unterdrückte den Impuls, ihren Absatz in seinen Fuß zu bohren. Stattdessen lächelte sie ihn zuckersüß an und erwiderte: »Ich bin kein bisschen schockiert, Mylord. Ich sehe und lerne.«

Sie fühlte, wie sich sein Arm unter ihrer Hand versteifte, und eine Welle des Triumphs schoss durch ihren Körper. *Punkt für Violet.*

James sah sie mit zusammengekniffenen Augen an, sagte jedoch nichts mehr und wandte sich stattdessen wieder Emily zu, um eine Frage zu beantworten, die Violet nicht gehört hatte. Während er sprach, blickte Emily an ihm vorbei zu Violet und hob neugierig eine Augenbraue. Violet lächelte zurück.

Während sie sich auf den Weg zu der Loge machten, die Lord Julian für sie reserviert hatte, konnte Violet nicht umhin, zu bemerken, dass sie Aufmerksamkeit erregten. Zu einem gewissen Grad hatte sie das natürlich erwartet – drei Damen aus feinem Hause, eine davon unverheiratet, konnten kein Theater mit solch einem Ruf besuchen, ohne Interesse zu wecken –, doch sie fragte sich, ob sie sich verkalkuliert hatten, indem sie Emily mitgebracht hatten. Sie und Diana wollten ihr lediglich einen Abend ohne ihre Mutter ermöglichen, die sie immer mit Adleraugen beobachtete, und ohne die unwillkommene Aufmerksamkeit des widerwärtigen Mr Cartham, aber jetzt hinterfragte sie ihre Entscheidung. Emily war unverheiratet und leicht zu schockieren. Wer wusste schon, was der Anblick der ganzen Mätressen mit ihrer zarten Seele anrichten würde?

»Hast du das Korsett dieser Lady gesehen?«, flüsterte Emily Violet fröhlich zu, als James sie über den mit grünem Teppich ausgelegten Korridor geleitete, der zu den exklusivsten Logen des Theaters führte. »Ich weiß gar nicht, wie sie sich darin überhaupt bewegen kann.« Sie warf einen nicht gerade verstohlenen Blick über die Schulter. »Ich würde sie gern fragen, wie sie es schafft, dass es nicht herunterrutscht«, fügte sie nachdenklich hinzu. »Ihre Modistin muss sehr clever sein.«

»*Emily*«, rügte Violet sie im selben Moment, als James ein seltsames ersticktes Geräusch von sich gab, das Violet als unterdrücktes Lachen identifizierte.

»Ich glaube, *Lady* ist nicht das richtige Wort, um diese Frau zu beschreiben, Lady Emily«, sagte er kurz darauf. Irgendwie hatte er es geschafft, wieder einen neutralen Gesichtsausdruck aufzusetzen.

»Ja, ja, Mylord. Mir ist bewusst, dass sie eine Dirne ist«, erwiderte Emily ungeduldig und winkte ab, als wäre diese Unterscheidung zu unwichtig, um sie überhaupt zu erwähnen. »Aber ihr Kleid war ein wissenschaftliches Wunder. Ich würde nur zu gern wissen, wie es gemacht wurde.«

»Nun«, sagte Violet, »ich nehme an, sie wird es innerhalb der nächsten Stunden mit großer Eile ausziehen, vielleicht solltest du ihr und dem Viscount also folgen und es dir

schnappen, während sie sich leidenschaftlich umarmen.«
Kurz sah James sie an, und um seine Augen hatten sich Lachfältchen gebildet. In diesem Moment war es, als wären die letzten vier Jahre nie geschehen, als würden sie immer noch private Witze miteinander teilen, als würden sich ihre Blicke immer noch in einem überfüllten Raum treffen, um sich gegenseitig zu versichern, dass sie einander besser verstanden als jeder andere.

Es war jedoch nur ein kurzer Moment, dann wandte Violet den Blick ab.

Schließlich erreichten sie ihre Loge, dicht gefolgt von Penvale, Diana und Jeremy.

»Emily, Schätzchen, ich kann es immer noch nicht fassen, dass du tatsächlich hier bist«, sagte Diana freudig und ließ den Arm ihres Bruders umgehend fallen, als sich die Tür hinter ihnen schloss.

»Ich auch nicht«, gestand Emily. »Aber ich muss sagen, dass dein Überzeugungstalent beeindruckend ist.«

»Deine Mutter wird durchdrehen, sollte sie es jemals herausfinden«, bemerkte Diana heiter.

»Und dein Ruf könnte darunter leiden«, fügte Violet ernster hinzu.

Emily lächelte auf eine Weise, die Violet an ihr noch nie gesehen hatte. »Ich weiß. Und ich fände es gar nicht so schlimm.«

Penvale und Jeremy absolvierten die erforderlichen Verbeugungen und Handküsse, bevor sie James in ein Gespräch verwickelten. Violet konnte nicht anders, sie war der Gegenwart der Männer hinter ihr äußerst gewahr, all ihre Nerven schienen hochsensibel zu sein. Es war, als würde ihre Haut auf James' Nähe reagieren, wie es seit Beginn ihrer Ehe nicht mehr der Fall gewesen war.

Zweifelsohne lag es daran, dass sie ihn in letzter Zeit öfter als gewöhnlich gesehen hatte, sagte sie sich.

»... dieses Kleid, Violet«, sagte Diana, und Violet merkte, dass sie den Worten ihrer Freundinnen keine Aufmerksamkeit geschenkt hatte.

»Wie bitte?«, fragte sie ein wenig schuldbewusst.

»Ich *sagte*«, wiederholte Diana geduldig, »dass ich nicht glaube, dich je in diesem Kleid gesehen zu haben.« Sie musterte sie eingehend. »Ich muss sagen, es gefällt mir.«

»Natürlich gefällt es dir.« Dianas Kleid, das von einem dunklen Grün war, mit raffinierter Perlenstickerei an den Ärmeln, war genauso gewagt wie Violets – und doch wusste Violet, dass es bei Weitem nicht das skandalöseste Kleid in Dianas Garderobe war. Sie musste jedoch zugeben, dass Diana darin sehr verführerisch wirkte – ihre beeindruckende Oberweite wurde perfekt in Szene gesetzt, und das Grün des Stoffes betonte die grünen Sprenkel in ihren haselnussbraunen Augen. Violet fragte sich, ob sie sich für Lord Julian so herausgeputzt hatte. Bisher war er von ihr nicht so verzaubert, wie es bei Männern für gewöhnlich der Fall war, doch Diana konnte stur sein. Sollte sie tatsächlich beschlossen haben, sich doch einen Liebhaber zu suchen, so wusste Violet nicht, ob sich Lord Julian gegen Dianas Entschluss würde wehren können.

Weitere Gespräche wurden durch Lord Julians Erscheinen beendet. Wie schon bei Dianas Dinner war er auch heute wieder äußerst attraktiv. Die schwarz-weiße Abendgarderobe stand ihm gut, und er trug sie mit dem Stolz eines Mannes, dem seit seiner Geburt eingetrichtert worden war, dass er etwas Besonderes sei, besser als andere Männer. Obwohl Lord Julian der feinen Welt abgeschworen hatte, hatte ihn sein Selbstbewusstsein nicht verlassen.

»Audley«, sagte er und schüttelte James die Hand, ohne auch nur im Geringsten unangenehm berührt zu wirken. »Es kommt mir vor, als hätte ich dich seit Ewigkeiten nicht mehr gesehen.«

»Belfry«, sagte James, und in seiner Stimme lag etwas Merkwürdiges. Violet musterte ihn genau, doch sein Gesichtsausdruck gab nichts preis – auch wenn das natürlich nichts zu sagen hatte. »Wie überaus nett von dir, dass du uns eingeladen hast.« Bildete sich Violet die Ironie in seinem Ton nur ein?

Lord Julian zuckte gelassen mit den Schultern, während er Penvale und Jeremy die Hand gab. »Ich habe Penvale neulich beim Dinner getroffen«, sagte er, was ja auch stimmte. »Er erzählte, dass er sich immer noch häufig mit dir und Willingham trifft, und ich dachte, ihr hättet bestimmt nichts gegen einen unterhaltsamen Abend auswärts. Vor allem in so reizender Begleitung«, sagte er und schenkte Violet, Diana und Emily ein gewinnendes Lächeln. »Ich glaube, wir wurden einander noch nicht vorgestellt«, fügte Lord Julian hinzu, und Violet musste sich das Grinsen verkneifen.

»Meine Frau, Lady James«, sagte James, trat einen Schritt zurück neben Violet und berührte leicht ihren Ellbogen. Zu Beginn ihrer Ehe hatte er auch ihren Vornamen genannt, wenn er sie vorgestellt hatte, im Gegensatz zu den anderen Gentlemen der feinen Gesellschaft – nicht, dass einer der Herren den Mut oder die Frechheit besessen hätte, sie bei ihrem Vornamen anzusprechen, aber James hatte ihn dennoch genannt. Es war eine kleine Verletzung der sozialen Normen gewesen, von der Violet nicht gemerkt hatte, wie sehr sie ihr gefiel, bis er damit aufgehört hatte.

»Und das ist meine Schwester, Lady Templeton«, fügte Penvale mit einem trägen Nicken in Dianas Richtung hinzu. Nicht, dass es nötig gewesen wäre – selbst wenn Diana und Lord Julian sich noch nicht kennengelernt hätten, hätte man sofort erkannt, wessen Schwester sie war.

»Und ihre Freundin Lady Emily Turner«, schloss James. Lord Julian, der sowohl Violets als auch Dianas Hand geküsst hatte, wandte sich nun Emily zu, die sich im Hintergrund gehalten hatte und seiner Aufmerksamkeit entgangen war – bisher. Kurz hielt er inne, bevor er sich über ihre Hand beugte.

»Lady Emily«, sagte er und richtete sich auf. »Ich glaube, wir haben einen gemeinsamen Bekannten.«

»Tatsächlich, Sir?« Emilys Stimme war wie immer sorgsam austariert – kalt genug, um nicht zu vertraut zu wirken, aber auch warm genug, um nicht unhöflich zu wirken.

»In der Tat. Liege ich richtig in der Annahme, dass sich ein gewisser Mr Cartham zu Ihren zahlreichen Bewunderern zählt?« Violet entging nicht die leichte Abneigung in seiner Stimme, als er den Namen aussprach, doch sein Gesicht verriet nicht, wie sein Verhältnis zu Cartham tatsächlich war.

Bei der Erwähnung von Carthams Namen versteifte sich

Emily kaum merklich – Violet war nicht einmal sicher, ob es Lord Julian überhaupt aufgefallen war. In diesem Moment wünschte sie sich, die Etikette würde es erlauben, einem Mann, den sie kaum kannte, in den Unterleib zu treten.

»Ja«, antwortete Emily mit höflichem Desinteresse. »Ich kenne Mr Cartham in der Tat, auch wenn meine Bewunderer nicht so zahlreich sind, wie Sie vielleicht annehmen, Mylord. Ich befürchte, Sie sind falsch informiert.«

»Das bin ich nie, Lady Emily«, erwiderte Lord Julian, und Violet beobachtete ihn mit neuem Interesse. Irgendetwas an seinem Verhalten erschien ihr auffällig. Er musterte Emily weitaus intensiver, als es für einen Gentleman angebracht war, der eine Lady eben erst kennengelernt hatte. Offensichtlich wusste er Emilys Reize zu schätzen, doch da war noch etwas anderes in seinem Blick, etwas Wertendes. Violet nahm an, dass es mit seiner Bekanntschaft mit Cartham in Zusammenhang stehen musste – und mit seiner Abneigung ihm gegenüber.

»Aber«, fügte er hinzu, als hätte er ebenfalls bemerkt, dass die Situation seltsam war, »ich stelle mit Freude fest, dass die Gerüchte über Ihre Schönheit nicht übertrieben sind.«

»Das ist zu freundlich, Mylord«, sagte Emily sittsam, beäugte ihn jedoch weiterhin interessiert, selbst als er sich wieder der ganzen Gruppe zuwandte. In ihrem Blick lag etwas, das Violet nicht deuten konnte. Bewunderung für sein Auftreten, das sicherlich – das hätte jede Dame empfunden, die bei Sinnen war. Aber auch Neugierde – und für Emily war es höchst ungewöhnlich, so etwas wie Neugierde offen zu zeigen, wenn man ihre sonst so vollkommene Selbstbeherrschung bedachte.

»Ich hoffe, Ihnen wird die Vorstellung von *Romeo und Julia* heute Abend gefallen. Es ist eine Produktion, mit der ich sehr zufrieden bin, um ehrlich zu sein.«

»Spielen Sie nicht mit, Mylord?«, fragte Diana.

»Nein.« Er schüttelte den Kopf. »Wir sind gerade in den Vorbereitungen für *Macbeth*, wo ich stattdessen auftreten werde. Das beansprucht im Moment einen Großteil meiner Zeit.«

»Eine weitaus bessere Wahl«, bemerkte Violet forsch. »Es gibt kein Stück, das dämlicher ist als *Romeo und Julia*.«

»Liebling«, sagte James trocken. »Ich weiß nicht, ob man die Dämlichkeit eines Stücks übersehen kann, das drei Hexen beinhaltet, die sich im Wald um einen Kessel versammeln.«

»*Macbeth* hat Atmosphäre«, entgegnete Violet affektiert. »*Romeo und Julia* dagegen ist eine melodramatische Erzählung, die uns davor warnt, voreilige Schlüsse zu ziehen.« Die Gruppe starrte sie an. »Nicht, dass wir nicht furchtbar dankbar wären für die Einladung, Lord Julian«, fügte sie eilig hinzu.

»Sicherlich«, erwiderte Lord Julian trocken, schenkte ihr jedoch ein kurzes Grinsen, um ihr zu versichern, dass er nicht beleidigt war. Es war eine gefährliche Waffe, dieses Grinsen. Eine Fortführung des Gesprächs wurde verhindert, als das Licht gedimmt wurde, zum Zeichen, dass man nun seinen Platz einzunehmen hatte. Violet fand sich zwischen ihrem Mann und Lord Julian wieder, mit Emily zu dessen anderer Seite. Als sie sich über James beugte, um Penvale eine Frage zu stellen, entging ihr nicht, wie James einen prüfenden Blick über ihre Schulter warf und etwas beobachtete, das sie nicht sehen konnte.

Sie blickte hinter sich und stellte fest, dass Lord Julian Emily ins Gespräch verwickelt hatte. Ihre Stimmen waren so leise, dass man sie kaum hörte.

Kurz befürchtete Violet, James' Aufmerksamkeit gegenüber Lord Julian könnte ein Anzeichen eines Verdachts sein, dann aber entspannte sie sich und nahm an, dass er nur um Emilys Unschuld besorgt war – eine berechtigte Sorge, wenn man Lord Julians Ruf bedachte. Sie runzelte leicht die Stirn und wünschte sich, der Lord würde sein Interesse stattdessen Diana widmen – sie wäre für einen Gentleman wie ihn weitaus besser geeignet und mit Sicherheit gewillt, ihm die Zeit zu vertreiben.

So in Gedanken versunken, schenkte sie dem Geschehen auf der Bühne nur wenig Beachtung. Als es Zeit für die Pause war, schienen nur wenige Augenblicke vergangen zu sein.

»Und wie gefällt Ihnen das Stück bisher, Lady James?«, fragte Lord Julian, als sie sich von ihren Sitzen erhoben.

»Überaus erleuchtend«, log sie. Würden die Schauspieler, die Romeo und Julia spielten, nun ihre Loge betreten, würde Violet sie nicht einmal erkennen, so unaufmerksam hatte sie das Stück verfolgt.

»Und was ist mit dir, Belfry?«, fragte James abrupt über Violets Schulter. Sie drehte den Kopf und starrte ihn an – sein Tonfall war so spitz, dass es schon an Unhöflichkeit grenzte. James war eigentlich immer höflich. »Wie hat dir die Vorstellung bisher gefallen?«

»Ich finde, Romeo spielt die Liebesszenen zu dramatisch, aber ansonsten kann ich mich nicht beklagen.«

»Aber natürlich«, sagte James, auch wenn Violet den Eindruck hatte, dass er Lord Julian kein Wort abnahm. »Ich fand es nur spannend, deine Meinung zu hören. Als Schauspieler. Du spielst bestimmt viele interessante Rollen.«

»Liebling«, presste Violet hervor und zog den Fuß zurück, um ihren Absatz in seinen Schuh zu bohren. »Ich bin sicher, du willst Lord Julian nicht in seinem eigenen Theater ausfragen. In dieser reizenden Loge, in die er uns netterweise eingeladen hat.«

James schenkte ihr ein mildes Lächeln. »Natürlich nicht, meine Liebe. Es ist ja eine so überaus großzügige Einladung.«

Lord Julian lächelte sie freundlich an. »Wenn Sie mich jetzt bitte entschuldigen würden. Es gibt da etwas, um das ich mich während der Pause kümmern muss.«

Sobald er die Loge verlassen hatte, wandte sich Violet ihrem Mann zu. »Was ist nur los mit dir?«, flüsterte sie.

Bevor James jedoch antworten konnte, öffnete sich die Tür erneut. Violet drehte sich um und erwartete, dass Lord Julian etwas vergessen hatte, doch stattdessen stand zu ihrer Überraschung James' Bruder West in der Tür.

»West!«, rief sie und ging mit ausgestreckter Hand auf ihn zu. Als er sie erblickte, lächelte er aufrichtig, was ihn um Jahre jünger erscheinen ließ und die Ähnlichkeit zu ihrem Mann noch erhöhte, die heute Abend ohnehin stärker war als gewöhnlich, denn sie trugen nahezu die gleiche Garderobe. West lehnte seinen Gehstock gegen die Wand, um Violet die Hand zu reichen.

»Violet, Liebling«, sagte er in einem ganz anderen Ton als James, wenn er dieses Kosewort verwendete. »Gut siehst du aus.« Sie vernahm ein leises Schnauben hinter sich und warf einen Blick über die Schulter. James sah sie mit einer falschen Herzlichkeit an, von der sie sich keine Sekunde täuschen ließ. Da sie jedoch keine Szene machen wollte, wandte sie sich wieder West zu.

»Das kann ich nur erwidern«, sagte sie, ließ seine Hand los und machte einen Schritt zurück, um ihn zu betrachten. Abgesehen von Wests schönem Gesicht, seiner Größe und den breiten Schultern, hatte er etwas so ungeheuer Männliches an sich, dass Violet nachvollziehen konnte, warum sich jede feine – und nicht so feine – Dame umdrehte, wann immer er einen Raum betrat. Bisher hatte es nicht einmal den Hauch eines Gerüchts gegeben, er habe eine Mätresse, jedoch war sich die feine Gesellschaft uneinig, ob er einfach überdurchschnittlich diskret oder aber ein Romantiker war, der im Sumpf seiner tragischen Vergangenheit feststeckte. Letztere Annahme war in Violets Augen unverzeihlich rührselig, aber sie wusste, dass er tatsächlich vor seinem Unfall ein Auge auf eine ganz bestimmte Dame der feinen Gesellschaft geworfen hatte – eine Dame, die kurz nach besagtem Unfall geheiratet hatte.

»West«, sagte James, gesellte sich zu ihnen und reichte seinem Bruder die Hand. »Was machst du denn hier?«

»Hast du schon vergessen, dass ich dir erst gestern

Abend gesagt habe, dass ich kommen würde?«, fragte West freundlich. »Du warst ziemlich angetrunken, ich sollte also ein wenig Nachsicht haben.«

Violet warf ihrem Mann einen schneidenden Blick zu. Natürlich trank James gern, wie jeder Gentleman der feinen Gesellschaft, aber wirklich betrunken hatte sie ihn noch nie erlebt. Doch jetzt, da sie darüber nachdachte, wurde ihr klar, dass er sich ständig betrinken könnte, wenn er in seinem Klub war, ohne dass sie je davon erfuhr. Dieser Gedanke verärgerte sie.

»Ich kann mich sehr gut daran erinnern, vielen Dank«, erwiderte James ein wenig gereizt. »Ich dachte, du würdest Späße machen.«

»Wie kommst du denn darauf?«

Violet wusste nicht, weshalb die beiden so angespannt waren, beschloss aber, dass sie eingreifen musste, also sagte sie schnell: »West, du musst unbedingt bald zum Dinner vorbeikommen. Wir würden uns sehr freuen. Nicht wahr, Liebling?«, fragte sie James und klimperte mit den Wimpern.

Er verengte die Augen zu Schlitzen.

Sie, noch immer klimpernd, kniff ebenfalls die Augen zusammen.

»Hast du etwas im Auge, Violet?«, fragte West höflich.

Sie strahlte ihn an. »Nicht im Geringsten. Aber kommst du zum Dinner?«

»Ich bin nicht sicher, ob das eine gute Idee ist«, sagte James langsam.

»Warum nicht?«

»Nun«, fuhr er ernst fort, »ich weiß nicht, ob es deine Gesundheit zulässt, die Gastgeberin zu spielen.«

»Bist du krank, Violet?«, fragte West besorgt. Wie schön es doch wäre, wenn ihr *Ehemann* sie so aufmerksam ansehen würde, statt mit der vagen Langeweile, die im Moment auf seinem schönen Gesicht lag.

»Es ist nichts«, sagte Violet fröhlich und winkte ab. »Nur ein leichter Husten.«

»Der dich zwei Tage lang ans Bett gefesselt hat«, bemerkte James.

»Nein«, entgegnete Violet und lächelte ihn breit an. »Der Husten hat mich einen Tag lang ans Bett gefesselt. Und du einen zweiten.«

Kurz folgte Schweigen. Violets Gesicht wurde so heiß, dass sie sicher war, man könnte darauf ein Ei braten – nicht, dass sie gewusst hätte, wie man das anstellte. Doch man bräuchte dafür sicherlich viel Hitze.

Zu ihrer Überraschung schlang James den Arm um ihre Taille und zog sie zu sich. Natürlich war das überaus unangebracht. Ihre Mutter wäre am Rande der Ohnmacht gewesen, wenn sie anwesend gewesen wäre. (Aber war das nicht immer der Fall?) Sie blickte zu ihm auf und sah in seinem Gesicht eine Heiterkeit, die er kaum zu verstecken vermochte.

»Ich weiß deine Sorge um mein empfindliches Ego sehr zu schätzen«, sagte er, »aber es gibt keinen Grund zu lügen, was mein Durchhaltevermögen angeht.« Dann senkte er die Stimme und sprach so leise, dass vermutlich nicht einmal West, der ihnen am nächsten stand, ihn noch hören konnte.

»Es ist auch ohne Übertreibung beeindruckend genug, wie du ja weißt.«

Violet lehnte sich weiter zu ihm, ihre Gesichter nur noch wenige Zentimeter voneinander entfernt. »Ich werde dich mit einer Haarnadel stechen, wenn du nicht sofort deinen Arm wegnimmst.«

Während sie sprach, spürte sie, wie es zwischen ihnen pulsierte, spürte die wilde, waghalsige Energie, die schon immer zwischen ihnen geherrscht hatte, seit dem ersten Abend auf dem Balkon. Sie stellte sich vor, den Anstand fallen zu lassen, die Arme um seinen Hals zu schlingen und seinen Kopf zu sich herunterzuziehen. Schon beim Gedanken daran kroch Hitze ihren Nacken hinauf, und sie hoffte, man könnte im schummrigen Licht ihre erröteten Wangen nicht sehen.

West räusperte sich.

Violet machte einen schnellen Schritt beiseite, sodass James sie loslassen musste.

»Nun ja, mir geht es schon viel besser«, sagte sie, als hätte nichts ihre Unterhaltung unterbrochen.

»Mir würde es ebenso gehen, wenn ich mal einen Abend hätte, an dem mir kein Kindermädchen im Nacken sitzt.« James' Stimme war ausdruckslos, hatte jedoch einen rasiermesserscharfen Unterton, und Violet war leicht schockiert, dass er sich West gegenüber so unhöflich benahm. Sie wagte es, ihrem Schwager einen Blick zuzuwerfen, und sah, dass er seinen Bruder musterte, ohne beleidigt zu wirken. Wie gern hätte sie bei ihren Treffen im *White's* Mäuschen gespielt. Doch als respektable Dame konnte sie sich nicht einmal in einer Kutsche in St. James's blicken lassen, geschweige denn in den vier Wänden des *White's*.

»Möchtest du dich zu uns setzen, West?«, fragte Violet. »Es sind noch genügend Plätze frei.« Und das stimmte zweifelsohne – Lord Julians Loge verfügte über eine Menge Platz und eine luxuriöse Ausstattung.

West richtete seine Aufmerksamkeit wieder auf sie und lächelte herzlich. »Es wäre mir eine Freude, Violet. Danke.«

So kam es, dass Violet den Rest des Stücks zwischen ihrem Mann und ihrem Schwager verbrachte und sich der Anspannung zwischen ihnen überaus bewusst war. Und doch kannte sie den Grund nicht.

Im Großen und Ganzen war es durch und durch ein leidiger Abend.

Kapitel 7

»Was zum Teufel geht hier vor?«

Am folgenden Morgen war James bei Sonnenaufgang erwacht. Er hatte seinen gewöhnlichen Morgenritt durch den Hyde Park unternommen, doch die frische Luft und die Sonnenstrahlen hatten ihre sonst so vitalisierende Wirkung verfehlt. Er war in die Curzon Street zurückgekehrt, nur um von Wooton zu erfahren, dass es Lady James wieder schlechter ging und sie angeordnet hatte, man möge ihr das Frühstückstablett ans Bett bringen. James war sehr dazu geneigt gewesen, wieder in ihr Zimmer zu stürmen und eine Erklärung zu verlangen, hatte sich jedoch zurückgehalten. Er verstand das Spiel nicht so recht, das Violet spielte, doch er wusste, dass er seinen nächsten Zug nicht tun wollte, ohne ausgiebig darüber nachzudenken.

Ein vernünftiger Mann hätte sie wahrscheinlich einfach mit der Wahrheit konfrontiert: Sie war nicht krank. Irgendwie hatte sie es geschafft, einen sittenlosen Aristokraten dazu zu überreden, Doktor zu spielen. Es war alles nur ein misslungener Versuch, seine Aufmerksamkeit zu erhaschen. Nun, falls das tatsächlich ihr Ziel gewesen war, hatte sie es erreicht. So viel mentale Energie hatte er seit Jahren nicht mehr auf seine Frau verschwendet. Er hatte das Gefühl, sie damit zu konfrontieren, würde zwangsläufig in einem Wortgefecht enden, und er wollte wenigstens wissen, worüber sie sich stritten, bevor er sich darauf einließ.

Er navigierte seinen Kutscher zu einer Adresse in der Duke Street. *Die Ehe*, dachte er mit großem Missfallen. Sie hatte durchaus ihre Vorteile, aber langsam begann er zu glauben, dass die Stunden, die er mit Violet im Bett verbracht hatte, den ganzen Ärger nicht wert gewesen waren.

Aber das eine Mal, als sie auf dem Esstisch ...

In Erinnerungen schwelgend, erreichte er sein Ziel eher als erwartet, und wenige Augenblicke später fand er sich in einem männlich anmutenden Gesellschaftszimmer wieder. Die Wände waren von dunklem Weinrot, die Möbel aus massiver Eiche. Der Diener, der ihn hineingeführt hatte, wirkte überrascht. James nahm an, es lag an der frühen Uhrzeit, als er jedoch den Salon betrat, wurde ihm bewusst, dass die Verwunderung des Dieners wohl eher daher rührte, dass James trotz der frühen Stunde nicht Lord Julians erster Besucher war.

»Penvale.« James' Stimme klang flach, doch er war weniger verwundert, als er es hätte sein sollen. Er wartete darauf, dass der Diener, der ihm versichert hatte, Lord Julian sei gleich unten, die Tür hinter sich geschlossen hatte.

»Audley.« Penvale, der in einem Sessel gehangen hatte, erhob sich hastig und setzte eine einstudierte Unschuldsmiene auf, doch James kannte ihn lange genug, um ihn sofort zu durchschauen. Es war derselbe Gesichtsausdruck wie der, den Penvale damals in Eaton eingesetzt hatte, als er vom Schulleiter zu den Kröten im Bett eines unbeliebten Mitschülers befragt wurde.

»Das ist aber eine Überraschung.« James stolzierte durch den Raum, betrachtete ein Gemälde eines sich aufbäumenden Pferds und versuchte, seine Wut im Zaum zu halten. »Ich hätte nicht gedacht, dass du um diese Uhrzeit schon wach bist. Es ist noch nicht einmal Mittag.«

Penvale schwieg, und James ging auf den Kamin zu und stützte die Arme auf den Sims über der leeren Feuerstelle.

»Ich nehme an, es wäre ein zu großer Zufall, wenn du Belfry um«, James warf einen Blick auf die Standuhr an der Wand, »zehn nach elf einen ganz gewöhnlichen Besuch abstatten würdest.«

Hinter ihm seufzte Penvale laut. Nach zwanzig Jahren der Freundschaft kannte James dieses Seufzen und spürte eine Woge des Triumphs: Es war ein Seufzen der Ergebung.

»Was willst du wissen?«

James drehte sich um. Penvale blickte zu ihm auf.

»Was zum Teufel geht hier vor?«, verlangte er zu erfahren.

»Du musst ein wenig spezifischer werden.« Penvale zupfte an seinem Kragen.

»Nun«, erwiderte James freundlich, »lass mich mal überlegen. Könntest du mir bitte verraten, warum Belfry als Arzt verkleidet bei mir auftaucht, mich darüber informiert, dass meine Frau an Schwindsucht leidet, und dann verschwindet?«

Penvale fiel zurück in seinen Sessel. »Seit wann weißt du, dass Belfry der Arzt war?«

»Ich weiß nicht«, sagte James mit gespielter Nachdenklichkeit. »Vielleicht, seit er mir seine Visitenkarte in die Hand gedrückt hat, als er gegangen ist?«

Penvales Kopf schnellte in die Höhe. »Dann wusstest du von Anfang an, dass er es war? Warum hast du gestern nichts gesagt?« Er hielt inne. »Und was zum Teufel treibt Belfry für ein Spiel? Violet wird ihn zerlegen, wenn sie es erfährt.«

»Es interessiert mich nicht, was in Julian Belfrys Kopf vor sich geht«, entgegnete James knapp. »Obwohl ich nicht übel Lust hätte, ihn zur Rede zu stellen. Der Mistkerl hat das Schlafgemach meiner Ehefrau besucht. Meine Güte.« Bei dem Gedanken stieg Wut in ihm hoch. Ein kleiner, unwillkommener Teil in ihm fragte ihn, was ihm das Recht gab, sich zu ärgern, schließlich hatte er Violet seit vier Jahren weitestgehend ignoriert. Hieß das nicht, dass er sein Recht verwirkt hatte, die Wut eines Ehemanns zu empfinden? »Mich interessiert viel eher, was meine liebe Ehefrau denkt, was sie da tut.« Er durchbohrte Penvale mit seinem Blick. »Und wie es kommt, dass du Teil des Ganzen bist.«

»Die Antwort auf *diese* Frage sollte offensichtlich sein.« Penvales Ton war düster.

James wagte eine Vermutung. »Deine Schwester?«

»Sie hat mich nicht eher in Ruhe gelassen, bis ich nicht eingewilligt hatte, ein Treffen zwischen Belfry und deiner Frau zu arrangieren.«

»Sie ist deine kleine Schwester. Ich dachte, jetzt, da du

achtundzwanzig bist, könntest du dich endlich gegen sie zur Wehr setzen.«

»Das zeigt nur, dass du keine Schwester hast«, erwiderte Penvale.

James begann, im Zimmer auf und ab zu gehen. »Also – und bitte korrigiere mich, falls ich falschliege – willst du mir sagen, dass du von ein paar jungen Damen schikaniert wurdest.«

Penvale schwieg. James konnte förmlich sehen, wie es in seinem Kopf ratterte und er seine Möglichkeiten abwog. Da war der Ehrverlust, wenn er zugeben würde, dass er von seiner Schwester und deren Freundin unter Druck gesetzt worden war ...

»Ja«, sagte Penvale nun ein wenig fröhlicher. »So in der Art ist es gewesen.«

James widerstand nur mit großer Mühe dem Drang, Penvale am Kragen zu packen und zu schütteln. Er hatte immer geglaubt, sein Misstrauen anderen gegenüber wäre ein Zeichen seiner Menschenkenntnis. Die wenigen Menschen, die er zu seinem innersten Kreis zählte, mussten dessen umso würdiger sein. Doch nun stellte sich heraus, dass er zuerst von Violet und nun auch noch von Penvale belogen worden war. Anscheinend konnte er den Charakter eines Menschen doch schlechter beurteilen als bisher angenommen. Und trotzdem machte ihn Penvales Komplizenschaft in dieser Sache nicht so wütend, wie er erwartet hätte. Im Gegenteil. Dass einer seiner besten Freunde involviert war, machte ihn umso neugieriger, endlich zu erfahren, was hier vorging. Zum ersten Mal dachte er, dass eine einzige Lüge vielleicht doch nicht so unverzeihlich war, wie er bisher angenommen hatte.

»Ich wäre dir sehr dankbar«, sagte er überdeutlich, »wenn du mir ganz genau erklären würdest, was zur Hölle hier vorgeht.«

»Erlaubt mir, euch dabei behilflich zu sein«, erklang hinter ihnen eine amüsierte Stimme, und James und Penvale drehten sich um. Belfry lehnte im Türrahmen. Er trug ein schlichtes Hemd und Kniebundhosen, komplettiert durch eine scharlachrote Jacke. Das dunkle Haar war unordentlich, die Augen glasig. Er sah aus wie ein Mann, der eine harte Nacht hinter sich hatte – und jede Sekunde genossen hatte.

»Belfry«, sagte James knapp.

Belfry verbeugte sich übertrieben, sodass es beinahe an Spott grenzte. James ballte eine Hand zur Faust, war aber fest entschlossen, wie immer die Fassung zu wahren – zumindest bis er die Informationen bekommen hatte, die er suchte.

Und danach? Nun ja. Er konnte nichts versprechen. Auch ein Gentleman kam an seine Grenzen.

»Ich bin gerührt von deinem Bestreben, mich aufzusuchen«, sagte Belfry, drückte sich vom Türrahmen ab und schlenderte in den Raum. »Aber ich muss fragen, ob es unbedingt nötig war, zu so einer Uhrzeit aufzutauchen.« Er blieb neben der Anrichte stehen, beäugte die Karaffe mit dem Wein, besann sich dann aber eines Besseren und setzte seinen Weg fort.

»Ich kann dir versichern, Belfry, dass ich überall lieber wäre als hier«, erwiderte James knapp. »Aber wenn ein

Mann herausfindet, dass ein anderer Mann das Schlafgemach seiner Frau besucht hat, dann hat er Fragen, die beantwortet werden müssen.«

»Hat er?« Belfry schmiss sich auf eine Chaiselongue. »Ich finde, das ist alles ziemlich offensichtlich.« Zwar lächelte er nicht, aber dennoch hatte James das Gefühl, Belfry versuchte, ihn zu ködern.

»Warum hast du meine Frau aufgesucht?«

»Warum sucht ein Mann für gewöhnlich eine Dame auf?«

»Hör auf, Belfry. Du hast mir deine verdammte Visitenkarte gegeben. Ein Mann, dessen Affäre aufgedeckt wurde, verteilt für gewöhnlich keine Visitenkarten.«

»Das habe ich getan?« Belfry riss die Augen auf und tippte sich ans Kinn. »Da muss mir wohl ein Fehler unterlaufen sein.«

Seine Rage im Zaum zu halten war gut und schön, doch es gab Situationen, da wusste James, dass es an der Zeit war, Taten walten zu lassen. In drei großen Schritten durchquerte er den Raum und packte Belfry am Kragen seiner Jacke. James ging dicht an ihn heran und sah ihm direkt in die Augen.

»Sag mir, was hier los ist«, sagte er mit tödlicher Ruhe, »oder ich fordere dich auf, mich im Morgengrauen zu treffen. Mit Pistolen.«

»Wenn du *mich* zum Duell herausforderst, darf ich die Waffe wählen«, sagte Belfry, doch als James seinen Kragen noch fester packte, seufzte er. »In Ordnung. Lass mich los, du Wahnsinniger.« Als James ihn losließ, fiel er zurück auf die Chaiselongue und beäugte James verärgert.

»Ich wurde zum Dinner mit deinem Freund hier eingeladen.« Belfry deutete mit dem Kinn in Penvales Richtung. »Im Hause seiner Schwester. Ich habe die Einladung angenommen. Während des besagten Dinners bat mich deine Frau, als Arzt bei ihr zu Hause zu erscheinen und eine düstere Diagnose zu stellen. Natürlich habe ich abgelehnt. Aber sie war hartnäckig. Ich bin sicher, das überrascht dich nicht.«

Tat es nicht.

»Da ich nicht den Rest meines Lebens an diesem Tisch verbringen wollte, habe ich irgendwann nachgegeben. Im Gegenzug erklärten sie und Lady Templeton sich bereit, eine meiner Vorstellungen zu besuchen. Ich versuche, respektablere Klientel anzuziehen.«

»Und warum hast du mir dann deine Visitenkarte gegeben?«, fragte James mit aufrichtiger Neugierde. »Unter dem ganzen Fell in deinem Gesicht hätte ich dich nicht erkannt.«

»Es gefällt mir nicht, den Anweisungen einer Frau zu folgen«, erklärte Belfry und schlug die Beine übereinander. Selbst in dieser Jacke, barfuß und mit ungekämmtem Haar sah er aus wie ein Prinz.

»Dann würde ich dir raten, niemals zu heiraten«, erwiderte James.

»Das musst du mir nicht erst sagen«, sagte Belfry mit einem dünnen Lächeln und taxierte James. »Wegen deiner Reaktion nahm ich an, dass dich deine Frau falsch eingeschätzt hat.«

»Wie meinst du das?«, fragte James. Es ärgerte ihn, dass ein Mann, den er kaum kannte, sich ein Urteil über seine Ehe erlaubte. Belfry grinste.

»Was wirst du jetzt tun, Audley?«, fragte Penvale, der James besorgt beäugte. Und zu Recht, wenn man seine Rolle in diesem Spiel bedachte. »Mit Violet sprechen, hoffe ich?«

James schenkte ihm ein schmales Lächeln. »So in der Art.«

...

Den Inhalt einer Bibliothek vom Bett aus zu katalogisieren war keine leichte Aufgabe, dachte sich Violet. Sie fand, nach der Aufregung eines Abends außer Haus, wäre ein gesundheitlicher Rückfall angemessen. Sie hatte sich mit großem Enthusiasmus in die Rolle geworfen, vor allem, weil es ihr einen Grund gab, die Einladung zum Tee, die sie gestern ihrer Mutter geschickt hatte, wieder zurückzunehmen. Sie hatte sich alle Mahlzeiten aufs Zimmer bringen lassen und nicht gerade wenig Zeit damit verbracht, ihre unschuldigsten, jungfräulichsten Nachthemden herauszusuchen, denn Kranken waren jegliche weltlichen Freuden versagt. Sie hatte sich einen Zopf geflochten, ihn wieder geöffnet und ihrem Haar erlaubt, sich in dunklen Wellen über ihre Schultern zu ergießen. Sie hatte ihren Husten mehrere Male geübt, bis sie der Meinung gewesen war, ihn nun perfekt zu beherrschen.

Dann hatte sie sich ins Bett gelegt und nach Price geklingelt. Sie glaubte nicht, dass sie sich den Ausdruck müder Resignation auf Prices Gesicht nur eingebildet hatte, als sie ihre Bitte von gestern wiederholt hatte. Wahrscheinlich hatte Price Besseres zu tun, als den ganzen Tag kleine Bücherstapel hoch- und runterzutragen. Aber sie – Violet – hatte auch Besseres zu tun, als im Bett zu liegen und unangemessene Romane zu lesen. Und für diese Aufgabe brauchte sie Prices Hilfe.

Und so hatte sich Violet wieder ans Werk gemacht. Jedoch fand sie die Arbeit heute weniger befriedigend als gestern noch. Produktivität war schön und gut, wenn man nach Herzenslust durchs Haus streifen konnte, aber nachdem sie Stunde um Stunde nur mit Büchern, Papier und einem Teetablett verbracht hatte, wurde Violet ein wenig ... nun ja ... rastlos. Sie erkannte, dass es ein großer Unterschied war, ob man tatsächlich krank war oder nur so tat. Auch wenn es viele feine Damen gab, die am Tag nichts Anstrengenderes taten, als eine Teekanne zu heben, so gehörte Violet doch nicht zu ihnen. Einen ganzen Tag im Bett zu verbringen war nichts für sie. Und schon gar nicht drei Tage hintereinander.

In einem Moment der Schwäche überlegte sie kurz, ob ihr Plan nicht eine furchtbare Idee war. James kümmerte sich weitaus weniger um sie, als sie es sich erhofft hatte. Sie hatte sich vorgestellt, wie sie mit blassem Gesicht in einem abgedunkelten Raum lag. Neben ihr der besorgte Ehemann, eine tragische, romantische Figur, die ihre Hand hielt, ihr den Schweiß von der Stirn wischte und ihr sagte, dass sie nie schöner war als in ebenjenem Moment, im Angesicht des Todes.

Natürlich wurde Violet nach eingehender Betrachtung

dieser Fantasie bewusst, dass die beiden Charaktere weder ihr noch James entsprachen. Was wiederum eine Erklärung dafür sein könnte, dass ihr Plan nicht funktionierte.

Als sie gerade darüber nachdachte, wann der richtige Zeitpunkt gekommen wäre, um vollständig bekleidet nach unten zu gehen und ihre mirakulöse Genesung zu verkünden, klopfte es leicht an der Tür. Violet fuhr vor Schreck zusammen.

»Mistkerl«, murmelte sie. Sie war so in ihre Fantasien über Freiheit vertieft gewesen, dass sie keine Schritte aus dem Korridor gehört hatte. Obwohl sich Violet dafür rühmte, niemals den Kopf zu verlieren, waren ihre Bewegungen nun doch ein wenig hastig, als sie die Bettdecke genau in dem Moment über die Bücher auf dem Tablett schlug, als sich die Tür öffnete und James das Zimmer betrat.

Violets Herz – was für ein verräterisches Organ es doch war – begann sofort, schneller zu schlagen. Warum musste er nur so attraktiv sein? Er trug rehbraune Kniebundhosen und einen dunkelblauen Mantel. Seine dunklen Locken waren ein wenig unordentlich, als wäre er draußen gewesen. Jedes Mal, wenn er ihr Zimmer betrat, schien etwas Primitives in ihr aufzuschreien, und ein Teil von ihm antwortete.

Es war wie immer durch und durch nervenaufreibend.

Und was sie im Moment am meisten beunruhigte, war die Tatsache, dass seine ganze Aufmerksamkeit allein auf ihr lag.

Mit großer Mühe widerstand sie dem Drang, die Bettdecke bis zum Hals hochzuziehen. Sie war eine verheiratete Frau, musste sie sich selbst erinnern, kein unschuldiges

Mädchen von sechzehn Jahren. Es gab keinen Grund, sich vor einem Mann zu verstecken – und er war nicht nur irgendein Mann, sondern ihr *Ehemann*. Schließlich hatte er sie schon bei etlichen Gelegenheiten nackt gesehen. Als ihr die große Zahl der Gelegenheiten – und die kreativen Orte, an denen sie sich ergeben hatten – bewusst wurde, begannen ihre Wangen zu glühen. Hoffentlich würde James das als Fieber interpretieren.

Moment. War Fieber überhaupt ein Symptom von Schwindsucht?

Mist. Sie hatte keine Ahnung.

»Violet«, sagte er und verbeugte sich leicht, bevor er die Tür hinter sich schloss.

»James.« Misstrauisch beobachtete sie, wie er zielgerichtet auf ihr Bett zusteuerte. Er erinnerte sie an ein elegantes Raubtier in der Wildnis, das sich an seine Beute heranschlich. Vielleicht ein Löwe. Oder ein Tiger. Seine Bewegungen hatten etwas Katzenartiges.

»Als ich nach Hause kam und Wooton mich darüber informierte, dass du dich wieder krank fühlst, wusste ich, ich muss sofort nach dir sehen.« Neben ihrem Bett blieb er stehen, nahe genug, dass ihr ein Hauch seines Dufts in die Nase stieg – eine Kombination aus Sandelholz und Seife. Sie versuchte, sich nicht davon irritieren zu lassen, wie seine Jacke seine breiten Schultern umschmeichelte. »Wie geht es dir?« Er ergriff ihre Hand, und sie erlaubte sich einen Moment der Schwäche, in dem sie die Wärme seines Griffs genoss, den Halt, den er spendete.

»Ein bisschen besser«, antwortete sie schwach und hustete. »Auf jeden Fall nicht mehr so schlecht wie heute Morgen.« Sie lächelte und ließ ihre Mundwinkel ein wenig zittern, als hätte sie Mühe, einen tapferen Gesichtsausdruck aufzusetzen. Das war nicht vollkommen gespielt – sie hatte heute einen Tod durch Langeweile riskiert, was ihrer Meinung nach auch irgendwie mutig war.

»Gut, gut«, murmelte James, doch Violet war nicht sicher, ob er ihr überhaupt richtig zugehört hatte. In seinen Augen lag etwas ... *Seltsames*. Er schenkte ihr beinahe zu viel Aufmerksamkeit, so fest, wie er ihre Hand hielt. Es war ein wenig befremdlich, nachdem er sich bisher kaum besorgt gezeigt hatte. Violet wurde sofort misstrauisch.

Er setzte sich neben sie aufs Bett und sprang gleich wieder auf. Violet beobachtete ihn verwundert, bevor ihr der Grund für seine plötzliche Bewegung bewusst wurde: diverse dicke Wälzer unter ihrer Bettdecke. Er griff unter die Decke und zog einen der störenden Folianten hervor.

»Ähm«, sagte Violet.

Er sah sie an und hob eine Augenbraue.

»Weißt du«, improvisierte sie hastig, »ich hatte das Gefühl, dass mein Geist langsam ... ähm ... verkümmert, also dachte ich, es würde vielleicht helfen, etwas Vertrautes und Tröstendes zu lesen.« Selbst Violet musste zugeben, dass das nicht ihre beste Ausrede war. Um Himmels willen, sie sollte an Schwindsucht leiden. Sie war keine verrückte alte Jungfer, die zu jeder Tag- und Nachtzeit verwirrt durchs Haus wanderte.

»Verstehe«, sagte James und besah sich den Buchrücken.

»Und da schien dir *Landwirtschaftliche Erfindungen von Shropshire, 1700 – 1800* eine angemessene Lektüre zu sein?«

Mist. »Ähm«, sagte Violet erneut und dachte schnell nach. »Ich dachte, es würden vielleicht Schafe darin vorkommen.«

»Schafe?«, fragte James trocken.

»Ja, Schafe«, sagte sie nun mit größerem Enthusiasmus. Wenn sie das hier schon tat, dann wenigstens richtig. »Du weißt schon. Etwa hüfthoch? Viel Wolle?«

»Ich weiß, was ein Schaf ist«, erwiderte James. Violet konnte förmlich sehen, wie er mit den Zähnen knirschte. »Und inwiefern spendet dir das Trost?«

»Schafe erinnern mich an meine Kindheit«, erklärte Violet klagend und seufzte laut. Es war ein Seufzen, das vielleicht überzeugend gewesen wäre, hätte James nicht ganz genau gewusst, wie dringend sie von ihrer Mutter hatte wegkommen wollen, als sie achtzehn geworden war. »Natürlich war nicht alles schön, aber es gab Momente … mit Roland durch die Gärten zu spazieren, als er noch ein Baby war … die Schafe auf den Hügeln hinterm Haus zu sehen … all das Määähen …« Sie hielt inne und starrte wehmütig in die Ferne.

»So liebreizend. So pummelig. So fluffiges Haar.« Sie schniefte.

»Die Schafe?«, fragte James.

»Nein, Roland!«, entgegnete Violet empört. »Mein Bruder ist zwar ein Schweinehund, vor allem, seit er in Oxford ist, aber er war ein bezauberndes Baby.«

Das war zugegeben weit hergeholt. Roland war ein sehr

rotes, sehr quengeliges, sehr stinkiges Baby gewesen. Violet lächelte ihren Mann jedoch traurig an, als hätte sie Mühe, die Tränen zurückzuhalten.

James sah sie an, als hätte sie komplett den Verstand verloren – was, das musste Violet zugeben, eine nachvollziehbare Reaktion war auf das vorangegangene Gespräch.

»Nun«, sagte er, als wäre er zu einer Entscheidung gekommen, und legte das Buch auf den Nachttisch. »Es ist offensichtlich, dass du das Bett in nächster Zeit nicht verlassen solltest.«

»Ähm«, sagte Violet, und ihre Gedanken rasten. Die Worte, die ihr gerade durch den Kopf gingen, waren alles andere als damenhaft.

»Hast du es bequem?«, fragte er und griff hinter sie, um die Kissen aufzuschütteln. Er war ihr so nahe, dass Violet nach Luft schnappen musste – er berührte sie nicht, doch Violet hätte sich nur um Zentimeter nach vorn lehnen müssen, um seinen Kiefer zu küssen. Bei diesem nicht unbedingt hilfreichen Gedanken begann ihr Herz erneut zu klopfen. Jetzt nahm sie seinen Duft noch stärker wahr und erinnerte sich, wie sie zu Beginn ihrer Ehe immer sofort gemerkt hatte, wenn er einen Raum betreten hatte, ganz egal, wie voll es auch gewesen war – als würde sie auf seinen Duft sensibler reagieren als auf den aller anderen. Am Anfang hatte sie es ziemlich seltsam gefunden, nach einer Weile jedoch hatte sie es beruhigt, aufzusehen und zielsicher seinen Blick zu finden, seine grünen Augen nach ihren suchend.

Es war alles so … liebevoll gewesen. Es war ein schönes Gefühl gewesen zu wissen, dass es jemanden gab, der ihr mehr bedeutete als alle anderen und immer an ihrer Seite sein würde.

Bis es nicht mehr so war.

Bis er beschlossen hatte, das Schlimmste von ihr zu denken und von ihrer Motivation, ihn zu heiraten.

Bis er ihren Namen der langen Liste an Menschen hinzugefügt hatte, denen er misstraute. Zu einem gewissen Grad verstand sie, warum es ihm Probleme bereitete, anderen zu vertrauen – eine Kindheit mit dem Duke of Dovington hätte auf viele Männer diesen Effekt gehabt, nahm sie an. Sie verstand jedoch nicht, warum *sie* seines Vertrauens nicht würdig war. Warum er es vor vier Jahren zugelassen hatte, dass ein einziger Streit ihrer Ehe, die so wertvoll gewesen war – für sie zumindest –, solchen Schaden zufügte.

Wie gewöhnlich erfasste sie auch jetzt eine Welle der Wut. Sie hieß sie willkommen und empfand sie als Erleichterung, nachdem ihre Abwehr in den letzten Tagen geschwächt worden war. Die Wut erinnerte sie daran, dass der Mann vor ihr schuld war, dass sie sich Hals über Kopf verliebt hatte – und er sie dann genauso abrupt von sich gestoßen und ihr die letzten vier Jahre zur Hölle gemacht hatte.

Sie war fertig mit alledem. Nie wieder würde sie zulassen, dass ein einziger Mensch über ihr Glück entschied.

Sie würde husten, sie würde keuchen, sie würde ihn in die Knie zwingen – und dann würde sie ihr Leben weiterleben.

Es wäre allerdings wesentlich einfacher gewesen, wenn er ihr nicht so nahe gekommen wäre, dass sie fast ohnmächtig wurde, doch sie beschloss, stärker zu sein als ihr verräterischer Körper.

Und zwar ab jetzt.

»Ich habe es bequem, vielen Dank«, sagte sie mit Kälte in der Stimme und packte ihn am Arm. »Meine Kissen sind vollkommen zufriedenstellend.«

»Aber natürlich«, sagte er fürsorglich und zog die Hände zurück. Der willkommene Abstand zwischen ihnen wurde jedoch nur Augenblicke später wieder zunichtegemacht, als er sich erneut auf die Bettkante setzte. Zum Glück hatte er keines der anderen beiden Bücher erwischt, die noch unter der Decke steckten.

»Wolltest du sonst noch etwas von mir, mein lieber Mann?«, fragte sie zuckersüß.

Er hob eine Augenbraue, und seine Stirn legte sich in Falten, was sie zu ihrem Ärger ziemlich liebreizend fand. Schnell wandte sie den Blick ab von diesem gefährlichen Terrain. Sie konnte sich keinen Moment der Schwäche erlauben, ausgelöst durch in Falten geworfene Haut.

»Ich bin nur hier, um sicherzustellen, dass du es in deinem geschwächten Zustand so bequem wie nur möglich hast. Vor allem jetzt, da es den Anschein hat, als würdest du den Verstand verlieren.« Etwas an der Art, wie er das Wort *bequem* betonte, bereitete ihr Gänsehaut, obwohl sein Gesicht aufrichtige Sorge ausdrückte. Es war verstörend – sie merkte, dass er immer noch mit ihr sprach, obwohl sie nichts mehr mitbekommen hatte.

Er hob hämisch eine Augenbraue. »Wäre ich leicht zu beleidigen, würde ich annehmen, dass du mir nicht richtig zuhörst.«

»Wie lustig, ich hatte angenommen, dass der jetzige Zustand unserer Ehe auf dem Fakt beruht, dass du schnell beleidigt bist.«

Umgehend wünschte sich Violet, sie könnte das Gesagte zurücknehmen. Fast hätte sie die Hand vor den Mund geschlagen. Was um alles in der Welt hatte von ihr Besitz ergriffen? Im Laufe der letzten vier Jahre hatten sie und James ein paar ungeschriebene Gesetze aufgestellt, und eines davon war, alles zu verschweigen, was zu ihrer jetzigen Situation geführt hatte. Und wenn Violet ehrlich zu sich selbst war, wusste sie, dass ihre Worte nicht ganz fair waren. Eigentlich war James niemand, der leicht beleidigt war – er war ein misstrauischer Mensch, und das aus nachvollziehbaren Gründen, zumindest bis zu einem gewissen Grad.

Wieder hob James eine Braue. »Es ist immer wieder interessant zu erfahren, wie du die Vergangenheit verdrehst, meine Liebe.«

»Nenn mich nicht so«, presste Violet hervor. Er hatte sie nie zärtlich »meine Liebe« genannt – immer nur in diesem fürchterlichen, sarkastischen Ton, den sie in den letzten vier Jahren so oft gehört hatte. Und sie hasste es. Sie wusste, dass der Mann, den sie einmal geliebt hatte, immer noch in ihm steckte. Wenn doch bloß das Eis schmelzen würde. Doch wenn sie diesen Ton hörte, glaubte sie kaum noch daran.

»Aber natürlich«, murmelte James. »Ich sollte dich in deinem Zustand nicht verärgern.«

»Ich bin nicht …«, setzte Violet an, unterbrach sich jedoch schnell selbst, indem sie einen Hustenanfall vortäuschte. Eigentlich neigte sie nicht dazu, regelmäßig zu lügen, und es schien, als wäre sie darin auch ziemlich unfähig. Sie ließ den Husten abklingen, gefolgt von einem schwachen: »In der Tat.«

»Nun.« James hielt inne und fuhr dann geschäftsmäßig fort: »Wie kann ich dir helfen? Mehr Kissen?« Er warf einen Blick hinter Violets Schultern, als würde er die Menge an Kissen überprüfen. »Ja, ich glaube, mehr Kissen sind angebracht.«

»Ich habe schon acht Kissen«, sagte Violet, doch James schien sie nicht zu hören, denn er steuerte bereits auf das Glockenseil zu, um nach Price zu klingeln.

Dann drehte er sich wieder zu Violet um. »Und ich glaube, du brauchst einen Tee.«

»Ich hatte bereits Tee.«

»*Mehr* Tee. Und in Milch eingeweichten Toast«, fügte er hinzu. Bildete sich Violet das schadenfrohe Leuchten in seinen Augen nur ein?

»Ich hasse in Milch eingeweichten Toast«, presste sie hervor. »Und wie.«

»Ja, ich weiß«, sagte James und setzte einen entschuldigenden Gesichtsausdruck auf, der aber nur wenig überzeugend war. »Aber wenn man krank ist, muss man alles tun, was hilft.«

»Ich versichere dir …«

»Und Brühe!« Violet hatte noch nie jemanden das Wort *Brühe* so freudig sagen hören. Dann machte James eine nachdenkliche Pause. »Vielleicht sollte ich es besser aufschreiben. Ich will nichts vergessen, bevor Price auftaucht.«

»Das kriegst du schon hin, da bin ich sicher«, murmelte Violet düster. Sie hatte vergessen, wie gut seine Ohren waren. Als er sie amüsiert angrinste, musste sie kurz nach Luft schnappen.

»Mehr Decken«, sagte James bestimmt. Ihr kurzes Gefühl von Zuneigung verschwand. »Und vielleicht eine Wärmflasche. Oder zwei.« Er stemmte die Hände in die schmalen Hüften und begutachtete sie wie ein General seine Truppen, die Stirn leicht in Falten gelegt, offensichtlich tief in Gedanken versunken.

»Es ist Juli!«, jammerte Violet und vergaß vollkommen, dass sie schwach und gebrechlich sein sollte.

»Da hast du recht«, entgegnete James ernst und hielt inne. Dann wandte er sich dem Fenster zu, das leicht offen gestanden hatte, um die warme Brise aus dem Garten hereinzulassen. »Dieses Fenster muss geschlossen werden. Wir können nicht zulassen, dass ungesunde Luft hereinkommt, die dich dann noch weiter schwächt.«

Violet verengte die Augen zu Schlitzen und musterte ihn. Irgendetwas war hier ... merkwürdig. Dieses Maß an Zuneigung sollte eigentlich erfreulich sein, doch es erweckte lediglich ihr Misstrauen. Es ergab keinen Sinn, diese plötzliche Verwandlung in einen James, den sie noch nie zuvor gesehen hatte. Selbst in ihren glücklichsten Tagen hatte er sich nicht so sehr um sie bemüht. Das hatte sie an der Ehe so befreiend gefunden, nach Jahren der unablässigen Aufmerksamkeit seitens ihrer Mutter. Er hatte sie wie eine Erwachsene behandelt, nicht wie ein widerspenstiges Kind. Er hatte klargestellt, dass er sie als ebenbürtig erachtete, und es war ... eine Erleichterung gewesen. Wie ein frischer Atemzug nach Jahren in einem Räucherschrank.

Nichts an diesem Mann passte zum Verhalten desjenigen, der gerade an ihren Vorhängen herumfummelte. Es war seltsam. Irgendetwas stimmte nicht.

Während sie darüber nachdachte, wirbelte er herum, ein fiebriges Glänzen in den Augen, das sie sofort in Alarmbereitschaft versetzte. »Jetzt weiß ich«, verkündete er dramatisch, »was du wirklich brauchst.«

Sie war ziemlich sicher, dass ihr die Antwort auf ihre nun folgende Frage nicht gefallen würde. »Und das wäre?«

»Deine Mutter!« Selbstzufrieden rieb er sich die Hände. »Es gibt doch nichts Besseres als eine mütterliche Umarmung, wenn man krank ist.«

Vor Entsetzen erstarrte Violet kurzzeitig. Sie wusste gar nicht, wo sie anfangen sollte. Erstens hatte sie von Lady Worthington nie eine Umarmung bekommen, die man als liebevoll hätte bezeichnen können – wenn die Countess überhaupt in seltenen Fällen die Verpflichtung verspürt hatte, ihrer einzigen Tochter körperliche Zuwendung entgegenzubringen, dann hatte das eher einem Monarchen geglichen, der einem niederen Bauern die Hand zum Kuss darbot, und nicht einem Moment familiärer Zuneigung.

Außerdem ging sie nicht davon aus, dass eine Schwindsuchtkranke plötzlich geheilt war, nur weil man sich hingebungsvoll um sie kümmerte. Hätte körperliche Zuneigung auch nur den geringsten Effekt auf Kranke gehabt, so wäre schon längst irgendeine geschäftstüchtige Frau auf die Idee gekommen, ein Bordell mit einem Krankenhaus zu kombinieren.

All diese logischen Überlegungen verblassten allerdings neben ihrer stärksten, instinktivsten Reaktion: Sie würde lieber tatsächlich an Schwindsucht leiden, statt auch nur eine Nacht mit ihrer Mutter unter demselben Dach zu verbringen.

Das konnte sie ihrem Mann allerdings nicht sagen. Ihrem Mann, der sie ungewöhnlich aufmerksam musterte. Im Gegenzug verengte sie die Augen zu Schlitzen.

»Was für eine ... unerwartete Idee«, bemerkte sie.

Er nickte. »Ich weiß, dass ihr eure Probleme miteinander habt, aber wer könnte sich jetzt besser um dich kümmern als die Frau, die dich großgezogen hat?«

Sie lächelte ihn zuckersüß an. »Ich befürchte, mein Kindermädchen lebt inzwischen in Somerset, Liebster.«

James winkte ab. »Ich will damit nicht sagen, dass deine Mutter der liebevollste Mensch auf der Welt ist, aber das würde ihr die Möglichkeit geben, Versäumtes wiedergutzumachen.«

»Ich glaube nicht ...«, setzte Violet an, doch dann ertönte vom Korridor her ein Geräusch, das ihr sicherlich noch Albträume bescheren würde – die Stimme ihrer Mutter. Direkt vor ihrem Schlafgemach.

»Wo ist meine Tochter?«, fragte die Countess forsch. Violet fand es ziemlich offensichtlich, wo eine Kranke zu finden wäre, doch dann fiel ihr ein, dass ihre Mutter wahrscheinlich nicht wusste, wo sich ihr Schlafgemach befand. Violet konnte an einer Hand abzählen, wie oft ihre Mutter seit ihrer Hochzeit Curzon Street besucht hatte.

Wer auch immer von den Dienern das Pech hatte, sie zu begleiten, musste ihr die Antwort zugeflüstert haben, denn nur einen Augenblick später flog die Tür auf, Lady Worthington stand im Türrahmen und wirkte, als würde sie für ihren Auftritt als liebende Mutter, die ihrer Tochter zu Hilfe eilte, eine Runde Applaus erwarten.

Violet stöhnte innerlich.

»Was war das für ein Geräusch?«, wollte ihre Mutter wissen. Anscheinend war das Stöhnen ganz und gar nicht innerlich gewesen. »Dieses Geräusch habe ich noch nie von ihr gehört. Es ist bestimmt ein Symptom ihrer Krankheit.«

»Fühlst du dich denn sehr unwohl?«, fragte James besorgt und legte eine Hand auf ihre nicht wirklich fiebrige Stirn. »Ich war so frei und habe deine Mutter gebeten herzukommen. Ich hätte dich ja vorher gefragt, hatte jedoch befürchtet, du würdest die Schwere deiner Krankheit herunterspielen, um Lady Worthington die Mühe zu ersparen.« Seine Stimme klang ernst, doch seine Augen funkelten frech. Und in diesem Moment begann sie zu begreifen, dass er es *wusste*.

Aber natürlich konnte sie in Gegenwart ihrer Mutter keine Vorwürfe erheben. Stattdessen sagte sie: »Ich glaube kaum, dass so viel Trubel nötig ist.«

James legte die Hand an Violets Wange und wandte sich Lady Worthington zu, die nun neben dem Bett stand und voller Missfallen Violets unordentliches Haar begutachtete. »Genau das meinte ich«, sagte er zu ihrer Mutter. »Meine

Violet. Meine Blume. So tapfer im Angesicht ihrer schweren Krankheit.«

Lady Worthington schniefte. »Audley, werde jetzt bitte nicht sentimental, sonst brauche ich auch noch einen Doktor.« Mit gerunzelter Stirn begutachtete sie Violet. »Du bist so rot. Hast du Fieber?«

»Ich wünschte, ich hätte tatsächlich Fieber«, gestand sie. »Dann würde ich denken, dass das hier alles nur ein schlimmer Fiebertraum ist.«

»Sie muss Fieber haben«, sagte Lady Worthington zu James.

»Man sollte sie keine Sekunde aus den Augen lassen«, erwiderte James ernst. »Natürlich habe ich mich so gut um sie gekümmert, wie ich konnte, doch ich dachte, eine weibliche Präsenz …« Er hielt inne.

»In der Tat«, bemerkte Lady Worthington knapp, als müsste sie sich innerlich dafür wappnen, eine unliebsame Aufgabe in Angriff zu nehmen. »Ein Krankenbett ist kein Ort für einen Mann, Audley. Überlass das mir.«

»Natürlich.« James beugte sich nach vorn, um Violet die Stirn zu küssen. »Ich übergebe dich nun in die fürsorglichen Hände deiner Mutter.«

Dafür werde ich dich nachts im Schlaf umbringen, versuchte Violet mit ihren Augen auszudrücken, als er sie sanft, liebevoll und auf durch und durch unerträgliche Weise ansah. Sein liebeskrankes Lächeln verschwand für einen kurzen Moment und wurde von einem selbstzufriedenen Grinsen abgelöst. In diesem Augenblick wurden ihr zwei Dinge bewusst.

Erstens hatte er verstanden, was sie mit ihrem Blick ausdrücken wollte. Und zweitens wusste er zweifelsohne, dass sie nicht krank war.

Kapitel 8

Es war, reflektierte James bei einem späten Mittagsessen am folgenden Nachmittag, ein überaus vergnüglicher Tag gewesen. Gestern hatte er mehrmals Mühe gehabt, sich das Lachen zu verkneifen, so wie Violet dreingeblickt hatte – ihre Gesichtsausdrücke hatten von ungläubig bis mordlustig gereicht –, aber im Großen und Ganzen hatte er einen ziemlich überzeugenden Auftritt hingelegt. Als er sie gestern Nachmittag schließlich ihrer Mutter überlassen hatte, hatte sie genug Kissen für eine ganze Familie im Rücken und war so dick eingepackt, dass sie selbst einen russischen Winter überstanden hätte. Ihre Mutter hatte ihr behutsam die Schulter getätschelt, mit einer gequälten Mattigkeit, die ausdrückte, dass sie erwartete, für ihren Einsatz schon bald heiliggesprochen zu werden. Er fragte sich, wie lange Violet gebraucht hatte, um ihre Mutter davon zu überzeugen, wieder abzureisen. Er hatte weder beim Dinner noch beim Frühstück auch nur eine Spur von der Comtess gesehen, und Wooton hatte bestätigt, dass sie nicht in dem Zimmer genächtigt hatte, das James für sie hatte vorbereiten lassen.

Als er sein Zimmer verlassen hatte, hatte er Price auf

der Treppe erwischt, mit einem dicken Bücherstapel unterm Arm, also ging er davon aus, dass Violet die Katalogisierung der Bibliothek vom Bett aus weiterführen wollte. Es musste sie in den Wahnsinn getrieben haben, bei diesem Vorhaben von ihrer Mutter unterbrochen zu werden. In mancherlei Hinsicht war das eine Verbesserung – zumindest konnte er jetzt jederzeit die Bibliothek betreten, ohne sich darüber zu sorgen, Violet dort anzutreffen, die mit ihrem Duft den Raum erfüllte und auf der Unterlippe kauend an ihrem Katalog arbeitete, ihr Gesicht, das so schön wie immer, wenn sie in Gedanken versunken war.

Beinahe hatte er erwartet, dass sie schon im Morgengrauen aufstehen würde oder spätestens, wenn er ging, um sich mit seinem Verwalter zu treffen und den anstehenden Verkauf eines Zuchthengstes zu besprechen. Danach hatte er sich für ein paar Stunden in seinem Arbeitszimmer verbarrikadiert, um sich um alte Korrespondenzen zu kümmern, sowohl die Ställe als auch Persönliches betreffend. Als er hungrig wurde, rief er nach einem Diener, ließ sich ein Tablett bringen, und erfuhr, dass Violet sich noch immer nicht gezeigt hatte.

Er erlaubte sich einen kurzen Moment der Verwunderung, während er das Tablett, am Schreibtisch sitzend, entgegennahm. Es wunderte ihn, dass sie immer noch im Bett lag, aber wahrscheinlich war ihr bewusst, dass sie nicht mit strahlenden Augen und rosigen Wangen auftauchen konnte, ohne sein Misstrauen zu wecken. Er sagte sich, dass das hervorragend war – sein Trick hatte so gut funktioniert, dass sie sich nun selbst bestrafte –, aber er konnte nicht die leise

Stimme ignorieren, die ihn erinnerte, wie viel amüsanter es gewesen war, Violet zu quälen, als er noch persönlich anwesend war.

Er nahm einen Bissen von seinem Brot – und verschluckte sich prompt, als Violet das Zimmer betrat.

»Guten Tag, Liebling«, sagte sie freudig und ließ sich in den Sessel vor seinem Schreibtisch sinken. Sie trug ein nachtblaues Reitkleid, das Haar hatte sie im Nacken zu einem kunstvollen Flechtwerk zusammengefasst. Sie sah wunderschön aus – und sehr gesund.

Er kniff die Augen zusammen.

Violet schien es nicht zu bemerken. »Hast du gut geschlafen?« Sie griff nach vorn, schenkte ihm, ohne zu fragen, eine Tasse Tee ein und schob sie ihm zu.

James, der gerade damit beschäftigt war, seine Lungen wieder mit Luft zu füllen, brauchte eine Weile, um zu antworten.

»Sehr«, brachte er schließlich hervor, nahm einen großen Schluck von seinem Tee und beobachtete, wie sie sich selbst eine Tasse zubereitete. Es amüsierte ihn, dass sie es immer noch nicht schaffte, einen Tee einzugießen, ohne dass mindestens ein oder zwei Spritzer daneben gingen. »Was hast du …«

»Oh, mir geht es heute schon viel besser«, sagte sie glücklich und rührte Zucker in ihren Tee. Das Klirren des Löffels, der gegen das Porzellan schlug, klang laut durch den sonst leisen Raum. »Der Besuch meiner Mutter hat wahre Wunder gewirkt. Du hattest diesbezüglich vollkommen recht. Ich kann meine schnelle Genesung ja selbst kaum fassen. Andererseits hatte Briggs gesagt, dass es so kommen könne.«

»Hat er das?«

»Oh, ja.« Sie strahlte ihn an, und er wandte den Blick ab. Ihr Gesicht leuchtete, wenn sie lächelte. Streng ermahnte er sich, sich nicht von zwei funkelnden Augen und ungleichen Grübchen ablenken zu lassen – diesen Fehler hatte er bereits vor fünf Jahren begangen, und alles, was es ihm eingebracht hatte, war ein kurzer Moment des Glücks, gefolgt von Jahren der Reue. »Am einen Tag noch bettlägerig und am nächsten, als wäre nichts gewesen.«

Obwohl er wusste, dass Violet ihm direkt ins Gesicht log, war er trotzdem amüsiert. Sie schien anzunehmen, er wüsste rein gar nichts über die Symptome der Schwindsucht – und das tat er zugegebenermaßen auch nicht, aber er hatte in Bezug auf die Krankheit noch nie von einer Spontanheilung gehört.

»Interessant«, erwiderte er lang gezogen. »Weißt du, Liebling, das stimmt so gar nicht mit dem überein, was ich in der Vergangenheit über Schwindsucht gelesen habe.« Er hatte nichts gelesen. Doch das musste sie nicht wissen.

»Oh, James.« Sie winkte ab, als würde er sich vollkommen närrisch verhalten. Bildete er es sich nur ein, oder wirkte sie wachsamer als sonst? »Ich bin sicher, Mr Briggs weiß mehr darüber als du. Oder würdest du gern von deinem Arzt eine zweite Meinung einholen?«

Sie blinzelte unschuldig.

Er kniff die Augen zusammen. Was zum Teufel war hier los? Wusste sie etwa, dass er es wusste? Aber wie sollte das möglich sein? Seine Vermutung hatte sich erst gestern bestätigt, und seither hatte sie niemanden außer ihm und ihrer Mutter gesehen.

Er merkte verspätet, dass sie noch auf eine Antwort wartete, und erwiderte langsam: »Ja, vielleicht sollten wir das tun. Ich bin sicher, Mr Worth würde dich gern eingehend untersuchen.« Und warum nur hatte er bei der Vorstellung, dass ein Arzt Violet besuchte, plötzlich so unzüchtige Bilder im Kopf? Nie zuvor hatte das Wort *Untersuchung* so ... obszön geklungen. Anscheinend wurde er langsam verrückt, weil er keinen Kontakt mehr zum weiblichen Geschlecht hatte.

Oder aber zu viel Kontakt zum weiblichen Geschlecht, aber immer nur in Bekleidung.

»Wann immer du willst, James«, erwiderte Violet und hob eine Augenbraue, als würden sie Schach spielen und sie würde auf seinen nächsten Zug warten – was der Wahrheit ziemlich nahekam, wie James plötzlich bewusst wurde.

Da er das Gefühl hatte, es wäre besser, sicheren Boden zu betreten, fragte er: »Wann ist deine Mutter gegangen?«

»Gestern Nachmittag. Nicht lange, nachdem sie gekommen war«, sagte Violet mit einem Hauch Selbstzufriedenheit in der Stimme.

»Wie hast du das erreicht?«, fragte er beeindruckt – Lady Worthington kam ihm nicht vor wie eine Dame, die sich leicht abschütteln ließ.

»Ich habe ihr gesagt, wenn sie nicht gehen würde, dann würde ich in Zukunft in Reithosen auf einem Männersattel sitzen.«

Er hatte Mühe, sich das Grinsen zu verkneifen. »Ich wette, sie ist vor Schreck in Ohnmacht gefallen.«

Violet lächelte. »Ich denke, ich sollte es als Kompliment auffassen, dass sie mir geglaubt hat.«

»Da wir gerade davon sprechen«, sagte James, »du bist für einen Ausritt angezogen.«

»Ja«, sagte sie, nahm einen Schluck von ihrem Tee und warf einen kurzen Blick auf ihr Reitkleid. »Da es mir heute so viel besser geht, dachte ich, ich könnte einen Ritt durch den Hyde Park unternehmen.«

Schon wieder musste sich James das Grinsen verkneifen. Violet war eine einigermaßen gute Reiterin, aber sie war bei Weitem keine Pferdenärrin. Ihr Wunsch auszureiten konnte nur einen einzigen Grund haben: Sie war es leid, in ihrem Zimmer eingesperrt zu sein.

»Ich weiß nicht«, sagte er langsam und setzte eine besorgte Miene auf, die hoffentlich glaubwürdig war. »Ich bin nicht sicher, ob der Doktor ...«

»Ich werde mich heute auf ein verdammtes Pferd setzen, ob es dir passt oder nicht«, presste Violet hervor, und James war so überrascht, dass er schwieg. Auch wenn Violet kein schüchternes Pflänzchen war, war es doch ein bisschen zu viel, sie so fluchen zu hören – abgesehen von ihrem gelegentlichen Schimpfen, wenn sie dachte, keiner würde sie hören. Aber wäre er tagelang ans Bett gefesselt gewesen, hätte er bestimmt auch ein oder zwei Schimpfwörter parat gehabt.

»Ich werde jetzt meinen Tee trinken, dann werde ich Persephone herrichten lassen. Und dann werde ich einen Ritt durch den Hyde Park unternehmen. Deine Meinung zu diesem Thema interessiert mich nicht im Geringsten.«

Nach ihrer kleinen Rede richtete sie ihre Aufmerksamkeit auf ihre Teetasse, als hätte sie noch nie etwas so Faszinierendes gesehen. James gab sich große Mühe, die Flut an Fragen zurückzuhalten, die darauf drängten, ausgesprochen zu werden. Doch seine Willensstärke ließ ihn im Stich, wie es so oft der Fall war, wenn es um seine Frau ging.

»Kannst du dich noch an unseren Hochzeitstag erinnern?«, fragte er, lehnte sich zurück und faltete die Hände vor dem Bauch. Zufrieden stellte er fest, dass sich Violet leicht an ihrem Tee verschluckte.

»Nur zu deutlich«, entgegnete sie, als ihre Luftröhre wieder frei war.

»Warum sagst du das so?«, fragte er und hob eine Augenbraue.

Violet richtete sich auf. »Es ist schwer, sich an einen Tag so deutlich zu erinnern, der ein großer Fehler war.«

Ein kurzer Moment des Schweigens. Dann:

»Ein Schlag«, sagte er kühl. »Ein harter Schlag.« Er versuchte, weiterhin gelangweilt und desinteressiert zu klingen, um ihr nicht zu zeigen, wie sehr ihn ihr Kommentar getroffen hatte. »Meine Erinnerungen an diesen Tag sind ein wenig anders.«

»Dann war es also kein Fehler?«

»Nein«, erwiderte er und blickte sie geradewegs an. Er konnte ihren Blick nicht interpretieren, aber irgendetwas funkelte in ihren dunklen Augen, als sie dieses Wort hörte. War es Erleichterung? »Seither sind zweifelsohne eine

Menge Fehler passiert, aber ich finde nicht, dass unser Hochzeitstag dazuzählt.« Er hatte die Worte ausgesprochen, bevor er überhaupt wusste, was er eigentlich sagen wollte, doch er spürte sofort, dass sie wahr waren. Trotz allem bereute er nicht, Violet geheiratet zu haben. Diese Erkenntnis war wie eine Offenbarung, doch er hatte im Moment keine Zeit, um sie genauer zu analysieren.

Sie räusperte sich. »Warum fragst du mich das?«

Warum *hatte* er gefragt? Er strauchelte kurz und hatte das Gefühl, ein Moor betreten zu haben und sich nun nach festem Untergrund zu sehnen. Ah ja, nun hatte er wieder Boden unter den Füßen. »Ich war nur neugierig«, sagte er, »ob du dich noch an das Ehegelübde und speziell an den Teil mit dem Gehorsam erinnerst.«

Es war erstaunlich, wie schnell das Sanfte aus ihrem Blick verschwand, wahrscheinlich für die nächsten vier Jahre. Es wurde ersetzt durch Wut, die ihn ebenso zufriedenstellte, wenn auch auf ganz andere Weise.

»Willst du mir etwa verbieten auszureiten?«, fragte sie mit einer tödlichen Ruhe. James wusste, dass sie sich genau das von ihm wünschte, um sich ihm widersetzen zu können.

»Überhaupt nicht«, erwiderte er und legte einen Fuß auf den Schreibtisch. »Ich werde dich begleiten.«

...

Weniger als eine Stunde später galoppierte er die Rotten Row hinab, mit Violet an seiner Seite. Es war vor fünf Uhr, was bedeutete, dass der Park noch nicht überfüllt war von

Aristokraten, die kamen, um zu sehen und gesehen zu werden. Doch das Wetter war so gut, dass sie bei Weitem nicht allein waren. Seit sie den Park betreten hatten, hatte James schon mehrere Bekannte getroffen – Männer auf Pferden, die er aus seinem Klub kannte, verheiratete Paare in Kutschen und ein paar Damengrüppchen, die mit ihren winzigen Hunden unterwegs waren, die natürlich von Dienern geführt wurden und nicht von den Damen selbst.

Während des Ausritts hatten er und Violet größtenteils geschwiegen und nur ein paar Kommentare über das Wetter und ihre Geschwindigkeit ausgetauscht. Wenn sie zusammen waren, wurde er leicht schwach und genoss einfach ihre Gegenwart. Doch dann hustete sie wieder in ihren Ärmel, ein Husten, von dem er genau wusste, dass es gespielt war. Sofort fiel ihm wieder ein, welches Spiel sie spielten, und er wurde erneut von Wut ergriffen. Von Wut und Enttäuschung – Enttäuschung, weil sie ihn wieder belog, weil sie ihm bewies, dass sie so hinterlistig war, wie er es ihr vor Jahren vorgeworfen hatte.

Nein, berichtigte er sich. Das war auch nicht fair. Er war an jenem Tag sehr wütend gewesen, hatte sich hintergangen gefühlt, doch er war der Erste gewesen, der zugegeben hatte, dass seine Worte zu hart gewesen waren – wenn auch nie Violet gegenüber, wie er jetzt feststellte. Nachdem seine Wut damals ein wenig abgekühlt war, hatte er eingesehen, dass er etwas überreagiert hatte. Am Tag ihres Streits hatte er erfahren, dass Violet in den Komplott ihrer Mutter und seines Vaters verwickelt gewesen war: Sie hatte ihm an jenem Abend auf diesem verdammten Balkon begegnen sollen.

Und es hatte wehgetan – das tat es noch immer, wenn er ehrlich zu sich selbst war. Sein ganzes Erwachsenenleben – das zu diesem Zeitpunkt zugegebenermaßen noch nicht sehr lange gewesen war – hatte er hart gearbeitet, um sich von seinem Vater zu distanzieren, ein unabhängiger Mann zu werden und sein Leben und sein Schicksal selbst in die Hand zu nehmen. Und doch war er in einer so wichtigen Sache wie seiner Ehe manipuliert worden wie eine Schachfigur. Doch im Nachhinein sah er ein, dass die Vorwürfe, die er Violet an jenem Tag gemacht hatte – sie sei ein hinterhältiges Mädchen, sie habe ihn nur aufgrund seiner Position geheiratet –, nicht fair gewesen waren. Sie war in ihrer allerersten Saison achtzehn Jahre alt gewesen, und er wusste aus eigener Erfahrung, wie dominant Lady Worthington sein konnte. Es tat weh, dass er auf solche Weise hintergangen worden war, aber es war nicht so unverzeihlich, wie er einst angenommen hatte.

Unverzeihlich war jedoch, dass sie ihre Komplizenschaft abstritt. Zuerst hatte sie geleugnet, von dem Plan überhaupt gewusst zu haben, dann hatte sie ihre Geschichte geändert und behauptet, selbst erst kürzlich von der List erfahren zu haben. Doch zu diesem Zeitpunkt waren ihre Worte bereits egal gewesen, er hatte nicht mehr geglaubt, dass sie ihm die Wahrheit sagte. Und selbst wenn sie jetzt ehrlich gewesen wäre, hätte es nichts daran geändert, dass sie ihm Informationen vorenthalten hatte, unabhängig davon, wie lange sie es schon gewusst hatte – und dass es ihre erste Reaktion gewesen war zu lügen. Das hielt die Kluft zwischen ihnen offen, zumindest was James anging. Vielleicht war er ein Narr, aber er glaubte, dass sich Violet bis zum Zeitpunkt ihrer Hochzeit tatsächlich in ihn verliebt hatte – so eine gute Schauspielerin konnte sie nicht sein. Und er hatte früher geglaubt, er könnte ihr verzeihen. Doch dass sie ihm ins Gesicht gelogen und behauptet hatte, nichts von den Plänen ihrer Mutter und seines Vaters gewusst zu haben – das konnte er nicht verzeihen.

Und deshalb war diese neue Lüge, mit dem Husten und den Schwächeanfällen und dem Simulieren, so verdammt ärgerlich.

Und er wollte sich rächen.

»Wird Willingham nächsten Monat die Jagdgesellschaft empfangen?« Violet riss ihn aus seinen Gedanken, ohne ihn anzusehen, während sie sprach. Sie hielt den Blick stur geradeaus gerichtet, was es James erlaubte, ihr Profil zu betrachten, das so lieblich war, dass sich bei seinem Anblick sein Herz zusammenzog. Ihre Wangen waren gerötet von der frischen Luft, kleine Strähnen waren aus dem Zopf gefallen und klebten nun an ihren Wangen und ihrem Hals. Der Drang, ihre Wange zu berühren, war plötzlich so stark, dass er seine Zügel fester umklammerte und sein Pferd leicht scheute. Schnell lockerte er den Griff und bemerkte, wie sie ihm einen flüchtigen Blick zuwarf, immer noch auf seine Antwort wartend.

»Ja«, erwiderte er mit Verspätung. »Ich glaube, schon. Ich nehme an, du wirst uns wie gewöhnlich begleiten?«

Violets Weigerung, aufs Land zu fahren, bezog sich nicht

auf alle Landhäuser, nur auf ihr eigenes. James hatte den Eindruck, dass sie nichts dagegen hatte, Teil einer Landpartie zu sein, unter Freunden und anderen Damen, mit denen sie sich unterhalten konnte – es war lediglich die Vorstellung, Audley House allein mit ihrem Mann zu besuchen, die sie als abstoßend empfand. Jedes Jahr im August begleitete sie ihn zu Jeremys Anwesen, und meist dauerte der Aufenthalt eine Woche länger als ursprünglich geplant. Trotz seiner zahlreichen Makel war Jeremy ein exzellenter Gastgeber, und seine Jagdgesellschaften gehörten zu den beliebtesten Einladungen innerhalb der feinen Gesellschaft.

Violet zögerte. »Ich weiß nicht. Ich schätze, das hängt von meiner Gesundheit ab.« Dem Satzende folgte ein kleines Husten, das so kurz war, James hätte es wahrscheinlich nicht bemerkt, hätte er sie nicht beobachtet.

Und natürlich war ihr durchaus bewusst, dass er sie beobachtet hatte.

Wäre er nicht so wütend gewesen, wäre er geneigt gewesen zu applaudieren.

»Aber natürlich«, sagte er und versuchte, nicht zu sarkastisch zu klingen. Wie es in Violets Gegenwart jedoch oft der Fall war, waren seine Gefühle auch heute viel zu offensichtlich. »Ich will auf keinen Fall, dass du einen Rückfall erleidest. Obwohl«, fügte er hinzu, als hätte er sich viele Gedanken darum gemacht, »ich glaube, die frische Landluft würde dir guttun. Vielleicht wäre es sogar besser, wenn wir London umgehend verlassen. Du könntest dich in Audley House auskurieren, und sobald du dich erholt hast, fahren wir nach Wiltshire und besuchen Jeremy.«

Zum ersten Mal in seinem Leben wünschte er, er hätte einen Bart, um nachdenklich darüberzustreichen. Aber vielleicht wäre das auch ein wenig zu dick aufgetragen.

»Ich glaube nicht, dass ein Aufenthalt in Audley House besonders erholsam wäre«, erwiderte Violet. »Es ist ziemlich schwer, sich zu erholen, wenn man sich ständig darum sorgt, dass sich der eigene Ehemann das Genick bricht, weil er wieder auf einem untrainierten Pferd reitet, weißt du?« Ihr Rücken war kerzengerade, und sie sah ihn nicht an, während sie sprach, sondern hielt den Blick stur auf den Weg vor ihnen gerichtet. Ihr Profil wirkte auf den ersten Blick ausdruckslos, doch ihm entging nicht, wie sich ihre Kiefermuskeln anspannten.

»Meine liebe Frau, du hast wohl vergessen, dass ich nicht dazu neige, einen Fehler ein zweites Mal zu begehen.«

Sie ließ ein Schnauben hören, ein durch und durch undamenhaftes Geräusch.

»Mir erscheint es so, als wärst du eher ein Mann, der sein ganzes Leben lang denselben Fehler immer und immer wieder begeht.« Sie warf ihm einen Seitenblick zu, als wollte sie seine Reaktion abschätzen, und James bemühte sich, weiterhin so neutral wie möglich dreinzublicken.

»Heißt?« Sein Tonfall war kühl.

»Heißt«, sagte sie, und ihre Stimme war nicht mehr so ruhig wie eben noch, »wenn du darauf bestehst, bei der erstbesten Gelegenheit den Glauben an jemanden zu verlieren, nur weil du *denkst*, die Person hätte dich hintergangen, dann wirst du ein ziemlich frustrierendes Leben führen.«

»Du meinst, im Gegensatz zu meinem jetzigen Leben, das so leicht und zuckersüß ist?«

»Wenn du dein Leben schon jetzt als frustrierend empfindest, Liebling, dann kannst du dir nur selbst die Schuld dafür geben.« Inzwischen hatte sie sich wieder unter Kontrolle gebracht und sagte das mit einer Gelassenheit, von der er sicher war, dass sie ihn in Rage versetzen sollte.

Er hasste es, dass sie ihn so gut kannte – und dass sie ihn immer wieder aus der Ruhe bringen konnte.

Er brachte sein Pferd abrupt zum Stehen und griff auch nach ihren Zügeln. Durch die plötzliche Berührung scheute Persephone und hob ein wenig die Vorderhufe. Violet war eine kompetente Reiterin und veränderte schnell ihre Sitzposition, ohne Gefahr zu laufen, vom Pferd zu fallen.

Und dennoch griff James instinktiv nach ihr und schlang den Arm um ihre Taille, um ihr Halt zu bieten. Sie war so überrascht, dass sie sich versteifte. Er wusste, dass er seinen Griff besser lockern sollte, doch er sah sich nicht dazu imstande. Innerhalb eines Augenschlags hatte Persephone alle vier Hufe wieder auf sicherem Boden. Violet saß vollkommen sicher in ihrem Sattel ...

Und trotzdem konnte er sie nicht loslassen.

Plötzlich war er verzaubert von ihrer schmalen Taille unter seiner Hand, der Wärme ihrer Haut, die er trotz der vielen Schichten ihres Kleids und seiner Handschuhe ahnte. Er verspürte den wilden, unvernünftigen Drang, sie vom Pferd zu heben und auf seines zu setzen, ihren Rücken gegen seine Brust gepresst und seine Arme um ihren Körper geschlungen.

Diese lebhafte Fantasie währte nur einen kurzen Augenblick, doch er ließ den Arm fallen, als wäre er von einer Biene gestochen worden. Violet kommentierte seine hastige Bewegung nicht. Ausnahmsweise.

»Ich nehme an, du hattest einen Grund, uns so abrupt zum Stehen zu bringen?«, bemerkte sie, und James hatte Mühe, seine Gedanken wieder auf das Gespräch zu lenken. Frustriert fuhr er sich durch das Haar. Dabei entging ihm nicht, wie Violet die Bewegung beobachtete.

»Wenn ich mein Leben als frustrierend empfinde«, entgegnete er, nachdem er seine Gedanken so gut wie möglich gesammelt hatte, »dann verspreche ich dir, dass mit *dir* in einem Haus zu leben es nicht besser macht.«

Die Worte waren hart, und fast hätte er sie bereut – das hätte er ganz sicher, wenn auch nur der Hauch von Schmerz über Violets Gesicht gehuscht wäre. Doch ihre Augen verengten sich zu Schlitzen, und sie presste die Lippen zu einer schmalen Linie zusammen. Er spürte denselben Rausch wie immer, wenn er es geschafft hatte, sie zu provozieren.

»Natürlich«, erwiderte sie steif. »Du gibst deine Ehe auf. Deine Beziehung zu West. Aber nichts davon ist deine Schuld. Natürlich nicht.«

James schrie innerlich vor Wut – aufgeben? Er hatte aufgegeben? Das war vollkommener Unsinn.

»Ich glaube nicht, dass dich meine Beziehung zu meinem Bruder etwas angeht.« Er klang wie ein eingebildeter Trottel, selbst in seinen Ohren.

»Oh, aber natürlich nicht«, sagte Violet. »Ich bin ja nur deine Frau. Oder hast du das vergessen?«

»Als würdest du mich das vergessen lassen«, murmelte er.

»Witzig«, entgegnete sie. »Letzte Woche hattest du damit kein Problem.«

»Violet ...«

»Natürlich würde es dir nicht einmal in den Sinn kommen, deiner Frau eine Nachricht zu schicken, dass du dich verletzt hast«, fuhr sie fort und ignorierte ihn. »Wie töricht von mir, es auch nur zu erwarten. Wir wollen natürlich nicht, dass sich *ausgerechnet deine Frau* Sorgen um dich macht. Deine *Frau*, die dich seit vier Jahren darum bittet, die Verwaltung der Ställe an jemand anderes zu übergeben. Deine *Frau* hat ganz sicher nicht das Recht ...«

»Genug von diesem verflixten Unfall!«, schrie er, mit mehr Nachdruck als beabsichtigt. Er sah sich um, doch sie waren weit genug von den anderen Reitern entfernt, sodass offensichtlich niemand seinen Ausbruch gehört hatte. Erst jetzt fiel ihm auf, dass sie noch immer regungslos mitten auf dem Weg standen, also stieß er sein Pferd mit den Fersen an, um es in Bewegung zu setzen. Violet folgte umgehend, und sie setzten ihren Weg in gemäßigtem Tempo fort. James war es unangenehm, gerade in der Öffentlichkeit die Stimme gegen eine Dame erhoben zu haben. Er mochte hin und wieder die Augen verdrehen, was die Gesellschaft und ihre vielen Etiketten anging, doch er wollte als ein Mann guter Manieren gelten.

Nur nicht im Umgang mit seiner eigenen Frau.

Er holte tief Luft. »Es tut mir leid, dass dich Penvales Brief so besorgt hat«, sagte er nach einer Weile. »Und ich entschuldige mich für meine Worte bei der *Blauen Taube*. Sie waren vielleicht ... ein wenig voreilig.«

Violet drehte den Kopf und sah ihn misstrauisch an, als würde sie eine Falle wittern.

James atmete genervt aus. »Um Himmels willen. Ich versuche gerade, mich zu entschuldigen, und du blinzelst mich nur an wie eine Eule?«

Violets Mundwinkel zuckten. »Wie nett.«

»Natürlich eine sehr attraktive Eule.«

Violet hob eine Augenbraue. »Ach ja?«

»Ja«, erwiderte James. Mittlerweile war er sicher, dass es nur zu noch mehr Ärger führen würde, wenn er jetzt weiterspräche. Und dennoch konnte er nicht aufhören. »Ein sehr schönes Exemplar ...«

»*Exemplar?*«

»... der Eulenwelt ...«

»*Eulenwelt?*«

»Wirklich nur die beste Sorte Eule.« Endlich schaffte er es, den Mund zu schließen, musste sich aber zwingen, nicht die Hand davor zu schlagen. Ein wenig Würde hatte er schließlich noch.

»Ich fasse nicht, dass du mich davon überzeugen konntest, dich zu heiraten«, sagte Violet nach einem Moment des Schweigens.

Die Leichtigkeit des Moments verschwand augenblicklich. »Wenn ich mich recht erinnere, war unsere Hochzeit *geplant*«, sagte er knapp.

Violet, die eben noch leicht amüsiert gelächelt hatte, blickte plötzlich ernst drein. »Mir ist klar, was du zu wissen glaubst«, sagte sie und blickte ihm geradewegs in die Augen. »Und ich weiß, dass du nicht auch nur eine Sekunde in Erwägung gezogen hast, dass du an jenem Tag nicht der Einzige warst, der manipuliert wurde.«

James öffnete den Mund, um etwas zu erwidern, zögerte dann jedoch, denn plötzlich war er unsicher. Er hatte seine Wut, was dieses Thema betraf, so lange gehegt und gepflegt, dass er dazu neigte, instinktiv in sie zu verfallen. Aber in diesem Moment spiegelte Violets Gesicht nichts anderes wider als Schmerz, was ihn innehalten ließ. Er suchte nach den richtigen Worten und wusste noch nicht, was er überhaupt sagen wollte, doch bevor er ansetzen konnte, fing sie wieder an zu husten. Wut stieg in ihm auf, und seine Zweifel verschwanden. Hatte er sich nicht gerade für den verdammten Reitunfall und sein Verhalten diesbezüglich entschuldigt? Hatte sie trotzdem vor, dieses lächerliche Spiel weiterzuspielen?

Es war wahrlich zum Verzweifeln. Und es war das perfekte Beispiel dafür, warum er ihr nicht vertrauen konnte. War ihr das überhaupt bewusst, fragte er sich? Merkte sie denn nicht, dass sie damit seine Meinung nur bestätigte?

Bevor er etwas erwidern konnte, hörte er jemanden seinen Namen rufen. Jeremy kam auf seinem Pferd auf sie zugeritten. Und neben ihm ritt – James kniff die Augen zusammen, auch wenn er befürchtete, dass er es bereits wusste ...

Lieber Gott. Es war Sophie Wexham.

Obwohl er annahm, dass sie inzwischen nicht mehr Sophie Wexham war. Sie war nun Lady Fitzwilliam Bridewell.

Und sie war auch Witwe, und dies war ihre erste Saison nach der Trauerzeit.

Offensichtlich hatte Jeremy keine Zeit verloren, diese Tatsache zu seinem Vorteil zu nutzen.

James wusste nicht, wie lange das mit den beiden schon ging – vielleicht seit ein paar Monaten, dachte er. Um ehrlich zu sein, fand er, dass sie ein seltsames Paar abgaben. Die Sophie Wexham, die er und West einmal gekannt hatten, war ihnen nicht vorgekommen wie eine Frau, die Jeremys frechen Charme anziehend gefunden hätte.

Aber natürlich hatte James seit Jahren nicht mehr mit ihr gesprochen – von ein paar nüchternen Floskeln bei Bällen oder Hauskonzerten abgesehen. Er hatte keine Ahnung, inwiefern sie sich seit ihrer Ehe und dem Tod ihres Mannes verändert hatte.

Er fragte sich, ob sie immer noch in seinen Bruder verliebt war. Hoffentlich nicht, um ihrer beider Willen.

Als Jeremy und Lady Fitzwilliam näher kamen, brachten James und Violet ihre Pferde zum Stehen. »Ist das …?«, flüsterte Violet.

»In der Tat«, antwortete James ebenso leise.

»Ziemlich schamlos von ihnen, sich gemeinsam auf der Rotten Row zu zeigen, oder nicht?«

»Sie sitzen auf Pferden, nicht in einer geschlossenen Kutsche«, bemerkte James.

Violet würdigte ihn nicht einmal mit einer Antwort, sah ihn lediglich skeptisch an.

»Audley! Lady James!«, rief Jeremy, als er sie erreicht hatte. »Wie … unerwartet.« Sein Ton war ruhig, doch James konnte die Neugierde förmlich spüren, die von ihm ausging. Und er konnte es ihm nicht ganz verübeln – inzwischen war es sehr ungewöhnlich, ihn und Violet bei einem scheinbar friedlichen Ausritt zu begegnen.

»Jeremy«, sagte James. »Lady Fitzwilliam.«

Lady Fitzwilliam war immer noch genauso bezaubernd wie damals, als James sie auf einem Londoner Ball kennengelernt hatte. Sie hatte goldene Locken, braune Augen und die längsten Wimpern, die er je gesehen hatte. Sie sah wunderschön aus, wie sie so auf ihrem Pferd saß, die Nachmittagssonne im Rücken. James war froh, dass sein Bruder nicht hier war. Das hätte West nicht ertragen, dachte er.

»Lord James«, murmelte sie. »Es ist schon eine Weile her, nicht wahr?«

»In der Tat, Mylady«, stimmte er zu. »Ich hoffe, Sie erlauben mir, Ihnen mein Beileid auszusprechen.«

»Danke.« Lady Fitzwilliam kräuselte ein wenig die Lippen, entspannte sie jedoch schnell wieder.

»Sie sind sicher froh, wieder draußen in der Gesellschaft zu sein«, sagte Violet.

»Ja«, erwiderte Lady Fitzwilliam nach kurzem Zögern. »Es ist sehr ... anregend.«

»Lord Willinghams Gesellschaft neigt dazu, diesen Effekt zu haben«, bemerkte James trocken, bereute seine Worte jedoch umgehend, als sie errötete. Es überraschte ihn ehrlicherweise, sie heute mit Jeremy anzutreffen. Aus Jeremys wenigen Worten hatte er geschlossen, dass sich ihre Liaison zum Ende neigte. Nicht, dass ihn diese Entwicklung sonderlich überrascht hatte – sie passte ganz und gar nicht in Jeremys Beuteschema. Sie war eher eine Frau, die James selbst erobert hätte, würde er zu den Männern gehören, die Rendezvous hatten.

Plötzlich kam ihm eine Idee.

Eine brillante Idee.

Eine brillante, *fürchterliche* Idee.

Ob er es wagen sollte? Er warf seiner Frau einen Seitenblick zu und erinnerte sich an ihr falsches Husten.

Oh, und ob er es wagte.

»Mylady«, sagte er, und all seine Gedanken verschmolzen augenblicklich. »Sollten Sie jemals etwas brauchen, dann wissen Sie, dass Sie sich an … uns wenden können.« Vor dem Wort *uns* ließ er eine winzige Pause, gerade lange genug, um allen Anwesenden deutlich zu machen, dass er *mich* gemeint hatte.

Jeremy sah ihn stirnrunzelnd an.

Violet versteifte sich.

Und Lady Fitzwilliam … Sie hob eine Augenbraue und ließ den Blick blitzschnell zwischen ihm und Violet hin und her wandern. Sie hatte bestimmt die Gerüchte über den Zustand ihrer Ehe gehört – und die besagten Gerüchte waren natürlich zahlreich. Auch wenn man der feinen Gesellschaft nicht unbedingt eine kollektive Intelligenz zusprechen konnte, so wusste sie doch immer, wenn aus einer Liebesheirat eine abgekühlte Ehe unter Fremden geworden war.

»Danke, Mylord«, entgegnete Lady Fitzwilliam nach einem kurzen Moment, denn es war das einzig Höfliche, was sie erwidern konnte. Jeremy starrte James noch immer an, als wäre er ein überaus schwieriges Rätsel, das er zu lösen versuchte. James warf ihm einen vielsagenden Blick zu – oder zumindest *hoffte* er, dass er vielsagend war. Und er hoffte, dass sein Blick sagte *Ich werde es dir später erklären, bitte mach jetzt kein Aufheben* und nicht *Bitte mach hier mitten im Hyde Park eine Szene*.

Wie auch immer Jeremy seinen Blick interpretierte, es war genug, um ihn ruhig zu halten. Allein das war schon ein Erfolg. James war ziemlich zufrieden mit sich.

Und weil er so zufrieden mit sich war, beschloss er, sein Glück herauszufordern.

»Ich finde«, verkündete er, »Sie sollten mit uns dinieren. Nächste Woche.« An einer Einladung zum Dinner war eigentlich nichts Verwerfliches – und dennoch gab sich James größte Mühe, es so wirken zu lassen. Während er sprach, bewegte er sein Pferd ein Stück nach vorn, um Violets Sicht auf Lady Fitzwilliam mit seiner Schulter zu verdecken. Und er hatte seine Stimme ein wenig gesenkt, als er die Einladung ausgesprochen hatte, um es ... intimer wirken zu lassen, als es hätte sein sollen.

Aus dem Augenwinkel sah er Lady Wheezle mit ihrem Stallburschen vorbeireiten. Sie warf ihrer kleinen Gesellschaft einen Blick zu.

»Wie bitte?«, fragte Lady Fitzwilliam, verwundert über die Schwingungen, die sie zwischen ihm und Violet wahrnahm.

»Dinieren Sie mit uns«, wiederholte er und schenkte ihr sein gewinnendes Lächeln, das ihm in seinen Tagen als Junggeselle so gut gedient hatte, wenn er in seltenen Fällen beschlossen hatte, es einzusetzen. »Wir könnten Ihre Rückkehr in die Gesellschaft feiern.«

»Seit wann gibst du etwas auf die Gesellschaft?«, fragte Jeremy mürrisch, mit den Händen fest die Zügel umklammernd. James war sicher, wären sie nicht in der Öffentlichkeit gewesen, hätte Jeremy schon längst die Hand auf einen von Lady Fitzwilliams Körperteile gelegt, wie ein Tier, das sein Revier markiert. Da sie sich aber in einem öffentlichen Park befanden, gab er sich damit zufrieden, immer wieder die Hände zu Fäusten zu ballen.

»Liebling«, fuhr Violet dazwischen. Noch nie hatte das Wort *Liebling* bedrohlicher geklungen. »Ich glaube, du vergisst meinen Gesundheitszustand.«

»Ganz gewiss nicht«, sagte er und wandte sich seiner Frau zu. »Aber warst nicht du diejenige, die darauf bestanden hat, dass wir heute durch den Park reiten?« Er blinzelte sie unschuldig an.

Sie kniff die Augen zusammen.

»Ich weiß noch nicht, wie ich mich nächste Woche fühlen werde«, sagte sie, und beinahe hätte James laut über ihren Gesichtsausdruck gelacht. Sie blickte drein, als hätte ihr gerade jemand, den sie nicht beleidigen wollte, ein ungenießbares Essen serviert.

»Wenn sich Lady James nicht wohlfühlt …«, setzte Lady Fitzwilliam an, doch sowohl James als auch Violet ignorierten sie.

»Dann lass uns doch davon ausgehen, dass es dir bestens gehen wird«, sagte er, ohne den Blick von Violet abzuwenden.

»Aber ich kann nicht mit Gewissheit sagen, ob es mir *tatsächlich* bestens gehen wird.«

James merkte kaum, dass Jeremy und Lady Fitzwilliam sie neugierig beobachteten. Ihre Köpfe wanderten immer wieder von links nach rechts, als wären sie Zeugen eines Duells.

»Nun, dann lass uns optimistisch sein.« Er schenkte ihr ein dünnlippiges Lächeln.

»Wie amüsant«, sagte Violet. »Ich wusste gar nicht, dass du ein so großer Optimist bist.«

»Dann sei froh, dass ich versuche, ein neues Kapitel aufzuschlagen.« Während er sprach, war er näher an sie herangeritten. Er war nun so dicht bei ihr, dass es ein Leichtes gewesen wäre, mit seinem Knie ihres zu berühren. Eigentlich hatte er sie nur verunsichern wollen, doch er merkte zu spät, dass es vielleicht ein Fehler gewesen war – er konnte den Duft ihrer Haut wahrnehmen, die Wärme, die von ihrem Körper ausging. Ihre Wangen waren gerötet – er war nicht sicher, ob vor Zorn oder vom Reiten –, und sie sah so gesund aus, dass er sich das Lachen verkneifen musste. Sie sah … blendend aus.

Ja, blendend. Ihr Gesicht war eingerahmt von ihren Locken, und ihre Augen leuchteten, wie immer, wenn sie stritten.

In diesem Moment wollte er sie so unbedingt küssen, dass er beinahe vergaß, dass sie sich mitten im Hyde Park befanden und von Jeremy und Lady Fitzwilliam beobachtet wurden. Ihre Blicke trafen sich, und er sah sie so durchdringend an, dass sie nur noch mehr errötete. Sie biss sich auf die Unterlippe – fast hatte er diese Angewohnheit von ihr vergessen –, hielt seinem Blick jedoch stand.

Und James sah sich ebenfalls nicht in der Lage, den Blickkontakt zu unterbrechen.

Sie trieb ihn in den Wahnsinn, und er war immer noch wild entschlossen, das Spiel, das sie spielten, zu gewinnen – und dennoch wollte er sie mehr, als er jemals zuvor eine Frau gewollt hatte.

Immer noch. Selbst nach fünf Jahren. Und es hatte keinen Zweck, sich diesbezüglich länger selbst zu belügen.

Er wollte sie und wusste nicht, wie er sie haben konnte. Um Gottes willen, was für ein Chaos.

Es ließ sich unmöglich sagen, wie lange diese Pattsituation noch angedauert hätte, hätte Lady Fitzwilliam nicht das Schweigen gebrochen.

»Ich möchte nur ungern stören, wenn sich Lady James nicht wohlfühlt.«

»Lady James hat mir erst heute Morgen erzählt, wie viel besser es ihr gehe«, sagte James ruhig und zwang sich, den Blick von Violet loszureißen und sich wieder auf Lady Fitzwilliam zu konzentrieren. Violet stieß ihm den Ellbogen in die Rippen, was er jedoch ignorierte. »Und dennoch, Soph... Lady Fitzwilliam«, berichtigte er sich schnell, als hätte er nicht beabsichtigt, sie beim Vornamen zu nennen, »mein Angebot steht. Bitte melden Sie sich, wenn Sie Hilfe benötigen.« Er ritt auf Lady Fitzwilliam zu und ergriff ihre Hand.

»Audley«, sagte Jeremy so angespannt, dass James am liebsten laut gelacht hätte. »Ist mit dir alles in Ordnung?«

»Ich habe mich nie besser gefühlt, dessen kannst du gewiss sein«, entgegnete James fröhlich und strich mit dem Daumen über Lady Fitzwilliams Handfläche, bevor er ihre Hand losließ. Er wäre sich vorgekommen wie ein Schuft, hätte sie ihn nicht weiterhin so fragend und misstrauisch beäugt – ihr Blick verriet ihm, dass sie sich von seinem plumpen Verführungsversuch nicht täuschen ließ. »Zum Glück scheine ich mich nicht bei Violet angesteckt zu haben.«

Neben ihm fing Violet an zu husten. Im Gegensatz zu vorhin, als sie vorsichtig und damenhaft gehustet hatte, um sein Mitleid zu erregen, war das hier ein regelrecht böser Hustenanfall. Ein sehr trockener Husten, um genau zu sein.

»Alles in Ordnung?«, fragte er freundlich, als er abgeklungen war.

»Vor fünf Minuten ging es mir noch besser«, erwiderte sie vage lächelnd.

»Das muss an der vielen frischen Luft liegen«, bemerkte James weise. »Es ist vielleicht ein bisschen zu viel für deine empfindlichen Lungen.«

»In diesem Fall, Mylord, wäre ich dir sehr dankbar, wenn du mich jetzt nach Hause bringen würdest.«

»Aber natürlich«, sagte er galant. Dann wandte er sich wieder Lady Fitzwilliam und Jeremy zu, die ihn ansahen, als wäre er ein Verrückter. Vielleicht ein umgänglicher Verrückter, aber dennoch: ein Verrückter.

»Jeremy, Lady Fitzwilliam«, sagte er und nickte ihnen nacheinander zu. »Ich befürchte, wir müssen nun gehen.« Erneut ergriff er Lady Fitzwilliams Hand, und sie sah ihn erschrocken an, als er sich nach vorn lehnte, um die besagte

Hand zu küssen. »Lady Fitzwilliam«, murmelte er in vertraulichem Ton, jedoch nicht so leise, dass die anderen es nicht hören konnten, »es war mir wahrlich eine Freude. Hoffentlich sehen wir uns bald wieder.« Mit einem frechen Grinsen ließ er sein Pferd wenden und gesellte sich wieder zu Violet. »Sollen wir?«

Sie nickte nur knapp – und ignorierte ihn auf dem gesamten Rückweg zur Curzon Street. Außerdem fiel James auf, dass sie kein einziges Mal hustete.

Kapitel 9

»Hast du den Verstand verloren?«, fragte Jeremy James angriffslustig.

Es war am Abend desselben Tages, und die beiden saßen in Jeremys Arbeitszimmer – Jeremy an seinem Schreibtisch, James ihm gegenüber in einem Sessel mit einem Brandy in der Hand. Tatsächlich war das Arbeitszimmer in Willingham House kein Raum, in dem sich Jeremy häufig aufhielt, und James war ziemlich sicher, dass er das Zimmer nur deshalb für ihr Treffen ausgewählt hatte, um Autorität zu zeigen. Der Effekt wäre weitaus wirkungsvoller gewesen, hätte man Jeremy sein Unbehagen nicht so sehr angemerkt, wie er so auf dem Stuhl saß, auf dem vor ihm schon sein Vater und sein Bruder gesessen hatten.

»Vielleicht«, erwiderte James und drehte das Glas in seinen Händen so, dass sich die letzten Sonnenstrahlen, die durch das Fenster fielen, in der Flüssigkeit spiegelten. »Ich schätze, du beziehst dich auf unser Treffen im Hyde Park?«

»Aber natürlich, verdammt noch mal!«, explodierte Jeremy. Jeremy verlor nur selten die Fassung, dafür war er regelrecht bekannt. Diese Eigenschaft war ihm immer zugutegekommen – es war unmöglich, mit so vielen verheirateten Frauen zu schlafen, wie Jeremy es tat, ohne sich Feinde zu machen, und James war sicher, dass sein Charme und Frohsinn die einzigen Gründe waren, warum man ihn nicht schon längst in seinem Bett erstickt hatte.

»Was zum Teufel hast du vor?«, fuhr Jeremy fort und richtete sich hinter seinem Schreibtisch auf. Sein Brandyglas stand unberührt vor ihm – ein Zeichen dafür, wie todernst er es meinte. »Sophie so zu schmeicheln – und dann auch noch vor Violet?«

»Ich dachte, du und Lady Fitzwilliam würdet eure Liaison beenden«, murmelte James.

»Darum geht es nicht, verflixt noch mal«, entgegnete Jeremy, wie immer, wenn er nicht zugeben wollte, dass der andere recht hatte. »Ich will trotzdem wissen, was zum Henker du dachtest, was du da tust.«

James schob den Stuhl zurück und stand auf, er konnte unmöglich länger still sitzen. Seit er und Violet den Park verlassen hatten, war er sehr unruhig. Zu Hause hatte er sich auf keine einzige Aufgabe konzentrieren können, obwohl er so viel zu erledigen gehabt hätte, und hatte es nicht lange ausgehalten, bis er sich seinen Hut und seine Handschuhe geschnappt hatte, um Jeremy zu besuchen. Statt sein Pferd zu satteln oder die Kutsche herrichten zu lassen, war er zu Fuß zu Jeremys Haus am Fitzrov Square gegangen, doch die Bewegung hatte nicht zur Beruhigung seiner Nerven beigetragen.

Der eigenen Frau eins auszuwischen war sehr belebend.

»Ich zahle es Violet mit gleicher Münze heim«, sagte

er und ging im Zimmer auf und ab. Jeremy war ein Marquess, deshalb war sein Arbeitszimmer größer als üblich, auch wenn er es nicht häufig benutzte, doch James fühlte sich trotzdem gefangen wie in einem Käfig.

Jeremy lehnte sich zurück. »Findest du nicht, dass das ein wenig zu weit geht?«

»Ich habe mich bei ihr entschuldigt«, sagte James und blieb stehen, um Jeremy direkt in die Augen zu blicken. Es war seltsam, etwas so Persönliches laut zuzugeben, sogar vor einem so guten Freund wie Jeremy. Er war es gewohnt, solche Dinge für sich zu behalten, und kam sich komisch vor, mit jemandem über Violet zu sprechen. Er fühlte sich nicht ganz wohl in seiner Haut. Und dennoch folgten mehr Worte, nachdem er die ersten ausgesprochen hatte, ohne dass er bewusst darüber nachdachte. »Ich habe mich bei ihr für den Vorfall mit dem verflixten Pferd entschuldigt, und trotzdem belügt sie mich immer noch.«

»Verstehe«, sagte Jeremy, und James bekam das Gefühl, er würde ihn bemitleiden. Es war beschämend. Sie waren doch Engländer, und Engländer saßen gewiss nicht herum und sprachen über ihre *Gefühle*. »Dann ist es also dein Plan, Witwen zu hofieren, bis deine Frau beschließt, dich aus Wut umzubringen?« Spöttisch erhob er sein Glas und prostete James zu. »Glückwunsch. Ich bin sicher, daraus wird ein Drama, das noch lange nach deiner Zeit auf die Bühne gebracht wird.«

James nahm einen großen Schluck von seinem Drink. »Ich habe überhaupt keinen Plan«, gab er zu und ließ sich wieder in seinen Sessel fallen. »Es sei denn, du nennst es einen Plan, sie so lange zu piesacken, bis sie ihre Lüge zugibt.«

»Wahrscheinlich wird jetzt über dich getuschelt, und wahrscheinlich hast du dadurch gar nichts gewonnen«, bemerkte Jeremy. »Wir waren nicht die Einzigen im Hyde Park heute. Es gab eine Menge Zeugen, die beobachtet haben, wie du dich wie ein Arschloch verhalten hast.« Er nippte an seinem Brandy. »Findest du nicht, es wäre leichter, einfach mit ihr zu sprechen?« Jeremys Stimme war ungewöhnlich ernst, sein Blick durchdringend. In diesem Moment wirkte er wirklich wie ein Marquess und nicht wie der Jeremy, den James seit fünfzehn Jahren kannte – ein Schelm, der sich um nichts scherte, der zweite Sohn ohne jegliche Verantwortung. In den sechs Jahren seit dem Tod von Jeremys Bruder hatte James bereits Anflüge davon gesehen, wie Jeremy vielleicht sein könnte, wenn er an andere Dinge denken würde als daran, welche Witwe der feinen Gesellschaft er als Nächstes erobern sollte. Normalerweise empfand James diese Anflüge als beruhigend, als Anzeichen der Person, von der er schon immer gewusst hatte, dass sie in Jeremy schlummerte, unter dem ganzen Protz, dem Charme und der Ausgelassenheit.

In diesem Moment empfand er es jedoch als unpassend, da *er* derjenige war, dem Jeremys Aufmerksamkeit galt.

»Es sind nun schon vier Jahre«, erinnerte James ihn. »Ich weiß nicht, ob wir uns nach vier Jahren noch viel zu sagen haben.« Viel treffender wäre jedoch die Aussage gewesen, dass sie sich nach vier Jahren *viel zu viel* zu sagen hatten, doch diesen Gedanken wollte er nicht einmal mit seinem engsten Freund teilen.

Jeremy öffnete den Mund und schloss ihn wieder. James sah ihm an, dass er innerlich zerrissen war, dass er ihm nur zu gern eine Menge Fragen gestellt hätte. Doch dann schien er den Kampf aufzugeben und sagte: »Wenn du mir doch nur erzählen würdest, warum ihr euch überhaupt gestritten habt ...«

»Nein«, entgegnete James brüsk, und irgendetwas an seinem Tonfall musste äußerst überzeugend geklungen haben, denn Jeremy schwieg umgehend, was für ihn vollkommen untypisch war. James verspürte kein Verlangen, über die Ereignisse an jenem Tag zu sprechen und von dem Gespräch zwischen Violet und seinem Vater, das er belauscht hatte. Und er nahm sich nicht die Zeit, darüber nachzudenken, warum *genau* er nicht darüber sprechen wollte. Eine kleine Stimme in seinem Kopf, die man leicht zum Schweigen bringen konnte, sagte ihm, dass er sich davor fürchtete, zu hören, dass er seit vier Jahren falschlag. Das war ein Risiko, das er nicht eingehen wollte. Denn wäre das tatsächlich der Fall, dann wäre Violets Wut auf ihn ebenso gerechtfertigt wie seine Wut auf sie. Vielleicht sogar noch mehr.

Nein. Er wollte nicht einmal darüber nachdenken. Er vermied es, über diesen Tag zu sprechen, weil kein Mann gern zugab, dass er hintergangen worden war. Und vor vier Jahren hatte er erfahren, dass er, was seine Heirat anging, mehr hintergangen worden war, als er es für möglich gehalten hätte.

»Na schön«, sagte Jeremy und sank noch weiter in seinen

Stuhl wie ein trotziges Kind. Fast machte er mit seiner trägen Haltung Penvale Konkurrenz. »Aber du verhältst dich wie ein verdammter Idiot. Langsam wundere ich mich, dass Violet dich nicht schon längst verlassen hat und mit dem erstbesten Italiener durchgebrannt ist. Meine Güte, Audley, weißt du, dass Penvale und ich monatelang nicht gemerkt haben, dass du und Violet nicht mehr miteinander sprecht?«

James runzelte die Stirn. »Das kann unmöglich wahr sein.«

»Doch, es ist wahr«, erwiderte Jeremy mit Nachdruck. »Wir wussten zwar, dass du fast jeden Abend bis zur Bewusstlosigkeit säufst, aber wir kannten den Grund nicht, bis Penvale auf die Idee kam, seine Schwester zu fragen«, Jeremy betonte das Wort *Schwester*, als hätte er *Dämonin* gesagt, »und sie hat ihm erzählt, was Sache ist.«

»Das ging euch auch nichts an«, bemerkte James.

»Wenn du Violet genauso behandelst, ist es kein Wunder, dass ihr kein vernünftiges Gespräch mehr führen könnt.«

»Jeremy, es reicht jetzt.« Plötzlich konnte James all die Männer, die Jeremy bisher zum Duell herausgefordert hatten, wesentlich besser verstehen. Auch ihm erschien dieser Gedanken gerade verführerisch.

»Wie du meinst, Audley«, sagte Jeremy auf eine Weise, die James das Gefühl gab, als Verlierer aus diesem Gespräch hervorzugehen. »Aber ich warne dich. Die Leute werden auch weiterhin tratschen, wenn du mit diesem Blödsinn weitermachst.«

Doch James winkte ab. »Es gibt nichts, worüber sie tratschen könnten«, sagte er ungeduldig. »Ich glaube nicht, dass ein einziges Gespräch im Park ausreicht, um die feine Gesellschaft in Aufruhr zu versetzen.«

»Ha«, sagte Jeremy im düsteren Ton eines Mannes, der schon mehr als einmal von einem zornigen Ehemann zum Duell herausgefordert worden war, nachdem dieser auf einem Ball Gerüchte gehört hatte. »Du hast dich ja förmlich überschlagen. Und das vor mir.« Er versuchte, verletzt zu klingen, jedoch nur mit mäßigem Erfolg.

»Darf ich dich daran erinnern, Willingham«, sagte James, und Jeremy sah ihn scharf an, denn James benutzte so gut wie nie seinen Titel, »dass ich Lady Fitzwilliam schon sehr viel länger und wahrscheinlich auch besser kenne als du?«

Jeremy beäugte ihn einen Moment lang.

»Dann darf ich dich bestimmt daran erinnern, dass die Angelegenheit mit deinem Bruder bereits sechs Jahre her ist und die Lady zwischenzeitlich verheiratet war.«

James öffnete den Mund, um etwas zu erwidern, doch Jeremy war noch nicht fertig.

»Und darf ich dich auch daran erinnern, dass es keinen Sinn hat, anstelle deines Bruders verletzt zu reagieren, wenn du und West kaum noch miteinander redet?«

»Ich glaube nicht, dass dich das etwas …«

»Du findest nie, dass mich irgendetwas angeht«, unterbrach ihn Jeremy barsch. »Nicht, wenn auch nur die geringste Möglichkeit besteht, dass du im Unrecht bist. Es ist viel einfacher, die Sachen zu verschweigen. Dann sagt dir auch keiner, dass du dich wie ein Idiot benimmst.«

»Das sagt genau der Richtige«, entgegnete James in einem Ton, von dem er wusste, er würde Jeremy noch weiter aufregen. »Oder etwa nicht?«

»Was genau hast du vor?«, fragte Jeremy und lehnte sich nach vorn. Sein ganzer Körper drückte Wut aus, auch wenn James nicht sicher war, ob es jemandem außer ihm und Penvale aufgefallen wäre. »An jeder Ecke mit Sophie zu flirten? Du wirst ihren Ruf ruinieren.«

»Lustig«, sagte James. »Ich dachte, das hättest du bereits getan.«

»Wir waren immer sehr diskret«, wehrte sich Jeremy, und James konnte nicht widersprechen, denn es stimmte. Jeremy war, was verheiratete Frauen anging, in der Regel sehr diskret, und in den letzten Monaten war er mit Lady Fitzwilliam besonders vorsichtig gewesen. James war beinahe ein wenig beeindruckt gewesen, wie wenig über ihre Liaison getuschelt worden war.

Im Moment war James allerdings nicht bereit, ihm das einzugestehen. »Dennoch. Ich glaube nicht, dass unser Gespräch im Hyde Park damit zu vergleichen ist, monatelang dasselbe Bett zu teilen. Weiß West von euch beiden?«, fragte er, als wäre ihm dieser Gedanke eben erst gekommen.

»Falls ja, hat er es nie angesprochen«, antwortete Jeremy knapp. »Aber ich bezweifle, dass er dir auch so wohlgesinnt sein wird, wenn du weiterhin mit ihr flirtest.« Dann stand er abrupt auf, ein klares Zeichen dafür, dass James nun gehen sollte. »Wie du ja bereits weißt, werden Sophie und ich unsere Liaison beenden«, verkündete er. »Deshalb waren wir heute Nachmittag im Park. Ich wollte mit ihr darüber sprechen, bevor wir dich und Violet getroffen haben. Danach kam sie mir damit zuvor. Wir passen nicht zusammen. Keine Ahnung, wie ich das jemals glauben konnte.« Während er sprach, sah er James die ganze Zeit geradewegs in die Augen. »Aber ich schätze sie sehr und will nicht, dass du ihren Ruf zerstörst, nur weil du dich auf lächerliche Weise davon überzeugen willst, dass du nicht mehr in deine Frau verliebt bist.«

James schob seinen Sessel zurück und stand auf. »Ich bin nicht …«

»Ich will es nicht hören, Audley«, sagte Jeremy resigniert und führte James zur Tür. »Aber nimm dich in Acht vor deinem Bruder. Sollte er Wind davon bekommen, dass du Sophie nachstellst, dann wird er dir das Leben zur Hölle machen.«

...

Dummerweise hatte Jeremy recht. Es war Jahre her – mehr als sechs –, aber sein Bruder und Sophie Wexham waren einmal sehr verliebt gewesen. Miss Wexham war in ihrer dritten Saison gewesen, als sie West kennengelernt hatte, der damals vierundzwanzig war. *Es muss ein Familienfluch sein*, dachte James. *In so jungen Jahren an der Liebe zu scheitern.*

Sophie Wexham war wunderschön und klug, und sie hatte eine Mitgift, bei der jeder Schatzjäger der feinen Gesellschaft zweimal hinsah – und dennoch interessierte sich kaum einer für sie, wie James einmal eine Witwe hatte sagen hören. Ihr Stammbaum war noch viel zu jung – ihr Familientitel ging erst eine Generation zurück, und viele der älteren Aristokraten rümpften die Nasen über Viscount Wexham und seine Töchter. Auch der Marquess of Weston, der Erbe des altehrwürdigen Herzogtums von Dovington, hätte nicht zweimal hinschauen dürfen bei dieser Aufsteigerin.

Doch das hatte er getan.

Sogar mehr als zweimal. Sie hatten sich bei einem Hauskonzert getroffen und sich flüsternd über das Verbrechen unterhalten, das man dort Mozart antat. Manche mochten es für unmöglich halten, sich ineinander zu verlieben, während man sich eigentlich die Ohren zuhalten wollte, aber West und Sophie hatten es anscheinend geschafft. Am Ende des Abends waren sie voll und ganz voneinander eingenommen gewesen.

Und so war es die ganze Saison über geblieben. Auf jedem Ball hatten sie mindestens zweimal miteinander getanzt, West hatte das Stadthaus ihrer Eltern so oft besucht, dass es beinahe lächerlich gewesen war, und sie waren regelmäßig gemeinsam durch den Hyde Park geritten. Eine Hochzeit war unausweichlich gewesen – im White's waren sogar Wetten abgeschlossen worden, wann die Verlobung stattfinden würde.

Und dann war Wests Unfall mit der Kutsche passiert.

Wie schnell sich ein Leben für immer ändern und ein anderes enden konnte. West hatte Jeremys älteren Bruder David, den Marquess of Willingham, zu einem Rennen herausgefordert, und die Kutschen hatten sich in einer engen Kurve überschlagen. David war sofort tot gewesen, und Wests Bein war zerschmettert worden. Monatelang war er bettlägerig gewesen, und in den Tagen nach dem Unfall hatte er so hohes Fieber gehabt, dass auch er beinahe gestorben wäre.

Als er gesund genug gewesen war, sich der Gesellschaft wieder anzuschließen – auch wenn die Gesellschaft Mühe gehabt hatte, in dem düsteren Gentleman den einst so leichtsinnigen und charmanten Marquess of Weston wiederzuerkennen –, musste er erfahren, dass seine geliebte Sophie inzwischen seinen Freund aus Kindheitstagen, Fitzwilliam Bridewell, geheiratet hatte.

Drei Jahre später war Lord Fitzwilliam tot gewesen, gefallen im Krieg auf dem Festland. Lady Fitzwilliam war mit vierundzwanzig Jahren Witwe geworden. In all der Zeit – sechs lange Jahre, die Wests Genesung einschlossen, Sophies Ehe, den Verlust ihres Mannes, ihre Zeit der Trauer und ihre Wiedereingliederung in die Gesellschaft – hatte James seinen Bruder kein einziges Mal ihren Namen sagen hören.

Bis jetzt.

»Ich würde dich ja fragen, was zur Hölle mit dir los ist, aber ich bin sicher, darauf gibt es so viele passende Antworten, dass es schwerfallen würde, eine auszuwählen.«

James blickte auf. Es war der folgende Morgen, und er saß zu Hause in seinem Arbeitszimmer, den Kopf voller Zahlen, da er gerade die Angebote für eine Stute verglich, deren Fohlen sich häufig zu schnellen Rennpferden entwickelten. Erst schaute er nur zu seinem Bruder hoch, der im Türrahmen stand, Hut und Handschuhe in den Händen. Es war ein so ungewohnter Anblick, West hier in seinem Haus, dass es kurz dauerte, bis James die Information verarbeitet hatte. Als sein Gehirn endlich zu seinen Augen aufgeschlossen hatte – etwas, womit laut Violet das gesamte männliche Geschlecht Schwierigkeiten hatte –, hatte West bereits das Zimmer durchquert und sich vor ihm aufgebaut. James spürte die Wut, die von ihm ausging.

Lieber Gott. So ein Tag würde das also werden. Zuerst Jeremy gestern Abend und jetzt auch noch West. Er schätzte, sobald er mit seinem Bruder fertig war, sollte er schnell nach oben gehen, um sich auch noch Violets Beschimpfungen anzuhören, die sie sicherlich für ihn bereithielt. Es war besser, alles direkt hinter sich zu bringen. Wenigstens war diesmal er derjenige, der hinter einem Schreibtisch saß.

»West«, sagte er und erhob sich respektvoll, schließlich war West immer noch sein älterer Bruder und der zukünftige Duke. »Was kann ich für dich tun?«

»Was höre ich da für Blödsinn über dich in meinem Klub?«, fragte West fordernd und ging hinüber zur Anrichte, in der James eine Karaffe mit Brandy und ein paar Kristallgläser aufbewahrte. Unaufgefordert griff er nach der Karaffe und goss sich eine ordentliche Menge ein, ohne James zu fragen, ob er ebenfalls einen Drink wollte.

»Ich bin nicht ganz sicher, was du meinst«, sagte James, obwohl er bereits eine Ahnung hatte.

»Es scheint, als hättest du dich gestern im Park längere Zeit mit Lady Fitzwilliam unterhalten«, erklärte West. Dass er Sophies offiziellen Titel benutzte, ließ seine Worte umso steifer wirken.

»Hast du Spione?«, fragte James.

West warf ihm über den Rand seines Glases einen schneidenden Blick zu, während er einen Schluck nahm. »Dass ich bereits davon erfahren habe, zeigt, wie viel über dich getratscht wird, James. Ich bin keine alte Schachtel, die sich mit anderen beim Tee austauscht, weißt du? Aber ein Mann, der unverhohlen Interesse an einer Frau zeigt, die bekanntermaßen mit seinem besten Freund …«

»Ich glaube nicht, dass das weitläufig bekannt ist«, murmelte James und beobachtete seinen Bruder aufmerksam. Es war offensichtlich, dass seine Vermutungen stimmten – West wusste über jeden Schritt Bescheid, den Lady Fitzwilliam in den letzten sechs Jahren gemacht hatte, auch wenn er nie ihren Namen ausgesprochen hatte.

»Weitläufig genug«, erwiderte West knapp, ganz offensichtlich nicht in der Stimmung, Haarspalterei zu betreiben. »James, ich weiß, dass wir in den letzten Jahren nicht unbedingt gut miteinander ausgekommen sind.« Das war untertrieben, fand James, aber West war schon immer höflich gewesen. »Aber als dein Bruder kann ich nicht länger dabei zusehen, wie du dein Leben ruinierst.«

»Witzig«, sagte James spitz. »Als mir Vater das Leben immer und immer wieder zur Hölle gemacht hat, hat dich das nicht sonderlich interessiert.« Das war eine leichte Übertreibung – James war nicht misshandelt oder traktiert worden, nur vernachlässigt. Jetzt, als Erwachsener, stellte er fest, dass er im Großen und Ganzen noch Glück gehabt hatte. Doch mit sechs, acht oder zehn Jahren hatte er nichts anderes sehen können als einen Vater, der seine gesamte Liebe und Aufmerksamkeit dem älteren Bruder schenkte, den

James nur selten sah, so viel Zeit, wie er mit dem Duke verbrachte.

»Ich habe nie behauptet, dass Vater ein guter Elternteil gewesen ist«, sagte West und sah James durchdringend an.

»Wie du sicher weißt, vermeide ich es, mit ihm zu sprechen, wann immer es möglich ist«, fuhr West fort, ohne den Blick abzuwenden. »Wenn du jetzt also aufhören würdest, mir die Schuld daran zu geben, dass er ein so schlechter Vater ist, dann könnten wir vielleicht eine vernünftige Unterhaltung führen.«

»Ich gebe dir nicht die Schuld«, entgegnete James in scharfem Ton. »Du warst ein Kind. Du hättest ihn nicht davon abbringen können, dich immer zu bevorzugen. Aber dass du dich als Erwachsener in mein Leben einmischst, dafür muss ich dir nicht vergeben.«

»Wenn du damit unseren verflixten Streit meinst ...«

»Was sollte ich sonst meinen?«, fragte James genervt und kurz davor, die Geduld zu verlieren. Die letzten vierundzwanzig Stunden waren nicht unbedingt erholsam gewesen.

»Dann weiß ich nicht, wie ich dich sonst zur Vernunft bringen kann. Du benimmst dich wie ein Narr. Und zwar seit vier Jahren.« West leerte seinen Drink in einem großen Zug, durchquerte den Raum und setzte das Glas mit einem Klirren vor James auf den Schreibtisch.

»Ich habe es dir vor vier Jahren gesagt, und ich sage es dir auch heute«, sagte West, lehnte sich nach vorn und durchbohrte James mit seinem Blick. Obwohl James ein Mann von achtundzwanzig Jahren war, eine Frau und ein eigenes Haus hatte, fühlte er sich in diesem Moment wie der kleine Bruder. »Du hast aus deiner anfänglich brillanten Ehe einen Scherbenhaufen gemacht. Schon dein ganzes Erwachsenenleben hast du Vater für all deine Entscheidungen verantwortlich gemacht und darunter gelitten. Mir ist es egal, was du aus deinem Leben machst. Ich kann dich nicht aufhalten, aber Violet tut mir leid. Und lass Sophie gefälligst aus dem Spiel.«

Als West Lady Fitzwilliams Namen aussprach, hatte James Mühe, keine Miene zu verziehen, und ihm entgingen nicht die Emotionen in Wests Stimme.

»Du solltest darüber nachdenken, dass ich dein Bruder bin und es mir erlauben darf, eine Meinung zu deinem Verhalten zu haben und dazu, was du aus deinem Leben machst. Du musst nicht mit mir einer Meinung sein oder mir zuhören, aber dennoch habe ich das Recht, meine Meinung auszusprechen. Das tut man, wenn man jemanden liebt, James.« Kurz hielt er inne. Als er erneut das Wort ergriff, hatte er sich wieder unter Kontrolle gebracht, und seine Stimme war kühl und beherrscht. »Sobald du bereit bist, dich wie ein Mann und nicht wie ein Kind zu verhalten, weißt du, wo du mich findest«, schloss er, klemmte sich seinen Hut unter den Arm und zog erst den einen, dann den anderen Handschuh an. »Bis dahin ...« Er hielt inne, offensichtlich unsicher, wie er seine leidenschaftliche Rede beenden sollte. »Bis dahin«, wiederholte er nun mit Nachdruck, bevor er zügigen Schrittes den Raum verließ und ebenso schnell verschwand, wie er erschienen war, ohne sich sonderlich auf seinen Gehstock stützen zu müssen.

Nachdem West gegangen war, sank James auf seinem

Stuhl zurück und träumte sehnsüchtig von einer langen Reise ganz ohne Frauen, Freunde und Brüder. Irgendwohin, wo es ruhig war. Vielleicht in den Fernen Osten. Oder nach New South Wales. Im Moment würde er auch eine Strafkolonie London allemal vorziehen.

Er blickte hinab auf die Papiere auf seinem Schreibtisch und seufzte, als die Zahlen vor seinen Augen verschwammen. Sollte er jemals einen Sohn haben, beschloss er, so würde sein erster väterlicher Rat sein, niemals zu heiraten. Frauen lenkten einen nur ab.

»Mylord?«

Erschrocken blickte James auf. Als hätte er sie mit seinen Gedanken heraufbeschworen, stand plötzlich seine Frau im Türrahmen. Er stand abrupt auf, und sie machte ein paar Schritte in den Raum hinein. Sie trug ein Nachthemd aus weißem Leinen, und ihr Haar war leicht zerzaust. Er fragte sich, ob ihr bewusst war, wie verführerisch sie wirkte, mit den geröteten Wangen und den dunklen Locken, die ihr Gesicht einrahmten. Ihr Nachtgewand war schlicht, und dennoch hätte James es am liebsten heruntergezogen und ihre Haut geküsst.

Er gab sich Mühe, die unzüchtigen Gedanken beiseitezuschieben, und antwortete: »Violet? Kann ich dir helfen?«

»Ich habe gesehen, dass West hier war«, sagte sie und trat ans Fenster neben James' Schreibtisch. »Seine Besuche sind so selten, dass ich mich gefragt habe, was los ist.«

Sie sprach, als würde sie die Antwort ohnehin nicht sonderlich interessieren, doch in diesem Moment hatte James wieder eine von diesen Eingebungen – kurze Augenblicke, in denen er wieder dreiundzwanzig war und jeden ihrer Gedanken kannte, wie ein Buch, das nur er zu lesen vermochte. In diesem Moment war sie fürchterlich neugierig, versuchte jedoch, so gut es ging, das zu verstecken.

Alles lief nach Plan – selbst Wests Besuch, so unerwartet (und unangenehm) er auch gewesen war, könnte ihm von Nutzen sein.

»Er kam nur vorbei, um Hallo zu sagen«, erwiderte James und umrundete seinen Schreibtisch. Violet war direkt vor dem Fenster stehen geblieben und blickte mit zusammengekniffenen Augen hinaus in den Garten. Sie tat, als würde sie nicht merken, dass er näher gekommen war.

»Wirklich?«, fragte sie skeptisch und richtete weiter den Blick aus dem Fenster, selbst als James noch näher an sie herantrat und ihr regelrecht auf die Pelle rückte. »Seltsam, oder nicht? Es passiert eher selten, dass er dir einen Besuch abstattet.«

»Ich dachte immer, du würdest West mögen«, sagte er und studierte ihr vom Sonnenlicht vergoldetes Profil. Er redete sich ein, er würde sie nur ansehen, damit sie sich unbehaglich fühlte, doch in Wahrheit konnte er den Blick nicht abwenden. »Ich dachte, du würdest dich freuen, dass er vorbeigekommen ist.«

Dann blickte sie auf, und er gratulierte sich innerlich dafür, einen Treffer gelandet zu haben. »Ich *mag* West«, sagte sie mit funkelnden Augen. Sie sah ihm direkt ins Gesicht und er stellte fest, dass er sich vielleicht verkalkuliert hatte. Er wollte sie piesacken, ihr auf die Nerven gehen und dabei immer die Oberhand behalten – und dennoch, wenn sie ihn so ansah, ihn *wirklich* ansah, ohne die Distanz, die zwischen ihnen entstanden war, musste er sich zwingen, die Arme nicht zu heben, um sie an sich zu ziehen und zu küssen, bis sie den Verstand verlor.

Doch sie schien seinen inneren Kampf nicht zu bemerken, denn sie redete weiter – wie immer.

»Ich glaube keine Sekunde lang, dass dieser Besuch rein zufällig war.« Es folgte ein Moment des Schweigens, in dem sie ihn böse anfunkelte, und er versuchte, die interessanten Dinge zu ignorieren, die ihr schwerer Atem mit ihrer Brust anstellte. Natürlich war sie verhüllt, und dennoch hob und senkte sie sich auf eine Weise, die ihn sehr ablenkte.

»Was meinst du damit?«, brachte er schließlich hervor.

»Du weißt genau, was ich meine«, entgegnete sie mit leisem Hohn, und da wusste James, dass sie in der Tat sehr wütend auf ihn war. Eine aufgebrachte Violet wurde laut. Eine noch aufgebrachtere Violet wurde still. »Ich bin sicher, West kam vorbei, weil er von dem schockierenden Vorfall mit Lady Fitzwilliam gestern im Park gehört hat. Und wenn du auch nur eine Sekunde lang denkst, ich würde dir erlauben, den Ruf einer respektablen Dame zu ruinieren …«

»Sie vergnügt sich mit Jeremy«, bemerkte James, obwohl er wusste, dass das nichts mit der Richtigkeit oder Verkehrtheit der Sache zu tun hatte. »Er ist auch nicht gerade ein Abbild der Ehrbarkeit.«

»Er verhält sich ungewöhnlich diskret«, sagte Violet knapp. »Was die beiden angeht, habe ich lediglich hier und da Gemurmel gehört. Und gestern habe ich sie zum allerersten Mal zusammen gesehen. Also bitte versuch nicht, mir weiszumachen, dass der Ruf der Dame ohnehin schon beschädigt war. Jeremy hat nichts getan, was sie ruinieren könnte, und er hat alles gegeben, um sicherzustellen, dass sie ihren sozialen Status nicht verliert. Was sie allerdings ruinieren wird, bist du, wenn du dich mitten im Hyde Park so aufspielst.«

Sie hielt inne, um Luft zu holen, und James, der sich inzwischen vorkam wie ein Widerling, öffnete den Mund, um etwas zu erwidern. Doch Violet war noch nicht fertig.

»Außerdem«, fuhr sie fort und blickte ihm auch weiterhin geradewegs in die Augen, »ist der Ruf der Dame eher nebensächlich. Tatsache ist, dass sie ein Mensch ist und kein Objekt der Rache. Hast du auch nur einen Augenblick lang darüber nachgedacht? Hast du vielleicht mal erwogen, wie sie sich dabei fühlt, so behandelt zu werden?« Sie sprach, ohne die Stimme zu erheben, doch James traf jedes Wort wie ein Schlag.

Sie hielt inne und musterte ihn von Kopf bis Fuß. Ihr Blick fühlte sich an wie ein heißer Schürhaken. »Nein«, sagte sie verächtlich. »Natürlich hast du nicht darüber nachgedacht. Du bist ein Mann, und sie ist nur eine Frau.«

Noch nie war sich James in seinen achtundzwanzig Jahren mehr wie ein Schurke vorgekommen als in diesem Moment. Er hatte sich immer für einen Gentleman gehalten, der Frauen respektierte und sie mit der Höflichkeit behandelte, die sie verdienten. Er hatte Männer, die die weibliche Intelligenz kleinredeten, stets missbilligend angesehen und genau gewusst, was hinter diesem Irrtum steckte: Unsicherheit. Und dennoch hatte ihm Violet mit wenigen Worten gezeigt, was für ein Schuft er doch war.

Um ehrlich zu sein, hatte er sich um Lady Fitzwilliams Gefühle kaum Gedanken gemacht. Er hatte ihr sofort angesehen, dass sie seine Flirterei nicht ernst genommen hatte, und das hatte ihm genügt, um sein Gewissen zu beruhigen. Zumindest war es in dem Moment genug gewesen, jetzt erkannte er jedoch, dass er einen Fehler gemacht hatte. Sie war eine Witwe, vielleicht war sie immer noch in seinen Bruder verliebt, vielleicht auch nicht, und unabhängig davon war sie eine Frau mit eigenen Gefühlen und Gedanken. Und er hatte sie fürchterlich behandelt.

Violet hatte recht – und West und, so helfe ihm Gott, sogar Jeremy. Seufzend fuhr James sich durch das Gesicht. Plötzlich fühlte er sich erschöpft von dem Chaos, das er und Violet angerichtet hatten. Er hätte gerade sein letztes Hemd dafür gegeben, die Zeit um eine Woche zurückzudrehen und das zurückzunehmen, was er vor dem verdammten Wirtshaus zu Violet gesagt hatte.

Um ehrlich zu sein, hätte er die Zeit gern um vier Jahre zurückgedreht und alles zurückgenommen, was er an diesem schicksalhaften Morgen zu ihr gesagt hatte, als er sie dabei erwischt hatte, wie sie sich mit seinem Vater unterhalten hatte. Doch damals hatte er sich einfach nur betrogen gefühlt – betrogen von dem Menschen, dem er am meisten auf dieser Welt vertraut hatte, dem *einzigen* Menschen, dem er sich jemals voll und ganz geöffnet hatte. Nun schien das alles nicht mehr so wichtig.

»Nun?«, fragte Violet mit spitzer Stimme. »Hast du denn gar nichts dazu zu sagen?«

James senkte die Hände und sah sie an. Ihre Wangen waren gerötet, eine dunkle Locke klebte an ihrer Wange und bildete einen starken Kontrast zu ihrer cremefarbenen Haut.

Er hob den Blick und sah ihr direkt in die Augen. »Es tut mir leid.«

Sie blinzelte. Unter anderen Umständen hätte er es amüsant gefunden – sie hatte sich ganz offensichtlich auf einen Kampf vorbereitet, und seine Kapitulation hatte sie vollkommen überrascht. Er beobachtete, wie sie versuchte, die Fassung zu wahren. »Ich ... Natürlich tut es dir leid«, erwiderte sie und versuchte, ihr bestes Gesicht aufzusetzen. »Und das sollte es auch.«

Er machte einen weiteren Schritt auf sie zu und überwand die Distanz zwischen ihnen. »Ich werde Lady Fitzwilliam noch heute ein Entschuldigungsschreiben zukommen lassen«, sagte er. Ihm fiel auf, dass sie nun den Kopf in den Nacken legen musste, um ihn anzusehen. Es war eines der vielen winzigen Details, die er im Laufe der letzten Jahre vergessen hatte und sich nun von Neuem einprägte. »Natürlich wäre ich ihr eine persönliche Entschuldigung schuldig, aber ich will ihren Ruf nicht aufs Spiel setzen, indem ich sie besuche.«

»Diese Einsicht kommt ein wenig spät, findest du nicht?«, fragte Violet mit zu Schlitzen verengten Augen. Kurz betrachtete er sie sehnsuchtsvoll. In letzter Zeit sahen ihn diese Augen so oft zusammengekniffen an, dass er schon beinahe vergessen hatte, wie sie in ihrem Normalzustand aussahen.

»Absolut«, gestand er und genoss es, erneut die Überraschung in ihrem Gesicht zu beobachten. »Aber da ich die Vergangenheit nicht ändern kann, werde ich eben in der Gegenwart mein Bestes geben.«

Nun war er derjenige, der überrascht war, als sie ohne Vorwarnung in Gelächter ausbrach.

Sie schlug die Hand vor den Mund, doch das kaschierte ihr undamenhaftes Lachen nur unzureichend. Dann wich sie einen Schritt zurück, doch ihre Versuche, ihrer Heiterkeit Einhalt zu gebieten, scheiterten kläglich.

»Es tut mir leid«, prustete sie, bevor sie von einer weiteren Lachsalve ergriffen wurde. James irritierte es weitaus weniger, ausgelacht zu werden, als er erwartet hätte. Er hatte sie so lange nicht lachen sehen, dass er nur dastehen und den Anblick in sich aufsaugen konnte. Seine Augen tranken durstig die Details, die in seinen Erinnerungen verblasst waren.

Dann versuchte sie erneut zu sprechen. »Du wirkst nur so absurd ernst. Es klang beinahe ein wenig lächerlich ...«

Natürlich wusste James, dass sie sich über ihn lustig machte, doch es kümmerte ihn nicht sonderlich. Und plötzlich, ohne viel darüber nachzudenken, tat er das Einzige, was für ihn sinnvoll – oder sogar machbar – war.

Er küsste sie.

Als sich seine Lippen auf ihre senkten, war jegliche Vernunft verschwunden.

Der einzige flüchtige Gedanke, der ihm kam, während

sich sein Mund über ihren bewegte, war, dass er es vergessen hatte: Er hatte vergessen, wie weich ihr Mund war. Sein Kuss schien sie überrascht zu haben. Als sich ihre Lippen berührt hatten, war sie förmlich zu Eis erstarrt. Doch schien sie mit einem Mal dahinzuschmelzen. Sie küsste ihn mit derselben Leidenschaft wie er sie. Sanft versuchte er, sich mit seiner Zunge Zugang zu verschaffen, und sie öffnete den Mund. Auch das hatte er vergessen: das Gefühl, wenn sich ihre Zungen berührten, die Stärke, mit der sie die Hand in seinen Nacken legte und die Finger in seinem Haar vergrub, während sie ihn küsste.

Er legte die Hände um ihre Taille und zog sie näher zu sich. Jede Stelle, an denen sich ihre Körper berührten, fühlte sich plötzlich lebendig an, als würde jedes Nervenende durch die Reibung Feuer fangen. Er spürte, wie er steif wurde, doch statt einen Schritt zurückzutreten und auf Abstand zu gehen, ließ er seine Hand zu ihrem Hintern wandern und drückte sie so fest an sich, dass nichts mehr außer Wärme und Verlangen zwischen ihnen war.

Und da war noch etwas, das er vergessen hatte: wie perfekt ihre Körper zusammenpassten, ihre Brüste gegen seine Brust gepresst, ihre Arme, die sich um seinen Hals schlangen, die Köpfe so geneigt, dass ihr Kuss ewig währen konnte und die Zeit stillzustehen schien. Irgendwann riss er den Mund von ihr los, um die seidige Haut ihres Halses mit Küssen zu bedecken, und der Klang ihres unregelmäßigen Atems ließ sein Herz schneller schlagen.

»James«, seufzte sie leise, und er ließ seine Zunge über ihren Hals gleiten, über ihren Puls, der dort regelmäßig schlug. Sie erzitterte, ihr gesamter Körper wurde von einer schwachen Vibration erfasst, und ihre Hände gruben sich in sein Haar und zogen seinen Kopf wieder hinauf zu ihrem. Er öffnete den Mund, und sie ließ ihre Zunge hineingleiten. Es fühlte sich so gut an, dass er beinahe gestöhnt hätte. Am liebsten wäre er mit ihr zu Boden gesunken und hätte ihre Röcke hochgeschoben ...

Doch dann ertönte ein Räuspern, lauter als unbedingt notwendig.

Violet unterbrach den Kuss, schnappte erschrocken nach Luft und wirbelte herum. Im Türrahmen stand Wooton, der unbeeindruckt dreinblickte.

»Mylady, Ihre Kutsche ist nun bereit«, verkündete er in neutralem Ton.

»Ich, ja, danke, Wooton«, erwiderte Violet leicht außer Atem. »Ich bin gleich da.«

»In Ordnung, Mylady«, sagte Wooton, machte eine perfekte Verbeugung und verließ den Raum.

In diesem Moment hätte James seinen Butler küssen können – eine Empfindung, mit der er niemals gerechnet hätte. Aber wer wusste, wie weit er und Violet noch gegangen wären, hätte er sie nicht unterbrochen? Er sollte dem Mann eine Gehaltserhöhung geben.

Denn James war zutiefst beunruhigt. Wie konnte es sein, dass er auf Violet noch immer so intensiv reagierte? Warum fühlte er sich nach einem kurzen Kuss in seinem Arbeitszimmer so lebendig wie seit Jahren nicht mehr? Es war ärgerlich. Absurd. Also tat James das, was er immer tat, wenn er aus dem Gleichgewicht geraten war und die Oberhand verloren hatte.

»Ich habe ganz vergessen, wie einfach es sein kann, dich zum Schweigen zu bringen«, sagte er in neutralem Tonfall. Lediglich ein Hauch von Spott war zu hören.

Und es funktionierte umgehend. Kurz bevor er zu sprechen begonnen hatte, hatte sich Violet zu ihm umgedreht, und er hatte in ihrem Gesicht eine Million Empfindungen gesehen – Unsicherheit, Belustigung, Begierde. Doch sobald er die Worte ausgesprochen hatte, verschloss sich ihr Gesicht, und sie zog die Mundwinkel nach unten.

»Und ich habe vergessen, was für ein Arschloch du sein kannst«, erwiderte sie ruhig und gelassen. Ohne ein weiteres Wort machte sie auf dem Absatz kehrt und stolzierte aus dem Zimmer.

Und James – obwohl er genau das erreicht hatte, was er wollte, und den dringend benötigten Abstand zwischen ihnen geschaffen hatte – fühlte sich so, wie sie ihn beschrieben hatte: wie ein Arschloch.

Kapitel 10

»Violet«, sagte Diana, erhob sich von ihrem Sessel und ließ den Pinsel fallen. »Was für eine schöne Überraschung.«

»Ich muss dringend mit dir sprechen«, sagte Violet sofort, nachdem Wright die Tür hinter ihr geschlossen hatte. »Tut mir leid, dass ich so früh hier auftauche. Es ist erst kurz nach Mittag, aber ich wusste, du würdest bereits wach sein …«

»Keine Ursache«, erwiderte Diana, deutete träge auf einen Sessel und ließ sich wieder in ihren eigenen sinken. »Soll ich uns Tee bringen lassen?«

»Nein«, antwortete Violet, weil sie jetzt nicht abgelenkt werden wollte, doch dann hielt sie inne und dachte noch einmal darüber nach. Sie hielt sich für eine vernünftige Frau, und jede vernünftige Engländerin wusste, dass das Leben mit Tee einfacher anzugehen war. »Wobei, ein wenig Tee kann nicht schaden.«

Diana erhob sich wieder, um die Klingel zu betätigen. Nachdem sie ihrer Magd ihren Wunsch zugemurmelt hatte, nahm sie wieder ihren Platz ein. Sie befanden sich nicht im Salon, sondern im Wintergarten. Es war Dianas liebster

Raum im ganzen Haus und der Hauptgrund, wie sie oft zu scherzen pflegte, warum sie damals Lord Templeton geheiratet hatte.

Zumindest *dachte* Violet, dass sie scherzte. Bei Diana war das manchmal schwer zu sagen, und ihre Motive, den Viscount zu heiraten, waren sicherlich finanzieller Natur gewesen.

Das Zimmer war reichlich gefüllt mit Sesseln und Sofas, die in warmes Sonnenlicht getaucht wurden, das durch die Fenster fiel, die die Wände und das Dach säumten. Diana verbrachte den Großteil ihrer Morgen malend in diesem Raum, wie auch heute, als Violet sie unterbrochen hatte.

»Liebes, was ist los?«, fragte sie, nachdem sie es sich wieder in ihrem Sessel bequem gemacht hatte. »Du siehst gar nicht gut aus.«

»Ich glaube, James weiß, dass ich nicht krank bin!«, brach es aus Violet hervor, die auf der Sesselkante gesessen und darauf gewartet hatte, dass sich Diana wieder setzte, beinahe unfähig, ihre Ungeduld im Zaum zu halten.

Diana blinzelte einmal, zweimal, und Violet gab sich größte Mühe, ihre Haltung ein wenig zu entspannen und gelassen zu wirken, und nicht, als wäre sie aus einem Irrenhaus ausgebrochen.

»Wie hätte er das herausfinden sollen?«, fragte Diana und winkte ab. »Er ist ein Mann. Männer sind Schafe.«

Nun war Violet diejenige, die blinzelte. »Soll heißen ... sie folgen einander?«

Diana seufzte, ungeduldig wie immer, wenn sie das Gefühl hatte, dass ihr jemand nicht folgen konnte. »Nein, das soll heißen, dass sie sich auf höchstens drei Dinge gleichzeitig konzentrieren können. Und ich bin ziemlich sicher, dein Ehemann hat nicht die geistigen Fähigkeiten, allzu viel über die Symptome deiner Krankheit nachzudenken.«

»In Oxford war er einer der Besten«, fühlte sich Violet aus einem Gefühl ehelicher Loyalität verpflichtet zu erwähnen. »Er ist kein kompletter Idiot, weißt du?«

»Das stimmt, für einen Mann ist Audley relativ klug.« Dianas Ton verriet, dass sie ihre Zweifel hatte, inwiefern man Männer tatsächlich als »klug« bezeichnen konnte. »Aber sie sind trotzdem alle gleich. Keiner von ihnen stellt auch nur irgendetwas allzu sehr infrage. Deshalb sollte in einer Ehe immer die Frau die Fäden fest in der Hand halten.«

»Dein nächster Mann tut mir jetzt schon leid«, ertönte eine Stimme aus Richtung der Tür. Erschrocken drehte sich Violet um, entspannte sich aber, als sie sah, dass es nur Penvale war, der da im Türrahmen lehnte. »Ich habe mich selbst hereingebeten«, sagte er und stieß sich ab. In diesem Moment tauchte hinter ihm eine Magd mit einem schweren Teetablett in den Händen auf. Mit einem Zwinkern und einem Lächeln nahm er es ihr ab, was sie erröten und kichern ließ, während sie einen höflichen Knicks machte und ging.

»Also wirklich, Penvale«, sagte Diana, als er das Tablett vorsichtig vor ihr abstellte. »Bitte verdreh nicht noch einer meiner Mägde den Kopf. Du hältst sie nur von der Arbeit ab.«

Ihr Bruder ignorierte sie, wie so oft, ließ sich in einen Sessel fallen und lehnte sich dann nach vorn, um sich einen

Keks zu nehmen. »Worum geht's?«, fragte er, nachdem er den ersten Bissen geschluckt hatte.

Diana, die ihnen Tee einschenkte, antworte, ohne dabei aufzusehen. »Violet macht sich Sorgen, dass Audley weiß, dass sie ihm etwas vorspielt.«

Violet hatte erwartet, dass Penvale widersprechen würde, doch stattdessen lachte er schnaubend. »Natürlich weiß er es«, erwiderte er.

»Wie bitte?«, fragte Diana und hielt mitten in der Bewegung inne, als sie Violet die Tasse reichen wollte. »Was um alles in der Welt meinst du damit?«

»Ich meine damit«, entgegnete Penvale übertrieben langsam, »dass Audley kein kompletter Idiot ist. Er ist durchaus in der Lage zu merken, wenn er von seiner eigenen Frau belogen wird.« Sein Ton war zwar nicht anklagend, doch Violet versteifte sich trotzdem.

»Wann hat er es gemerkt?«, fragte sie.

»Er hat Belfry erkannt«, sagte Penvale gelassen und biss wieder in seinen Keks. »Als der an jenem Tag euer Haus verlassen hat.« Dann warf er seiner Schwester einen ironischen Blick zu. »Ich merke, dass es dir schwerfällt, es zu glauben, in Anbetracht seines männlichen Intellekts.«

Violet sank in ihrem Sessel zurück. »Ich *wusste* es«, sagte sie verdrießlich. Eigentlich hätte sie erleichtert sein sollen, diesen dummen Husten nicht mehr vortäuschen zu müssen, doch stattdessen fühlte sie sich auf seltsame Weise beraubt. Es war schön gewesen, eine Ausrede zu haben, um mit James zu sprechen, auch wenn die meisten ihrer Gespräche der letzten Wochen immer auch zu Streit geführt hatten.

Und zu Küssen.

Als sie an seinen Mund auf ihrem dachte, begannen ihre Lippen zu kribbeln, und sie hatte Mühe, nicht die Hand davor zu pressen. Sie fühlte sich betrogen von ihrem eigenen Körper, weil sie ausgerechnet jetzt den Augenblick in James' Arbeitszimmer im Geiste noch einmal durchlebte, obwohl sie so furchtbar wütend auf besagten Mann war.

Und dennoch passierte es.

»Wie hast du es gemerkt?«, fragte Penvale neugierig. Inzwischen hatte er seinen Keks aufgegessen und widmete sich nun wieder seinem Tee.

»Er hat meine Mutter rufen lassen, damit sie mich gesund pflegt«, erwiderte Violet düster. »Er weiß ganz genau, dass ich mich nach nur zehn Minuten mit ihr ins Bett legen und erholen muss und sicher nicht gesünder werde. Und dann war da noch diese lächerliche Szene im Hyde Park gestern mit Willingham und Lady Fitzwilliam«, sagte sie verächtlich. »Absurd.«

»Ich wette, er und Jeremy haben sich deshalb gestritten.«

»Gut möglich«, entgegnete Violet ernst. »Es war fürchterlich.«

»Lady Wheezle hat bei Lady Markhams Dinnerparty gestern Abend davon berichtet«, sagte Diana. »Was sie da erzählt hat, klang so untypisch für Audley, dass ich kein Wort geglaubt habe. Und das habe ich auch laut verkündet.« Sie hielt inne und seufzte dramatisch. »Wahrscheinlich wird sie mich dieses Jahr nicht zu ihrem Venezianischen Frühstück einladen, aber das ist ein Preis, den ich gern zahle. Schreckliche Frau.«

»Aber leider hat sie mehr oder weniger recht«, sagte Violet und wandte sich Diana zu. »James und ich haben gestern einen Ausritt unternommen und Jeremy und Lady Fitzwilliam getroffen. Und James hat sich zum Narren gemacht, indem er ihr angeboten hat, ihr ... *behilflich* zu sein, wann immer sie ihn bräuchte.«

Diana fiel die Kinnlade herunter. »Dieser Lump!«

»In der Tat.« Violet nippte an ihrem Tee. »Es war so untypisch für ihn, dass ich sicher war, er tat es nur, um mich zu ärgern. Und Penvale hat meine Vermutung gerade bestätigt.«

»Das heißt also, ihr redet wieder miteinander?«, fragte Penvale hoffnungsvoll und wie ein Schuljunge, dem gesagt wurde, dass er seine Strafarbeit doch nicht machen müsse.

»Ganz sicher nicht«, widersprach Violet und hoffte, dass sie nicht errötete und sich verriet. Gesprochen wurde nur, wenn es unbedingt nötig war. Leidenschaftliche Umarmungen? Die gab es schon eher. »Aber ich habe ihn heute Morgen spüren lassen, was ich davon halte. Dessen könnt ihr euch sicher sein.«

»Richtig so«, sagte Diana ermutigend.

»Und jetzt lasst ihr all das hinter euch und lebt euer Leben ganz normal weiter?«, fragte Penvale, optimistisch wie immer.

»Hm«, machte Violet und tippte sich ans Kinn, als würde sie darüber nachdenken. »Nein. Ich denke nicht. Ich habe eine bessere Idee.«

...

Lady Fitzwilliam Bridewell lebte in einem großen Haus unweit von Diana entfernt. Obwohl ihr Ehemann nur ein zweiter Sohn gewesen war, war ihre Mitgift so groß gewesen, dass sie sich Luxus hatten leisten können und sie auch nach seinem Tod ein komfortables Leben führen konnte. Violet hatte den gesamten Morgen mit Diana verbracht und mit ihr zu Mittag gegessen, bevor sie sich in ihre Kutsche gesetzt hatte, um den nächsten Besuch zu absolvieren. Bei ihrer Ankunft wurde sie von einem Butler in einen kleinen Salon geführt, wo sie in einem gut gepolsterten Ohrensessel saß und sich recht unwohl fühlte. Was ihr eben in Dianas Wintergarten noch wie ein schlauer Schachzug erschienen war, kam ihr nun ziemlich töricht vor.

Bevor sie jedoch Zeit hatte, weiter darüber nachzudenken, erschien die Dame des Hauses im Türrahmen. Sie trug eine schlichte Nachmittagsrobe – Violet wusste, dass ihre Zeit der Trauer vorbei war, doch dieses Kleid sah aus wie eines, das sie in der Zeit ihrer Halb-Trauer getragen hatte. Das goldene Haar hatte sie im Nacken zu einem einfachen Dutt zusammengefasst, und ihre Gesichtszüge verrieten höfliche Neugierde.

»Lady James«, sagte Lady Fitzwilliam und betrat den Raum. »Was für eine Überraschung.« Sie klang skeptisch und das nicht ohne Grund – abgesehen von ihrem gestrigen Treffen hatte sie sich bisher nur auf Bällen unterhalten, und Violet wusste natürlich, dass ihr Erscheinen Fragen aufwarf.

»Bitte, nennen Sie mich doch Violet«, sagte sie und warf jegliche Etikette über Bord, als sie aufstand. Ihre Mutter wäre bei diesem Verstoß gegen die guten Sitten in Ohnmacht gefallen, doch Lady Worthington fiel schließlich bei jeder Kleinigkeit in Ohnmacht. Violet nahm sogar an, dass sie sich die Korsetts absichtlich enger schnürte, um die besagten Ohnmachtsanfälle hervorzurufen, doch da ihr ihr Leben (oder zumindest ihre Ohren) lieb war, hatte sie diese Vermutung noch nie laut ausgesprochen.

»Dann müssen Sie mich Sophie nennen«, war die Antwort, und Lady Fitzwilliam – Sophie – durchquerte den Raum, ergriff Violets Hand und drückte sie leicht, scheinbar unbeeindruckt von der merkwürdigen Situation. »Möchten Sie einen Tee?«

»Nein, danke«, erwiderte Violet und nahm wieder Platz.

Kurz ließ Sophie den Blick durchs Zimmer schweifen, als wollte sie sich vergewissern, dass sie allein waren. »Vielleicht etwas Stärkeres? Ich habe Brandy auf Lager für besondere Anlässe – und ich nehme an, das hier ist einer.«

Jetzt verstand Violet, warum West so verzaubert gewesen war von Sophie Wexham. Äußerlich gesehen war sie sittsam und züchtig – das Haar ordentlich zurückgebunden, die schlanke Figur in eine angemessene Robe gehüllt –, aber sie hatte noch mehr zu bieten, das direkt unter der Oberfläche schwelte, und Violet fragte sich, was genau.

»Ja, ich glaube, das wäre jetzt genau das Richtige«, sagte sie, und Sophie lächelte zufrieden, als hätte sie Violet richtig eingeschätzt.

Sophie eilte zur Anrichte, öffnete einen Schrank und nahm eine Karaffe heraus, die zur Hälfte mit Brandy gefüllt war, sowie zwei Kristallgläser. In jedes davon goss sie ein paar Fingerbreit Brandy ein.

»Cheers«, sagte sie und reichte Violet ein Glas.

»Cheers.« Violet erhob ihr Glas und nippte an ihrem Drink.

»So«, sagte Sophie und entschied sich für den Sessel, der Violets am nächsten stand, »ich nehme an, Sie sind hier, um über unser Treffen gestern im Park zu sprechen.« Sie sah Violet geradewegs und ohne zu blinzeln in die Augen.

»Ja, das bin ich«, antwortete Violet. Dann hielt sie inne und fühlte sich kurz unsicher. Sie hatte keine Ahnung, wie sie ihr Anliegen formulieren sollte. Sie war es nicht gewohnt, dass ihr die Worte fehlten. »Ich nehme an, Sie haben die Gerüchte bezüglich meiner Ehe gehört.«

Sophies Mundwinkel bogen sich ein wenig nach oben. »Ich habe munkeln hören, dass Sie und Lord James sich nicht mehr so nahestehen wie einst.«

»Mein Mann und ich haben aus Liebe geheiratet, aber wir waren sehr jung«, sagte Violet unverblümt. »Wir mussten feststellen, dass wir nicht so gut zusammenpassen, wie wir dachten.«

Sophie hob eine goldene Augenbraue. »So kam es mir gestern Nachmittag aber nicht vor.«

Violet senkte das Glas. Nun war sie abgelenkt von ihrem eigentlichen Vorhaben. »Wie bitte?«

Sophie zuckte elegant mit den Schultern und nahm noch einen Schluck von ihrem Drink. »Sie beide erschienen mir eher ... verbunden. Ich nehme an, dass er deshalb so nett zu mir war, als Lord Willingham und ich aufgetaucht sind. Um Sie eifersüchtig zu machen«, fügte sie hinzu, doch Violet hatte bereits verstanden.

»Wir befinden uns gerade in einer Art ... Duell«, erwiderte sie. Ein passenderes Wort fiel ihr im Moment nicht ein.

»Ach ja?« Sophie lehnte sich leicht nach vorn, eindeutig interessiert. »Fahren Sie bitte fort.«

Und das tat Violet. Sie fasste die Ereignisse für Sophie knapp zusammen, jedoch ausführlich genug, dass Sophies Augenbrauen schließlich fast bis zum Haaransatz hochgewandert waren, was auf ihrer sonst so glatten Stirn feine Linien verursachte.

»Und da sind Sie im Hyde Park gestern hineingestolpert«, beendete Violet ihre Ausführungen. »Es tut mir leid, dass mein Mann Sie in die Sache hineingezogen und so fürchterlich behandelt hat.«

Sophie winkte ab, eine Geste, die Violet unheimlich an Diana erinnerte, obwohl sie noch vor zwanzig Minuten gesagt hätte, dass die beiden Frauen rein gar nichts miteinander gemeinsam hätten. »So etwas habe ich mir schon gedacht«, sagte sie. »Nun ja, nicht genau so, wie Sie es eben beschrieben haben, denn ich glaube, ich habe nicht genug Fantasie, um mir solch ein Szenario auszumalen.« Sie nahm noch einen Schluck von ihrem Brandy, und Violet tat es ihr gleich. »Zufällig habe ich erst vor einer Stunde ein Entschuldigungsschreiben von Ihrem Mann erhalten.«

Violet war beeindruckt, aber eigentlich hätte sie nichts anderes erwarten sollen. James war jemand, der seinen Plan verfolgte, sobald er sich etwas in den Kopf gesetzt hatte.

»Um ehrlich zu sein, sah es Audley überhaupt nicht ähnlich. Sein Verhalten gestern, meine ich«, fügte Sophie hinzu.

»Nicht die Entschuldigung.« Dann hielt sie inne. »Obwohl nichts von dem, was Sie mir erzählt haben, ihm wirklich ähnlichsieht. Abgesehen von der Sturheit natürlich. Die klingt wiederum genau richtig.«

Es war interessant, dachte Violet, sich mit einer Frau zu unterhalten, die ihren Mann länger kannte als sie selbst. Natürlich nicht so *gut* wie sie, aber trotzdem – bevor sie James kennengelernt hatte, sogar noch vor ihrer allerersten Saison, hatten sich West und Sophie bereits umworben. James war damals zweiundzwanzig gewesen – ein Junge. Ein Junge, den Violet sehr vermisste, so sehr es sie auch schmerzte, das zuzugeben.

»Als ich vorhin hierherkam, wollte ich Sie darum bitten, sein Spiel mitzuspielen«, sagte Violet ein wenig zögernd.

»Was? Mit ihm zu flirten?« Sophies Stimme klang amüsiert, jedoch verzog sie keine Miene, als sie das Glas erneut an die Lippen führte.

»Ja, so in der Art. Es würde ihn zweifelsohne verwirren und ängstigen. Und im Moment bin ich so wütend, dass mir diese Vorstellung gefällt.«

»Ist es Ihnen schon in den Sinn gekommen, stattdessen einfach mit ihm zu sprechen?«, erkundigte sich Sophie. Das war eine Frage, die sich Violet im Laufe der letzten Woche mehr als einmal gestellt hat.

»Ich kann nicht«, erwiderte sie knapp. »Als wir uns gestritten haben ... Nun ja, ich bin sicher, ich bin nicht ganz unschuldig, aber die Gründe, warum wir uns gestritten haben, liegen allein bei ihm. Sie existieren nur in seinem Kopf.«

Sie konnte die Neugierde, die von Sophie ausging, förmlich spüren, jedoch war diese zu wohlerzogen, um nachzubohren. Und dennoch verspürte Violet den dringenden Wunsch, ihre Sorgen loszuwerden. Es war nun vier Jahre her, und bisher hatte sie keinem erzählt, was an jenem Morgen und im Jahr davor geschehen war. Diana, Emily, selbst ihrer Mutter nicht – sie alle hatten natürlich gefragt. Doch bisher hatte sie nie darüber reden wollen, denn es fühlte sich an, als würde sie James verraten, ihre Ehe und die damit verknüpften Geheimnisse. Und jetzt saß sie hier, mit einer Frau, die sie kaum kannte, und die Worte wollten aus ihr heraussprudeln, sodass sie Mühe hatte, sie zurückzuhalten.

»Wir waren sehr verliebt, als wir geheiratet haben«, sagte sie, nachdem sie sich entschieden hatte. »Ich war erst achtzehn, wissen Sie … James und ich haben uns gleich zu Beginn meiner ersten Saison kennengelernt.«

»Wie haben Sie sich kennengelernt?«

»Auf einem Ball. Auf einem Balkon, um genau zu sein«, erzählte Violet und lächelte, als sie daran zurückdachte. »Aber ich habe mich sofort in ihn verliebt. So schnell, dass mir ganz schwindlig wurde.« Sie hielt inne und dachte nach. »Natürlich weiß ich jetzt, dass es zuerst nur Verliebtheit war. Die Liebe kam später, als ich ihn richtig kennenlernte. Aber damals dachte ich, es war Liebe auf den ersten Blick, und ihm schien es genauso zu gehen. Es war …« Sie hielt inne, denn bei dem Gedanken daran bildete sich ein Kloß in ihrem Hals. »Es war wundervoll. Und natürlich waren wir am Anfang sehr glücklich. James' Vater gab uns Audley House als Hochzeitsgeschenk. Es war weitaus mehr, als James von ihm erwartet hätte. James wollte nie von seinem Vater abhängig sein, aber ich glaube, er wollte dem Duke etwas beweisen und ihm zeigen, dass er die Aufgabe, die man ihm auferlegt hatte, bewältigen konnte. Und ich glaube, er hat die Herausforderung genossen. Irgendwie. Er hat an der Universität Mathematik studiert, wissen Sie? Und um einen erfolgreichen Stall zu führen, muss man sich viel mit Zahlen beschäftigen. Also genoss er es irgendwie. Aber ich hatte das Gefühl, er tat es immer aus den falschen Gründen. Er schien ständig über die Schulter zu seinem Vater zu blicken, als wollte er sichergehen, dass der Duke sieht, wie gut er es macht. Dass er mehr sein kann als nur der zweite Sohn. Manchmal haben wir uns deshalb gestritten«, fügte Violet in Erinnerungen versunken hinzu. »Ich fand, dass er viel zu viel Zeit in den Ställen verbrachte. Zeitweise ritt er einmal die Woche nach Kent, obwohl er etliche Stallburschen beschäftigte. Und wenn er in London war, brütete er stundenlang über den Finanzen, obwohl er auch dafür einen Verwalter eingestellt hatte. Aber er hörte nie auf mich. Ich glaube, mir glaubte er auch etwas beweisen zu müssen, was lächerlich war, aber ich konnte ihn nie vom Gegenteil überzeugen. Aber abgesehen davon war alles wundervoll. Ich habe mir Beschäftigungen gesucht, und James kam zu den unmöglichsten Uhrzeiten nach Hause, nur um mich zu sehen. Jetzt klingt das fürchterlich dumm, aber damals war es romantisch.«

»Klingt entzückend«, sagte Sophie, und Violet blickte zu ihr auf, denn sie vernahm Sehnsucht in ihrer Stimme. Sie fragte sich, wie Sophies Ehe gewesen war – und wie eine Ehe zwischen Sophie und West hätte sein können. »Aber was ist passiert?«

Diese Frage hatte sich Violet immer wieder gestellt, wenn sie nachts schlaflos im Bett gelegen hatte, während James sich direkt nebenan befand, so nah und dennoch meilenweit entfernt.

»Wir haben uns gestritten«, erwiderte sie knapp. Es war die Wahrheit und dennoch keine Erklärung für das, was zwischen ihnen passiert war. »Natürlich hatten wir uns schon vorher gestritten. Aber noch nie so. Ich weiß nicht, ob sich einfach alles zugespitzt hat oder ...« Sie hielt inne und dachte nach. »Nein, ich glaube, die Anwesenheit seines Vaters war der Grund, warum alles so schrecklich wurde.«

»Der Duke war da, als Sie sich gestritten haben?«, fragte Sophie ungläubig und ein wenig alarmiert, was Violet neugierig machte. Sie fragte sich, was vor all den Jahren wohl zwischen Sophie und West vorgefallen war.

»Nein, da war er bereits gegangen«, erwiderte Violet. »Aber es war seine Anwesenheit, mit der alles angefangen hat.« Sie holte tief Luft und dachte an den Morgen, der schon so lange zurücklag.

»Ein paar Tage vor unserem Streit hatte ich meine Mutter zum Tee besucht. Sie und ich ...« Sie hielt inne und überlegte, wie sie die Beziehung zu ihrer Mutter am besten beschreiben sollte. »Wir sind nicht immer einer Meinung«, sagte sie schließlich.

»Ich bin Lady Worthington schon ein paarmal begegnet. Und ich muss zugeben, dass mich das nicht überrascht«, sagte Sophie diplomatisch.

»Sie hat mich über meine Ehe ausgefragt«, fuhr Violet fort. »Ich habe einen scherzhaften Kommentar über James gemacht, doch sie hat es in den falschen Hals bekommen. Sie sagte, es sei nicht mein Recht, die Aktivitäten meines Mannes zu kommentieren.« Sie spürte, wie sie allein die Erinnerung daran wütend machte. »Und ich habe ihr gesagt, ich würde sie fragen, wenn ich ihre Meinung zu meiner Ehe hören wolle.«

Sophie musste lachen. »Ich nehme an, das endete nicht unbedingt gut?«

»Wahrscheinlich so, wie Sie es sich vorstellen. Dann informierte meine Mutter mich darüber, dass die Hochzeit niemals stattgefunden hätte, wenn sie nicht gewesen wäre. Sie war diejenige, die James und mich auf dem Balkon erwischt hat. Sie hat ihn förmlich gezwungen, mir einen Antrag zu machen«, erklärte Violet. »Ich habe erwidert, dass wir früher oder später trotzdem geheiratet hätten, auch ohne ihre Einmischung.« Sie machte eine Pause. »Dann hat sie mir gesagt, dass sie und der Duke dafür verantwortlich seien, dass James überhaupt auf den Balkon gegangen ist, um nach mir zu sehen.«

Sophie fiel die Kinnlade herunter. »Sie haben das Kennenlernen inszeniert?«

Violet nickte. »Anscheinend hat meine Mutter gesehen, wie ich mit Lord Willingham nach draußen gegangen bin, und statt mir selbst nachzugehen und mich aufzuhalten, informierte sie den Duke darüber, der James als eine Art Ritter in glänzender Rüstung hinausschickte. Ich nehme an, nachdem meine Mutter Jeremy wieder hereinkommen sah, ging sie so schnell wie möglich nach draußen, um uns abzufangen.« Sie machte eine Pause. »Ich habe Jeremy nie danach gefragt, doch meine Mutter hat angedeutet, dass sie auch veranlasst hatte, dass er überhaupt mit mir auf den Balkon gegangen ist. Sie kann ziemlich einschüchternd sein, wenn sie will. Selbst ein Schwerenöter wie Jeremy hätte Angst vor ihr. Und ich würde es ihr durchaus zutrauen, dass sie mich nach draußen schickt wie ein Lamm auf die Schlachtbank, um auf James' Rettung zu warten.«

»Ich muss Ihrer Mutter Anerkennung zollen«, sagte Sophie nachdenklich. »Das klingt nicht gerade nach einem Plan, der funktionieren kann, und dennoch hat es funktioniert. Sie müssen sehr wütend gewesen sein.«

»Das war ich«, gestand Violet. »Und verwirrt. Ich wusste überhaupt nicht, was ich von alldem halten sollte. Ich war so sehr in James verliebt, und nun zu wissen, dass ich diese Liebe nur den Machenschaften meiner Mutter und seines Vaters zu verdanken hatte ... Plötzlich fühlte sich alles schäbig an.« Sie seufzte. »Natürlich wollte ich mit James darüber sprechen, aber ich war so durcheinander, dass ich mich noch nicht dazu in der Lage fühlte. Ich hatte Angst, dass es etwas an seinen Gefühlen ändern könnte. Er hat ohnehin eine so komplizierte Beziehung zu seinem Vater, und ich zögerte, ihm etwas zu beichten, das alles nur noch schlimmer machen würde ...«

Violet lehnte sich nach vorn. »Sie müssen mir glauben. Ich hatte wirklich vor, es ihm zu sagen. Schon bald. Ich brauchte nur noch ein wenig mehr Zeit.«

»Natürlich.« Sophie zog die Stirn kraus. »Ich nehme an, Sie haben diese Zeit nicht bekommen?«

Violet schüttelte den Kopf. »Und da kommt der Duke ins Spiel. Ein paar Tage später war ich zu Hause, als er morgens vorbeikam, was sehr ungewöhnlich war. James mied ihn, so gut es ging. Ich hatte ihn noch nie zuvor ohne James getroffen. Ich fand es merkwürdig, aber natürlich konnte ich mich nicht weigern, ihn zu empfangen. Also habe ich ihn hereingebeten ... Und er begann, alle möglichen ...« Violet hielt inne und überlegte, wie sie es am besten ausdrücken sollte. »... persönlichen Fragen zu stellen«, fügte sie schließlich hinzu.

Kurz starrte Sophie sie verständnislos an, und Violets Hand wanderte schnell zu ihrem Bauch. Jetzt, da sie verstand, wurden Sophies Augen groß. »Das hat er nicht getan«, sagte sie schockiert.

»Doch, hat er«, bestätigte Violet. »Oh, er war nicht so dreist, mich direkt zu fragen, wann ich einen Erben liefern würde, aber es kam dem schon sehr nahe.«

»Was haben Sie gesagt?«

»Ich habe ihm gesagt, dies sei kein Gespräch, das man im Salon führen sollte«, erzählte Violet schnaubend vor Wut. Damals war sie mit ihrer Antwort recht zufrieden gewesen und hatte gedacht, dass selbst ihre Mutter ausnahmsweise einverstanden gewesen wäre. Natürlich war Lady Worthington der Meinung, dass Schwangerschaft und die ehelichen Aktivitäten, die dazu führten, keine Themen waren, über die man sprach. Grundsätzlich nicht. Es muss wohl nicht gesagt werden, dass Violets Hochzeitsnacht aufgrund von Lady Worthingtons Weigerung, über dieses Thema zu sprechen, äußerst lehrreich gewesen war.

Doch bei dieser Bemerkung war es nicht geblieben.

»Ich weiß nicht, warum Sie mir so eine Frage stellen«, hatte Violet gereizt gesagt. »Mein Mann ist nicht Ihr Erbe. Sie haben einen älteren Sohn, den Sie eher befragen sollten.«

»Mein älterer Sohn wird mir wahrscheinlich niemals einen Erben schenken«, hatte der Duke hervorgepresst, und Violet hatte ihn angestarrt. Er wollte doch nicht sagen, dass West Männer bevorzugte? Natürlich hatte sie von solchen Dingen bereits gelesen, in ihren Studien zu den Griechen und in verbotener Poesie, über die sie gestolpert war. Sie hatte sogar James ein paar Fragen zur Funktionsweise gestellt, und es war das erste Mal gewesen, dass sie gesehen hatte, wie er errötete. Doch West hatte schon immer den Ruf eines Lebemanns gehabt, und sie hatte munkeln hören, dass er sich vor ein paar Jahren fast mit Miss Wexham verlobt hätte ...

»Ich verstehe nicht, wie Sie auf den Gedanken kommen«, sagte sie, nachdem sich der Duke geweigert hatte, seine Bemerkung näher zu erläutern. »Der Marquess ist erst sechsundzwanzig, oder? Das ist noch sehr jung für die Ehe. Ich würde noch nicht verzweifeln, nur weil er noch keine Frau gefunden hat.«

»Er wird niemals eine Frau finden«, unterbrach der Duke sie und betonte jedes einzelne Wort, als würde er es von einem Eisblock abhacken. »Die Verletzung, die er sich bei diesem dummen Unfall zugezogen hat, wird ihn daran hindern, jemals Kinder zu zeugen.«

»Er ... Oh!« Jetzt dämmerte es Violet, dann fühlte sie Mitleid. Wie schrecklich für West. Im Laufe des letzten Jahres hatte sie ihn ins Herz geschlossen. Doch sie wunderte sich, dass James etwas von so großer

Bedeutung nie erwähnt hatte. Vielleicht fand er das Thema zu delikat, um mit seiner Frau darüber zu sprechen.

Nichts von alledem konnte Violet mit Sophie teilen. Abgesehen davon, dass man so etwas nicht in einem Salon besprach, wusste sie nicht, wie Sophie zu West stand – oder was überhaupt zwischen ihnen vorgefallen war.

»Meine Bemerkung bezüglich der Angemessenheit des Themas fasste er nicht allzu gut auf«, fügte sie hinzu, »und er ließ ein paar unhöfliche Kommentare ab, ob ich überhaupt geeignet sei, James' Frau zu sein. Natürlich hatte ich nicht vorgehabt, ihn zu konfrontieren, bevor ich nicht mit James gesprochen hatte, doch da habe ich endgültig die Fassung verloren und ihm gesagt, dass er sich nicht länger in meine Ehe einmischen solle.«

»Ich wäre nur zu gern dabei gewesen«, sagte Sophie ein wenig verträumt. »Ich hätte gern gesehen, wie dieser Mann eine Niederlage erlebt …«

»Nun ja«, erwiderte Violet ein wenig stolz, bevor sie wieder ernster wurde, »das hielt leider nur kurz an. Er ließ mich wissen, dass er und meine Mutter unser Kennenlernen arrangiert hatten, weil sie beide nicht glaubten, dass ihre Kinder selbst in der Lage wären, geeignete Partner zu finden.«

»Ich brauche einen Erben für das Herzogtum, und mein älterer Sohn ist nicht fähig, dem nachzukommen«, hatte der Duke gesagt. »Und Sie … Ihre Mutter war besorgt, dass Sie keinen Mann finden würden. Es war so viel einfacher, euch beide zusammenzuführen, als alles dem Zufall zu überlassen. Sie sollten mir besser dankbar sein«, sagte der Duke selbstgefällig. »Es scheint mir so, als hätten Sie Ihr Glück allein Ihrer Mutter und mir zu verdanken.«

»Meine Mutter hat vor ein paar Tagen etwas Ähnliches gesagt, als wir über dieses Thema gesprochen haben«, sagte Violet kühl. »Ihr haltet euch vielleicht für strategische Genies, weil ihr James' Beschützerinstinkt ausgenutzt habt, aber ...«

Der Duke unterbrach sie mit einem Lachen. »Das war wohl kaum das Werk eines Genies. Es war viel zu einfach, um ehrlich zu sein. Mein Sohn ist unheimlich berechenbar. Wenn er eine Frau in Not sieht, eilt er natürlich sofort zu ihrer Rettung. Ich musste kaum erwähnen, dass ich seinen Freund mit einer Dame gesehen habe, die ihm Kopfschmerzen bereiten könnte, schon ist er hinausgestürmt. Und natürlich war es ein Leichtes, Lady Worthington dazu zu bringen, euch beide zu erwischen. Ich muss Sie wirklich beglückwünschen, meine Liebe, dass Sie eine so überzeugende Darbietung hingelegt haben. Ihre Mutter hatte ihre Zweifel, ob es funktionieren würde, aber ...«

»Du wusstest genau, wie du mich manipulieren konntest.«

Erschrocken drehten sich Violet und der Duke um. James war lautlos in der Tür erschienen. Violet hatte sich so sehr auf die Erzählungen des Dukes konzentriert, dass sie keinerlei Geräusche vernommen hatte. So hatte sie James noch nie gesehen — er stand ganz still da und füllte mit seinen breiten Schultern den Türrahmen aus. Sein Blick wanderte zwischen ihr und seinem Vater hin und her, als könnte er sich nicht entscheiden, auf wen er sich konzentrieren sollte. Nach einer Weile richtete er den Blick allerdings auf den Duke.

»Glückwunsch, Vater«, sagte James und schlenderte mit einer Gelassenheit ins Zimmer, die Violet sofort als Schauspiel erkannte. »Du hast gewonnen. Du hast für mich eine Braut mit einem einwandfreien Stammbaum gefunden und hast es geschafft, dein kleines Geheimnis für dich zu behalten, bis alle Papiere unterschrieben waren.« Er ging weiter auf den Duke zu, bis er nur noch wenige Schritte von ihm entfernt war. »Aber dein Ziel hast du nicht ganz erreicht, denn wir haben dir noch keinen Erben geschenkt. Wahrscheinlich ist das der Grund, warum du heute vorbeigekommen bist und meine Frau ausfragst.« Seine Stimme zitterte leicht, was Violet verriet, wie wütend er war.

Die Miene des Dukes wurde hart, während er seinen Sohn musterte. »Mach jetzt keine Szene, James. Wenn du dich nicht im Zaum halten kannst, sollte ich wohl besser gehen.« Er stand auf und wollte an James vorbeigehen, doch James stellte sich ihm in den Weg.

»Ich werde dir niemals einen Erben schenken«, sagte er ruhig, und obwohl Violet wusste, dass die Wut aus ihm sprach, trafen sie seine Worte mitten ins Herz. Das waren ihre zukünftigen Kinder, die er da leugnete. Sie wusste, er meinte es nicht so, doch das bedeutete nicht, dass sie so etwas hören wollte. »Dein verdammter Plan war also völlig umsonst.« Er machte einen weiteren Schritt auf seinen Vater zu. »Und jetzt verschwinde aus meinem Haus.«

»Sie meinen doch nicht, dass er denkt, Sie wären in den Plan involviert gewesen?«, fragte Sophie mit gerunzelter Stirn, und ihr empörter Ton tröstete Violet ein wenig.

»Doch, genau das meine ich«, erwiderte Violet. »Ich habe alles noch schlimmer gemacht, weil ich Panik bekommen habe.«

Die Tür hatte sich kaum hinter dem Duke geschlossen, als James sich ihr zuwandte. Sie war nicht sicher, was sie gehofft hatte, in seinen Augen zu sehen – vielleicht Verständnis? Ein Gefühl von geteiltem Ärger? Liebe? Was auch immer sie suchte, sie fand es nicht. Stattdessen sah sie in den vertrauten grünen Augen nichts als das Gefühl, verraten worden zu sein.

»James«, sagte sie schnell, bevor er etwas sagen konnte, »ich wusste nichts davon.« Das war natürlich nicht ganz richtig – sie wusste es seit zwei Tagen, ohne ihm davon erzählt zu haben. Aber sie wollte sich so dringend von den Machenschaften ihrer Eltern distanzieren, dass sie sprach, ohne zu denken.

»Doch, du wusstest es«, antwortete er leise. »Ich habe dich gehört. Du hast ihm eben gesagt, dass du mit deiner Mutter darüber gesprochen hast.« Seine Stimme war zwar ruhig, aber sie konnte den anklagenden Ton hören.

»Ich habe versucht, ihm zu erklären, dass ich erst wenige Tage zuvor davon erfahren hatte«, sagte Violet. »Aber er ... er glaubte mir nicht. Er konnte nicht fassen, dass ich es ihm nicht sofort erzählt hatte. Also nahm er an, dass ich es schon sehr viel länger wusste. Dass ich vielleicht sogar von Anfang an in die Sache involviert gewesen war.« Sie erinnerte sich an die nächsten Stunden, nachdem der Duke aufgebrochen war. Es waren Worte gefallen – Worte voller Wut. So viele, dass sie in ihrem Kopf miteinander verschmolzen waren und lediglich Verletzung und ein Gefühl von irreparablem Schaden zurückgelassen hatten.

Ein Satz war ihr leider nur allzu gut im Gedächtnis geblieben.

»Ich hätte es besser wissen müssen. Welche wohlerzogene Dame wäre ausgerechnet mit Jeremy hinaus auf den Balkon gegangen? Du hast förmlich darum gebeten, ruiniert zu werden.«

Und das Schlimmste war, dass sie die Erinnerung daran immer noch schmerzte. Denn sie *war* mit Jeremy hinaus auf den Balkon gegangen – nicht, weil sie Teil des irrsinnigen Plans gewesen war, sondern weil sie achtzehn Jahre alt und neugierig gewesen war. Und so, wie James es darstellte, fühlte sich nun alles schmutzig und schäbig an.

Das war eines der vielen Dinge, die an jenem Morgen passiert waren, die sie nicht verzeihen konnte. Vor allem konnte sie ihm nicht vergeben, dass er ihr misstraut hatte – ihr, die ihm niemals einen Grund gegeben hatte, an ihr zu zweifeln. Ihr, die nur das eine Mal zu hastig gesprochen hatte. Die ihm nur ein einziges Mal Informationen vorenthalten und immer vorgehabt hatte, ihm die Wahrheit zu sagen. Ihr, die ihm ihr Herz anvertraut und sich zum ersten Mal in ihrem Leben frei gefühlt hatte. Die endlich sie selbst sein konnte, ohne all die Eigenschaften unterdrücken zu müssen, die ihre Mutter als unpassend empfunden hatte. Dass er bei der erstbesten Gelegenheit das Vertrauen in sie verloren hatte, war für sie ein Verrat, der ihr zu diesem Zeitpunkt unverzeihlich erschienen war.

Und dann war da noch die Tatsache, dass er ihr nicht gefolgt war, als sie wütend aus dem Zimmer gestürmt war. Er war ihr nie gefolgt. Anscheinend fand er nicht, dass ihre Ehe es wert war, dafür zu kämpfen.

»Nun«, sagte Sophie und leerte den Rest ihres Brandys in einem großen, undamenhaften Zug. »Was für eine Geschichte.«

»Nicht wahr?«, bemerkte Violet, klang jedoch nicht so gelassen, wie sie beabsichtigt hatte. Obwohl es gutgetan hatte, die Geschichte zu erzählen, wurde sie nun traurig.

Kurz legte sich Schweigen über den Raum. Violet, versunken in Gedanken an die Ereignisse vor vier Jahren, beobachtete, wie Sophie das leere Glas in den Händen drehte und mit dem Kristall die Nachmittagssonne einfing, die durch die Fenster fiel. Es war ein kleiner, aber dennoch gemütlicher Raum, der ganz offensichtlich gut gepflegt wurde. Violet fragte sich, wie viele einsame Stunden Sophie seit dem Tod ihres Mannes hier verbracht hatte. Sie fragte sich, ob sie sich manchmal allein fühlte. Doch dann stellte sie fest, dass sich ihr eigenes Dasein in den letzten vier Jahren kaum von dem einer Witwe unterschieden hatte, wenn man bedachte, wie wenig Zeit sie mit ihrem Mann verbracht hatte.

Dieser Gedanke wühlte sie auf.

Violet setzte sich in ihrem Sessel gerade auf, ihr Gehirn arbeitete nun auf Hochtouren. Es wurde ihr plötzlich klar, was für eine Närrin sie doch gewesen war. Sie war dreiundzwanzig Jahre alt und hatte einen Ehemann, den sie einmal vergöttert hatte, der im selben Haus lebte, am selben Tisch aß, in einem Zimmer schlief, das nur durch eine Verbindungstür von ihrem getrennt war, und dennoch sprachen sie kaum miteinander. Und Sophie lebte hier allein, jedoch nicht viel einsamer als Violet. Ihre Einsamkeit war nicht auf einen Streit zurückzuführen, sondern auf den Tod ihres Ehemannes.

Sie musste an Penvales Schreiben von letzter Woche denken und malte sich ein ganz anderes Szenario aus – eines, in dem sie es bis nach Audley House geschafft hatte, nur um festzustellen, dass James tot war. Sie dachte daran, wie es wäre, nie wieder mit ihm zu sprechen, ihn nie wieder zu berühren, zu küssen – und sie fühlte sich leer. Als wäre ein Teil von ihr ebenfalls gestorben.

Sie hatte zu einer List gegriffen, um ihn dafür zu bestrafen, dass er sie vernachlässigte, ihr misstraute – und vielleicht war sie zu einem gewissen Grad erfolgreich gewesen.

Aber nun wurde ihr klar – wahrscheinlich hätte es ihr schon längst klar sein müssen –, dass sie das alles nur getan hatte, weil sie ihn immer noch liebte, und sie glaubte, dass zwischen ihnen etwas war, für das es sich zu kämpfen lohnte.

Oh, sicher, sie war immer noch äußerst wütend auf ihn. Er war immer noch im Unrecht, was ihren Streit anging. Aber vielleicht hätte sie einen Schritt auf ihn zugehen sollen, statt vier Jahre lang auf eine Entschuldigung zu warten. Sie war anfangs so *wütend* gewesen und hatte erwartet, dass er den ersten Schritt machte und angekrochen kam. Und nachdem das nicht passiert war … hatte sie nichts getan.

Sie hatte nichts getan, um ihre Ehe zu retten, die Beziehung, die ihr am meisten bedeutete. Sicher, er hatte einen Fehler gemacht – einen, für den er ihr immer noch eine Entschuldigung schuldig war –, aber sie kannte den Mann, den sie geheiratet hatte. Sie wusste, wie schwer es ihm fiel, sich anderen Menschen anzuvertrauen. Und sie konnte sich vorstellen, wie betrogen er sich an jenem Tag gefühlt haben musste, als sich herausgestellt hatte, dass seine gesamte Ehe auf der Falschheit seines Vaters basierte. Sie konnte sich vorstellen, wie sehr es ihn geschmerzt haben musste, zu denken, dass ihre Gefühle für ihn ebenfalls falsch waren.

Er lag im Unrecht, daran bestand keinerlei Zweifel – aber er war es wert, dass sie um ihn kämpfte. *Sie* waren es wert.

Sophie beäugte sie neugierig. Violet merkte, wie lange das Schweigen zwischen ihnen gedauert hatte, und lächelte entschuldigend.

»Es tut mir leid. Ich war in Gedanken woanders.«

Sophie winkte ab. »Ich auch. Sie haben mir eine Menge zum Nachdenken gegeben, muss ich gestehen.«

»Ich glaube, ich habe mir selbst eine Menge zum Nachdenken gegeben.« Violet hielt inne, doch dann kam ihr eine Idee. »Ich kam mir ein wenig närrisch vor, als ich mit meinem ursprünglichen Plan hierhergekommen bin.«

»Um mich darum zu bitten, mit Ihrem Mann zu flirten?« Sophie klang ein wenig geistesabwesend.

»So in der Art.« Violet schämte sich nicht einmal länger. »Ich fing an, unser Spiel allmählich ziemlich kindisch zu finden.«

»Ich dachte, es wäre ein Duell?«

»Das dachte ich auch«, gab Violet zu. »Aber jetzt ist mir klar geworden, dass es nicht mehr ist als ein Spiel. Eines, das ich gewinnen will. Mit Ihrer Hilfe.«

Sophie lehnte sich leicht nach vorn. »Indem ich mit ihm flirte? Oder haben Sie nun etwas anderes im Sinn?«

Violet griff nach ihrem Glas, das noch halb voll war, leerte es in einem Zug und setzte es auf einem der filigranen Tische ab, die alle Damenzimmer in England zu zieren schienen. »Ich dachte, ich würde meinen Ehemann bestrafen wollen. Aber vor allem will ich, dass er mich wieder begehrt.«

Violet spürte, wie sie errötete, weil sie so frei gesprochen hatte, doch sie wollte die Karten offen auf den Tisch legen.

»Ich glaube, das tut er bereits.«

»Aber ich denke, Sie könnten sich trotzdem als hilfreich erweisen.« Violet zögerte kurz, als ihr James' Worte wieder einfielen, die er an sie gerichtet hatte, nachdem er sie dabei beobachtet hatte, wie sie Emily dazu überredet hatte, drei ausgesetzte Katzenbabys mit nach Hause zu schmuggeln (James war allergisch), wo Emily sich fast einen ganzen Monat lang um sie gekümmert hatte, bevor ihre Mutter sie entdeckt hatte.

Weißt du, Violet, Menschen tun, was man sagt, auch wenn man sie nicht einschüchtert.

Diese Worte hatten zu einem ziemlich großen Streit geführt, erinnerte sich Violet, gefolgt von einer ziemlich spektakulären Versöhnung auf dem Aubusson-Teppich der Bibliothek, aber sie musste zugeben, dass er nicht ganz unrecht gehabt hatte.

»Falls Sie dazu bereit sind«, fügte sie schnell hinzu. »Ich habe meinen Mann heute schon dafür gerügt, dass er Ihren Ruf aufs Spiel gesetzt hat. Ich will nicht das Gleiche tun, auch nicht unabsichtlich.«

Sophies Mundwinkel bogen sich nach oben. »Ich glaube, den habe ich schon selbst ruiniert, oder nicht? Sich auf einen Lebemann wie Lord Willingham einzulassen löst einen kleinen Skandal aus.«

Violet war überrascht, dass Sophie es so offen zugab. »Kein besonders großer Skandal«, erwiderte sie vorsichtig. »Um ehrlich zu sein, habe ich nur hier und da Gemunkel gehört. Lord Willingham hat sich ungewöhnlich diskret verhalten.«

»Das hat jetzt jedenfalls ein Ende«, sagte Sophie.

»Ich verlange nicht viel von Ihnen«, sagte Violet. »Ich will James lediglich eine letzte Lektion erteilen. Ihm soll klar werden, dass er mich immer noch begehrt. Genau so, wie ich ihn begehre. Und ich will, dass er Angst bekommt, ich sei nicht mehr da, sobald ihm das klar geworden ist.«

»Ich sollte mich besser heraushalten«, sagte Sophie, klang aber, als würde sie sich prächtig amüsieren. »Und dennoch kann ich nicht ablehnen. Die Vorstellung, einen Audley-Bruder zu quälen ...« Kurz hielt sie inne und blickte verträumt drein. Dann sah sie Violet geradewegs in die Augen und lehnte sich nach vorn. »Erzählen Sie mir, was Sie im Sinn haben.«

Kapitel 11

Der Rocheford-Ball war eines der Highlights am Ende der Londoner Saison – nicht, dass James dafür wirklich Zeit gehabt hätte. Er war immer noch äußerst aufgewühlt von den Streitereien mit West und Violet, vor allem, weil er wusste, dass sie im Recht lagen. Normalerweise war er stolz darauf, immer recht zu haben, aber diesmal hatte er das Gefühl, falschzuliegen, und wusste nicht, wie er dagegen vorgehen sollte.

Er könnte sich entschuldigen, doch diese Idee verwarf James beinahe umgehend. Er hatte sich bei Violet schon für sein Verhalten im Park und für sein Benehmen vor der *Blauen Taube* entschuldigt. Alles Weitere wäre zu viel. Außer wenn er Violet wieder küssen dürfte, wenn er sich ein weiteres Mal entschuldigte …

Er hatte versucht, den Kuss zu vergessen, doch das gestaltete sich schwierig. Immerhin war er ein gesunder Mann von gerade einmal achtundzwanzig Jahren, der schon viel zu lange allein schlief. Also hatte er fast die ganze Nacht damit zugebracht, an den Kuss zu denken, wie sanft sich ihre

Zunge an seiner angefühlt hatte und wie sich ihre weichen Kurven an ihn geschmiegt hatten.

Er wusste, dass die Leute davon ausgingen, dass er längst eine Mätresse hatte und einfach sehr diskret war – zumindest wäre es das, was er von einem Mann in seiner Position erwartet hätte. Und dennoch hatte er nie eine Geliebte gehabt. Der Gedanke war ihm gelegentlich gekommen, vor allem in langen, einsamen Nächten, in denen er sich nach der Gesellschaft einer Frau gesehnt hatte. Doch er hatte die Idee nie weiterverfolgt, denn die Vorstellung, mit einer anderen Frau zu schlafen, war nur wenig attraktiv, nachdem er erfahren hatte, wie wundervoll es war, mit Violet Liebe zu machen.

Meine Güte. Sie hatte ihn ruiniert. Vielleicht sollte *sie* sich eher bei ihm entschuldigen.

Und West ...

Nun, vielleicht sollte er sich *tatsächlich* bei West entschuldigen. Sein Leben wäre wesentlich einfacher, wenn er nur einen Streit führen müsste.

Mit all diesen Gedanken, die ihn beschäftigten, stand der Rocheford-Ball ziemlich weit hinten auf seiner Prioritätenliste, als er an diesem Morgen erwachte. Seinen Morgenausritt hatte er ausfallen lassen, denn auf den Hyde Park hatte er keine wirkliche Lust mehr. Stattdessen hatte er sich angezogen und an den Frühstückstisch begeben, unsicher, ob er sich wünschte, Violet dort anzutreffen. Der Tisch war leer, doch mitten während des Frühstücks brachte ihm ein Diener eine Nachricht.

»Von Mylady«, erklärte er, obwohl James die Handschrift

sofort erkannt hatte. Er riss sie auf, ohne zu wissen, was er erwartete. Eine Entschuldigung? Eine scharfe Zurechtweisung? Die Bitte, einen verdammten Arzt kommen zu lassen, um ihre überaus empfindlichen Lungen zu untersuchen? Doch stattdessen war es eine einfache Erinnerung an den Ball am Abend und die Bitte, er möge sie um zwanzig Uhr dorthin begleiten.

»Nicht so krank, dass sie nicht zum Ball gehen könnte«, murmelte er und knüllte die Notiz in der Faust zusammen. Er bemerkte, dass er zu einem Teller mit Heringen und Eiern sprach, und dachte traurig an den letzten Rest, der von seiner Würde übrig geblieben war.

Zum Glück hatte er genug zu tun, um sich den Großteil des Tages zu beschäftigen, auch wenn er sich häufig dabei erwischte, wie er an Violets volle Wangen dachte oder an den Klang ihres Lachens. Um ehrlich zu sein, konnte er sich in letzter Zeit sehr schlecht auf die Aufgaben konzentrieren, die in den Ställen von Audley House anfielen. Als Violet und er zu streiten begonnen hatten, waren die Ställe eine willkommene Ablenkung gewesen, weil sie so viel seiner Zeit und Energie in Anspruch genommen hatten, dass er nicht allzu lange über den Zerfall seiner Ehe hatte nachdenken können. Doch in letzter Zeit fühlte er sich mit den Ställen, die ihn so sehr beschäftigten, nicht mehr richtig verbunden. Allein der vage Wunsch, seinem Vater zu beweisen, dass sein Vorhaben erfolgreich sein würde, motivierte ihn noch.

Als er nach Hause kam, verschanzte er sich mit einem Glas Brandy in der Bibliothek und las einen relativ langen Brief vom Gutsverwalter von Audley House, bevor schließlich das Abendlicht, das durch die Fenster fiel, ein rosafarbenes Leuchten annahm und er nach oben ging, um sich für den Ball fertig zu machen.

Zum vorgeschriebenen Zeitpunkt war er wieder unten, herausgeputzt in schwarz-weißer Abendgarderobe, und widerstand dem Drang, ungeduldig mit dem Fuß zu wippen. Selbst nach fünf Jahren Ehe verstand er nicht, warum Damen so verdammt viel Zeit mit Körperpflege zubrachten.

Er hatte einmal den Fehler begangen, Violet danach zu fragen. Das war ihm nicht noch mal passiert.

Ein Räuspern vom oberen Treppenabsatz riss ihn aus seinen Gedanken. Er sah auf und beobachtete, wie die besagte Dame die Treppe hinabschritt.

Wunderschön traf es nicht einmal annähernd.

Sie trug ein nachtblaues Kleid, und das Korsett war so tief geschnitten, dass sein Blick sofort auf ihr Dekolleté fiel – aber vielleicht hätte er ohnehin hingesehen. Schließlich war er ein Mann. Selbst er, der nichts von Damenmode verstand, sah, dass das Kleid genau maßgeschneidert worden war. Ihr dunkles Haar türmte sich kunstvoll auf ihrem Kopf auf, die dunklen Augen stachen aus dem blassen Gesicht hervor. Kein einziges Mal wandte sie den Blick von ihm ab, während sie die Treppe hinabschritt.

Als er merkte, dass ihm der Mund offen stand, schloss er ihn umgehend. Es war zum Verrücktwerden, dass eine einzige Frau so viel Macht über ihn hatte, aber ein kleiner, noch funktionierender Teil seines Gehirns sagte ihm, dass er vielleicht besser sein Schicksal akzeptieren und einfach genießen sollte.

Sobald sie die letzte Stufe erreicht hatte, hustete sie leise, und er nahm seinen letzten Gedanken schnell wieder zurück.

Es trieb ihn in den Wahnsinn, dass von allen Damen in ganz London ausgerechnet eine so sture und empörende Frau wie Violet ihn in ihren Bann zog.

Selbst als sie ein zartes Taschentuch mit Spitzenbordüren aus ihrem Korsett zog – verdammt, sie musste es absichtlich dort hineingesteckt haben, denn sie wusste, dass er die Augen nicht würde losreißen können –, hielt sie seinem Blick stand. Sie hustete in das besagte Taschentuch, auf das er im Moment ziemlich neidisch war, und da lag etwas Wissendes in ihrem Gesichtsausdruck, etwas Kühnes. Da wusste er es sofort.

Er wusste, dass *sie* es wusste.

Oder besser gesagt: Er wusste, dass sie wusste, dass er es wusste.

Das hätte jedem Mann Kopfschmerzen bereitet.

In Anbetracht der Ereignisse der letzten Woche war er nicht einmal mehr sicher, ob man ihn überhaupt noch als zurechnungsfähig bezeichnen konnte – zurechnungsfähige Männer ließen sich nicht auf lange Reibereien mit ihren Ehefrauen ein, die vorgaben an einer Krankheit mit wechselndem Schweregrad zu leiden –, aber eines war ihm klar: Violet wusste, dass er wusste, dass sie nicht wirklich krank war.

Ihr Gesichtsausdruck war von einstudierter Unschuld, große braune Augen, umrahmt von unglaublich dunklen

Wimpern – Augen, die ihn einmal hatten wünschen lassen, er wäre ein Poet, um eine Ode an sie zu verfassen.

»James«, sagte Violet mit einem Hauch von Belustigung in der Stimme und trat einen Schritt auf ihn zu.

James gab ihr jedoch nicht die Möglichkeit, noch mehr zu sagen. Er machte drei große Schritte nach vorn, packte sie an der Taille, zog sie zu sich und küsste sie.

Und wie neulich, als er sie geküsst hatte, fragte er sich auch jetzt wieder, wie er sie so lange nicht hatte küssen können. Bevor er Violet kennengelernt hatte, hätte er gesagt, ihm würde das Küssen ganz gut gefallen, es ein kleiner Zwischenhalt auf dem Weg zu größeren Freuden ist. Aber mit Violet war das Küssen nicht nur ein Zwischenhalt auf ausgetretenen Pfaden. Mit ihr war das Küssen selbst das Ziel.

Er konnte diesen Kuss ... nun ja, *überall* spüren. In der Wärme ihrer Haut, die an der Stelle, wo er sie festhielt, durch den Stoff ihres Kleids drang. In der Weichheit ihrer Lippen, während er sie küsste und seine Zunge um Einlass bat, um in ihren Mund zu gleiten, den sie mit einem leisen Seufzen öffnete. In der Weichheit ihrer Brüste, die sich gegen seine Brust drückten. Es juckte ihm in den Fingern, seine Hand nach oben wandern zu lassen, um sie zu umfassen.

Also tat er es.

Violet seufzte erneut und drückte sich ihm entgegen, während er die Wölbung unter seiner Hand liebkoste und sich über die vielen Lagen Stoff ärgerte, die seine Hand von ihrer warmen, weichen Haut trennten. Ihre Münder wurden gieriger, ihre Zungen verschlungen sich ineinander, und

Violet legte den Kopf mit einem leisen Stöhnen weiter in den Nacken, um ihm Zugang zu ihrem langen schlanken Hals zu gewähren, den er sanft mit seiner Zunge erkundete. Er wurde steif und hatte große Mühe, nicht den Unterleib gegen ihren zu pressen.

Violet vergrub die Finger in seinem Haar, zog seinen Kopf wieder zu sich und küsste ihn so leidenschaftlich, dass er beinahe kam. Er dachte darüber nach, mit ihr nach oben zu verschwinden, als sie den Mund von seinem losriss.

»James«, sagte sie, und er stellte zufrieden fest, dass sie schwer und unregelmäßig atmete, ein Zeichen für dasselbe Verlangen, das auch ihn ergriffen hatte und sein Blut zum Kochen und seine Nervenenden zum Kribbeln brachte. »Es geht nicht«, sagte sie knapp und richtete sich das Haar, das erstaunlich wenig Schaden genommen hatte.

»Ich entschuldige mich«, erwiderte er übertrieben höflich. »Deine Schönheit hat mich aus dem Konzept gebracht.« Das war nicht unwahr, aber Violet würde es ohnehin als bloße Schmeichelei abtun – und das war besser so, ermahnte er sich selbst. Es war besser, wenn sie nicht erfuhr, was ihr Anblick in diesem Kleid mit ihm angestellt hatte.

Was ihr Anblick jeden Tag mit ihm machte.

Streng erinnerte er sich selbst daran, dass sie ihn an der Nase herumführte, und an die Erkenntnis, die überhaupt dazu geführt hatte, dass er sie so unüberlegt geküsst hatte – ganz sicher eine unkluge Entscheidung.

Doch in diesem Moment, mit ihrem Geschmack auf seinen Lippen, hätte er dieses Katz-und-Maus-Spiel ewig weitergespielt. Das war's. Er hatte endgültig den Verstand und auch noch den Rest seiner Würde verloren. Das machte die Ehe aus einem Mann. Oder zumindest die Ehe mit Violet. Mit Lady Emily Turner verheiratet zu sein wäre bestimmt eine ganz andere und weitaus erholsamere Erfahrung.

Als könnte sie seine Gedanken lesen, funkelte ihn die Quelle seines Ärgers böse an.

Gekonnt setzte er eine Unschuldsmiene auf, und sie verengte die Augen zu noch schmaleren Schlitzen.

Trotz des Durcheinanders in seinem Kopf, trotz seiner Unfähigkeit, herauszufinden, was er für seine Frau noch empfand, konnte er das Grinsen kaum unterdrücken. Jetzt wurde ihm bewusst, wie sehr er das hier vermisst hatte – sie zu ärgern, zu provozieren.

Sie zu küssen.

Er bot seiner Frau seinen Arm an, und sie nahm ihn gnädigerweise an.

Während er sie hinaus zur Kutsche führte und sie über das Kopfsteinpflaster holperten, musste er die ganze Zeit an eines denken:

Er wollte sie unbedingt wieder küssen.

…

Bisher war der Abend ein voller Erfolg, und sie waren eben erst angekommen.

Violet hatte große Mühe, sich nicht selbst zu gratulieren – nun gut, sie widerstand dem Drang nicht ganz, aber das wäre auch zu viel verlangt gewesen –, als sie den glitzernden Rocheford-Ballsaal am Arm ihres Mannes betrat.

Sie war nicht sicher, was vorhin zu James' leidenschaftlicher Darbietung am Fuß der Treppe geführt hatte, aber sie beschloss, es als Erfolg zu werten. Was auch immer der Grund für seinen Kuss gewesen war – ein kleiner, leicht abzulenkender Teil von ihr wünschte sich, sie würde ihn kennen, damit sie James dazu bringen konnte, sie erneut zu küssen –, dass er es getan hatte, bewies eine Sache ganz deutlich, und deshalb konnte Violet es kaum erwarten, nach Hause zu fahren:

Er wollte sie noch immer. Und zwar sehr.

Nun musste sie ihn nur vorsichtig dazu bringen, in Aktion zu treten. Zum Glück hatte sie Sophie, die ihr dabei behilflich sein würde.

Die kleine, unbedeutende Tatsache, dass ihr verräterischer Körper sofort auf seine Küsse und Berührungen reagiert hatte, war nebensächlich. Natürlich wollte sie ihn noch immer. Das hatte sie doch bereits zugegeben, oder etwa nicht? Das war jetzt völlig irrelevant. Sie war hier, um Beweise für *sein* Verlangen zu finden, nicht für ihres.

Er sollte genau merken, dass er sie noch wollte – auch wenn es bedeutete, dass er ein wenig würde leiden müssen. Und den Tag verfluchen würde, an dem er gedacht hatte, er könnte dieses Verlangen unterdrücken. Oder vergessen. Oder ignorieren.

Als sie und James eintraten, ließ sie den Blick über den Ballsaal schweifen. Diesen Ball würde man morgen zweifelsohne in höchsten Tönen loben und als großen Erfolg beschreiben. Auf den ersten Blick hatte Violet zwei Dutzend Leute gesehen, die sie kannte. Hunderte von Kerzen flackerten in Haltern an den Wänden und in den Kronleuchtern an der Decke und ließen die Diamanten glitzern, die die Hälse und Handgelenke der Damen zierten. An einer der Wände stand eine Tafel, die unter dem Gewicht von Schalen mit Punsch und Limonade ächzte. Diener gingen unauffällig durch die Menge und boten dieselben Drinks auf Tabletts an. Paare betraten die Tanzfläche, und man vernahm die ersten Klänge eines Menuetts.

Als sie den Blick jedoch ein zweites Mal durch den Saal schweifen ließ, seufzte sie leise – eines der ihr bekannten Gesichter war das ihrer Mutter.

»Ist irgendwas?«, murmelte James.

»Meine Mutter ist hier«, flüsterte sie. »Da drüben beim Büfett.« Lady Worthington trug eine blaue Seidenrobe, die ein paar Nuancen heller war als Violets, und unterhielt sich angeregt mit Baroness Highgate, eine ihrer besten Freundinnen und eine unglaubliche Tratschtante. Violet konnte sich kein Gespräch vorstellen, an dem sie sich weniger hätte beteiligen wollen. Sie beobachtete, wie Lady Worthington an ihrer Limonade nippte und höflich lächelte.

»Wie gut, dass Jeremy und Penvale auf der anderen Seite des Saals stehen«, erwiderte James und führte sie weg vom besagten Büfett. Violet hoffte, ihre Mutter hatte nicht gehört, wie man ihre Namen angekündigt hatte, aber das war unwahrscheinlich. Leider hatte Lady Worthington ein ausgesprochen gutes Gehör.

»Audley«, sagte Penvale, als James und Violet auf ihn und

Jeremy zukamen. »Violet«, fügte er wesentlich leiser hinzu – Violet hatte den beiden bereits vor Jahren erlaubt, sie beim Vornamen zu nennen, doch das war derart skandalös, dass sie es in der Öffentlichkeit vermieden. »Du siehst ... sehr gesund aus«, bemerkte er und schenkte ihr einen Blick, der wohl bedeutungsschwanger wirken sollte.

Ihr Blick wanderte zu James, bevor sie es verhindern konnte, und ihr entging nicht, dass sein Gesicht ausdruckslos geworden war. Sie blickte wieder zu Penvale und verengte die Augen zu Schlitzen.

»Ja«, sagte sie vorsichtig und seufzte dramatisch. »Man weiß nie, was einen am nächsten Morgen erwartet, aber heute scheint ein guter Tag zu sein.« Sie setzte ein trauriges Lächeln auf. »Aber wer weiß, wie lange es anhalten wird? Ich sollte die Zeit, die mir gewährt ist, lieber genießen.«

Gut, vielleicht hatte sie ein bisschen zu dick aufgetragen, aber wie lange wollte James mit dieser Farce noch fortfahren? Obwohl es ihr Hauptziel war, ihn dazu zu bringen, zuzugeben, dass er sie immer noch begehrte, empfand sie auch die Vorstellung, ihn so lange zu provozieren, bis er gestand, dass er wusste, dass sie nicht wirklich krank war, als äußerst zufriedenstellend. Sie würde diesem Verrückten die Beichte abringen, was es auch kosten mochte.

Natürlich wirkte James – wie immer – kein bisschen verrückt. In seiner Abendgarderobe sah er unheimlich attraktiv aus, mit dem präzise geknoteten schneeweißen Halstuch, das seine markanten Gesichtszüge betonte. Er sah einfach so ... *männlich* aus. Seine breiten Schultern füllten das Jackett aus, der maßgeschneiderte Stoff verbarg kein bisschen die

Muskeln und die Stärke darunter. Er stand da, mit diesem verschlossenen Gesichtsausdruck, der sie mehr ärgerte, als sie sich je hätte vorstellen können, und dennoch hätte sie am liebsten die Arme um seinen Hals geschlungen und laut verkündet, dass er ihr gehörte.

Hin und wieder hatte sie Hunde dabei beobachtet, wie sie gegen Bäume pinkelten, um ihr Revier zu markieren, und auch wenn ihre Instinkte noch nicht diese niedere Stufe erreicht hatten, verstand sie nun die Motivation dahinter.

Ihre lächerlichen Gedanken wurden von Dianas Stimme unterbrochen. »Da seid ihr ja! Emily und ich haben schon die ganze Zeit nach euch gesucht. Seht nur, wen wir in der Zwischenzeit gefunden haben!«

Die ganze Gruppe drehte sich um und beobachtete, wie Diana und Emily mit Sophie an ihrer Seite auf sie zukamen. Diana hatte sich bei Sophie untergehakt, als wären sie die besten Freundinnen und nicht nur flüchtige Bekannte. Violet konnte nicht anders, sie warf James einen schnellen Blick zu. Ein Anflug von Misstrauen zeichnete sich in seinem Gesicht ab. Er sah Violet an, und sie schenkte ihm ein kleines, zufriedenes Lächeln, bevor sie sich ihren Freundinnen zuwandte, um sie zu begrüßen.

»Diana! Emily!«, sagte sie und drückte ihre Hände, als hätten sie sich seit Wochen nicht mehr gesehen. »Sophie!«, fügte sie hinzu und drehte den Kopf leicht in James' Richtung, damit ihm nicht entging, dass sie ihren Vornamen benutzte. »Sie sehen wundervoll aus.«

Und das war immerhin wahr, denn Sophie trug nicht länger Schwarz, sondern ein tief geschnittenes smaragdgrünes Kleid, und ihr blondes Haar glänzte im Kerzenlicht. In all den Jahren, in denen sie sich auf Bällen begegnet waren, hatte Violet sie noch in einem so freizügigen Korsett gesehen. Sophie war nicht sonderlich kurvig und hatte eher eine zierliche, schlanke Figur, doch in diesem Kleid hätte selbst ein Stock verlockend ausgesehen. Und Sophie war ganz gewiss kein Stock.

Violet lächelte Sophie kurz und verschwörerisch zu und machte dann einen Schritt beiseite, damit die Damen die Herren begrüßen konnten.

Nachdem James zuerst Diana, dann Emily die Hand geküsst hatte, wandte er sich Sophie zu. »Lady Fitzwilliam«, sagte er und beugte sich über ihre Hand. Alles an seinem Verhalten war überaus korrekt. Die Koketterie von neulich war nun gänzlich verschwunden, und Violet stellte leicht bedrückt fest, dass er sich ihre Worte zu Herzen genommen hatte. Sie spürte, wie ihre Entschlossenheit einen kurzen Moment lang ins Wanken geriet. Was sie vorhatte, bereitete ihr nun ein schlechtes Gewissen. Oder besser gesagt: was *Sophie* vorhatte.

»Ich muss mich bei Ihnen entschuldigen«, fuhr James fort und richtete sich auf. »Mein Verhalten im Park war nicht das eines Gentlemans und absolut inakzeptabel.«

»Keineswegs, Mylord«, erwiderte Sophie in einem verführerischen Ton, den Violet bei ihr noch nie gehört hatte. »Es gibt nichts, wofür Sie sich entschuldigen müssten.«

James blinzelte. »Dennoch«, sagte er nun ein wenig verunsichert. »Es tut mir leid, wenn ich Ihnen Unbehagen bereitet habe. Keine Dame hat es verdient, so behandelt zu werden.«

Sophie lachte – und zwar auf kokette Weise, die kein bisschen so klang wie ihr natürliches Lachen. Und James wusste es. Langsam wich ihm die Farbe aus dem Gesicht.

»Lord James«, fuhr Sophie fort, während James nach Worten rang, »Sie sehen gut aus heute Abend.«

»Ebenso, Mylady«, brachte James galant hervor, und sein Gesichtsausdruck war der eines Tiers, das sich einem Raubtier gegenübersieht. »Was für eine Überraschung, Sie so schnell wiederzusehen.«

»Die Freude ist ganz meinerseits, Mylord«, schnurrte Sophie. *Schnurrte?* Violet war beeindruckt. In einem anderen Leben, dachte sie sich, wäre Sophie eine große Karriere auf der Bühne beschert gewesen.

Genau in dem Moment, als ihr dieser Gedanke durch den Kopf ging, hörte sie, wie jemand Penvales Namen rief. Lord Julian Belfry kam auf sie zu.

»Mylord, ich wusste gar nicht, dass Sie an solchen Veranstaltungen teilnehmen«, sagte Diana, nachdem Belfry die Gruppe begrüßt und man ihm Sophie vorgestellt hatte.

»Für gewöhnlich tue ich das auch nicht«, erwiderte Belfry. Er sah unglaublich gut aus und scherte sich nicht um das Flüstern, für das sein Auftritt mit Sicherheit gesorgt hatte. »Aber ich hatte heute Abend keine anderen Pläne und dachte, die Gesellschaft könnte ... unterhaltsam sein.« Sein Ton klang gelassen, doch Violet entging nicht, wie er Emily interessiert musterte. Emily sah in ihrem prüden weißen Kleid und mit den goldenen Locken so hübsch aus, dass es beinahe lächerlich war. Emily warf Belfry ebenfalls einen Blick zu – es sei denn, Violet irrte sich gewaltig – und errötete.

Violet schaute James genau in dem Moment an, als er auch sie mit gehobener Augenbraue ansah, und einen Augenblick lang schienen sie sich so prächtig zu verstehen, als wäre keine Zeit vergangen. Als wären die letzten vier Jahre nur ein Traum gewesen. Als wäre es wieder das erste Jahr ihrer Ehe, in dem Violet selbst in einem überfüllten Raum das Gefühl gehabt hatte, James und sie seien allein.

James unterbrach den Blickkontakt zuerst, denn irgendjemand hatte seinen Namen gesagt.

»Ich habe gehört, Sie seien ein hervorragender Tänzer«, sagte Sophie, während Violet ihre Aufmerksamkeit ebenfalls wieder der Gruppe widmete. »Ich wäre äußerst bestürzt, wenn Sie mir verwehren würden, in den Genuss Ihrer Fähigkeiten zu kommen.« Sie musterte James eingehend, ein Blick, der deutlich sagte, dass Tanzen nicht das Einzige war, was sie mit ihm machen wollte. Violet musste sich auf die Innenseite ihrer Wange beißen, um beim Anblick ihres Mannes nicht laut loszulachen. Sie lehnte sich ein bisschen weiter nach vorn – wurde er tatsächlich rot?

»Es wäre mir eine Ehre, wenn Sie für mich einen Tanz reservieren würden, Lady Fitzwilliam«, entgegnete James, denn unter diesen Umständen war es das einzig Höfliche, was er sagen konnte. Wenn eine Dame förmlich darum bettelte, dass man mit ihr tanzte, durfte kein Gentleman ablehnen.

»Wunderbar«, sagte Sophie strahlend. »Ein Walzer wäre

genau das Richtige, oder finden Sie nicht? Er ist so ... intim.« Vor dem letzten Wort machte sie eine winzige Pause. James ließ den Blick hektisch durch den Saal schweifen und zupfte an seinem Kragen, als würde ihm das Halstuch die Luft abschnüren.

Es war, stellte Violet fest, der amüsanteste Abend seit Jahren.

...

Es war der schrecklichste Abend seit Jahren, dessen war James sicher. Er zog erneut an seinem Kragen und hatte dennoch das Gefühl, nicht genug Luft zu bekommen. Ging es nur ihm so, oder war es hier drin fürchterlich heiß? Er hatte keine Ahnung, warum die feine Gesellschaft Wert darauf legte, solche Bälle im Sommer stattfinden zu lassen. Wer hielt es bitte für eine gute Idee, Hunderte von parfümierten Pfauen in einen Raum zu quetschen, zusammen mit Hunderten von Kerzen – und das im wärmsten Monat des Jahres? Er brauchte dringend frische Luft. Er brauchte dringend einen Drink.

Lady Fitzwilliam musste dringend die Hand von seinem Arm nehmen.

Er kam sich vor wie ein vierzehnjähriger Junge, der keinerlei Erfahrung mit Frauen hatte und nervös wurde, wenn ihm ein Mädchen einen Blick zuwarf. Es war ein verdammtes Desaster.

Und es war ganz allein seine Schuld.

Was hatte er sich nur dabei gedacht, im Hyde Park so offensichtlich mit Lady Fitzwilliam zu flirten? Tief in seinem Inneren wusste er, dass West und Violet recht hatten. Es sollte seine Hauptsorge sein, dass er eventuell ihren Ruf beschädigt hatte. Er hatte sich wie ein Schuft gefühlt, als ihm das klar geworden war – aber jetzt, leider zu spät, wurde er sich einer weiteren Gefahr bewusst.

Dass sie sein Angebot annehmen könnte.

Um ehrlich zu sein, hätte er das niemals von ihr erwartet. Niemals hätte er gedacht, dass sie in ihm mehr sehen könnte als Wests jüngeren Bruder, aber anscheinend hatte sie sich in den vergangenen Jahren verändert, seit er sie das letzte Mal gesehen hatte.

Es sei denn ...

Ihm wurde eiskalt, als ihn ein weiterer Gedanke beschlich.

Er und sein Bruder sahen sich sehr ähnlich, das sagte jeder. Konnte es sein, dass sie ihn als Ersatz für West sah? Das war eine fürchterliche Vorstellung – und auch nicht unbedingt schmeichelhaft.

Dann wurde ihm bewusst, dass Lady Fitzwilliam immer noch mit ihm sprach, doch er unterbrach sie, Manieren hin oder her.

»Limonade!«, brach es aus ihm hervor, und er klang wie ein Idiot.

Lady Fitzwilliam blinzelte. Er warf einen kurzen Blick in die Runde und sah, wie Penvale und Jeremy die Augenbrauen hoben. Diana grinste. Und Violet ...

Violet wirkte, als müsste sie sich das Lachen verkneifen.

Da wusste er es. Er wusste, dass Violet hinter der Sache steckte.

Diese Erkenntnis nützte ihm jedoch nicht viel, denn er hatte gerade *Limonade* herausposaunt, und ein Teil seines Gehirns – der vernünftige, rationale Teil, der bis vor vierzehn Wochen noch den Großteil ausgemacht hatte – sagte ihm, dass er dringend noch etwas hinzufügen musste.

»Es ist sehr heiß heute Abend«, kommentierte er ruhiger. »Da kann ein Glas Limonade nicht schaden. Finden Sie nicht auch, Lady Fitzwilliam?« Doch er gab ihr nicht die Möglichkeit, etwas zu antworten. »Bitte erlauben Sie mir, Ihnen eine Limonade zu holen. Es wäre mir eine Freude.«

Lady Fitzwilliam seufzte ein wenig wehmütig. »Wie aufmerksam von Ihnen, Mylord.« Sie drückte leicht seinen Arm. »Und so fähig. Das ... spricht für sich.«

Bisher war James nicht bewusst gewesen, wie zweideutig dieser Satz klingen konnte. Dieser Moment – wagte er es, so etwas zu sagen? – sprach ebenfalls für sich.

Das war's. Er hatte endgültig den Verstand verloren.

»Ich hole Ihnen Ihre Limonade, Lady Fitzwilliam«, sagte er und nahm ihre Hand von seinem Arm, jedoch nicht, ohne sie zu küssen, bevor er sie losließ. »Je schneller ich sie hole, desto schneller bin ich wieder bei Ihnen.« Dann wandte er sich Violet zu. »Liebste Ehefrau. Du bist ein bisschen blass um die Nase. Willst du mich zum Büfett begleiten? Ich glaube, ein wenig Bewegung würde dir guttun.«

»Es wäre mir eine Freude, mit Lady James eine Runde durch den Ballsaal zu drehen, während du ihr einen Drink holst«, sagte Belfry so begeistert, als hätte er gerade ein gutes Theaterstück gesehen. Nachdem er sein Angebot unterbreitet hatte, entwich ihm ein leises »Uff!«, und James war ziemlich sicher – wenn auch nicht ganz –, dass Diana ihm den Ellbogen in den Bauch gerammt hatte.

»Komm«, sagte James, packte Violet am Ellbogen und zog sie von der Gruppe weg, bevor sie wusste, wie ihr geschah.

»Lass meinen Ellbogen los, du Idiot«, fauchte sie und riss sich los, während sie sich langsam durch die Menge arbeiteten. »Hast du komplett den Verstand verloren?«

»Nein«, sagte James durch zusammengepresste Zähne und lächelte den Leuten zu, die ihnen im Vorbeigehen neugierige Blicke zuwarfen. »Aber ich frage mich, ob *du* den Verstand verloren hast.«

»Ich weiß nicht, was du meinst.«

James warf Violet einen Seitenblick zu. Sie hatte den Kopf hoch erhoben, und ihre Stimme klang so vornehm wie die einer Königin. Es war zum Verrücktwerden.

Und unheimlich attraktiv.

Er hatte Mühe, sich zu konzentrieren. »Ich weiß, dass du Lady Fitzwilliam heute Abend eingeladen hast. Was das angeht, musst du mir nichts vormachen.«

»Ich fühle mich geschmeichelt, dass du denkst, ich hätte bei Lady Rocheford so viel zu melden, dass ich die Gäste ihres Balls bestimmen dürfte.« Violets Ton war süß. Unschuldig. Doch James ließ es kalt.

»Na schön«, erwiderte er. »Aber ich glaube keine Sekunde lang, dass es Zufall war, dass wir sie so kurz nach unserer Ankunft getroffen haben.«

»James, wir sind auf einem Ball. Darum geht es doch. Sehen und gesehen werden.«

»Ah, ja«, sagte James mit gespielter Nachdenklichkeit. »Und ich kann nicht über*sehen*, dass Lady Fitzwilliam heute Abend sehr *freundlich* zu mir ist.«

»Vielleicht hat sie Mitleid mit dir und hat beschlossen, dir ihre weibliche Gesellschaft zu gewähren, nachdem du sie gestern so offensichtlich darum gebeten hast.«

»Seltsam, dass sie gestern keinerlei Interesse gezeigt hat und heute Abend plötzlich ihre Meinung geändert zu haben scheint«, sagte er eisig und hielt inne, als sie das Büfett erreichten. Er schenkte so hastig ein Glas ein, dass ein wenig von der Limonade auf das weiße Tischtuch tropfte. Dann drückte er es Violet in die Hand und goss sich selbst eine Limonade ein – und das, obwohl er sich nicht daran erinnern konnte, dieses wässrige Zeug jemals getrunken zu haben.

»Vielleicht hat sie es sich anders überlegt«, sagte Violet, nippte an ihrer Limonade und leckte sich mit der Zungenspitze über den Mundwinkel. Wie konnte die rosafarbene Spitze einer ganz normalen Zunge so faszinierend sein? Weder konnte er den Blick losreißen noch die Tatsache ignorieren, dass er diese Zunge wieder spüren wollte.

»Du bist ein gut aussehender Mann«, fügte sie hinzu. »Falls jemand auf so etwas Wert legt.«

Das war genug, um seine Aufmerksamkeit zu wecken. »Auf so etwas?«, hakte er nach. Nachdem er ein drittes Glas für Lady Fitzwilliam eingeschenkt hatte, bewegten sie sich vom Tisch weg und bahnten sich langsam einen Weg durch den Saal, hielten sich dabei am Rand, denn in der Mitte tummelten sich die Gäste, da das Orchester gerade eine Pause einlegte.

»Ach, du weißt schon.« Violet machte eine Handbewegung. »Groß. Dunkelhaarig. Attraktiv. Für manche Frauen ist das in Ordnung, schätze ich. Wenn man auf solche Männer steht.«

»Aber du nicht?«

»Ich befürchte, deine Reize haben bei mir ihre Wirkung verloren, James.«

Er blinzelte. Seine *Reize* hatten ihre Wirkung verloren? Sein männlicher Stolz musste der Grund sein, warum diese Bemerkung bei ihm für Empörung sorgte – Empörung, gespickt mit einem tieferen, mächtigeren Gefühl. »Vielleicht ist es zu lange her, dass du sie ausgekostet hast«, brachte er hervor.

»Das stimmt wohl kaum«, widersprach Violet lachend. Bildete er es sich ein, oder klang ihr Lachen ein wenig unsicher? »Oder hast du schon unsere ... *Begegnung* vorhin vergessen?«

James blieb abrupt stehen und zwang Violet dazu, es ihm gleichzutun. Alle Neckerei war aus seiner Stimme verschwunden, als er sagte: »Was dich angeht, habe ich nie etwas vergessen, Violet. Was *uns* angeht.«

Sie blinzelte ihn an. »Oh.«

»Nur, damit das klar ist.«

Sie blinzelte noch einmal, bevor sie wieder einen durchtriebenen Gesichtsausdruck aufsetzte. »Nun, ich bleibe bei meiner Aussage.«

»Und welche Aussage wäre das?«

»Dass ich kein achtzehnjähriges Mädchen mehr bin, das sich von einem attraktiven Äußeren und ein paar Küssen verzaubern lässt.« Sie sprach leise und lächelte einem Bekannten zu, an dem sie vorbeigingen.

»Das heißt also, du *findest* mich attraktiv«, sagte er triumphierend und umschloss fester ihren Arm.

Sie tat desinteressiert, zwar ziemlich überzeugend, doch er durchschaute ihr Schauspiel. In den letzten zwei Wochen hatte er sie von Neuem kennengelernt – natürlich nicht so gut, wie er sie einmal gekannt hatte, aber die instinktive Vertrautheit war wieder da, die er ab dem ersten Moment, als sie sich kennengelernt hatten, verspürt hatte.

»Tatsache ist«, sagte sie schniefend, »dass es inzwischen mehr als ein paar unanständiger Küsse bedarf, um mich zu beeindrucken.«

»Waren meine Küsse unanständig?«

Ihre Wangen begannen zu glühen, und er triumphierte innerlich. »In der Tat.«

»Inwiefern denn?«, hakte er nach und genoss es voll und ganz. »Ist es nicht anständig, wenn ein Mann seine Frau in seinen eigenen vier Wänden küsst?«

»Nun ja …«

»Hätte ich dich in der Öffentlichkeit geküsst, wäre es tatsächlich unanständig gewesen.« Langsam schob er sie in eine Nische, die halb von einem eingetopften Farn verdeckt wurde. »Würde ich dich in eine dunkle Ecke des Ballsaals drängen, gegen eine Wand drücken und küssen, obwohl die ganze feine Gesellschaft nur wenige Meter von uns entfernt ist – das wäre unanständig.« Inzwischen hatte er sie in die

Nische bugsiert, drehte sie so, dass sie ihn ansah, und stellte sich vor sie, um sie von den anderen abzuschirmen. Dann beugte er sich nach vorn. Sie reckte das Kinn nach oben, und ihr Atem beschleunigte sich.

»Würde ich dir hier in dieser Nische küssen, immer wieder und wieder, mit meinen Händen in deinem Haar und deinen Röcken, die sich um meine Beine wickeln, und unsere Körper so eng aneinandergepresst, dass du ganz genau spüren würdest, wie sehr ich dich will ...« Während er sprach, schob er leicht die Hüften nach vorn, und sie schnappte nach Luft. Leidenschaft loderte in ihren dunklen Augen.

»*Das* wäre unanständig«, fuhr er fort, lehnte sich weiter nach vorn und hielt wenige Zentimeter vor ihrem Mund inne. Sein Herz schlug wie verrückt, ihr Atem traf aufeinander und vereinigte sich. Er konnte die Wärme spüren, die von ihrem Körper ausging, konnte nur noch daran denken, wie weich sich ihre Lippen anfühlen würden.

Er lehnte sich noch weiter nach vorn, wollte die Distanz zwischen ihnen überbrücken ...

»Lord James! Lord James!«

Die Stimme war ihm auf so unangenehme Weise vertraut, dass alle Gedanken an Verführung umgehend verschwunden waren. Sein Verlangen erstarb so schnell, als hätte man ihm einen Eimer Wasser über den Kopf geschüttet.

James unterdrückte den Impuls, laut zu stöhnen, und drehte sich um. Violet, die tatsächlich stöhnte, folgte ihm.

Es war Violets Mutter.

Objektiv betrachtet war Lady Worthington eine hübsche Frau, nahm er an. Um ehrlich zu sein, sah sie ihrer Tochter ziemlich ähnlich – das gleiche dunkle Haar, die gleichen großen Augen, die gleiche helle, ebenmäßige Haut. Lady Worthington musste inzwischen über vierzig sein, aber sie alterte wundervoll. So würde Violet also aussehen, wenn sie älter würde. Allerdings brachte es James nicht fertig, die beiden miteinander zu vergleichen. Alles, was Violet zu *Violet* machte – wie sie grinste, wenn sie sich über etwas Unanständiges amüsierte, das Leuchten in ihren Augen, das sie so lebendig wirken ließ –, fehlte ihrer Mutter komplett. Es war, als wäre Violet das Originalwerk eines Künstlers und ihre Mutter nur eine kalte, gefühllose Kopie eines Malers mit weitaus weniger Talent.

Und das, *bevor* sie überhaupt den Mund öffnete.

»Lord James«, sagte die Countess und reichte ihm die Hand, die er ergriff und leicht küsste. »Lady James«, fuhr sie fort, während er sich aufrichtete und sie sich nach vorn beugte, um mit ihrer Wange die ihrer Tochter zu berühren. James wusste, dass Violet ihre Mutter darum gebeten hatte, sie weiter beim Vornamen zu nennen, statt sie mit ihrem Titel anzusprechen, aber Lady Worthington hielt sich an die Etikette. Violet hatte den Sohn eines Dukes geheiratet. Zwar nicht den ersten Sohn, wie es ihr sicherlich lieber gewesen wäre, aber dennoch den Sohn eines Dukes, ein Triumph, den sie niemals vergessen würde, denn sie hatte ja selbst die Finger im Spiel gehabt.

»Mutter«, sagte Violet, und James war wie immer erstaunt, wie sehr sie sich veränderte, sobald ihre Mutter im selben Raum war. Sie wirkte kleiner, bleicher, wie eine verblasste Version ihrer selbst. Zu Beginn ihrer Ehe hatte er ihr gesagt, sie solle sich gegen ihre Mutter durchsetzen, was nur zum Streit geführt hatte. Violet hatte darauf bestanden, dass sie das schon tat, doch er hatte versucht, ihr zu erklären, dass Provokation und wirklich für sich einzustehen nicht dasselbe war. Mindestens eine Stunde lang hatten sie sich gestritten und sich dabei immer wieder im Kreis gedreht – und am Ende des Abends hatten sie sich, wie üblich, versöhnt. Eine Versöhnung, die ihm sehr gut im Gedächtnis geblieben war. James dachte daran zurück, wie sie bei diesem speziellen Akt der Versöhnung die Stabilität eines Sessels in der Bibliothek auf die Probe gestellt hatten. Doch als er bedachte, wie sein Jackett und seine Kniebundhosen geschnitten waren, beschloss er, dass es besser war, nicht allzu lange in Erinnerungen zu schwelgen.

Zum Glück reichte Lady Worthingtons Stimme aus, um ihn aus seinen Gedanken zu reißen.

»Freut mich, euch heute Abend zusammen zu sehen«, sagte sie, jede einzelne Silbe gespickt mit Missbilligung. James fragte sich, was sie eben mitbekommen hatte, bevor sie sie unterbrochen hatte. »Es ist schön, eine Frau dort zu sehen, wo sie hingehört.« Sie hielt inne und sah James und Violet durchdringend an, als würden sie vielleicht nicht verstehen, was sie ihnen damit sagen wollte. »An der Seite ihres Mannes«, fügte sie hinzu. Dann lächelte sie James mitfühlend an, als würden sie dasselbe Leid teilen.

James spürte die Wut, die von Violet ausging, und ergriff das Wort, bevor sie es konnte. »Amüsant, dass Sie das sagen, Lady Worthington«, sagte er. »Ich dachte, nachdem Violet mir schon den Gefallen getan hat, meine Frau zu werden, wäre es das Mindeste, dass ich ihr auf Schritt und Tritt folge. Aber ich befürchte, was das angeht, bin ich in letzter Zeit ein wenig nachlässig gewesen.«

Violet beobachtete ihn neugierig.

»Da sind wir wohl unterschiedlicher Meinung, Lord James«, erwiderte Lady Worthington kalt.

»Das wird James sicherlich aushalten«, warf Violet ein, und James musste sich das Grinsen verkneifen. »Mutter, es war schön, dich zu sehen …«

»Es gibt etwas, worüber ich mit dir sprechen möchte, Lady James«, sagte Lady Worthington und sah ihre Tochter ernst an. »Komm morgen zum Tee vorbei.«

Wie es bei Lady Worthington so oft der Fall war, war diese Einladung keine Einladung, sondern ein Befehl.

»Natürlich«, murmelte Violet und machte den kleinstmöglichen Knicks, um nicht gänzlich unhöflich zu wirken.

»Lady Worthington, bitte erlauben Sie mir nun, dass ich Ihre Tochter entführe«, sagte James. »Ich befürchte, ihre Tanzkarte ist so voll, dass sie es sich nicht erlauben kann zu bummeln.«

Lady Worthington öffnete den Mund, um etwas zu antworten, doch James hatte Violet bereits am Arm gepackt und zog sie fort. Über die Schulter fügte er hinzu: »Lady Worthington, bitte überlegen Sie es sich beim nächsten Mal zweimal, bevor sie meine Frau in der Öffentlichkeit – oder sonst wo – maßregeln.«

Dann trat er mit Violet den Rückzug an.

»Ich würde mich zu gern umdrehen, um ihren Gesichtsausdruck zu sehen, aber ich traue mich nicht«, sagte Violet, und in ihrer Stimme schwang so etwas wie Zufriedenheit mit.

»Es ist wahrscheinlich besser, sein Glück nicht herauszufordern«, stimmte James zu.

»Danke«, sagte Violet so leise, dass es ihm beinahe entgangen wäre, und drückte leicht seinen Arm. Im Gegenzug legte er die freie Hand auf ihre und drückte sie.

»Du musst sie morgen nicht besuchen, weißt du?«

Violet seufzte. »Es ist besser, ich gehe einfach hin und höre mir an, was sie zu sagen hat.«

James runzelte die Stirn, doch ihre Unterhaltung war nun, da sie sich wieder zu ihrer Gruppe gesellt hatten, beendet. Doch die Runde hatte sich inzwischen verkleinert. Jeremy, Penvale und Lady Fitzwilliam standen in einem lockeren Kreis und unterhielten sich. Gerade als sie ankamen, verbeugte sich ein Gentleman – der jüngere Bruder des Earls of Dunreedie, wenn James nicht irrte – vor Diana und ging, während sie sich wieder der Gruppe anschloss. Ein kurzer Blick auf ihr Handgelenk verriet, dass ihre Tanzkarte schon beinahe voll war.

»Wo ist Emily?«, fragte Violet und trank den Rest ihrer Limonade. Ohne nachzudenken, nahm ihr James das leere Glas ab und reichte es einem der Bediensteten, bevor er sich Lady Fitzwilliam zuwandte, ihr ein volles Glas reichte und dabei eine Verbeugung machte, die hoffentlich nicht kokett wirkte.

»Tanzt mit Belfry«, sagte Diana in einem Ton, den James

als gewollt gelassen interpretierte. Doch ihr beflissener Gesichtsausdruck verriet sie.

»Kommt Mr Cartham heute Abend auch?«, fragte Violet und reckte den Hals, um den Saal besser überblicken zu können. Selbst wenn Mr Cartham tatsächlich hier wäre, dachte James, wäre es reiner Zufall, wenn sie ihn entdecken würde, so voll, wie es war.

»Ich glaube schon, aber bisher habe ich ihn nicht gesehen. Ich habe Penvale gesagt«, Diana deutete mit dem Kopf auf ihren Bruder, der gelangweilt an seinem Champagner nippte, »dass er nach ihm Ausschau halten soll, damit wir ihn von Emily fernhalten können.«

»Du spielst wohl die Kupplerin, was?«, fragte James.

Diana schnaubte. »Es ist wohl mehr als verständlich, dass ich will, dass Emily einen anständigeren Kerl als diesen vulgären Flegel heiratet.«

»Du klingst furchtbar snobistisch, Diana«, bemerkte Penvale amüsiert. »Bist wohl doch keine Rebellin, was?«

»Du begehst einen Fehler, wenn du Belfry mit Lady Emily verkuppeln willst«, fügte Jeremy hinzu. »Ich bin noch nie einem Mann begegnet, der für die Ehe weniger geeignet wäre. Hast du denn noch nie etwas über seinen Ruf gehört?«

»Mm, doch«, antwortete Diana lieblich und lächelte Jeremy zuckersüß an. »Aber ich finde nicht, dass sein Ruf schlechter ist als deiner, Mylord.«

Statt beleidigt zu wirken, schien Jeremy eher amüsiert. »Touché. Aber ich habe ebenfalls nicht vor zu heiraten, also bleibe ich bei meiner Meinung.«

»Wie du willst«, entgegnete Diana skeptisch. »Aber muss

ich dich daran erinnern, dass du ein Marquess bist? Irgendwann wirst du einen Erben zeugen müssen.«

Jeremy zuckte mit den Schultern. »Ich habe einen Cousin, der nur zu gern erben würde. Und wenn ich mich recht entsinne, hat er eine sehr fruchtbare Ehefrau.«

Energisch schüttelte Diana den Kopf. »Sei nicht albern. Natürlich wirst du irgendwann heiraten.«

Jeremy zuckte erneut mit den Schultern, und James war sicher, dass er das nur tat, um Diana zu ärgern. »Wenn du meinst. Aber ich habe bisher noch keine Debütantin getroffen, die ich nicht unausstehlich gefunden hätte. Verzeih mir also, wenn ich noch nicht überzeugt bin.«

»Du hast *mich* gekannt, als *ich* eine Debütantin war«, sagte Diana durch zusammengepresste Zähne.

»Ach ja?«, fragte Jeremy in gespielter Überraschung. »Oh, ich glaube, du hast recht.« Weder entschuldigte er sich, noch nahm er die vorherige Bemerkung zurück.

Diana holte tief Luft, wie eine Mutter, die sich mit einem sturen Kleinkind herumschlagen muss. »Ich wette, du wirst noch im kommenden Jahr heiraten. Ich könnte im null Komma nichts eine Braut für dich finden.«

Jeremy lachte laut, und James nahm an, er und Diana hatten völlig vergessen, dass auch noch andere Leute anwesend waren, die das Geschehen interessiert beobachteten. »Diese Wette würde ich auf jeden Fall gewinnen, Lady Templeton.«

»Dann nimmst du die Wette also an?«, fragte Diana mit einem Funkeln in den Augen. Als James Penvales schockierten Gesichtsausdruck sah, wurde ihm bewusst, dass Jeremy dieser Wette ausnahmsweise nicht gewachsen sein könnte. Es würde eine Freude sein, alles zu verfolgen. »Und du wirst mir erlauben, dir eine ganze Parade heiratsfähiger Damen vorzustellen?«

»Warum nicht?«, fragte Jeremy unbekümmert. »Ich glaube, ich werde der Versuchung widerstehen können. Was ist der Wetteinsatz?«

Diana hielt inne, und James fragte sich, ob sie damenhaft zögerte, weil es um etwas Schäbiges wie Geld ging.

»Einhundert Pfund.« James blinzelte. Um Himmels willen, von dem Geld hätte er die Jahresgehälter seiner halben Belegschaft bezahlen können. Langsam fragte er sich, ob Diana und Jeremy es nicht ein wenig übertrieben.

»Einverstanden«, sagte Jeremy schnell und streckte ihr seine Hand entgegen. »Geben wir uns darauf die Hand?«

Diana wirkte ein wenig erstaunt – James war sicher, dass noch nie jemand versucht hatte, ihre Hand zu schütteln –, schlug aber schließlich ein.

»Mit dem Geld werde ich dir ein großartiges Hochzeitsgeschenk kaufen«, sagte sie.

»Aber natürlich«, erwiderte Jeremy unbekümmert. Aus dem Augenwinkel beobachtete James, wie Violet und Lady Fitzwilliam einander mit gehobenen Augenbrauen ansahen.

»Wie wäre es mit einem Porzellanschwan als Dekoration für deinen Esstisch?«, fragte Diana.

»Entzückend«, sagte Jeremy. »Wie gut, dass ich so etwas niemals bekommen werde.«

»Nun«, sagte Penvale, um das Thema zu wechseln. »Wollen wir …«

Die ersten Töne eines Walzers klangen durch den Saal. Das letzte Set hatte geendet, während sich Diana und Jeremy unterhalten hatten, und nun wurde Penvale durch Lady Fitzwilliam unterbrochen, die laut nach Luft schnappte. Höflich drehte er sich in ihre Richtung. »Ja, Mylady? Ist irgendwas nicht in Ordnung?«

»Nein, keineswegs«, erwiderte Lady Fitzwilliam und winkte schnell ab. »Es ist nur ... Ach, nicht der Rede wert.«

»Ich versichere Ihnen, Mylady, wir sind ganz Ohr«, sagte James so freundlich wie möglich.

»Es ist nur, dass ich dachte, ich hätte die Klänge eines Walzers gehört«, sagte Lady Fitzwilliam und schlug die Augen nieder.

Der Rest der Gruppe richtete die Blicke auf James.

»Lady Fitzwilliam«, sagte er so höflich wie möglich, obwohl er sich fühlte wie ein in die Enge getriebener Fuchs, »würden Sie mir die Ehre erweisen, mir diesen Tanz zu schenken?«

»Oh«, sagte Lady Fitzwilliam freudestrahlend, als wäre ihr diese Idee noch gar nicht in den Sinn gekommen. »Wie freundlich von Ihnen, Lord James.« Sie legte die Hand auf seinen dargebotenen Arm. »Ich liebe es, Walzer zu tanzen, aber ich würde es niemals wagen, selbst zu fragen ... Zu freundlich von Ihnen.« Kokettierend strich sie mit ihrem Zeigefinger über seinen Unterarm. James funkelte Violet böse an, und sie wirkte, als müsste sie sich auf die Innenseite ihrer Wange beißen, um nicht in Gelächter auszubrechen.

Das war der Grund, dachte James nicht zum ersten Mal

in den letzten vierzehn Tagen, warum Männer niemals heiraten sollten.

Kapitel 12

Violet wusste nicht, was es über den Zustand ihrer Ehe – oder vielleicht auch ihres Soziallebens – aussagte, doch ihren Mann mit einer anderen Frau tanzen zu sehen war das Unterhaltsamste, was sie seit Jahren auf einem Ball erlebt hatte.

James führte Sophie mit einem Gesichtsausdruck durch den Saal, als müsste er eine unliebsame Aufgabe so schnell wie möglich hinter sich bringen, koste es, was es wolle. Sophie hingegen lehnte sich leicht nach vorn – nicht weit genug, um Tratsch zu begünstigen, zwischen ihr und James war immer noch ausreichend Platz, aber sicherlich näher, als es ihm Diana oder Emily beim Tanzen je gewesen waren.

Der Abend verlief genau nach Plan. James schienen Sophies Avancen äußerst unangenehm zu sein, und sein Kuss zu Hause und seine verführerischen Worte eben – verflucht sei ihre Mutter, dass sie sie unterbrochen hatte! – waren ein eindeutiges Zeichen dafür, dass er sie genauso sehr wollte wie sie ihn. Und es gefiel ihm gar nicht, wenn sie desinteressiert tat. All das in Kombination vermochte es, selbst einen sturen, emotional verkümmerten Kerl zu erleuchten – und

James, so sehr sie sich auch zu ihm hingezogen fühlte, besaß nicht sonderlich viel emotionale Intelligenz. Aber selbst er musste sein aufkeimendes Verlangen spüren. Sein Verlangen nach ihr. Theoretisch musste sie jetzt nur noch darauf warten, dass er zu ihr kam.

Ein scharfes »Lady James« riss Violet los von der unterhaltsamen Szene, die sich ihr darbot.

Langsam drehte sie sich um. Ihr sträubten sich bereits die Nackenhaare, so viel Missfallen lag in der Stimme von James' Bruder, dem sie sich plötzlich gegenübersah.

»West«, sagte sie und sackte leicht zusammen.

Im Moment war Wests Blick auf sie gerichtet, und in ihm lag eine Schwere, die sie noch nie gesehen hatte. Violet und West hatten sich immer gut verstanden. Zu Beginn ihrer Ehe, als sich die Brüder noch nähergestanden hatten, hatte sie ihn häufig zum Dinner eingeladen, und West war immer bis spätabends geblieben, hatte mit ihnen getrunken und diskutiert. Der Verlust seiner Freundschaft gehörte zu den Dingen, die Violet in den letzten vier Jahren so sehr bereut hatte.

»Ich nehme an, du hast etwas mit dieser Sache zu tun«, sagte West und deutete mit dem Kopf auf die Tanzfläche, wo James und Sophie gerade in der Nähe von Diana und Belfry ihre Kreise drehten. Hinter ihnen entdeckte Violet Penvale und Emily, wie sie sich durch die anderen tanzenden Paare schlängelten.

»Ich weiß nicht, was du meinst«, erwiderte sie gelassen, doch West glaubte ihr kein Wort.

»Ich habe erst gestern mit meinem Bruder gestritten und

habe keine Lust, mich auch noch mit dir zu streiten«, sagte er knapp. »Aber ich würde es sehr zu schätzen wissen, wenn ihr niemanden in euer vertracktes Spiel hineinzieht.«

Violet wollte sich empören, sich verteidigen, doch um ehrlich zu sein, war sie nicht sicher, ob sie das konnte. Sie und James schienen nun beide begriffen zu haben, dass sie ein Spiel spielten, das keiner von ihnen zu verlieren bereit war.

»Nur, damit das klar ist«, sagte sie. »Lady Fitzwilliam hat mir ihre Hilfe angeboten.«

»Das ist mir vollkommen egal«, entgegnete West wütend. Violet fragte sich, ob Sophie wusste, mit wie viel Gefühl er noch immer von ihr sprach. »Sie ist eine respektable Witwe, die nicht ihren Ruf aufs Spiel setzen sollte, damit du dich an meinem dämlichen Bruder rächen kannst. Ich streite nicht ab, dass er es verdient hat«, fügte er trocken hinzu, und seine Stimme wurde nun ein wenig sanfter. »Aber ich habe immer viel von dir gehalten, Violet. Und ich finde, das ist unter deinem Niveau.«

In diesem Moment, während sie beobachtete, wie ihr Mann mit einer anderen Frau tanzte, und der Mann neben ihr stand, der womöglich noch immer in diese Frau verliebt war, ließ Violet die letzten vierzehn Tage Revue passieren. Plötzlich erschien ihr alles, was ihr so kalkuliert und clever vorgekommen war, nur noch dumm und verzweifelt.

»Es war so schön, dass er mich wieder beachtet hat«, gestand sie leise. Es verletzte ihren Stolz, das zuzugeben, und dennoch brachte sie es nicht übers Herz, ihren Schwager zu belügen. Sie gab Schwäche ungern zu, vor allem eine Schwäche, die unter ihrer Würde war. Es war wesentlich einfacher, so zu tun, als wollte sie gar nicht, dass James Notiz von ihr nahm. Als würde sie sich nicht um die Meinung ihres Mannes scheren. Als sei ihre stürmische Liaison und Ehe nichts gewesen außer jugendlichem Leichtsinn und Lust, nichts Tieferes.

Doch sie hatte bereits gemerkt, dass das einfach nicht wahr war. Und plötzlich hatte sie genug davon, sich weiterhin etwas vorzumachen.

»Violet«, sagte West und sah ihr geradewegs in die Augen, »ich weiß nicht, was zwischen dir und meinem Bruder vorgefallen ist. Es geht mich auch nichts an. Aber ich glaube, du liegst völlig falsch in der Annahme, dass er erst seit Kurzem wieder Notiz von dir nimmt.« Violet öffnete den Mund, doch West kam ihr zuvor. »Er hat nie aufgehört, Notiz von dir zu nehmen«, fuhr er fort. »Und ich bezweifle, dass er je damit aufhören wird. Ich weiß nicht, was zwischen euch kaputtgegangen ist und ob es repariert werden kann, aber ich glaube, der erste Schritt in die richtige Richtung wäre, euch nicht länger selbst zu belügen.«

Violet fehlten die Worte – für sie eine gänzlich ungewohnte Erfahrung. Sie konnte nichts erwidern, denn sie wusste genau, dass West recht hatte.

Warum beobachtete sie ihren Mann dabei, wie er mit einer anderen Frau tanzte? Warum wollte sie ihn quälen und durch Tricksereien dazu bringen, zu ihr zurückzukommen? Warum nahm sie die Sache nicht selbst in die Hand und verlangte, dass er stattdessen mit ihr tanzte?

»Danke, West«, sagte sie plötzlich, und bevor er antworten konnte, war sie in der Menge verschwunden, schlängelte sich zwischen den tanzenden Paaren hindurch und murmelte flüchtige Entschuldigungen über die Schulter, wenn sie jemanden angerempelt hatte. Sie wusste, dass sie gerade Aufmerksamkeit erregte, aber es war ihr egal.

Dann erreichte sie James und Sophie. Vor wenigen Augenblicken hatte sie seinen gequälten Gesichtsausdruck noch genossen. Doch nun nahm sie ihn kaum noch wahr, hob die Hand und tippte ihrem Mann fest auf die Schulter. Dabei versuchte sie zu ignorieren, wie stark und muskulös die besagte Schulter war.

James drehte sich verwundert um, und Violet blickte ihm geradewegs in die Augen, ohne zu blinzeln. »Habt ihr etwas dagegen, wenn ich störe?«

James hob die Augenbrauen, und ein Lächeln zeichnete sich auf seinem Gesicht ab. Es war zwar wieder verschwunden, bevor es richtig da gewesen war, doch Violet hatte es gesehen, und es gab ihr ein wenig Mut. Normalerweise fehlte es ihr nie an Mut, doch im Moment konnte sie durchaus ein wenig davon gebrauchen.

Sophie wirkte zu gleichen Teilen amüsiert und zufrieden. »Ich fühle mich plötzlich so erschöpft«, verkündete sie und legte auf dramatische Weise die Hand an die Stirn. »Ich glaube, ich muss mich setzen.« Violet nahm keine Notiz von den Blicken, die ihnen zugeworfen wurden. Manche Paare waren sogar stehen geblieben, um die Szene besser beobachten zu können. Sophie wirkte jedoch unbekümmert – sie war mutiger, als man vermuten würde, stellte Violet fest. Nach einem letzten Blick über die Schulter verschwand sie, erhobenen Hauptes und ohne sich um das Getuschel zu kümmern, in der Menge und ließ Violet und James allein.

Nicht wirklich allein natürlich, denn sie standen mitten auf einer überfüllten Tanzfläche und waren den anderen Tänzern, die sie immer noch äußerst interessiert beobachteten, ein wenig im Weg.

»Wollen wir?«, fragte James und offerierte Violet seine Hand. Violet ergriff sie und erlaubte ihm, sie nahe zu sich zu ziehen – näher, als er eben noch mit Sophie getanzt hatte.

Sie war sich seiner ganzen Person äußerst bewusst, es war, als würde jedes ihrer Nervenenden auf seine Nähe reagieren. Sie roch seinen vertrauten Duft: Sandelholz, Seife und noch irgendetwas Undefinierbares, aber unverkennbar *James*. Sie konnte die Wärme seiner Hand auf ihrem Rücken spüren, die ihre Haut trotz der etlichen Lagen Stoff zu versengen schien. Sie war ihm so nahe, dass sie, wenn sie zu ihm aufblickte und seinen Kiefer betrachtete – denn in diesem Moment war es ihr unmöglich, ihm in die Augen zu blicken –, leichte Abendstoppeln sehen konnte. Anfangs nahm sie die Blicke und das Murmeln der Umstehenden noch wahr, doch je länger sie mit ihm tanzte, desto weiter rückte alles andere in den Hintergrund.

Nach ein paar Schritten sagte James: »Oh, tut mir leid.« Violet blickte verwundert auf. Er fuhr fort, sie im Kreis zu drehen, und seine Mundwinkel bogen sich nach oben. »Wolltest du vielleicht führen? Schließlich warst du diejenige, die sich diesen Tanz mit mir gesichert hat.«

»Würde ich nicht mitten auf einer Tanzfläche stehen«,

sagte Violet mit so viel Würde, wie sie aufbringen konnte, »würde ich dich jetzt mit meinem Fächer schlagen.«

»Du hast gar keinen Fächer dabei.«

»Ein Fehler, den ich kein zweites Mal begehen werde, dessen kannst du dir sicher sein.«

»Natürlich nicht«, entgegnete James ernst. »Denk nur mal daran, wo man auf einem Ball überall eine Waffe einsetzen könnte. Du könntest jedem Gentleman, der versucht, dich auf einen Balkon zu locken, eins überziehen. Oh, warte …« Er runzelte die Stirn und tat, als würde er nachdenken. »Wenn ich mich recht entsinne … Ich werde schließlich nicht jünger, also bitte korrigiere mich, falls ich falschliege …«

»Du bist achtundzwanzig«, bemerkte Violet und widerstand dem Drang, mit den Zähnen zu knirschen.

»… aber ich erinnere mich daran, dass du eine Schwäche hast für solche Zwischenspiele. Aber wenn du deinen Mann dabei beobachten würdest, wie er mit einer anderen Frau tanzt, die sich ziemlich forsch verhält, dann könntest du eingreifen …«

»James«, sagte Violet in warnendem Ton.

»Aber nein, du scheinst es zu genießen, deinen Mann in solch einer Situation zu sehen.« Er schüttelte den Kopf. »Vielleicht wäre der Fächer doch nicht so nützlich, wie ich dachte.«

»Im Moment hätte ich nur zu gern einen zur Hand«, erwiderte Violet säuerlich, »um ihn dir in den Hals zu stopfen.«

Diesmal blieb das Lächeln auf seinem Gesicht. Es war

peinlich – nahezu lächerlich –, wie sehr ihr bei diesem Anblick das Herz schwoll. »Ich bin wirklich ein Glückspilz«, bemerkte er trocken und immer noch lächelnd, »dass mir meine Frau so viel Liebe entgegenbringt.«

»Ich werde nie wieder einen Mann fragen, ob er mit mir tanzt«, murmelte Violet. »Du bist gerade unausstehlich.«

»Wie war das, Liebling?«, fragte er unschuldig. »Mir klingt das ganze Lob so laut im Kopf nach, dass ich dich nicht hören konnte.«

Diesmal konnte Violet nicht anders, als ebenfalls zu lächeln. Und es war ein wundervolles Gefühl.

»Hast du den Walzer mit Lady Fitzwilliam genossen?« Unschuldig lächelte sie zu ihm auf. »Sie wirkte ...«, sie machte eine kleine Pause, »... *enthusiastisch*.«

»Ja, ziemlich«, antwortete er trocken. »Aber ich habe es wohl nicht anders verdient.«

Violet musterte ihn genauer. Sein Lächeln war verschwunden, und er sah sie genau an. Das war zwar noch keine Entschuldigung, aber es war immerhin etwas – etwas, das Violet Grund zur Hoffnung gab.

»Da muss ich dir zustimmen«, erwiderte sie gelassen. »Aber natürlich war ich genauso entsetzt wie du zu erfahren, dass sich Lady Fitzwilliams Gefühle für dich so schnell verändert haben.« Sie seufzte. »Man wird die Komplexität des menschlichen Herzens wohl nie begreifen.«

»Violet.« James' Stimme klang ernst, doch Violet entdeckte darin auch einen Hauch von Belustigung. »Hat das etwa einer von deinen verdammten Poeten gesagt?«

»Nein«, sagte Violet und gab dann zu: »Obwohl es gut zu ihnen passen würde.«

»Dieser Idiot Byron könnte so einen Unsinn durchaus von sich geben«, murmelte James.

»Nach all dem Spott werden wir uns dumm vorkommen, sollte Lord Byron später als einer der größten Dichter in die Geschichte eingehen«, sagte Violet, hauptsächlich, um ihn zu verärgern.

»Ich bereue einige Dinge, die ich gesagt habe, aber nichts, was ich über Byron geäußert habe.«

»Wollen wir wetten?«

»Nein«, sagte James bestimmt. »Dass Jeremy und Lady Templeton eine Wette abgeschlossen haben, genügt für heute.«

Violet lachte, und kurz breitete sich Schweigen zwischen ihnen aus. Doch im Gegensatz zur üblichen Stille war diese nicht kalt und angespannt. Violet merkte, dass sie sich hier, in einem überfüllten Ballsaal, in den Armen ihres Mannes, so sicher fühlte wie schon lange nicht mehr. Wie seit Jahren nicht mehr.

Sie fühlte sich nur wirklich geborgen, wenn James da war.

»James«, begann sie zögerlich, »ich glaube, wir sollten reden.«

Sie blickte zu ihm auf, während sie sprach, und er öffnete den Mund, um etwas zu erwidern, doch bevor er dazu kam, war der Tanz zu Ende. Sie lösten sich voneinander, und James verbeugte sich steif, während Violet einen Knicks machte. Kurz standen sie sich merkwürdig gegenüber, und

James setzte erneut an, aber ehe er sprechen konnte, wurden sie unterbrochen.

»Audley«, sagte Penvale und tauchte neben James auf. »Lust auf ein Kartenspiel und einen Drink?« Er wurde begleitet von Diana, die sich nun bei Violet unterhakte.

»Und *du* kommst mit mir mit, Schätzchen«, sagte sie und zog Violet bereits weg von den Gentlemen. Violet konnte nichts anderes tun, als ihrem Mann hilflos zuzuwinken und sich auf seltsame Weise beraubt zu fühlen. Sie konnte sich nicht mehr daran erinnern, wann James und sie das letzte Mal einander mit so wenigen Worten so viel gesagt hatten – und was hätte sie dafür gegeben, zu erfahren, was er ihr eben hatte sagen wollen, als man sie unterbrochen hatte.

»Dein Timing ist fürchterlich«, knurrte sie, während Diana sie zum Büfett führte, wo Emily stand und in Begleitung des – Violet stöhnte innerlich – verhassten Mr Carthams ein Glas Limonade trank. Jetzt verstand Violet Dianas Eile.

»Emily muss gerettet werden«, sagte Diana. »Außerdem hatte ich Jeremy Willingham den nächsten Tanz versprochen und brauchte eine Entschuldigung, um ihn stehen zu lassen. Dieser Mann ist unausstehlich, weißt du? Keine Ahnung, wie es dein Mann seit Jahren mit ihm aushält. Wobei sich Männer ja größtenteils durch Knurren und das Anstoßen von Gläsern verständigen. Ich wette also, dass Audley nicht einmal ahnt, wie fürchterlich dieser Mensch ist.«

»Diana«, protestierte Violet und lachte ein wenig, doch bevor sie noch etwas hinzufügen konnte, hatten sie bereits Emily und Mr Cartham erreicht.

»Ladys«, sagte Mr Cartham mit seiner öligen Stimme. Er war von mittelgroßer Statur, das dunkle Haar streng zurückgekämmt, mit spitzen Gesichtszügen. Er war kein attraktiver Mann, und das arrogante Lächeln, das er aufsetzte, sobald er in Emilys Nähe war, machte es nur noch schlimmer. Violet hatte keine Ahnung, wie es Emily länger als zwei Minuten in seiner Gegenwart aushielt – aber sie wusste auch, dass Emily in dieser Hinsicht keine andere Wahl hatte. Sie ließ den Blick kurz durch den Raum schweifen und sah, wie Lady Rowanbridge, die mit einer Gruppe Damen beisammenstand, sie nervös beobachtete.

»Mr Cartham«, sagte Diana so kurz angebunden, dass es beinahe an Unhöflichkeit grenzte. »Tut mir leid, dass ich Lady Emily nun entführen muss, aber ich brauche sie dringend. Ich befürchte, es ist ein Notfall.« Sie lehnte sich verschwörerisch nach vorn und zog dann ihr Ass aus dem Ärmel. »Ein Frauenproblem.«

Mr Cartham hatte mit seiner Spielhölle zwar ein Vermögen verdient und verfügte über gute Kontakte – laut der Gerüchte hatte er sogar mit der kriminellen Londoner Unterwelt zu schaffen –, doch selbst er war nicht so tollkühn, einem »Frauenproblem« vollkommen gelassen gegenüberzutreten.

»Aber natürlich«, sagte er hastig und ließ Emilys Arm fallen, als wäre er ein glühend heißer Schürhaken. »Ich gebe sie in Ihre Obhut.«

»Zu großzügig von Ihnen«, entgegnete Diana. Wären die beiden Figuren in einem Buch, dachte Violet, würde Diana nun ihren Degen zücken, sich tief verbeugen und ihren beeindruckenden Schnurrbart zwirbeln.

»Was um alles in der Welt soll das?«, fragte Emily, als die drei den Ballsaal verließen und in den angrenzenden Korridor gingen.

»Wir retten dich natürlich«, sagte Diana ungeduldig, während sie rechts abbogen und in Richtung der Damentoiletten gingen, das Geräusch ihrer Schritte durch den dicken Teppich gedämpft. »Ich konnte unmöglich zulassen, dass du noch länger Zeit mit diesem Kerl verbringst.«

»Diana«, erwiderte Emily ungewöhnlich ungehalten, »es ist durchaus möglich, dass ich Mr Cartham eines Tages heiraten muss. Wahrscheinlich schon sehr bald«, fügte sie hinzu, und Violet entging nicht die Traurigkeit in ihrer Stimme. »Schließlich werde ich nicht jünger, weißt du?«

»Aber du bist immer noch die schönste Frau in jedem Ballsaal«, bemerkte Diana in loyalem Ton.

»Darum geht es nicht«, entgegnete Emily mit Nachdruck, und Violet und Diana sahen sie überrascht an. »Irgendwann werde ich mich an ihn gewöhnen müssen, und das kann ich nicht, wenn ihr mich ständig von ihm fernhalten wollt.«

»Schätzchen, sobald du mit ihm zusammen bist, geht es dir schlecht«, sagte Diana. Kurz hielt sie inne, bevor sie hinzufügte: »Außerdem ist mir aufgefallen, dass du Lord Belfrys Gesellschaft sehr zu genießen scheinst.«

Emily errötete. »Er hat mich um einen Tanz gebeten, und meine Tanzkarte war noch nicht voll. Es wäre äußerst unhöflich gewesen, ihn abzuweisen.«

»Ja, natürlich«, sagte Diana grinsend. »Ich bin sicher, das war der einzige Grund, warum du mit ihm getanzt hast. Aus reiner Höflichkeit.«

»Lord Julian ist ein völlig unpassender Heiratskandidat ...«, setzte Emily an, doch Diana unterbrach sie mit einem schallenden Lachen.

»Unpassender als Mr Cartham, der sonst woher kommt? Ich glaube nicht.«

»Und«, fuhr Emily fort, als hätte Diana nichts gesagt, »er hat nichts das geringste Interesse an einer Heirat gezeigt.«

»Nun, natürlich nicht«, erwiderte Diana ungehalten. »Männer zeigen nie Interesse an der Heirat, bis sie dann plötzlich doch daran interessiert sind.«

Obwohl Violet fand, dass Diana ihre Nase in Dinge steckte, die sie nichts angingen, musste sie ihr in diesem Punkt recht geben. In ihrem Fall war es auch so gewesen – James hatte ihr einmal gestanden, dass er frühestens mit dreißig heiraten wollte, bevor er sie kennengelernt hatte. Und nun waren sie schon fünf Jahre lang verheiratet, und er war noch immer keine dreißig.

»Ich will nicht mehr darüber diskutieren, Diana«, sagte Emily mit einer Härte in der Stimme, die, so fand Violet, Diana besser nicht ignorieren sollte. Diana schien etwas Ähnliches zu denken, denn als sie die Damentoilette betraten – die im Moment zum Glück leer war –, richtete sie ihre Aufmerksamkeit auf Violet.

»Das zwischen dir und Audley hat sehr intim gewirkt«, bemerkte sie und ließ sich in der kleinen Sitzecke auf ein Sofa sinken. Violet setzte sich neben sie und begann, ihre

Handschuhe aufzuknöpfen. Im Ballsaal war es ziemlich heiß gewesen, und die Aussicht auf frische Luft – oder zumindest die Luft dieses kleinen, stickigen Raums – an ihrer Haut war zu verlockend, um zu widerstehen.

»Wir haben getanzt«, erwiderte sie knapp und zog zuerst den einen Handschuh aus, dann den anderen. »Ein Walzer funktioniert nicht ohne Nähe.«

»Ich weiß nicht, was ich getan habe, um so leidige Freundinnen zu haben«, sagte Diana zu niemand Bestimmten. »Das ist ein hartes Schicksal.«

Violet schnaubte undamenhaft und wechselte mit Emily einen Blick.

»Nur zu deiner Information«, sagte Violet, und Diana beugte sich nach vorn wie ein Hund, der unter dem Tisch auf Essensreste hofft, »James und ich waren kurz davor, eine Unterhaltung zu führen, von der ich mir viel versprochen habe, bis du und dein Bruder uns auf so unhöfliche Weise unterbrochen habt.«

Diana seufzte dramatisch, legte die Hand an die Stirn und sank in die Kissen. »Ich werde Penvale niemals vergeben«, sagte sie verdrießlich. »Überlegt nur, wäre er nicht so versessen darauf gewesen, mit Audley Karten zu spielen, dann hättet ihr ... Ich weiß nicht ...« Sie schweifte kurz ab und suchte offensichtlich nach etwas möglichst Skandalösem. »... euch auf der Tanzfläche geküsst«, beendete sie den Satz auf dramatische Weise.

»Bist du sicher, dass du nicht von dir sprichst?«, fragte Emily unschuldig und fächerte sich in einer langsamen Bewegung Luft zu. »Das scheint eher dein Stil zu sein als Violets.«

»Die Sache ist folgende«, sagte Violet laut und versuchte, das Gespräch wieder in die richtige Richtung zu lenken, »ich würde diese Unterhaltung mit James gern fortführen. Und zwar jetzt. Wenn ihr mich also bitte entschuldigen würdet.«

Sie stand auf, ohne eine Antwort abzuwarten, und stopfte ihre Handschuhe in ihre Handtasche, statt sie wieder anzuziehen. Ihre Mutter hätte ihr bei diesem Anblick eine ohrenbetäubende Rede gehalten, also machte Violet sich eine gedankliche Notiz, sich noch etwas mehr Mühe als sonst zu geben, um ihr aus dem Weg zu gehen. Sie ging nicht wieder in den Ballsaal, denn sie wusste, dass James nicht dort sein würde. Stattdessen ging sie weiter den Flur hinab und blickte in jeden Raum, den sie passierte, bis sie James und seine Freunde – Penvale, Jeremy, Belfry und zu ihrer Überraschung auch West – an einem mit Gläsern beladenem Tisch entdeckte.

Sie zögerte, denn sie wusste nicht, wie James die Störung auffassen würde, doch in diesem Moment blickte West auf, entdeckte sie und hob eine Augenbraue.

Wie immer reagierte Violet auch jetzt schnell auf die Herausforderung. »James«, rief sie, und alle fünf Köpfe drehten sich in ihre Richtung. Kurz folgte Schweigen, bevor alle Gentlemen die Stühle nach hinten rückten und aufstanden, um sie zu begrüßen.

»Bitte, setzt euch doch«, sagte sie und machte ein paar Schritte auf sie zu. »Ich würde gern kurz mit meinem Mann sprechen, falls ihr ihn entbehren könnt.«

»Natürlich«, erwiderte James sofort, legte seine Karten ab, ohne sie noch eines Blickes zu würdigen, und nickte seinen Freunden kurz zu, bevor er sich zu Violet gesellte.

»Ist irgendetwas?«, fragte er leise und nahm ihre Hand in seine. Er musterte sie genau, und sie lächelte ihn an, um ihm zu versichern, dass alles in Ordnung war.

»Alles bestens«, sagte sie. »Ich wollte nur unsere Unterhaltung von vorhin fortführen, und ich konnte nicht länger warten. Aber wenn du zuerst das Spiel beenden möchtest …« Sie hielt inne und versuchte, gelassen zu wirken. Sie hasste es, verletzlich zu sein, und traute dem neu gewonnenen Frieden noch nicht recht.

Doch um ehrlich zu sein, war ihr seine Antwort überaus wichtig.

»Die Karten können warten«, sagte James trocken. Seine Mundwinkel bogen sich ein wenig nach oben, und Violet spürte, wie eine Woge der Wärme sie ergriff. James nahm ihren Arm und führte sie aus dem Raum. Im Korridor angelangt, blieb er stehen. »Willst du, dass ich die Kutsche rufen lasse?«, fragte er. »Geht es dir nicht gut?«

Da war ein neckisches Funkeln in seinen Augen. Violet hüstelte kränklich, ohne den Blickkontakt zu unterbrechen. »Mein Zustand ist natürlich immer noch kritisch, aber ich glaube, es geht.«

»Freut mich zu hören.« James führte sie über den Flur und in das gegenüberliegende Zimmer. Er warf einen kurzen Blick hinein, um sicherzugehen, dass es leer war, dann zog er Violet hinter sich her und schloss die Tür. Sie befanden sich nun in der Rocheford-Bibliothek. Es war dämmrig hier drin, doch Violet konnte deckenhohe Bücherregale und ungemütlich aussehende Sessel ausmachen. Sie trat weiter in den Raum hinein und inspizierte die Folianten, die nicht sonderlich abgenutzt aussahen.

»Ich glaube, hier drin wird man uns nicht stören«, sagte Violet und schlug ein Buch auf, dessen Rücken beim Öffnen knarzte – es war noch nie aufgeschlagen worden. »Eine hervorragende Wahl.«

»Wenn ich mich recht entsinne, wurde der Raum schon früher wenig genutzt«, sagte James hinter ihr, und da war ein seltsamer Ton in seiner Stimme – so seltsam, dass Violet das Buch zurück ins Regal stellte, sich umdrehte und ihn forschend ansah. »Hast du es vergessen?«, fragte er leise und machte ein paar Schritte auf sie zu.

»Vergessen? Oh!«, sagte Violet. Jetzt fiel ihr alles wieder ein, und ihre Wangen begannen zu glühen. In dem Jahr, als sie und James sich kennengelernt hatten, hatten die Rochefords ihren Ball wesentlich früher in der Saison abgehalten, noch bevor Violet und James verheiratet waren. Sie waren zu dieser Zeit bereits verlobt gewesen und hatten sich davongeschlichen in die Rocheford-Bibliothek und sich auf einem der Fensterplätze vergnügt.

»Ich frage mich, ob der Fensterplatz noch da ist«, bemerkte Violet. Ihre Scham war nun der Neugierde gewichen, wie es bei ihr so oft der Fall war.

»Ich kann mir nicht vorstellen, dass sie in einem zweihundert Jahre alten Haus die Fensterplätze herausreißen«, sagte James ironisch und folgte ihr zu besagtem Fenster. Violet spürte seine Nähe – die Wärme seiner Brust in ihrem

Rücken ließ ihre Nackenhaare zu Berge stehen und bereitete ihr Gänsehaut.

Sie erreichten das Fenster, und Violet setzte sich auf die Bank. »Wir sollten so eine in unserer Bibliothek einbauen lassen«, sagte sie und tätschelte die Kissen. »Es ist überaus bequem.«

»Wie du wünschst«, erwiderte James, doch so, wie er sie ansah, war Violet nicht sicher, ob er sie überhaupt gehört hatte. »Worüber wolltest du sprechen, Violet?«

»Ähm«, sagte Violet nervös. »Ich habe unseren Walzer vorhin sehr genossen.«

Sie klang dümmlich, das wusste sie.

»Ich auch«, sagte James und kam weiter auf sie zu. Sie legte den Kopf in den Nacken, um zu ihm aufzublicken, sein Kopf eingerahmt von dem gedämpften Licht, das ihn umgab. »Violet ...« Er zögerte, und Violet lehnte sich nach vorn. Sie sah ihm an, dass er einen inneren Kampf ausfocht, und wünschte, sie hätte seine Gedanken lesen können. Als er jedoch wieder das Wort ergriff, war sein Tonfall lauernd, und er sagte lediglich: »Das kann nicht das Einzige sein, was du mir sagen wolltest.«

»Oh«, sagte sie und versuchte, nicht zu enttäuscht zu klingen. »Ähm ... Hast du deinen Tanz mit Lady Fitzwilliam genossen?« Das war natürlich überhaupt nicht das, was sie ihn hatte fragen wollen.

»Es war sehr erquickend«, antwortete er und hob eine Augenbraue. Er wusste genau, dass sie etwas anderes sagen wollte und es nur hinauszögerte.

»Das kann ich mir vorstellen«, erwiderte sie und stützte

den Ellbogen auf die Fensterbank hinter ihr. »Tut mir leid, dass es mir mein Gesundheitszustand nicht erlaubt hat, so schwungvoll wie sonst zu tanzen.«

Ihr war aufgefallen, dass sie angefangen hatte, ihre vorgetäuschte Krankheit als eine Art Code zu verwenden – immer wenn sie ihm etwas ganz anderes sagen wollte, erwähnte sie ihren schwachen Zustand. Es war eine Lüge, dessen waren sie sich beide bewusst, doch keiner sprach es offen aus. Es war vielleicht ein wenig merkwürdig, aber irgendwie fühlte sie sich ihm dadurch näher – und wenn *das* kein trauriges Urteil über den Zustand ihrer Ehe war, dann wusste sie auch nicht.

»Ah ja«, sagte er und stützte die Hände auf die Fensterbank, sodass seine Arme ihr Gesicht einrahmten. »Und dennoch hast du dich gesund genug gefühlt, um uns mitten im Walzer zu unterbrechen?« Mit gespieltem Erstaunen schüttelte er den Kopf. »Faszinierend.«

»Man muss doch immer wieder über die Wunder des menschlichen Körpers staunen.«

»In der Tat«, sagte er. In dem kurzen Satz lag ein dunkles Versprechen, das ihr einen Schauer über den Rücken jagte. Im Halbdunkel blickte sie ihm ins Gesicht, in die grünen Augen, die sie so intensiv ansahen. Instinktiv streckte sie eine unbehandschuhte Hand aus und legte sie an seine Wange.

Kurz schloss er die Augen, als sie ihn berührte, schlug sie jedoch umgehend wieder auf – und plötzlich stockte ihr der Atem. Zittrig sog sie die Luft ein, doch es war, als könnte sie ihre Lungen nicht ausreichend füllen. Langsam lehnte er sich nach vorn, ließ ihr Zeit, zurückzuweichen, doch sie bewegte sich nicht.

Kurz vor ihren Lippen hielt er inne, gab ihr eine letzte Chance, ihn aufzuhalten, doch stattdessen kam sie ihm entgegen und drückte ihren Mund auf seinen. Und es war, als hätte sie ihn mit ihrem Kuss von einem Fluch befreit. Er beugte sich herunter, nahm ihr Gesicht in seine Hände und küsste sie leidenschaftlich.

Dieser Kuss hatte nichts mehr mit dem keuschen Küsschen von eben gemein, und Violet genoss den Unterschied, während sie die Finger in sein Haar gleiten ließ und die Hand an seinen Hinterkopf legte. Ihre Münder waren hungrig, ihre Lippen vereinigten sich in einem so hastigen Tanz, dass Violet kaum Luft holen konnte. Sie öffnete den Mund, strich mit der Zungenspitze über seine Lippen und genoss seinen vertrauten Geschmack, als er ebenfalls den Mund öffnete, um ihr Einlass zu gewähren.

Sie hatte ganz vergessen, wie es sich anfühlte – die feuchte Hitze ihrer vereinigten Münder, die steigende Wärme in diversen Körperteilen, auf die sie sonst nie sonderlich achtete. James hob die Hand und griff ihr ins Haar. Violet spürte, wie sich ihre Haarnadeln lösten und auf die Kissen fielen. James legte eine Hand in ihren Nacken, die andere auf ihre Hüfte und zog sie weiter zu sich, während er auf die Knie sank.

Ihr entwich ein Seufzen, und sie unterbrachen den Kuss, beide schwer atmend. Sie ließ den Kopf nach hinten in seine Hand sinken und richtete den Blick zur Zimmerdecke, ohne wirklich etwas zu sehen. James lehnte sich nach vorn und küsste ihren Hals an der Stelle, wo sie deutlich ihren Puls pochen spürte. Er kostete sie mit seiner Zunge, und sie vergrub die Finger in seinem dichten Haar, um ihn erneut zu küssen.

Sie rutschte weiter nach vorn, bis sie auf der äußersten Kante der Bank saß und ihre Brüste den Stoff seines Jacketts streiften. Seine Hand, die eben noch auf ihrer Hüfte gelegen hatte, wanderte nun nach oben, umfasste ihre Brust und rieb über die harte Spitze.

»James.« Sie unterbrach den Kuss und schnappte nach Luft, doch ihr fehlten die Worte, als er ihren Hals und ihr Dekolleté mit Küssen bedeckte. Seine Hand verließ ihren Nacken und begann, sich an der Schnürung ihres Korsetts zu schaffen zu machen – zwar nicht so gewaltsam, dass der Stoff riss, aber doch kräftig genug, dass schon bald zuerst die eine, dann die andere Brust heraushüpfte.

»Es könnte jemand hereinkommen«, sagte sie mit dem letzten Rest Verstand, der ihr geblieben war, und James hielt sofort inne. Er hob den Kopf und sie konnte nicht länger seinen heißen Atem auf ihrer Haut spüren. Er schaute über die Schulter, und Violet folgte seinem Blick. Von ihrer Position aus hatte sie keine Sicht auf die Tür.

»Man kann uns von der Tür aus nicht sehen«, sagte James, und Violet stellte zufrieden fest, dass er ebenfalls schwer atmete und seine Stimme leicht zitterte. »Aber wenn du dir Sorgen machst ...«

Als Antwort reckte sich Violet nach oben und küsste ihn erneut. In seiner Brust grollte es zufrieden, ein Geräusch, das sie in ihrem Körper spürte, so dicht drückte sie sich an ihn.

»Lehn dich zurück«, raunte er, als er sich von ihrem Mund losriss. Er packte ihre Hüften und schob sie mit einer Kraft nach hinten, dass sie in die Kissen sank, die Beine schamlos gespreizt. James rutschte nach vorn, um die Distanz zwischen ihnen zu überbrücken, und Violet spürte, wie sich der Beweis seiner Lust gegen ihre Körpermitte presste. Schnell entledigte er sich seiner Handschuhe und warf sie, ohne zurückzublicken, über die Schulter. Dann beugte er sich über sie und nahm ohne Umschweife ihre Brust in den Mund. Violet bog den Rücken durch und presste sich ihm entgegen, so gut fühlten sich seine Lippen und seine Zunge auf ihrer sensiblen Haut an.

Ihr Kopf fiel nach hinten auf die Kissen. Wieder vergrub sie die Finger in seinem Haar und drückte seinen Kopf an sich, während er küsste und saugte. Violet hatte das Gefühl, in Flammen zu stehen, das Blut rauschte fiebrig durch ihre Adern. Schamlos stieß sie die Hüften nach oben, einmal, zweimal. Stöhnend hob er den Kopf, seine Augen funkelten. Sein Anblick – das leicht unordentliche Haar, die geröteten Wangen, wie er das Kinn zwischen ihren Brüsten abstützte und zu ihr aufblickte – war so berauschend, dass Violet das Gefühl hatte, in tausend Teile zu zerspringen.

Das erste Jahr ihrer Ehe war voller Liebe und Lust gewesen, voller Begierde, voller Verlangen und einem Hunger, den sie zuvor nicht gekannt hatte. Und dennoch hatte sie nichts – *nichts* – darauf vorbereiten können, was sie jetzt empfand.

Lag es nur an der langen Enthaltsamkeit?, fragte der kleine Teil ihres Gehirns, der noch rational denken konnte. Waren vier Jahre der Abstinenz ausreichend, um solch eine Reaktion hervorzurufen? Dennoch konnte sie sich nicht vorstellen, jemals so ein Verlangen nach einem anderen Mann zu spüren. Es war etwas, das nur zwischen ihnen, Violet und James, existierte. Es ließ sich nicht definieren, und dennoch war es da. Jetzt, in diesem Moment.

»Ich brauche dich«, sagte sie mit rauer Stimme, die sie kaum als die ihre erkannte. »Jetzt. Hier.«

»Bist du sicher?«, fragte er, obwohl seine Hand unter den Röcken bereits ihr nacktes Bein hinaufwanderte. In dem Moment, als er diese Frage stellte und sie sein Verlangen spürte, das sich gegen ihren Körper drückte, wusste sie zweifelsohne, dass sie diesen Mann liebte.

Sie nickte knapp, und es war das einzige Zeichen, das er gebraucht hatte. Seine Hand setzte die Reise nach oben fort, über ihr Knie, über die seidene Haut ihres Schenkels, immer näher an die Stelle, wo sie ihn so dringend spüren wollte. Kurz hielt er inne, so als würde er ihre Dringlichkeit spüren und sie absichtlich auf die Folter spannen, und rieb mit seinem Daumen die Innenseite ihres Schenkels.

»Gefällt es dir?«, fragte er unschuldig und grinste verrucht, während er weiter ihren Schenkel streichelte – so nah und doch so weit entfernt von der Stelle, wo sie ihn haben wollte.

»Es würde mir noch mehr gefallen«, sagte sie ein wenig zittrig, »wenn du dein Ziel endlich erreichen würdest.« Dann lehnte sie sich nach vorn, küsste seinen Hals und ließ ihre

Zunge nach oben gleiten. James' Stöhnen war ihre Belohnung, und sie beendete ihre Reise mit einem sanften Kuss auf sein Kinn, lehnte sich dann zurück und grinste ihn selbstgefällig an.

»Dir gefällt es zu gewinnen, nicht wahr?«, fragte er, doch bevor sie etwas erwidern konnte, berührten seine Finger ihre feuchten Schamlippen. Sie sank nach hinten und musste ihr Seufzen mit der Hand ersticken. Nur einen Augenblick später wurde ihre Hand weggerissen und durch James' Lippen ersetzt. Er küsste sie in einem Rhythmus, der zur Bewegung seiner Hand passte. Seine Zunge glitt in dem Moment in ihren Mund, als er mit einem Finger in sie eindrang. Violet seufzte gegen seine Lippen und hob die Hände, um sich an seinen Schultern festzuklammern.

»James«, stöhnte sie, als sein Daumen eine besonders empfindliche Stelle zu reiben begann. Sie schob die Hände unter sein Jackett und streifte es über seine Schultern. Kurz ließ James von ihr ab, um es auszuziehen. Violet zog das Hemd aus seiner Hose, gierig danach, seine nackte Haut zu spüren. Sie ließ ihre Hände unter den Stoff gleiten und befühlte seine Bauchmuskeln, bevor sich ihre Finger in seinen starken Rücken gruben. Er lehnte sich nach vorn und bedeckte ihren Hals mit Küssen, während er den Rhythmus seiner Finger unter ihren Röcken beibehielt.

»Genug«, sagte sie und begann, an der Knopfleiste seiner Kniebundhosen herumzufummeln. Als ihre Finger ihn berührten, sog er scharf die Luft ein. Einen Moment später waren die Knöpfe offen, und er spreizte ihre Beine und legte sie um seine Hüften.

»Bist du ...«

»Frag mich nicht noch mal, ob ich sicher bin«, sagte sie und schlang die Arme um seinen Hals. Dann legte sie die Stirn an seine. Ihre Gesichter waren sich so nahe, dass sie nur noch das intensive Grün seiner Augen sah. »Ich bin sicher.«

Es war die Bestätigung, die er gebraucht hatte. Er stieß die Hüften nach vorn und drang in sie ein. Violet bog den Rücken durch, und ihr entwich ein weiteres hilfloses Seufzen.

»Gott ... Violet ...« Schwer atmend zog er die Hüften zurück, bevor er sie erneut stieß, diesmal kraftvoller. Violet vergrub das Gesicht an seinem Hals, hielt ihn weiter fest umschlungen und bedeckte seine Haut wahllos mit Küssen.

Er stieß sie immer weiter, und ihre Hüften passten sich seinem Rhythmus an. Es war wie immer, wenn sie miteinander schliefen – und doch irgendwie anders. Besser. Und ganz neu. Wäre ihr Kuss eine Unterhaltung gewesen, so war das hier etwas noch mehr – eine Verbindung, die über alle Worte hinausging, über alle Gedanken. Die Welt draußen schrumpfte und verschwand, bis Violet nichts mehr von ihrer Wut, ihrem Schmerz und ihrer Einsamkeit spürte. Sie konnte sich kaum noch an ihren eigenen Namen erinnern. Sie konnte sich nur noch auf James in ihr konzentrieren, die Reibung, die seine Bewegungen erzeugte, die Wärme seiner Hand auf ihrer Brust, sein Gesicht, das er in ihrem Haar vergraben hatte, seine Lippen auf ihrer Kopfhaut.

Zum ersten Mal seit zwei Wochen dachte Violet nicht mehr an Rache oder daran, ihm eine Lektion zu erteilen und zu gewinnen. Sie wollte nur noch James' Hüften spüren, wie sie immer wieder gegen ihre stießen, und wünschte sich, dass ihr Verlangen nach ihm niemals enden würde.

Viel zu schnell spürte sie, wie Wärme in ihr aufstieg und jedes ihrer Nervenenden zu kribbeln begann. Sie wusste, dass James ebenfalls kurz davor war – seine Stöße wurden unkontrollierter, sein Atem ging schwerer, und seine Hand hatte ihre Brust verlassen, um sich an ihrer Hüfte festzuhalten, während er sich immer schneller in ihr bewegte.

»Vi ... Vi«, stöhnte er und zog den Kopf zurück, um sie zu betrachten. Sie zog seinen Kopf zu sich herunter und küsste ihn wild und dringlich, ihr Herz pochte wie verrückt in ihrer Brust.

Sie war so kurz davor – so kurz –, aber noch nicht ganz da.

»James«, seufzte sie und presste sich ihm noch mehr entgegen und er verstand. Er ließ eine Hand unter ihre Röcke wandern und begann zu reiben – zwar nicht mit dem Geschick, das sie früher von ihm gewohnt war, aber das war Violet in dem Moment egal. Einmal, zweimal, dreimal ...

Violet kniff die Augen zu und ließ den Kopf in die Kissen sinken, während sie von Wellen der Lust ergriffen wurde. Sie spürte, wie sie sich um ihn zusammenzog, und nur einen Augenblick später war auch er so weit und stöhnte gegen ihren Hals, während er zuckend in ihr kam. Der Klang seiner Lust steigerte ihre eigene noch weiter.

Zum ersten Mal seit vier Jahren hatte sie wieder das Gefühl, das sie schon beinahe vergessen hatte: dass es keinen Ort auf der Welt gab, an dem sie lieber hätte sein wollen.

Kapitel 13

Violet hatte keine Ahnung, wie lange sie schon so dalagen, ihre Beine noch immer um seine Hüften geschlungen, sein Gesicht an ihrem Hals, ihre Augen fest geschlossen. Irgendwann kam sie jedoch wieder zu sich und löste sich von ihm. Ihre Beine waren ganz wackelig, als sie die Füße auf den Boden stellte. Die Bewegung schien auch James aus seiner Starre zu lösen. Er hob den Kopf, richtete sich schließlich auf und erhob sich, um seine Kniebundhosen zu schließen.

Plötzlich wurde Violet schüchtern und errötete. Erst jetzt wurde ihr bewusst, dass sie sich in einem Haus befand, das nicht ihr eigenes war. Sie setzte sich gerade auf, richtete das Korsett und griff sich ins Haar, um den Schaden zu begutachten. Dann begann sie, die Kissen nach den Haarnadeln abzutasten, die James so ungeniert herausgezogen hatte. Nachdem sie sie gefunden hatte, schob sie sie hastig in ihre Frisur und versuchte, wieder Ordnung auf ihrem Kopf herzustellen.

»Ich weiß ja nicht viel über Damenfrisuren«, sagte James, schlüpfte in sein Jackett und ging auf die Knie, um nach seinen Handschuhen zu suchen, »aber ich glaube, du wirst es nicht schaffen, dass es wieder so aussieht wie vorhin.« Er klang so zufrieden, dass Violet ihn am liebsten geküsst und geohrfeigt hätte.

»Ich weiß«, sagte sie. »Aber ich muss es wenigstens versuchen. So kann ich unmöglich rausgehen.«

»Wir schleichen uns davon, bevor uns jemand sieht«, erwiderte er, entdeckte seine Handschuhe und zog sie an. Dann hielt er inne und musterte Violet. »Wo sind eigentlich *deine* Handschuhe?«

»In meiner Handtasche.«

»Ah.«

Seltsames Schweigen breitete sich aus.

»Nun«, sagte sie leichthin und sprang auf. »Nun.«

James blickte zu ihr herab. »Würdest du gern gehen?«

»Ja«, antwortete Violet umgehend. Sein Blick machte sie nervös. Sie wollte ihm immer noch so viel sagen, doch im Moment wusste sie nicht, wie.

Sie öffnete den Mund, um zu sprechen, holte tief Luft – und hustete.

Später würde sie es amüsant finden, was für ein Chaos eine kleine Menge Staub anrichten konnte. Schließlich waren sie in einer Bibliothek – da war Staub zu erwarten, besonders wenn die besagte Bibliothek nicht so oft genutzt wurde wie die ihre. Jedenfalls brachte sie der Staub zum Husten – und nachdem sie sich wieder gefangen hatte, war das Lächeln auf James' Gesicht verschwunden.

»Ich würde dir ja ein Taschentuch anbieten«, bemerkte er kühl, »aber ich bin sicher, du hast genau für diesen Zweck noch irgendwo eins versteckt.«

Violet fiel die Kinnlade herunter. »Wie bitte?«

Er packte sie am Arm und versuchte, sie aus der Bibliothek zu ziehen, doch sie weigerte sich, drückte die Hacken in den Fußboden und riss sich los. James blieb ebenfalls stehen, drehte sich zu ihr um und stemmte die Hände in die Hüften.

»War das alles nur Teil deines Spiels?«, fragte er, machte eine Handbewegung und meinte damit allgemein die Bibliothek, aber insbesondere den Fensterplatz und was eben dort geschehen war. »Hast du dir irgendwo einen verdammten Plan notiert? Steht darin geschrieben, wie oft du am Tag husten musst, um mein Mitgefühl zu erwecken?« Er machte zwei Schritte auf sie zu, die Wangen gerötet, die Augen funkelnd. »Violet, *ich weiß, dass du keine Schwindsucht hast.*«

Er dachte, er hätte die Katze aus dem Sack gelassen. Dass sie nun den Rückzug antreten und aufgeben würde. Sie war jedoch so wütend, dass die Worte förmlich aus ihr herauspurzelten, während sie an ihn herantrat, so nahe, dass sie den Kopf in den Nacken legen musste, um zu ihm aufzusehen.

»Ich *weiß*, dass du es weißt, du verdammter Mistkerl!« Dann schlug sie ihm gegen die Brust. »Ich hatte ein *Staubkorn* im Hals! Tut mir schrecklich leid«, fügte sie sarkastisch hinzu. »Ich wusste nicht, dass du, was meine Gesundheit angeht, so empfindlich bist, dass dich ein kleines Husten aus der Bahn wirft.«

James entwich ein ungläubiges Lachen. »Sagt die Frau, die seit vierzehn Tagen durchs Haus läuft und immer hustet, wenn sie in Hörweite ist, und einen *Schauspieler* anheuert, um ihren Arzt zu spielen?«

»Ich nehme an, das ist schlimmer als ein Mann, der mit der Frau flirtet, die einmal mit seinem Bruder liiert war, nur um sich zu rächen«, erwiderte Violet gespielt nachdenklich. »Wie dumm von mir, nicht zu merken, dass du die Moral für dich gepachtet hast.«

»Dafür habe ich mich entschuldigt«, sagte James steif, und Violet konnte förmlich sehen, wie er seine Maske aufsetzte – und beschloss, dass sie es diesmal nicht zulassen würde.

»Ja, *dafür* schon«, sagte sie beleidigt. Wieder wollte sie mit der Faust auf ihn einschlagen, doch er kam ihr zuvor, packte ihre Hand und weigerte sich, sie loszulassen. »Aber ist es dir auch nur ein einziges Mal in den Sinn gekommen, dich bei mir für irgendetwas zu entschuldigen, das im Laufe der letzten vier Jahre passiert ist? Ist es dir je in den Sinn gekommen, dass ich gern eine Entschuldigung dafür hätte, dass mein Glück zerstört wurde?«

»Was das angeht, sind wir beide schuld.« Obwohl er direkt vor ihr stand, obwohl er immer noch ihre Hand festhielt, obwohl er eben noch in ihr gewesen war, wirkte James nun weit, weit weg. Doch dann verrutschte seine Maske für einen kurzen Moment – irgendwie wirkte er plötzlich jünger und genauso einsam, wie sie sich fühlte. Er sah aus wie der Mann, in den sie sich verliebt hatte und der damals fast noch ein Junge gewesen war.

»Du warst diejenige, die das Zimmer verlassen hat«, sagte er leise.

Violet blinzelte und wusste kurz nicht, was er meinte. Doch dann wurde ihr klar, dass er von diesem fürchterlichen Morgen sprach, als sie aus dem Salon geflüchtet war, um nicht in Tränen auszubrechen.

»Du hättest mir folgen sollen«, entgegnete sie, ihre Stimme nicht mehr als ein Murmeln. Dann drehte sie sich um und ging zur Tür.

»Wohin gehst du?«, fragte er heiser. Seiner Stimme fehlte nun gänzlich das übliche Selbstbewusstsein.

»Ich werde Diana bitten, mich nach Hause zu bringen.« Sie warf einen Blick über die Schulter. »Und bitte folge mir diesmal auch nicht. Folge mir nur, wenn du zugeben kannst, dass du mich immer noch liebst, und es mir erlaubst, dich ebenfalls zu lieben.«

Dann durchquerte sie den Raum, ging zur Tür hinaus und ließ sie hinter sich zufallen.

...

Viel später am Abend – nachdem er sich wieder zu seinen Freunden gesellt und deutlich mehr Brandy getrunken hatte, als ursprünglich beabsichtigt, und nachdem er eine holprige Heimfahrt hatte ertragen müssen, nur mit Violets Duft als Begleitung – fand sich James vor der Tür seiner Frau wieder und zögerte.

Schon dreimal hatte er die Hand gehoben und wieder gesenkt. Langsam war er von sich selbst genervt. Er lehnte die heiße Stirn gegen die Tür und genoss das Gefühl des kühlen Holzes. Violets Worte von vorhin gingen ihm immer noch durch den Kopf – er hatte so viel zu verarbeiten, dass er überhaupt nicht wusste, wo er beginnen sollte. Doch ein Ausruf ging ihm nicht mehr aus dem Sinn: *Wenn du zugeben kannst, dass du mich immer noch liebst, und es mir erlaubst, dich ebenfalls zu lieben.*

Liebe.

Violet liebte ihn noch immer.

Und sie dachte, dass er sie auch immer noch lieben würde.

Und wie immer hatte sie vollkommen recht. Wie hatte er jemals denken können, dass er nichts mehr für sie empfand? Wie hatte er je glauben können, es zu ertragen, nie wieder ihre Arme um seinen Hals zu spüren, ihren Mund auf seinem, wie sich ihre Hüften im selben Rhythmus bewegten? Der zynische Teil in ihm versuchte, wieder die Kontrolle zu übernehmen, und erinnerte ihn daran, dass er nur eine ziemlich lange Dürreperiode beendet hatte und jede Frau diese Wirkung auf ihn gehabt hätte.

Doch er brachte es nicht fertig, das zu glauben.

Es war anders gewesen. Besonders. Weil es Violet gewesen war. Er wollte keine andere. Nur Violet.

Und natürlich hatte er wieder alles ruiniert. Er krümmte sich, während er an ihren Gesichtsausdruck dachte, als er sie wegen des kleinen Hustens gerügt hatte. Natürlich meldete sich auch ein zorniger Teil seines Gehirns: Wer einmal log, dem glaubte man nicht. Woher hätte er bitte wissen sollen, dass *dieser* Husten echt gewesen war?

Vielleicht hättest du den Zeitpunkt in Betracht ziehen sollen, sagte der vernünftigere Teil in ihm. James krümmte sich erneut. Ja, der Zeitpunkt. Da hatte er endlich nach langer Zeit wieder mit seiner Frau Liebe gemacht, nur um sie sofort danach zu tadeln, weil sie Staub eingeatmet hatte.

Nicht zum ersten Mal in den letzten Tagen kam er sich vor wie ein Mistkerl.

Aber eine Sache war klar: Er war gerade nicht in der Verfassung, um in das Zimmer seiner Frau zu stürmen und ein Gespräch zu verlangen. Es war mitten in der Nacht. Wahrscheinlich schlief sie, und wenn sie sich in den letzten Jahren nicht allzu sehr verändert hatte, wäre sie wohl gar nicht begeistert, von ihrem betrunkenen Ehemann aus dem Tiefschlaf gerissen zu werden, ohne dass er überhaupt wusste, was er sagen sollte.

Also ging er stattdessen in sein eigenes Schlafgemach und versuchte, die Verbindungstür zu ignorieren. Er zog sich aus und versuchte, nicht darüber nachzudenken, dass sich seine Frau im Zimmer nebenan ebenfalls ihrer Kleidung entledigt hatte. Seine Frau, mit der er vor wenigen Stunden …

Nun. Er wusste nicht, ob es für das, was er und Violet getan hatten, überhaupt ein Wort gab. Keiner der üblichen Begriffe – *Liebe machen, begatten, miteinander schlafen* – schien ihm passend. In den letzten vier Jahren hatte er viele Nächte damit zugebracht, sich vorzustellen, wieder mit Violet Liebe zu machen, doch entweder hatte ihn sein Gedächtnis im Stich gelassen, oder das heute Abend war anders gewesen als alles zuvor.

Nur mit Unterwäsche bekleidet, legte er sich ins Bett, starrte hinauf zum Baldachin und versuchte, an etwas anderes als Violets Brüste zu denken, den Klang ihrer Seufzer, daran, wie sie kurz den Atem angehalten hatte, als er in sie eingedrungen war.

Pferde. Ja, das war gut. Er sollte an Pferde und ans Reiten denken.

Nein, lieber nicht ans Reiten.

Also gab er auf und ließ seine Gedanken die Oberhand gewinnen. Er dachte daran, wie sich ihre Zunge in seinem Mund und an seinem Hals angefühlt hatte, ihre seidigen Haare zwischen seinen Fingern, wie wundervoll es sich angefühlt hatte, als sie sich rhythmisch um ihn zusammengezogen hatte.

Wie um alles in der Welt hatte er es die letzten vier Jahre ohne all das ausgehalten? Und wie hatte er je glauben können, dass ihn auch eine andere Frau hätte befriedigen können?

Er war ein Narr. Was machte es schon, wenn ihr Kennenlernen von ihren Eltern eingefädelt worden war? Was machte es schon, ob Violet davon gewusst hatte? Je länger er darüber nachdachte, desto sicherer war er sich, dass sie die Wahrheit sagte – wenn er aus den letzten vierzehn Tagen eine Sache gelernt hatte, dann, dass seine Frau keine besonders gute Lügnerin war. Tief in seinem Inneren wusste er, hätte er damals auf dem Balkon eine andere kennengelernt, hätte er sie nicht geküsst, sich nicht in sie verliebt, sie nicht geheiratet. Vielleicht war es gar nicht so schlimm, nur eine Schachfigur seines Vaters zu sein, wenn es zu einem gemeinsamen Leben mit Violet führte.

Mit dieser Erkenntnis schlief er schließlich ein.

...

Am nächsten Morgen betrat Violet nervös den Frühstücksraum. Heute hatte sie sich mit der Auswahl ihrer Kleidung besonders viel Mühe gegeben, doch als sie das leere Zimmer sah, sackten ihre Schultern zusammen, und sie wünschte sich, sie hätte es nicht getan. James war nicht hier. Was hatte sie sich erhofft? Dass ein einziges Stelldichein auf einem Fensterplatz, gefolgt von einer Standpauke, alles wiedergutmachen würde, was in den letzten vier Jahren vorgefallen war?

Natürlich nicht.

Missmutig beendete sie ihr Frühstück allein und zog sich danach wie gewöhnlich in die Bibliothek zurück. Sie nahm ein Buch nach dem anderen zur Hand, doch keines weckte wirklich ihr Interesse. Am frühen Nachmittag klingelte sie nach dem Tee. Die Magd hatte ihn soeben serviert, als Wooton in der Tür erschien und ankündigte: »Lady Templeton.«

Als Diana das Zimmer betrat, stand Violet auf und rüstete sich für das, was jetzt kommen würde. Gestern Abend, als sie Diana gebeten hatte, sie nach Hause zu bringen, hatte Diana – vollkommen untypisch – keinerlei Fragen gestellt. Anscheinend hatte sie gemerkt, dass Violet nicht in der Lage gewesen wäre, sie zu beantworten. Doch Violet hätte wissen müssen, dass diese Atempause nicht lange wehren würde. Und tatsächlich waren zwölf Stunden Wartezeit für Diana schon sehr beachtlich.

»Diana«, sagte Violet, als Wooton und die Magd das

Zimmer verließen und die Tür hinter sich zuzogen. »Wie ... unerwartet.«

»Nicht in diesem Ton, Violet Audley«, sagte Diana streng und zog ihre Handschuhe aus. »Mein Gott, ist das warm heute. Ich finde, wir sollten die Sommermode noch einmal überdenken. So viel Kleidung zu tragen ist unmenschlich, das sag ich dir.« Dann ließ sie sich auf ein Sofa fallen. »Oh, wie schön. Tee. Mein Timing ist einfach hervorragend.«

»Ist es das nicht immer?«

»Das stimmt«, sagte Diana selbstgefällig und beobachtete, wie Violet ihr eine Tasse einschenkte.

»Hast du heute Nachmittag etwas vor?«, fragte Violet unschuldig, goss sich selbst eine Tasse ein und fügte Milch und Zucker hinzu.

»Hör sofort damit auf, Violet. Ich glaube, du weißt genau, dass ich nicht zum Plaudern hergekommen bin. Ich will genau wissen, wohin ihr gestern Abend verschwunden seid und warum du dann so schnell abhauen wolltest – und so ramponiert, muss ich hinzufügen.« Sie musterte Violet scharfäugig, und Violet musste plötzlich an ihre Mutter denken. Zum allerersten Mal fand sie, dass Diana und ihre Mutter etwas gemeinsam hatten.

»Ich würde lieber nicht darüber sprechen«, erwiderte Violet, spürte jedoch, wie sie errötete. Warum schien sie in letzter Zeit ständig zu erröten? Es war höchst unangenehm – und sie wusste, dass Diana sie nicht in Ruhe lassen würde.

»Und *ich* würde lieber nicht das ganze nächste Jahr damit zubringen, Lord Willingham unter die Haube zu bringen«, entgegnete Diana. »Und dennoch ist es jetzt so.«

»Du bist diejenige, die ihm diese dumme Wette vorgeschlagen hat«, stellte Violet fest.

»Darum geht es nicht. Und jetzt hör auf, vom Thema abzulenken.«

»*Ich* war nicht diejenige, die vom Thema abgelenkt hat.«

Diana schnaubte. »Erzähl mir jetzt, was gestern Abend passiert ist«, forderte sie.

»James und ich hatten ... eine interessante Unterhaltung«, sagte Violet vorsichtig.

»Oh?«, fragte Diana süßlich. »Eure Münder waren während dieser Unterhaltung bestimmt sehr beschäftigt, nicht wahr?«

»Diana!«

»Entschuldigung. Was wolltest du sagen?«

»Wir haben *geredet*. Hast du gerade *geschnaubt*?«

»Ich bin eine Dame«, erwiderte Diana würdevoll.

»Jedenfalls dachte ich, wir würden, ähm, Fortschritte machen ... Und dann habe ich gehustet.«

»Violet! Warum um alles in der Welt hast du das gemacht, wenn ihr doch Fortschritte gemacht habt?«, fragte Diana empört, wie eine Mutter, die ihr ungezogenes Kind tadelte.

»Wie kommt es«, sprach Violet ihren Gedanken laut aus, »dass ich nicht ein wenig Staub einatmen und husten kann, ohne eine solche Reaktion auszulösen? Ich werde den Mägden sagen, dass sie beim Abstauben sorgsamer sein müssen, damit ich niemanden verärgere.«

»Ach, komm schon«, protestierte Diana. »Du musst zugeben, dass du seit zwei Wochen bei jeder noch so kleinen Provokation in dein Taschentuch bellst.«

»Du hast mich dazu ermutigt!«, entgegnete Violet gereizt. »Und ich *belle* nicht. Ich huste vorsichtig.«

»Gibt es da nicht eine Kindergeschichte? Das Hirtenmädchen und der Wolf?«, grübelte Diana.

»Soll ich dir den Husten demonstrieren?«, fragte Violet. »Denn ich finde wirklich nicht, dass Bellen …«

»Violet!« Energisch stellte Diana ihre Teetasse ab. »Meine Güte, ich frage mich, ob es so ist, wenn man Kinder hat.« Dann holte sie tief Luft. »Dann war das Husten also unabsichtlich?«

»In der Tat.«

»Was für ein schlechter Zeitpunkt.«

»Das fand James auch«, sagte Violet. »Er wertete es als Zeichen meiner …« Sie hielt inne, denn sie wusste nicht, welches Wort sie benutzen sollte.

»Anhaltenden Falschheit?«, schlug Diana hilfsbereit vor.

»So in etwa.« Violet zuckte mit den Schultern. »Jedenfalls habe ich dann die Fassung verloren und … ein paar Dinge gesagt.«

»Aber ganz sicher nichts, was er nicht verdient hätte«, murmelte Diana.

»Ich habe ihm gesagt, er solle mir sagen, wenn er bereit sei, mir zu erlauben, ihn zu lieben«, gestand Violet hastig. »Und dass ich nicht ewig warten würde.«

»Hervorragend!«, sagte Diana freudestrahlend. »Wirklich, Violet. Man sollte einem Mann nicht allzu lange nachjagen. Ich finde, du solltest Audley aufgeben und dir stattdessen einen Liebhaber suchen.«

»Ich dachte, du hättest meinen Plan befürwortet!«, protestierte Violet.

»Ja, als ich noch dachte, es würde um Rache gehen«, stellte Diana klar. »Nicht um Liebe.« Dann sah sie Violet scharf an. »Das willst du damit doch sagen, nicht wahr? Dass du ihn liebst?«

»Ja«, erwiderte Violet hilflos. »Obwohl ich wünschte, ich würde es nicht tun. Wenn er sich so benimmt …«

»Schätzchen«, sagte Diana. »Das kann nicht ewig so weitergehen. Du bist jung und hübsch. Jeder Mann würde sich glücklich schätzen, dich an seiner Seite zu haben. Du solltest nicht so viel auf dich nehmen für einen Mann, der deine Gefühle nicht erwidert. Ich halte nichts von einseitiger Schwärmerei«, fügte sie hinzu und blickte Violet ernst an. »Es ist nicht gut, das Ego eines Mannes derart aufzublasen, weißt du? Wenn Audley nicht mehr zu dir ins Bett steigen will, warum dann nicht ein anderer Kerl?«

Kurz dachte Violet darüber nach, Diana mitzuteilen, dass James eher mit ihr auf Fensterplätze stieg, nur um ihre Reaktion zu sehen, doch so mutig war selbst sie nicht.

Stattdessen sagte sie lediglich: »Unsere Ehe ist vielleicht nicht die glücklichste, aber wenigstens sind wir uns immer noch treu. Und so soll es auch bleiben.«

Diana sackte in sich zusammen. »Moralvorstellungen«, sagte sie. »So ermüdend.«

Violet hob eine Augenbraue.

»Du scheinst im Moment auch eine Durststrecke zu haben, Diana. Wie lange bist du jetzt nicht mehr in Trauer? Und dennoch habe ich noch keine Gerüchte über einen Liebhaber gehört.«

»Ich arbeite daran«, antwortete Diana kryptisch, doch bevor Violet länger darüber nachdenken konnte, erschien Wooton in der Tür.

»Lord Willingham, Mylady«, verkündete er und trat beiseite, damit Jeremy den Raum betreten konnte.

»Jeremy?«, fragte Violet und erhob sich, um ihm die Hand darzubieten. »Wie schön. Bist du hier, um James zu sehen? Ich befürchte, er ist nicht zu Hause.«

»Ja, das wollte ich eigentlich«, erwiderte Jeremy, beugte sich galant über ihre Hand und wiederholte die Geste – eher flüchtig – bei Diana. »Aber wie kann ich enttäuscht sein, wenn ich mich in so liebreizender Gesellschaft wiederfinde? Welcher Mann könnte der Versuchung widerstehen, mit zwei so hübschen Damen in den Tag zu starten?«

»Ich war der Meinung, genau das wäre eine deiner Angewohnheiten«, erwiderte Diana kühl, während Jeremy Platz nahm und Violet begann, ihm eine Tasse Tee zuzubereiten. »Nun, vielleicht nicht unbedingt mit *zweien*«, fügte sie mit gespielter Nachdenklichkeit hinzu. »Aber sicher bin ich natürlich nicht. Vielleicht ist deine Ausdauer beeindruckender, als ich dachte.«

»Ich habe den Morgen heute ausnahmsweise allein begrüßt«, sagte Jeremy, nahm die Tasse entgegen und trank einen großen Schluck. »Was mich natürlich so aus der Fassung gebracht hat, dass ich sofort hierhergekommen bin.«

Sein Tonfall klang beschwingt, doch er beäugte Diana mit scharfem Blick.

»Was für ein Glück für uns«, sagte Diana giftig. »Aber geh jetzt bitte, Willingham. Ich habe gerade ein wichtiges Gespräch mit Violet geführt, und du hast uns gestört.«

»Du fragst sie wegen gestern Abend aus, oder?«, meinte Jeremy wissend.

»Ja, tut sie. Und ich nehme an, das ist auch der Grund für deinen Besuch«, bemerkte Violet. »Lasst mich jetzt bitte allein. Und zwar beide.«

»Du solltest wissen, Violet, dass du und Audley gestern Abend das Gesprächsthema Nummer eins wart, nachdem ihr gegangen seid.«

»Warum?«

»Du glaubst doch nicht, dass es den Leuten entgangen ist, wie Audley mit Lady Fitzwilliam getanzt hat. Und das nach den Gerüchten über ihr Treffen im Hyde Park.« Diana hielt inne und fügte dann vorsichtig hinzu: »Ich wundere mich, dass noch keine Männer an deine Tür geklopft haben, während wir uns unterhalten.«

»Zu welchem Zweck?« Violet hatte das Gefühl, Diana würde eine fremde Sprache sprechen. Nichts, was sie sagte, ergab wirklich Sinn.

»Nun«, erwiderte Diana lang gezogen, »da einige Gentlemen mitbekommen haben, dass sich Audley nun eine Geliebte nehmen will, vermuten sie jetzt, dass du ebenfalls zu solch ... außerehelichen Aktivitäten bereit wärst.«

»Haben sie denn nicht gesehen, dass ich direkt danach mit James getanzt habe?«, fragte Violet irritiert.

»Nein«, entgegnete Diana langsam. »Sie haben nur gesehen, wie du ihren Tanz auf skandalöse Weise unterbrochen hast. Und wenn das nicht die Handlung einer eifersüchtigen Ehefrau war, dann sehe ich in deinem Tun nicht den geringsten Sinn.«

»Ach du meine Güte.« Violet vergrub das Gesicht in den Händen. »Wenn es wirklich so schlimm ist, wie du sagst, sollte ich Wooton besser darüber informieren, dass ich keinen Besuch empfangen werde.«

»Das habe ich bereits übernommen«, sagte Diana gelassen und nippte an ihrem Tee. Dann warf sie Jeremy einen strengen Blick zu. »Fragt sich nur, wie *du* hereingekommen bist, Willingham.«

»Keiner kann meinem Charme widerstehen«, erwiderte Jeremy mit einem gewinnenden Lächeln. »Nicht einmal ein so strenger Butler wie Wooton.«

»Seltsam, denn ich scheine deinem Charme nicht zu erliegen.«

»Das liegt nur daran, Lady Templeton, dass ich bei dir meinen Charme noch nie habe spielen lassen. Ich versichere dir, würde ich ihn einsetzen, könntest auch du nicht widerstehen.«

»Jedenfalls«, sagte Diana, um das Gespräch wieder in eine andere Richtung zu lenken, »haben mich gestern Abend mindestens drei Herren nach dir gefragt. Meine Tanzkarte war bis oben hin voll, so versessen waren alle darauf, mehr über den Zustand eurer Ehe zu erfahren.«

»Deine Tanzkarte ist *immer* voll«, bemerkte Violet wahrheitsgemäß.

»Das stimmt«, sagte Diana ruhig und ohne falsche Bescheidenheit und nippte wieder an ihrem Tee. »Aber diesmal schienen die Herren nicht nur daran interessiert zu sein, mir ungeniert ins Dekolleté zu gaffen. Sie wollten nur reden!« Sie klang begeistert und zugleich verstimmt.

»Vielleicht würdest du diese Erfahrung öfter machen, wenn sie weniger zu gaffen hätten«, bemerkte Jeremy.

»Und dennoch scheinst auch du nie der Versuchung widerstehen zu können, deine Augen etwas wandern zu lassen«, konterte Diana.

»Meine liebe Lady Templeton, ich bin ein *Mann*«, erwiderte Jeremy, als würde das alles erklären. Und wenn man Violets Erfahrung mit Männern bedachte, tat es das wohl auch.

»Nichtsdestotrotz«, sagte Violet und beschloss, die vorangegangenen Bemerkungen besser zu ignorieren, »habe ich keinerlei Interesse an Männerbesuchen. Sie würden damit nur ihre Zeit verschwenden.«

»Nicht so voreilig, Violet«, schimpfte Diana. »Manche der Herren, die mich gestern Abend nach dir gefragt haben, waren sehr attraktiv.«

»Ich glaube«, sagte Jeremy, »ich sollte bei dieser Unterhaltung lieber nicht anwesend sein.«

»Da stimme ich dir voll und ganz zu«, erwiderte Diana. »Du findest bestimmt selbst den Weg raus.«

»Hatte dein Besuch einen bestimmten Grund, Jeremy?«, fragte Violet ein wenig diplomatischer. »Ich richte James gern etwas aus, aber bisher habe ich ihn noch nicht gesehen.«

»Wahrscheinlich versteckt er sich vor Besuchern«, murmelte Jeremy düster. »Aber, ähm, nein danke. Ich wollte nur über ... Männersachen mit ihm sprechen. Das würde dich wahrscheinlich sowieso nicht interessieren.«

»Männersachen?«, hakte Violet nach.

»Genau«, sagte Jeremy mit wachsendem Enthusiasmus. »Auf jeden Fall keine Unterhaltung, die einer Dame angemessen wäre.«

»Und was genau sind diese ›Männersachen‹?«, wollte Violet wissen. »Pferde? Mathematik? Wie man seine Frau glauben lässt, man würde sich für eine andere Frau interessieren?«

»Ähm«, machte Jeremy.

»Oder muss ich spezifischer werden?«, bohrte Violet weiter. »Wie man seine Frau glauben lässt, man würde sich für eine andere Frau interessieren, weil man weiß, dass die eigene Frau nicht wirklich krank ist?«

»Bekommt ihr davon keine Kopfschmerzen?«, platzte es aus Jeremy heraus. »Ich weiß nicht, wie ihr das aushaltet! Ich habe keinen blassen Schimmer mehr, wer was wann weiß.«

Violet und Diana hoben angesichts seines Ausbruchs die Augenbrauen. »Du hast recht«, sagte Violet. Diana wirkte, als würde sie gleich vom Sofa fallen. »Die Sache ist außer Kontrolle geraten. James und ich haben gestern Abend dieselbe Feststellung gemacht.« Sie erwähnte nicht, dass ihre Eintracht nicht lange gewährt hatte – oder wie sie ihre kurze Versöhnung zelebriert hatten.

»Da stimme ich zu«, sagte Diana, was Violet ein wenig lächerlich fand, schließlich war Diana von Anfang an in den verrückten Plan eingeweiht gewesen. »Deshalb sage ich dir, dass du deine falsche Krankheit ablegen und einen der willigen Herren in dein Bett einladen solltest.«

»Ihr wisst schon, dass der Mann, der betrogen werden soll, mein bester Freund ist, oder?«, fragte Jeremy im Plauderton.

»Ich glaube, jetzt ist nicht der richtige Zeitpunkt, um den Moralapostel zu spielen, Willingham«, sagte Diana in vernichtendem Ton.

»Ich sage euch eines«, entgegnete Jeremy, und Violet war erschrocken, ihn so wütend zu sehen. Das war bei ihm eine Seltenheit. »Ihr solltet wissen, dass ich noch nie eine glücklich verheiratete Frau verführt habe oder eine Frau, deren Ehe auf mehr als familiären Verbindungen oder Geld basiert hat.« Abrupt stand er auf, seine Wangen vor Zorn gerötet. Diana starrte ihn erstaunt an.

»Es ist etwas ganz anderes«, fuhr Jeremy fort, »einen Mann zu betrügen, der in sehr jungen Jahren aus Liebe geheiratet hat und nun den Rest seines Lebens dafür bezahlen muss, nur weil seine Frau einen dummen Streit, der vor Jahren passiert ist, nicht vergessen kann.«

»Ich versichere dir«, sagte Violet leise, »ich bin in dieser Ehe nicht diejenige, die die Vergangenheit nicht loslassen kann. Und nur zur Information – nicht, dass es dich etwas angehen würde –, ich habe James gestern Abend darüber informiert, dass ich ihn immer noch liebe. Jetzt ist es an ihm zu handeln.«

In diesem Moment erschien wieder Wooton in der Tür der Bibliothek und verkündete: »Lady Emily Turner.«

»Anscheinend bist du nicht der Einzige, der es schafft, an Wooton vorbeizukommen«, bemerkte Diana herablassen, als Emily leicht derangiert in der Tür erschien.

Nur leicht derangiert, versteht sich. Emily war immer so fein herausgeputzt, dass sie selbst jetzt noch wunderschön aussah – mit einer Locke, die sich aus ihrer Frisur gelöst hatte und an ihrer Schläfe klebte, und den leicht zerknitterten Röcken

Emily blinzelte, als sie das versammelte Grüppchen sah. »Ist mir etwa eine Einladung entgangen?«

»Keineswegs«, sagte Violet und bedeutete ihr mit einer Handbewegung, Platz zu nehmen. »Aber anscheinend bekomme ich heute Morgen ein paar ungebetene Gäste. Was führt dich so früh hierher? Möchtest du einen Tee?«

»Nein, ich kann nicht lange bleiben«, antwortete Emily fahrig und spielte nervös mit ihren Fingern. »Meine Zofe steht vor dem Haus. Ich habe ihr gesagt, ich wolle mir nur ein Buch ausleihen, denn ich befürchte, dass sie mich belauscht, und ich wollte nicht, dass sie mitbekommt, was ich besprechen will ... Ich bin hergekommen, weil ich fragen wollte ... nun ja ...« Sie hielt inne und sah Jeremy ängstlich an.

»Willingham, deine Anwesenheit ist nicht länger erwünscht«, verkündete Diana mit mehr Nachdruck, als erforderlich gewesen wäre.

»Diana«, sagte Violet mild. »Bitte erlaube mir, dass *ich* meine Gäste bitte zu gehen.«

Diana seufzte dramatisch, ließ aber von Jeremy ab. Doch bevor Violet noch etwas sagen konnte, fuhr Emily dazwischen. »Nein, vielleicht sollte Lord Willingham besser bleiben.« Sie warf ihm einen verstohlenen Blick zu. »Die Meinung eines Mannes könnte vielleicht hilfreich sein.«

Neugierig lehnten sich Violet und Diana weiter nach vorn, und auch Jeremy wirkte nun wesentlich interessierter als sonst.

»Lord Julian Belfry«, setzte Emily an, und Diana beugte sich noch weiter vor, sodass Violet schon befürchtete, sie würde vom Sessel fallen. Dieser ungewöhnliche Enthusiasmus ließ Emily innehalten, und Jeremy sagte: »Bitte fahren Sie fort, Lady Emily, bevor sich Lady Templeton noch ernsthaft verletzt.«

»Ja, nun ja.« Wieder legte Emily eine Pause ein. »Er hat mich gefragt, ob ich ihn zu Lady Wheezles Venezianischem Frühstück diese Woche begleiten würde.«

Kurz folgte Schweigen, dann jammerte Diana: »Ausgerechnet dieses Frühstück! Warum sucht er sich gerade das aus, zu dem ich nicht eingeladen bin?«

Im selben Moment fragte Jeremy: »Wer um alles in der Welt will *daran* bitte teilnehmen?«

Violet war um mehr Diplomatie bemüht und fragte lediglich: »Emily, wie kam es dazu?« Eine andere Frage fiel ihr einfach nicht ein. Natürlich hatte sie Belfrys Interesse an Emily bemerkt und dass er ihr mehr Aufmerksamkeit schenkte als Diana. Aber sie hätte nie gedacht, dass er ernste Absichten haben könnte, der Mann hatte schließlich einen ziemlich skandalösen Ruf und schien niemand zu sein, der respektable Debütantinnen zu sozialen Veranstaltungen begleitete.

Emily hob die Hände. »Ich weiß nicht genau! Wir haben gestern Abend zweimal miteinander getanzt, und er hat mich gebeten, mit ihm eine Runde durch den Saal zu drehen. Das war, nachdem ihr beide verschwunden seid«, fügte sie hinzu, ohne vorwurfsvoll zu klingen. »Wir haben uns über nichts Bestimmtes unterhalten, und er erzählte mir, dass er erst am Morgen eine Einladung zu Lady Wheezles Frühstück bekommen hatte, und fragte mich, ob ich mit ihm hingehen wolle.«

»Und was hast du gesagt?«, fragte Diana neugierig.

»Nun, ich habe gesagt, ich sei überrascht, dass er überhaupt daran teilnehmen wolle. Und er meinte, er sei hauptsächlich an meiner Begleitung interessiert.« Inzwischen war Emily knallrot. »Dann habe ich ihm gesagt, dass ich nicht sicher sei, ob Mr Cartham damit einverstanden sei, wenn mich ein anderer Mann zu solch einer Veranstaltung begleiten würde. Und er sagte, er wisse mit Sicherheit, dass Lady Wheezle Mr Cartham nicht eingeladen habe und dass man von mir nicht verlangen könne, die Einladung eines anderen abzulehnen, da ich ja nicht einmal verlobt sei.«

»*Und was hast du gesagt?*« Diana schien große Mühe zu haben, Emily nicht bei den Schultern zu packen und zu schütteln.

»Ich habe Ja gesagt«, sagte Emily schließlich. »Ich war so überrascht, dass ich einfach zugestimmt habe, bevor ich genauer darüber nachdenken konnte!«

»Und warum solltest du genauer darüber nachdenken?«, fragte Diana.

»Weil Belfry als nicht unehrenhafter Verführer bekannt ist?«, schlug Jeremy gelassen vor.

»Irgendwann muss jeder Mann sesshaft werden, Willingham«, erwiderte Diana herablassend.

»Ich weiß, dass du so denkst«, stimmte Jeremy zu. »Deswegen warst du auch bereit, eine erhebliche Summe zu wetten, wenn ich mich recht entsinne.«

»Ich finde es wundervoll, Emily«, sagte Violet und ignorierte Dianas und Jeremys Kabbelei. Das war für gewöhnlich das Beste. »Ich mag Lord Julian. Und er ist sehr attraktiv«, fügte sie hinzu.

»Und seine Taschen sind *sehr* tief«, bemerkte Diana.

»Ich glaube, ich habe eher aus Neugierde zugestimmt«, gestand Emily. »Ich habe keine Ahnung, wie ich meine Eltern dazu bringen soll, mich ihn begleiten zu lassen. Sie werden sich Sorgen machen, dass Mr Cartham beleidigt sein könnte.«

»Hast du deine Bedenken Belfry gegenüber erwähnt?«, fragte Jeremy.

Emily nickte. »Er meinte, ich solle mir darüber keine Gedanken machen. Er und Mr Cartham seien in denselben Kreisen unterwegs und er könne sich darum kümmern.« Emily klang nicht überzeugt von den Erfolgsaussichten, doch Violet war sicher, dass Belfry durchaus in der Lage war, mit Oswald Cartham umzugehen, und das sagte sie ihr auch.

»Außerdem«, fügte sie hinzu, »Diana hat recht. Irgendwann muss jeder Mann heiraten. Vielleicht hat er gemerkt, dass ihm die Rolle des Ehemanns doch ganz gut gefällt.«

»Da wir gerade von Ehemännern sprechen«, sagte Emily, offensichtlich ganz versessen darauf, das Thema zu wechseln, »wohin ist deiner so eilig verschwunden, als ich angekommen bin?«

Violet runzelte die Stirn. »Was meinst du damit?«

Nun war Emily diejenige, die die Stirn krauszog. »Er ist gerade gegangen, als ich gekommen bin. Ich muss jedoch zugeben, dass er ziemlich aufgebracht wirkte. Hat er dir denn nicht gesagt, wohin er geht?«

»Ich wusste nicht einmal, dass er zu Hause ist«, erwiderte Violet verärgert. Wann war er nach Hause gekommen? Und warum war er gegangen?

»Wie merkwürdig«, sagte Emily, immer noch stirnrunzelnd. »Er kam den Flur hinab, der zur Bibliothek führt, als mich Wooton hereingelassen hat. Ich bin davon ausgegangen, dass er hier bei euch war.«

Kälte überkam Violet. Worüber hatten sie gesprochen, bevor Emily aufgetaucht war? Was konnte James mit angehört haben? Kurz dachte sie nach, dann überkam sie eine Mischung aus Ärger und leichter Furcht: Sie hatten darüber gesprochen, dass Violet eine Affäre beginnen sollte.

Natürlich hatte er ausgerechnet in diesem Moment an der Tür lauschen müssen. Wie sehr er sie doch in den Wahnsinn trieb. Am liebsten wäre sie ihm jetzt an die Gurgel gegangen.

Stattdessen sagte sie langsam: »Ich glaube, er hat uns belauscht.«

»Was meinst du damit?«, fragte Diana.

»Du hast die ganze Zeit darauf beharrt, dass ich mir einen Liebhaber suchen soll«, sagte Violet und bemühte sich, nicht zornig zu klingen. »Ich glaube, diesen Teil des Gesprächs hat James mitbekommen. Warum sollte er sonst so eilig aufbrechen?«

»Papperlapapp«, sagte Jeremy. »Es ist nicht Audleys Art, wie ein frecher Schuljunge an der Tür zu lauschen.«

Das war eine amüsante Vorstellung, doch Violet wollte sich jetzt nicht ablenken lassen. »Es ist bestimmt unabsichtlich passiert«, stellte sie klar. »Die Tür stand leicht offen. Er hat es auch mitbekommen können, wenn er einfach nur davor stand.«

»Warum bist du so aufgebracht, Violet?«, fragte Diana, erhob sich und kam zu ihr.

»Er ist jetzt bestimmt über alle Berge und hat *wieder* alles falsch verstanden!«, brach es wütend aus Violet hervor. »Er hat zweifelsohne deinen Unsinn gehört, und jetzt steigert er sich wieder in etwas hinein. Oh, ich könnte ihn erwürgen!« Sie begann, im Zimmer auf und ab zu gehen. »Wie soll unsere Ehe jemals wieder funktionieren, wenn er bei jeder kleinen Andeutung beleidigt ist? Es ist zum Davonlaufen!«

»Ich muss aber sagen«, warf Jeremy ein, »ich finde nicht, dass Lady Templeton nur Andeutungen gemacht hat. Sie hat es ganz deutlich ausgedrückt.«

Diana warf Jeremy einen giftigen Blick zu, doch Violet hatte jetzt keine Zeit für ihre Streitereien.

»Es wäre schön, wenn ich mich meiner besten Freundin anvertrauen könnte, ohne dass sie mich dazu zu überreden versucht, meine Ehe zu zerstören.«

Diana wurde rot vor Zorn, was ungewöhnlich war. Trotz

ihrer losen Zunge wurde sie nur selten wirklich wütend. Anscheinend fand sie nie, dass es ihre Energie wert war. Doch jetzt hatte Violet bei ihr einen Nerv getroffen.

»Du hast schon ganz ohne meine Hilfe genug getan, um deine Ehe zu zerstören«, sagte sie in knappem Ton. Ihre Trägheit war nun komplett verschwunden. »Du benimmst dich wie ein kleines Kind. Und dein Mann auch.« Dann verschränkte sie die Arme vor der Brust. »Es ist lächerlich, dass du überhaupt jemals versucht hast, ihm gegenüber Desinteresse vorzutäuschen. Man buhlt nicht um die Aufmerksamkeit eines Menschen, der einen nicht interessiert.«

Violet musste sich auf die Zunge beißen, um sich die Bemerkung zu verkneifen, dass das Gleiche auf Diana und Jeremy zutraf. Doch sie hielt sich zurück und beschloss, dass es die Sache nur noch schlimmer machen würde.

»Ich werde nun gehen, Violet«, verkündete Diana entschlossen, griff nach ihrer Handtasche und ging zur Tür. »Lass mich bitte wissen, wenn dieser Schwachsinn endlich vorbei ist und wir wieder ein vernünftiges Gespräch führen können.« Dann war sie verschwunden, und Violet, Emily und Jeremy starrten auf ihren nun leeren Platz.

»Wisst ihr«, sagte Jeremy nachdenklich, »ich glaube, ich bewundere Lady Templeton trotz allem.«

Kapitel 14

An jenem Morgen tat James das, was er im Zweifelsfall immer tat: Er ritt aus.

Als er erwacht war, war es ihm hundeelend gegangen, mit trockenem Mund und pochendem Schädel, aber er war trotzdem aufgestanden. Er würde sich so oder so miserabel fühlen – also konnte er auch an die frische Luft gehen. Außerdem musste er nachdenken, und draußen hatte er schon immer besser denken können. Er dachte an seine Jahre in Oxford. Immer wenn er vor einem mathematischen Problem gestanden hatte, hatte ihm ein langer Ausritt geholfen.

Aufgrund seiner höllischen Kopfschmerzen hatte er länger im Bett gelegen als sonst, dennoch erreichte er den Hyde Park einige Stunden, bevor der Großteil der feinen Gesellschaft auftauchen würde. Es überraschte ihn daher, einem weiteren Reiter zu begegnen, als er in die Rotten Row einbog.

Und es überraschte ihn noch mehr, dass der besagte Reiter sein Vater war.

Während sich James vom Jungen zum Mann entwickelt hatte, schien sein Vater in den letzten Jahren geschrumpft zu sein. Er war noch immer ein großer, imposanter Mann, doch er überragte James nicht mehr, wie er es früher getan hatte. Auch in James' Vorstellung war er nicht mehr der übergroße Mann, den man fürchten musste. Und dennoch versuchte er, dem Duke nicht öfter zu begegnen als unbedingt notwendig. Und wenn man nur der zweite Sohn war und nicht der vergötterte Erbe, dann war »unbedingt notwendig« wesentlich seltener, als man vielleicht annehmen könnte. Oder so war es zumindest vor Wests Unfall gewesen.

Doch seit diesem Tag zeigte der Duke mehr Interesse an seinem zweiten Sohn. Er hatte ihm zur Hochzeit Audley House geschenkt, und dann hatte es da noch diesen fürchterlichen Morgen gegeben, als James nach Hause gekommen war und seinen Vater und Violet in ein Gespräch vertieft vorgefunden hatte – ein Gespräch, von dem James langsam zu denken begann, dass er es komplett missverstanden hatte. Doch obwohl der Duke nun, was die Zukunft des Herzogtums anging, mehr Hoffnung in James setzte, als ihm lieb war, war James stets bemüht, auf Abstand zu seinem Vater zu bleiben. Sie bekriegten sich nicht offen, hielten den Schein aufrecht, aber ...

Nun, James gefiel es jedenfalls gar nicht, dass sein Vater nun seinen so dringend benötigten Ausritt unterbrach. Vor allem nicht heute, da er das Gefühl hatte, jemand würde seinen Kopf mit einem Hammer bearbeiten.

»Vater«, sagte er steif, ließ sein Pferd langsamer traben und erlaubte es seinem Vater, zu ihm aufzuschließen. »Du bist ziemlich früh unterwegs.«

»Das stimmt«, erwiderte sein Vater trocken und ließ den Blick über den noch leeren Park schweifen. »Ich habe noch nie verstanden, warum du gern so früh ausreitest.«

»Es ist bereits Nachmittag«, bemerkte James.

»Dennoch.« Sein Vater winkte ab.

»Beim Reiten bekomme ich einen klaren Kopf.«

»Wenn man bedenkt, was ich über dich gehört habe, brauchst du tatsächlich dringend einen klaren Kopf.«

James presste die Kiefer aufeinander. »Und was genau meinst du damit?«, fragte er, obwohl er sicher war, dass er die Antwort nicht hören wollte.

»Ich habe gestern Abend im Klub interessante Gerüchte aufgeschnappt«, erwiderte der Duke gelassen, während er sein Pferd in einen lockeren Trab versetzte. »Mir ist zu Ohren gekommen, dass du und deine Frau unangenehm aufgefallen seid.«

»Und inwiefern geht dich das etwas an?«, fragte James angespannt.

»Du bist mein Sohn«, sagte der Duke abgehackt und betonte jedes einzelne Wort. »Wenn dein Bruder wirklich ... solche Probleme hat, wie er vorgibt, dann wird es in deiner Verantwortung liegen, einen Erben für das Herzogtum zu zeugen. Alles, was du tust, fällt auf mich zurück.«

»Das«, erwiderte James und versuchte, sich seine aufsteigende Rage nicht anmerken zu lassen, »hättest du dir schon früher überlegen sollen, statt mich immer zu ignorieren.« Der Duke öffnete den Mund, um etwas zu entgegnen, doch James war noch nicht fertig. »Vielleicht hättest du dir das überlegen sollen, bevor du dich in mein Leben eingemischt und mir eine Braut ausgesucht hast. Anscheinend dachtest du, ich wäre zu dumm, um diese Aufgabe allein zu bewältigen.«

»Und dennoch hast du dich nicht über meine Auswahl beschwert«, sagte sein Vater, den Blick auf den Weg vor ihnen gerichtet. »Du solltest mir lieber dankbar sein.« Kurz hielt er inne, bevor er hinzufügte: »Ich weiß, dass deine Ehe in letzter Zeit alles andere als glücklich gewesen ist. Aber das hat nichts mit mir zu tun, mein Junge.«

»Es hat alles mit dir zu tun!«, sagte James, und der ganze Groll der letzten achtundzwanzig Jahre – und vor allem der letzten vier Jahre – kochte in ihm hoch. »Meine Ehe, die dich übrigens überhaupt nichts angeht, ist nur deshalb schwierig geworden, weil du dich eingemischt hast. Du bist an *allem* schuld.«

Der Duke zog so heftig an den Zügeln, dass sich sein Pferd kurz aufbäumte, bevor es stehen blieb. Als James ebenfalls zum Stehen kam und seinem Vater geradewegs ins Gesicht blickte, sah er, dass die Augen des Dukes funkelten vor Zorn, obwohl er äußerlich ruhig blieb. Wie der Vater, so der Sohn.

»Ich habe noch nie verstanden, James, warum du denkst, ich hätte dir so schreckliches Unrecht getan.« Hätte James sich nicht ohnehin schon auf seinen Vater konzentriert, so hätte die Verwendung seines Vornamens definitiv seine Aufmerksamkeit geweckt. Seit er denken konnte, hatte ihn sein Vater, wie alle anderen auch, immer Audley genannt. »Ich bin ein Duke. Du bist mein Sohn. Du weißt genau, was das heißt und welchen Ruf wir aufrechterhalten müssen. Und alles, was ich bisher für dich getan und dir angetan habe, habe ich zu ebenjenem Zweck getan. Du sagst, ich hätte dich als Kind ignoriert. Da hast du vielleicht recht. West ist mein Erbe. Es war meine Aufgabe, aus ihm einen Mann zu machen, ihm zu zeigen, welche Verantwortung auf ihn zukommen würde. Ich habe dir Tutoren zur Seite gestellt, dir Reitstunden bezahlt, dich nach Eton und Oxford geschickt, und als ich merkte, dass deine Ehe und zukünftigen Kinder Bedeutung für den Fortbestand des Herzogtums haben könnten, habe ich alles zu meiner Zufriedenheit arrangiert. Obwohl«, und hier lächelte der Duke kurz, »ich nicht weiß, wie ich dich dazu hätte bringen sollen, Violet Grey zu heiraten, wenn sie dir nicht gefallen hätte. Wir unterscheiden uns in vielerlei Hinsicht, aber meine Sturheit scheinst du geerbt zu haben.«

James hatte das Gefühl, der Boden unter ihm würde sich bewegen. Er hatte schon immer gewusst, dass sein Vater West nicht aus Gründen der Sympathie bevorzugt hatte, doch es jetzt aus seinem Mund zu hören machte etwas Seltsames mit James.

Er und West waren die Söhne eines der reichsten und mächtigsten Männer des Landes. Nichts konnte an dieser Tatsache rütteln oder daran, dass James seit dem Tag seiner Geburt zahlreiche Privilegien gehabt hatte. Und dennoch hatte er immer geglaubt, das Desinteresse seines Vaters, seine Weigerung, ihn als etwas anderes zu sehen als nur den zweiten Sohn, habe den Kurs seines Lebens bestimmt. Diese Annahme hatte ihn misstrauisch werden lassen, manchmal sogar missgünstig. West, der Erbe, hatte unter der Aufmerksamkeit des Vaters gelitten, James, der Überschüssige, unter dem genauen Gegenteil. Als sich sein Vater zum allerersten Mal in sein Leben eingemischt hatte – indem er arrangiert hatte, dass man James und Violet auf dem Balkon in einer verfänglichen Situation vorfinden würde –, war James rasend vor Zorn geworden, als er es erfahren hatte. Er hatte versucht, sich vorzustellen, wie sein Leben verlaufen wäre, wenn ihm sein Vater immer so viel Aufmerksamkeit geschenkt hätte, doch er war gescheitert.

Was auch immer das Ergebnis gewesen wäre – er war sicher, es hätte ihm nicht gefallen.

Inzwischen war ihm klar geworden, dass er sich am Scheitern seiner Ehe nur selbst die Schuld geben konnte. Ja, sein Vater hatte sich eingemischt, aber James konnte eines nicht abstreiten – er war von Anfang an von Violet entzückt gewesen. Er war derjenige, der alles zerstört hatte, als er vom Zutun seines Vaters erfahren hatte – und warum? Weil er, was seinen Vater anging, jedes Mal den Verstand verlor.

Er hatte ihr nicht vertraut. Das stimmte. Wenn Violet sagte, sie habe nichts von dem Komplott gewusst, dann war das sicherlich wahr. Lady Worthington war hinterhältig genug, um mit seinem Vater solch einen Plan zu schmieden, ohne ihre Tochter einzuweihen.

Warum hatte James also so schnell beschlossen, Violet nicht zu glauben? Warum hatte er ihr nicht vertraut, seiner Frau, dem Menschen, den er mehr liebte als alle anderen?

Weil er tief in seinem Herzen immer noch der kleine Junge war, der vom Fenster aus beobachtete, wie sein Vater und sein Bruder ohne ihn aufbrachen. Er war noch immer der kleine Junge, der nicht glauben konnte, dass ihn jemand bedingungslos und von ganzem Herzen liebte. Er war zur Schule gegangen, hatte Jeremy und Penvale kennengelernt, hatte erfahren, was wahre Freundschaft war. Nach der Schule war er nach London gezogen und hatte angefangen, endlich eine Beziehung zu seinem Bruder aufzubauen, die nicht vom Vater überschattet wurde. Er hatte Violet kennengelernt.

Und dennoch war er beim leisesten Zweifel wieder der Junge geworden. Der Junge in dem großen Haus mit den vielen leeren Zimmern. Der Junge, der immer sofort davon ausging, dass ihn jemand hinterging.

Aber das war nicht mehr sein Leben. Er wollte verdammt sein, wenn er zuließe, dass das Misstrauen, das er in seiner Kindheit entwickelt hatte, sein ganzes Leben bestimmte. Es war endlich an der Zeit, dass er die Fehler in Ordnung brachte, die er begangen hatte.

»Ich wäre dir sehr dankbar, wenn du dich nicht mehr in meine Angelegenheiten einmischen würdest«, sagte James knapp. Sein Gehirn arbeitete immer noch auf Hochtouren, und ihm war die Gegenwart seines Vaters unangenehm. »Ich habe dir nichts weiter zu sagen.« Er griff nach den Zügeln und wollte sein Pferd anspornen.

»Wenn du darüber immer noch so verärgert bist«, sagte der Duke, bevor James davonreiten konnte, »überrascht es mich, dass du noch mit dem Marquess of Willingham befreundet bist.« James wurde stocksteif. Triumph spiegelte sich in den Augen des Dukes wider, denn er wusste, dass er ins Schwarze getroffen hatte. »Wenn du ihm das nächste Mal begegnest, dann frag ihn, wie es dazu kam, dass er Violet Grey auf den Balkon geführt hat, kurz bevor du zu ihrer Rettung kamst.«

Der Duke grinste und ritt davon – und James blieb mit seinem Pferd mitten auf der Rotten Row stehen und starrte ihm hinterher wie ein Narr.

...

Das Einzige, was er jetzt tun konnte, war, nach Hause zu reiten. Also tat James genau das. Die Anspielung auf Jeremy war zweifelsohne schockierend gewesen. Er hatte stets versucht, *nicht* an Jeremy und Violet gemeinsam auf diesem Balkon zu denken, und wenn es ihm doch in den Sinn gekommen war, hatte er es schnell abgetan. So war Jeremy nun mal. Nun wurde ihm jedoch bewusst, dass die Sache Jeremy ganz und gar nicht ähnlichgesehen hatte. Man konnte über den Kerl behaupten, was man wollte – und das war ziemlich viel –, aber er wählte seine Damen mit Bedacht. Er neigte dazu, sich auf Opernsängerinnen, Schauspielerinnen, Witwen und Ehefrauen mit unaufmerksamen Ehemännern zu beschränken. James hatte es weder vor noch nach Violet erlebt, dass er einer unverheirateten Miss den Hof gemacht hatte.

Damals hatte er sich nichts dabei gedacht. Jetzt fragte er sich, wie er so ein Idiot hatte sein können.

Niemals hätte Jeremy eine junge Dame im heiratsfähigen Alter hinaus auf einen Balkon gelockt. Wer das tat und dabei erwischt wurde, musste heiraten, und wenn selbst der achtundzwanzigjährige Jeremy von der Ehe noch nichts wissen wollte, dann wäre der fünf Jahre jüngere Jeremy allein beim Wort erschaudert. Offensichtlich war etwas anderes im Gange gewesen. Es war verlockend, sich einfach der Wut hinzugeben – James' natürliche Reaktion auf alles, was die Fingerabdrücke seines Vaters trug. Aber er versuchte, wenn auch etwas spät, den Menschen um sich herum zu vertrauen oder ihnen wenigstens einen Vertrauensvorschuss zu gewähren. Deshalb widerstand er dem Drang, an Jeremys Tür zu hämmern und ihn zur Rede zu stellen – und ihm vielleicht einen Kinnhaken zu verpassen.

Stattdessen ritt er im Galopp zurück nach Hause. Dort angekommen, sprang er vom Pferd, drückte einem Stallburschen die Zügel in die Hand, stürmte sofort ins Haus und erschreckte eine Küchenmagd, als er auf der Küchentreppe an ihr vorbeirannte. Er fand Wooton in der Eingangshalle vor, wie er mit einem weißen Handschuh das Treppengeländer inspizierte und dabei so sehr dem Klischee eines Butlers entsprach, dass James beinahe gelacht hätte.

»Ist Lady James wach?«, fragte er ohne Umschweife.

Als Wooton ihn erblickte, richtete er sich auf. »Sie trinkt mit Lady Templeton und Lord Willingham Tee in der Bibliothek«, sagte Wooton, und James, der gerade im Begriff war, seine Handschuhe auszuziehen, hielt inne. »Soll ich Sie ankündigen, Mylord?«

»Nein, danke, Wooton«, entgegnete James und setzte das Ausziehen der Handschuhe nun weniger enthusiastisch fort. »Ich glaube, ich werde sie lieber überraschen.«

»Nun gut, Mylord«, sagte Wooton mit einer Verbeugung

und ging, um all die mysteriösen Dinge zu tun, die ein Butler den lieben langen Tag nun mal tat, damit ein Haushalt gut funktionierte. James ging den Flur hinab in Richtung Bibliothek. Er hatte nicht damit gerechnet, dass Violet Besuch haben würde, und vor allem nicht damit, dass Jeremy einer ihrer Gäste sein könnte. Er nahm an, dass Jeremy eigentlich mit ihm hatte sprechen wollen und stattdessen mit den Damen ins Gespräch gekommen war, auch wenn es ihn wunderte, dass Jeremy einfach so vorbeikam. Um diese Uhrzeit lag er für gewöhnlich noch im Bett (und häufig nicht allein).

Und für Diana war es auch ungewöhnlich, so früh zu erscheinen. Sie hielt sich sonst an die üblichen Zeiten und hatte bereits mehr als einmal erwähnt, wie seltsam sie es fand, dass Violet und James so früh aufstanden. Sein Gefühl sagte ihm, dass Jeremys und Dianas früher Besuch etwas mit den Ereignissen des gestrigen Abends zu tun hatte, schließlich hatten er und Violet Aufsehen erregt. Er hatte die ganzen Spiele satt, die ständigen Zankereien und die sich einmischenden Irren, die er seine Freunde nannte. Er wollte nichts mehr, als mit seiner Frau ein ehrliches Gespräch zu führen.

Gefolgt von einer langen Versöhnung im Bett.

Bei dieser Vorstellung musste er daran denken, was gestern Abend geschehen war. Violet, den Kopf lüstern zurückgelehnt, die Augen geschlossen, das Haar ein wenig unordentlich. Das Gefühl ihrer Hüften, die sich einladend gegen seine gedrückt hatten. Ihre Hitze, ihre Wärme, als er wieder und wieder in sie eingedrungen war.

Um Himmels willen.

Wie hatte er jemals denken können, dass jemand anderes als Violet ihn befriedigen könnte?

Das hast du nicht, sagte eine kleine, vernünftige Stimme in seinem Kopf. *Nicht wirklich.*

Und er wusste, dass es wahr war. Warum hatte er sonst die letzten vier Jahre keusch wie ein Mönch gelebt, in einem Haus mit einer Frau, die ihn verabscheute? Weil er die Hoffnung nie aufgegeben hatte. Er hatte nie aufgehört, sie zu begehren, auch wenn er es nie hatte zugeben können. Nicht einmal sich selbst gegenüber.

Und genau das war das Problem. Hatte ihm Violet das nicht gestern Abend sagen wollen? Er liebte sie, doch er hatte bei der erstbesten Gelegenheit das Vertrauen in sie verloren. Er hatte zugelassen, dass seine Vergangenheit seine Zukunft bestimmte, und er hatte kein bisschen für diese Zukunft gekämpft.

Er war der Sohn eines Dukes und somit nicht gewohnt, für irgendetwas kämpfen zu müssen. Und wenn ihm etwas nicht einfach in den Schoß fiel, gab er schnell auf.

Mathematik? Einfach. Violet zu heiraten? Einfach. Die Ställe seines Vaters zu erben? Einfach.

Aber die Verletzungen seiner Kindheit hinter sich zu lassen? Seine Beziehung zu West? Die Ehe mit Violet? Schwieriger. Deshalb hatte er es nie wirklich versucht.

Und sein Leben war deshalb zweifelsohne leerer.

Jetzt war es an der Zeit, etwas dagegen zu unternehmen.

Die Tür zur Bibliothek war nur angelehnt, und James ging darauf zu. Er hörte Stimmen und griff bereits nach dem Türknauf, als sein Gehirn das Gesagte registrierte.

Violet sprach gerade. »... außer Kontrolle geraten. James und ich haben gestern Abend dieselbe Feststellung gemacht.« James war ein wenig amüsiert, als er das hörte, die Hand noch immer auf dem Türknauf. Violet hatte nicht erwähnt, wie genau sie zu einer Übereinkunft gelangt waren.

»Da stimme ich zu«, hörte er Lady Templeton sagen. »Deshalb sage ich dir, dass du deine falsche Krankheit ablegen und einen der willigen Herren in dein Bett einladen solltest.«

James erstarrte zu Stein, den Arm noch immer ausgestreckt. Was zur Hölle?

»Ihr wisst schon, dass der Mann, der betrogen werden soll, mein bester Freund ist, oder?«, fragte Jeremy scheinbar gelassen. Nur jemand, der Jeremy sehr gut kannte, hätte den wütenden Unterton in seiner Stimme wahrgenommen, dachte James und spürte einen Anflug von Dankbarkeit, ganz gleich, welche mysteriösen Absprachen Jeremy vor fünf Jahren mit seinem Vater getroffen haben mochte.

»Ich glaube, jetzt ist nicht der richtige Zeitpunkt, um den Moralapostel zu spielen, Willingham«, erwiderte Diana verächtlich.

»Ich sage euch eines«, entgegnete Jeremy, und James wusste sofort, dass Diana zu weit gegangen war. »Ihr solltet wissen, dass ich noch nie eine glücklich verheiratete Frau verführt habe oder eine Frau, deren Ehe auf mehr als familiären Verbindungen oder Geld basiert hat.«

James hörte, wie ein Sessel über den Fußboden gerückt wurde, und zog sich hastig zurück, bevor ihm richtig bewusst geworden war, was er gerade tat. Er wollte nicht dabei erwischt werden, wie er vor der Tür herumlungerte und *diese* Unterhaltung belauschte. Irritiert ging er wieder den Flur hinab. Er musste dringend mit Violet sprechen, doch zuerst mussten Jeremy und Diana verschwinden. Er könnte einfach ins Zimmer stürmen und verlangen, dass sie gingen, doch er wollte nicht, dass die Situation merkwürdig wurde, sobald sie merkten, dass er sie belauscht hatte. Dass Violet Dianas Rat befolgen könnte, darüber machte er sich keine Sorgen – er merkte, dass er ihr blind vertraute, und ihm wurde ganz schwindlig –, aber er glaubte dennoch, dass seine Anwesenheit gerade ein wenig fehl am Platze war. Das war keine gute Basis für ein Gespräch mit Violet.

Er kam sich vor wie ein Fünfjähriger, der seine Eltern belauscht hatte, was absurd war – schließlich war es *sein* Haus. Doch da er sich im Moment fühlte wie ein Narr, tat er das Einzige, was ihm sinnvoll erschien: Er ging.

...

Jeremy fand ihn in seinem Klub.

»Du bist aber früh wach«, bemerkte James und senkte die Zeitung, die er seit dreißig Minuten anstarrte, ohne sie zu lesen.

»Lass das«, erwiderte Jeremy und setzte sich. »Hast du die ganze verdammte Unterhaltung belauscht?«

»Nur einen Bruchteil«, sagte James und legte die Zeitung seufzend beiseite. Es hatte keinen Zweck zu lügen, denn da Jeremy jetzt hier war, nahm er an, dass Wooton Violet mitgeteilt hatte, dass er kurz zu Hause gewesen war, was bedeutete, Violet wusste genau, wie idiotisch er sich benahm.

»Und dann bist du davongerannt.«

»Ich wollte nicht beim Lauschen erwischt werden, sonst wäre Violet auf falsche Gedanken gekommen«, erklärte James und kam sich von Sekunde zu Sekunde dämlicher vor.

»Vielleicht hättest du dann erst gar nicht auf dem Korridor herumschleichen sollen«, sagte Jeremy würdevoll. Es war ein wenig ärgerlich, von jemandem, der erst vor Kurzem über ein Rosenspalier aus einem Schlafzimmerfenster hatte flüchten müssen, so herablassend behandelt zu werden, und das sagte James ihm auch.

»Außerdem«, fügte er hinzu, »bin ich der Sohn eines Dukes, wie mich mein Vater erst heute erinnert hat. Als solcher *schleicht* man nicht.«

Jeremy richtete sich auf, sein Blick rasiermesserscharf. »Du hast heute deinen Vater gesehen? Warum das denn, alter Junge? Hattest du Lust, mit dem Kopf gegen eine Backsteinmauer zu rennen?«

»Es war nicht geplant, das kann ich dir versichern«, antwortete James ziemlich unwirsch. »Ich bin ihm beim Reiten im Park begegnet. Wahrscheinlich nicht rein zufällig, schätze ich.« Kurz zögerte er, bevor er den Schritt wagte. »Und er hatte mir interessante Dinge über dich zu berichten.«

»Ach ja?«, fragte Jeremy, der plötzlich sehr an seinen Manschetten interessiert zu sein schien.

»Ja«, bestätigte James und blickte seinen Freund durchdringend an, doch dieser sah überall hin, nur nicht zu

James. Nach einer Weile hob er jedoch den Blick und sah ihm geradewegs in die Augen.

»Dann hat er dir von dem Abend erzählt, als du Violet kennengelernt hast?«, fragte Jeremy ohne Umschweife.

»Ich würde gern deine Version der Geschehnisse hören.« James hatte inzwischen begriffen, wenn auch leider zu spät, dass er den Worten seines Vaters keinen Glauben schenken durfte.

Seufzend fuhr sich Jeremy durch das Haar. James konnte sich nicht daran erinnern, wann seinem Freund das letzte Mal etwas so unangenehm gewesen war. Er hatte sich an den faulen, immer ein wenig angetrunkenen Jeremy gewöhnt, den Frauenheld, den Marquess, der zu nichts zu gebrauchen war, der sich über alles amüsierte und den nichts berührte. Es war eine sehr überzeugende Maskerade, doch James war bisher nicht aufgefallen, dass sie beinahe zu gut funktionierte. Ja, all diese Dinge machten Jeremy aus, doch er war mehr als das, und James fragte sich, ob er das inzwischen vergessen hatte. Und er fragte sich auch, ob *Jeremy* das vergessen hatte.

»Erinnerst du dich noch daran, als ich die Ländereien geerbt habe?«, fragte Jeremy. Er fügte nichts weiter hinzu, doch James nickte, denn er wusste, was Jeremy damit sagen wollte. Jeremys Vater hatte ihm die Ländereien nicht mittellos hinterlassen, doch die Schatzkammer war durch jahrelange Vernachlässigung und schlechte Investitionen dezimiert worden. Jeremys älterer Bruder, der den Titel ihres Vaters nach dessen Tod geerbt hatte, als Jeremy noch in Eaton gewesen war, hatte es durch eine geschickte Umverteilung des Geldes geschafft, die Erbschaftssteuer zusammenzukratzen, aber selbst das war nicht einfach gewesen. Danach hatte er sein verbleibendes Kapital – fast alle liquiden Mittel, die der Overington-Familie geblieben waren – für Instandsetzungen ausgegeben. Diese Verbesserungen hatten im letzten Jahrzehnt hervorragende Resultate erzielt und den Ländereien wieder Geld eingebracht. Das Anwesen hatte regelrecht floriert, aber damals waren die verfügbaren Geldmittel drastisch reduziert. James konnte sich noch gut daran erinnern, wie sehr sich Jeremy darüber geärgert hatte, dass sein Unterhalt gekürzt worden war.

Nachdem sein Bruder bei dem Rennen gegen West ums Leben gekommen war und Jeremy den Titel geerbt hatte, hätte die erneut anfallende Erbschaftssteuer die Ländereien beinahe ruiniert. James amüsierte es, wie sehr Jeremy stets darauf bedacht war, den Ruf eines sorglosen Lebemanns aufrechtzuerhalten, obwohl James genau wusste, wie hart er mit nur zweiundzwanzig Jahren hatte kämpfen müssen, um das Familienanwesen zahlungsfähig zu halten. Dafür hatte James ihn immer bewundert – und nun fragte er sich, was das mit ihm und Violet zu tun hatte.

Die Frage stand ihm wohl ins Gesicht geschrieben, denn Jeremy antwortete, als hätte er sie laut gestellt.

»Dein Vater ist eine Woche vor dem Ball auf mich zugekommen«, sagte er freiheraus, ohne den Blick abzuwenden, und James dachte sich, dass das eines der Dinge war, die er an Jeremy am meisten mochte – er überlegte vielleicht lange hin und her, was richtig und was falsch war, doch sobald er sich einmal entschieden hatte, gab es kein Zurück mehr. »Er sagte mir, er wisse, dass ich unter enormem Druck stünde, und er sei bereit, mir ein wenig unter die Arme zu greifen ... zu einem winzigen Preis. Ich musste lediglich eine bestimmte Dame auf einem bestimmten Ball auf den Balkon locken.« Er hielt inne, unterbrach den Blickkontakt und starrte herunter auf seine Hände. Dann holte er tief Luft und sah James wieder in die Augen. »Ich könnte lügen und behaupten, er hätte mich erpresst oder wäre auf mich zugekommen, während ich betrunken war, aber das stimmt nicht. Ich war vollkommen nüchtern, als er mich eines Abends besucht hat. Ich wusste, wie angespannt euer Verhältnis ist, aber ich habe es trotzdem getan«, gestand er ehrlich, ohne den Blick abzuwenden.

»Er hat dir Geld angeboten«, sagte James. Es war keine Frage, sondern eine Feststellung.

Hilflos zuckte Jeremy mit den Schultern. »Er muss gewusst haben, wie verzweifelt ich war. Er hat mir eine Summe angeboten, die ... nun ja ...« Er machte eine Pause und wirkte nun peinlich berührt. »Es war genug, um mich damit über Wasser zu halten, bis sich die Investitionen ausgezahlt hatten. Ich war nicht in der Position, Nein zu sagen.«

James hatte erwartet, wütend zu werden, doch stattdessen fühlte er sich auf seltsame Weise ... unbeteiligt.

»Audley«, sagte Jeremy nun leiser. »Ich will, dass du weißt ... Ich hätte diesem Plan niemals zugestimmt, wenn ich gewusst hätte, dass er tatsächlich funktioniert.«

»Wie bitte?«

»Was ich damit sagen will ... nun ja ... Wir waren erst

dreiundzwanzig! Ich hätte nie gedacht, dass du dich sofort in Violet verlieben würdest.«

»Na ja, nicht sofort«, sagte James, denn ein bisschen Stolz hatte er noch.

»Das sagst du nur«, erwiderte Jeremy mit einem Hauch seiner üblichen Arroganz, »weil du dein eigenes Gesicht an jenem Abend auf dem Balkon nicht gesehen hast.« Er seufzte, und seine Unbeschwertheit war wieder verschwunden. »Ich wollte dich nicht in eine Falle locken, Audley. Die letzten Jahre ... Dich so unglücklich zu sehen ...« Wieder hielt er inne und räusperte sich. James dachte darüber nach, dass sie nun seit fast zwanzig Jahren befreundet waren, und dennoch war das hier das wahrscheinlich ehrlichste Gespräch, das sie je miteinander geführt hatten.

Violet würde jetzt zweifelsohne schnauben und sagen, das sei typisch für Männer. Dieser Gedanke brachte ihn zum Lächeln – und bei Gott, es fühlte sich großartig an zu lächeln, wenn er an Violet dachte, und nicht die Mischung aus Wut und Verzweiflung zu spüren, an die er sich die letzten vier Jahre so sehr gewöhnt hatte.

»Wir haben uns gestern Abend darüber gestritten«, sagte er hastig, bevor er richtig darüber nachdenken konnte.

»Wie bitte?«

»Über den Streit. Über ... die Distanz.« Er gestikulierte hilflos, als könnten seine Hände die letzten vier Jahre der Kälte beschreiben, in denen sie sich immer weiter voneinander entfernt hatten. »Alles fing an, als ich eines Tages nach Hause kam und feststellte, dass mein Vater bei Violet war. Ich habe gehört, wie sie sich darüber unterhalten haben, dass er und Violets Mutter unser Kennenlernen auf dem Balkon arrangiert hatten.«

»Du musst unbedingt aufhören, an Türen zu lauschen.«

»Ich versichere dir«, erwiderte James gereizt, »das waren die einzigen beiden Male in meinem ganzen Leben.«

»Noch ein Grund, warum du sofort damit aufhören solltest«, bemerkte Jeremy weise, »denn dein Timing scheint wirklich miserabel zu sein.« Dann machte er eine Pause. »Oder du solltest es regelmäßiger tun. Wenn du jeden Tag an einer Tür lauschen würdest, dann wäre die Wahrscheinlichkeit wesentlich höher, etwas Banales und gänzlich Uninteressantes zu hören.«

»Die Sache ist folgende«, sagte James, denn irgendjemand musste dafür sorgen, dass sie nicht vom Thema abkamen. »Ich habe zu voreilige Schlüsse gezogen. Violet schien bereits von diesem Plan gewusst zu haben, also nahm ich an, dass sie von Anfang an eingeweiht gewesen war. Wir haben uns deshalb gestritten. Sie sagte mir, ich sei ein Arschloch und dass ich ihr vertrauen solle. Und ja, das war ich, und ja, das hätte ich tun sollen ...«

»Willst du mir etwa sagen, dass das der Grund ist, warum ihr euch seit vier Jahren wie meine Eltern benehmt?«, fragte Jeremy ungläubig.

»Das klingt total idiotisch, nicht wahr?«

»Lieber Gott!«, rief Jeremy und sprang von seinem Sessel auf, was die Aufmerksamkeit der anderen Gentlemen im Raum erregte. Ein halbes Dutzend Köpfe drehte sich zu ihnen um, und Jeremy, der zu spät realisiert hatte, dass er gerade eine Szene machte, winkte ihnen zu, was ihn noch verwirrter erscheinen ließ.

»Ich fühle mich seit Jahren schuldig, dir eine unglückliche Ehe eingebrockt zu haben«, fuhr Jeremy mit gesenkter Stimme fort und setzte sich wieder in seinen Sessel.

»Ach ja?« James hob eine Augenbraue. »Stimmt, ich sehe, wie die Schuld an dir genagt hat. Du hast dem Essen und den Frauen ganz abgeschworen, was?«

»Nun, ich habe nicht gesagt, dass ich mich mitten in einer beschissenen Shakespeare-Tragödie befinde«, wehrte sich Jeremy. »Aber ich hatte deshalb ein ziemlich schlechtes Gewissen. Damit ist es aber vorbei!«

»Dir ist hoffentlich bewusst«, sagte James im Plauderton, »da es bei unserem Streit ursprünglich um die Umstände unseres Kennenlernens ging – Umstände, in die du verwickelt warst, falls ich dich daran erinnern darf. Und so erscheint es mir, als wäre *jetzt* der richtige Zeitpunkt, dich besonders schuldig zu fühlen.«

Jeremy winkte ab. »Papperlapapp. Ich dachte die ganze Zeit, ihr zwei würdet überhaupt nicht zusammenpassen und Violet wäre eine Furie, sobald ihr allein seid.«

»Leider nicht«, erwiderte James mit unerwartet guter Laune.

»In der Tat! Es scheint eher, als wärst du die … ähm …«

»Furie?«, schlug James unschuldig vor.

»Im Moment fällt mir kein besseres Wort ein.«

»Nun«, sagte James und erhob sich, »so erleuchtend das Gespräch auch war, ich glaube, es ist nun Zeit, zu gehen.«

»Willst du bei Violet um Gnade winseln?«

»So in der Art«, sagte James trocken. »Vielleicht ein bisschen romantischer und männlicher.«

»An deiner Stelle würde ich lieber winseln«, sagte Jeremy, als würde er aus Erfahrung sprechen. »Dem scheinen sie nicht widerstehen zu können.« Kurz hielt er inne und beobachtete, wie James nach seinen Handschuhen und seinem Hut griff. »Audley ... Wir ...« Dann sah er James ungewohnt unsicher an. »Kannst du mir verzeihen?«

Kurz war James von sich selbst überrascht, dass er ihm tatsächlich mühelos verzeihen konnte. »Du bist ein guter Freund, Jeremy«, sagte er und wandte sich zum Gehen. »Ich wünschte nur, du würdest die Dinge manchmal ein wenig ernster nehmen.«

»Aber ...«

»Ich vergebe dir«, sagte James schlicht. Ihm entging nicht die Erleichterung in Jeremys Gesicht, bevor er sich umdrehte und den Raum verließ.

Kapitel 15

Violet war in ihrem Schlafgemach, als James nach Hause kam.

»Ist sie krank?«, fragte er Wooton, schaffte es jedoch nicht, sonderlich besorgt zu klingen. Wehe, Violet spielte jetzt wieder die Schwindsüchtige …

»Ich glaube nicht, Mylord«, sagte Wooton und streckte die Hände nach James' Hut und Handschuhen aus, die er hastig abgelegt hatte. Er warf sie seinem Butler zu, ohne ihn eines weiteren Blickes zu würdigen, und eilte die Treppe hinauf, immer drei Stufen auf einmal nehmend. Im zweiten Stock angelangt, ging er schnellen Schrittes den Flur hinab und klopfte energisch an Violets Tür.

Es folgte eine kurze Stille, gefolgt von dumpfen Schritten. Die Tür ging auf, und zum Vorschein kam Violets erstauntes Gesicht.

»James …«

Weitere Worte erstickte er mit einem Kuss. Auch wenn das keine Methode war, um Violet länger zum Schweigen zu bringen, so funktionierte es wenigstens kurzfristig – und bot auch ihm gewisse Vorzüge.

Fast hätte er erwartet, sie würde ihn nach ihrem Streit gestern Abend von sich schieben, doch sie reagierte auf ihn wie Feuerholz, das man in die Flammen wirft. Er spürte, wie ihr Körper weich wurde, sie in seine Arme sank und leise seufzend den Mund öffnete. Dann küsste sie ihn mit einer Inbrunst, die der seinen glich. Violet schlang die Arme um seinen Hals und vergrub die Finger in seinem Haar. Alles, was er tun konnte, war, den Arm um ihre Taille zu legen und sie noch näher zu sich zu ziehen.

Irgendwie schaffte er es, sich von ihrem Mund loszureißen, und begann, ihren Hals mit Küssen zu bedecken. Der Klang ihres unregelmäßigen Atems beflügelte seine Lust nur noch weiter. Er hatte das Gefühl, beinahe seinen Körper zu verlassen, so groß war sein Verlangen nach ihr. War das denn normal? Würde dieses Gefühl niemals verblassen? Würde er seine Frau niemals küssen, ohne das Gefühl zu haben, gleich in Flammen aufzugehen?

Mit übermenschlicher Willenskraft unterbrach er seine Reise nach unten, hob den Kopf und gab ihr einen letzten, sanfteren Kuss auf den Mund. Dann trat er einen Schritt zurück und ließ ihre Taille los. Sie schlug die Augen auf und blinzelte so verwundert, dass er nicht anders konnte, als sie erneut zu küssen. Dieser Kuss wäre ebenso ausgeartet wie der erste, hätte er Violet dann nicht gepackt, hochgehoben und etwa einen halben Meter von sich entfernt abgestellt.

»Hat dein Besuch einen bestimmten Grund?«, fragte Violet gelassen. Ihre Wangen waren jedoch gerötet, und ihre Stimme zitterte leicht.

James öffnete den Mund, ein Dutzend Erklärungen und

Rechtfertigungen gingen ihm durch den Kopf, aber schlussendlich brachte er nur vier Worte hervor.

»Es tut mir leid.«

Wäre er jünger und naiver gewesen, hätte er vielleicht gedacht, diese vier Worte würden wie ein Zauberspruch oder ein heilender Balsam wirken, der Violet dazu brächte, in seine Arme zu sinken, hemmungslos zu weinen und seine Kleidung zu durchnässen, während er ihr das Versprechen gab, nie wieder zuzulassen, dass sie sich voneinander entfernten. James konnte nicht leugnen, dass diese Vorstellung durchaus ihren Reiz hatte, aber schließlich hatte er eine Frau aus Fleisch und Blut geheiratet. Violet, *seine* Violet, mit ihrem hitzigen Gemüt. Deshalb war er beinahe erleichtert, dass sie nichts dergleichen tat. Stattdessen hob sie lediglich eine Augenbraue und sagte: »Du solltest dich besser setzen. Das könnte eine Weile dauern.«

Dann drehte sie sich um und gestattete ihm, das Zimmer zu betreten. Sie setzte sich in einen Sessel an der Feuerstelle und bedeutete ihm, ihr gegenüber Platz zu nehmen, was er umgehend tat. Er nutzte die Gelegenheit, sie eingehend zu mustern. Sie trug eine hellblaue Morgenrobe aus Musselin, einfach geschnitten, aber in Kombination mit ihrer hellen Haut wunderschön. Sie sah ein wenig müde aus. Die leichten Anzeichen von Augenringen waren der einzige Makel in ihrem liebreizenden Gesicht, und er fragte sich, ob sie genauso schlecht geschlafen hatte wie er. Ihr Haar war ein wenig zerzaust, zweifelsohne das Ergebnis ihrer Begegnung eben.

Sie war das Schönste, was er je gesehen hatte.

Zum Glück begann Violet – wie es bei ihr so häufig der Fall war – zu sprechen, bevor er weiter über ihre Schönheit sinnieren, sich passende Metaphern ausdenken oder sogar, Gott behüte, aus Shakespeare zitieren konnte.

»Also«, sagte sie geschäftsmäßig. »Wenn du sagst, dass es dir leidtut, meinst du das allgemein oder spezifisch?« Sorgsam faltete sie die Hände im Schoß und sah ihn fragend an.

James hatte das Gefühl, wieder in Eton zu sein und eine Prüfung zu schreiben, auf die er sich nicht richtig vorbereitet hatte. »Spezifisch? Allgemein?« Er widerstand dem Drang, sich die Haare zu raufen. »Wovon zum Teufel redest du?«

»Nun«, sagte Violet, »ich wundere mich nur, wofür genau du dich entschuldigst. Entschuldigst du dich für gestern Abend, für die letzten zwei Wochen oder …«

»Die letzten vier Jahre, Violet«, unterbrach James sie. »Ich will mich für die letzten vier Jahre entschuldigen.«

»Oh«, sagte Violet, und James war froh, dass sie, zumindest im Moment nicht mehr sagte. Da es nur selten vorkam, dass Violet sprachlos war, packte James die Gelegenheit beim Schopf.

»Du hattest recht gestern Abend«, sagte er. »Als du meintest, ich solle dir vertrauen. Ich hätte dir schon die ganze Zeit vertrauen sollen.« Er hielt inne und rang nach Worten. Er war Engländer, der Sohn eines Dukes – das waren keine Eigenschaften, die es ihm leicht machten, sich zu öffnen. Von klein auf hatte man ihm eingetrichtert, den Mund zu halten und sein Verhalten zu kontrollieren. Anscheinend war er darin mittlerweile zu gut geworden, und es war an der Zeit, dass er diese Fähigkeit möglichst wieder verlernte.

»Du bist meine Frau«, sagte er schlicht. Diese vier Worte erschienen ihm wichtiger als alle anderen Worte, die er je gesagt hatte. Sie waren, so stellte er fest, der Anfang und das Ende von allem. Sie war seine Frau, und er liebte sie. »Du solltest der Mensch sein, dem ich am allermeisten vertraue. Und du hast mir nie einen Grund gegeben, dir nicht zu vertrauen. Und ich …« Kurz hielt er inne, denn die Worte kamen nun zu schnell und verfingen sich in seinem Hals. Er riskierte einen Blick und sah, wie ihre Augen leuchteten. Und da war dieser Ausdruck in diesen perfekten, schönen, braunen Augen mit den dunklen Wimpern, den er seit Langem nicht mehr gesehen hatte.

Zärtlichkeit.

»Du hast gehandelt, wie es jeder tun würde, der so aufgewachsen ist wie du«, sagte sie, und er war überrascht, wie sanft und liebevoll ihre Stimme klang.

»Das ist keine Rechtfertigung«, widersprach er. »Deine Eltern …«

»Können auch fürchterlich sein«, beendete sie seinen Satz. »Dessen bin ich mir bewusst, vielen Dank«, sagte sie trocken, und er sah, wie sich auf ihren Lippen ein Lächeln formte, das jedoch umgehend wieder verschwunden war. Nun wurde sie ernster. »Aber für dich … war es anders. Meine Mutter hat sich immer für mich interessiert. Zu sehr sogar, um ehrlich zu sein.« In ihrer Stimme konnte er die Erinnerung an tausend Zankereien hören zwischen einer Countess, die nie wirklich wusste, wie sie mit ihrer sturen, neugierigen, klugen Tochter umgehen sollte, und einem Mädchen, das niemals tat, was man von ihm erwartete.

»Dein Vater …« Violet sah ihn an, und auf ihrer Stirn bildete sich eine feine Linie, als sie die Augenbrauen zusammenzog. »Er hat dich nicht gebraucht, also hat er dich ignoriert. Und ich glaube, das ist eine Erfahrung, die es einem schwer macht, anderen zu vertrauen.«

»Das ist jetzt nicht mehr wichtig«, erwiderte er heiser und stellte fest, dass er das nicht nur sagte, um sie zu besänftigen und seiner Entschuldigung Nachdruck zu verleihen. Er meinte es tatsächlich so. Er hatte sich wie ein Arschloch verhalten. Erst jetzt wurde ihm das ganz Ausmaß bewusst und er schämte sich. »Ich war mit dir in St. George's, stand mit dir am Altar und habe mein Ehegelübde abgelegt. Es war … falsch von mir, dass ich den Worten meines Vaters mehr Glauben geschenkt habe als deinen.«

»Nun, da sind wir uns einig.« Violet lächelte ihn an, und es war, als würde nach einem langen Sturm endlich wieder die Sonne scheinen. Wenig später verschwand ihr Lächeln jedoch. »Aber es war nicht nur der Morgen mit deinem Vater. Wir haben uns schon davor so oft gestritten.«

»Aber wir haben uns immer wieder versöhnt«, entgegnete er und runzelte leicht die Stirn.

»Das stimmt«, sagte Violet langsam und durchbohrte ihn mit ihrem Blick. »Aber ich komme nicht umhin zu denken, dass diese Konflikte allesamt Vorboten waren. Vorboten des großen Streits, den wir nicht überwinden konnten. Es waren kleine Dinge, kleine Momente, in denen du mir immer wieder gezeigt hast, dass du unserer Liebe nicht vertraust. Dass du mir nicht vertraust.« James öffnete den Mund, um schnell etwas zu erwidern, beschloss dann aber, über ihre Worte nachzudenken und ihnen die Aufmerksamkeit zu schenken, die sie verdienten, denn das leichte Zittern in ihrer Stimme verriet ihm, dass es ihr nicht leichtgefallen war, sie auszusprechen.

»Da könntest du recht haben«, sagte er nach einer langen Pause. »So habe ich es noch nie gesehen, aber ich glaube, du hast vollkommen recht.«

»Natürlich habe ich recht.« Schnaubend verschränkte Violet die Arme vor der Brust, und James hatte Mühe, sich das Grinsen zu verkneifen.

»Ich wünsche nichts mehr als eine weitere Chance, nicht mehr denselben Fehler zu begehen«, sagte James leise, aber voller Gefühl. Sie sah ihm in die Augen, und ihr Blick war forschend, als würde sie in seinem Gesicht nach Beweisen für die Unwahrheit seiner Worte suchen. Er erwiderte den Blick ruhig. Zum ersten Mal machte es ihm nichts aus, seine Maske nicht anzulegen und offen seine Gefühle zu zeigen. Dann kehrte ihr Lächeln zurück und breitete sich langsam über ihr ganzes Gesicht aus. Es war so bezaubernd, dass es ihn mutig – oder vielleicht auch leichtsinnig – genug werden ließ, um zu sagen: »Natürlich ist es tragisch, dass es erst so schrecklicher Umstände bedurfte, damit mir das klar wurde.«

Violets Lächeln verschwand und wurde durch ein Stirnrunzeln ersetzt. »Wie bitte?«

»Deine Krankheit, natürlich«, sagte James ernst.

»James ...«

»Es schmerzt mich, dass uns nur noch so wenig Zeit bleibt, um unsere Versöhnung zu zelebrieren«, fuhr er dramatisch fort und ignorierte ihren Versuch, ihn zu unterbrechen. »Aber das ist nun mal unser Schicksal, und wir können nur versuchen, das Beste daraus zu machen.«

»Du bist ein Arsch, weißt du das?«, fragte Violet.

»Oh, zweifelsohne«, pflichtete James ihr bei. »Aber wenn ich mich recht entsinne, fandest du das immer attraktiv.«

»Ach ja?«

»Ich meine, ja.«

»Daran kann ich mich leider nicht erinnern«, sagte sie traurig und blickte ihn von unten herauf durch ihre dichten Wimpern an. »Vielleicht wäre es besser, wenn du meinem Gedächtnis auf die Sprünge helfen würdest.«

»Eine Aufgabe, Madam, die ich nur zu gern übernehme«, erwiderte James galant. Dann sagte er nichts mehr, sondern sank umgehend vor ihr auf die Knie, nahm ihr Gesicht zwischen die Hände und küsste sie. Es war wieder wie gestern Abend – und doch irgendwie anders, irgendwie *mehr*. Gestern Abend war James besessen gewesen von einem fiebrigen Drang, ein Teil von ihm war überzeugt gewesen, dass alles nur ein Traum war und Violet verschwinden würde, wenn er kurz innehielt. Und ihr Verlangen war ebenso groß gewesen – sie hatte sich an ihn geklammert und ihn angetrieben, schneller, schneller.

Aber jetzt ließ es James langsamer angehen, schließlich hatten sie jede Menge Zeit. Es gab noch einiges, was gesagt werden musste, Verletzungen, die angesprochen werden mussten, aber sie würden das gemeinsam angehen. Er fürchtete sich nicht länger vor der Kälte und der Stille, die zu lange von ihrem Haus Besitz ergriffen hatten.

Statt sie in den Sessel zu drücken und zu küssen, bis sie keine Luft mehr bekam, unterbrach er den Kuss, stand auf und hielt ihr die Hand entgegen. Verdutzt starrte sie darauf.

»Ich mag diesen Sessel sehr«, erklärte er höflich, »aber vielleicht wäre es sinnvoller, das Bett zu nutzen, wenn es schon direkt neben uns steht.« Mit dem Kopf deutete er auf das besagte Möbelstück, das James noch nie benutzt hatte.

Zufrieden stellte er fest, dass Violet errötete. »Natürlich«, sagte sie, erhob sich und ergriff so eifrig seine Hand, dass er sich das Grinsen verkneifen musste. Dann führte er sie zum Bett, drehte sie mit dem Rücken zu sich und machte sich an den Knöpfen ihrer Robe zu schaffen.

»Ich kann mich nicht daran erinnern, dass du darin so schnell warst«, bemerkte sie in misstrauischem Ton über die Schulter, während er das Kleid über ihre Schultern streifte und sich der Schnürung ihres Korsetts widmete.

»Es ist erstaunlich, was man erreichen kann, wenn die Motivation nur groß genug ist«, sagte James.

»Dann hast du also nicht geübt?« In ihrer Stimme entdeckte er eine Unsicherheit, die für sie vollkommen untypisch war. Seine Finger hielten inne, und er blickte auf.

»Violet.«

»Es ist schon ziemlich lange her …«, sagte sie gehetzt.

»Meine Güte, hast du denn nicht gesehen, wie ich fast die Flucht ergriffen hätte, als Lady Fitzwilliam so mit den Wimpern geklimpert hat?«

»Das stimmt«, gab Violet zu, und er war froh, sie wieder lächeln zu sehen.

»Violet, du bist für mich immer die Einzige gewesen«, sagte er, löste die Schnürung und trat ein wenig zurück, so dass sie sich das Korsett vom Leib reißen konnte. »Ich habe keine andere Frau auch nur angesehen.«

»Gestern Abend schienst du nicht vollkommen aus der Übung zu sein«, sagte sie heiter, drehte sich um, schmiegte sich an ihn und schlang die Arme um seinen Hals. In ihren Augen konnte er sehen, dass seine Worte ihre Sorgen beseitigt hatten.

»Ich sollte es als Kompliment auffassen«, sagte er und küsste sie.

Es war ein überwältigender, einnehmender Kuss, und kurz darauf – oder zumindest fühlte es sich so an, obwohl mehrere Minuten vergangen sein mussten – fand sich James ohne Hemd auf dem Bett wieder, Violet unter ihm, das Unterkleid nach oben geschoben, sein Kopf zwischen ihren Beinen. Er bewegte seine Lippen und seine Zunge mit quälender Langsamkeit, und Violet schnappte auf eine Weise nach Luft, die befriedigend gewesen wäre, hätte er noch genug Verstand übrig gehabt, um es zu merken. Im Moment hatte er jedoch das Gefühl, langsam von Flammen verzehrt zu werden. Seine ganze Welt war so weit zusammengeschrumpft, dass es nur noch Violet gab.

Nur Violet.

Violet, die unter ihm zuckte und schwer atmete. »James ...«, sagte sie, und es amüsierte ihn, wie ungeduldig und verzweifelt sie klang. Er hob den Kopf.

»Schon wieder zu langsam?«, fragte er unschuldig.

»Das ist eine deiner Qualitäten, die ich für gewöhnlich sehr zu schätzen weiß«, versicherte sie und lachte atemlos. »Aber im Moment ...«

»Ich habe heute Nachmittag nichts vor«, verkündete er ernst. »Ich sehe keinen Grund, die Sache zu überstürzen.« Doch die Steifheit, die sich schmerzhaft gegen seine Hose drückte, sagte etwas vollkommen anderes. Violet nutzte das aus, hob die Hüften, sodass sie ihn mit ihrem Schenkel berührte, und grinste wissend, als er scharf die Luft einsog.

»Violet ...«

»Da ich scheinbar die Einzige bin, die es eilig hat«, sagte sie in einem Ton, der verriet, dass sie genau wusste, dass dem nicht so war, »erscheint es mir nur fair, wenn ich jetzt die Kontrolle übernehme.«

Innerlich frohlockend, hob James eine Augenbraue. Das hier hatte er vermisst, sogar mehr als den Liebesakt an sich. Mit ihr zu lachen. Sie zu necken. Erst jetzt merkte er, wie sehr er es vermisst hatte – und verdammt sei er, wenn er es noch einmal aufgeben würde.

»Nun gut«, erwiderte er und versuchte, so desinteressiert zu klingen, wie es die Umstände zuließen, auch wenn ein Teil seines Körpers ganz deutlich signalisierte, dass er alles andere als desinteressiert war. »Wenn du denkst, du kannst das.« Er wich ein wenig zurück, um ihr die Möglichkeit zu geben, ihn auf den Rücken zu legen, was sie auch bereitwillig tat.

Sie beugte sich über ihn, das Unterkleid rutschte ihr über eine Schulter und entblößte ihre cremefarbene Haut.

Ihr Haar war so durcheinander, dass er nach oben griff, um das Werk zu vollenden. Er löste ihre Haarnadeln und warf sie achtlos zu Boden.

»Die hebst du später wieder auf«, sagte sie ernst und ließ die Hände über seinen Oberkörper wandern. Seine Bauchmuskeln erzitterten unter ihrer Berührung.

»Falls ich dann noch gehen kann«, sagte er verschlagen, und sie grinste verrucht.

»Ist das eine Herausforderung?«

»Das entscheidest du.«

Und Violet teilte ihm ihre Entscheidung mit, wenn auch nicht wörtlich. Wenige Minuten später, nachdem er seiner Stiefel und seiner Hose entledigt worden war, saß Violet rittlings auf ihm, fasste ihm in die Unterwäsche und nahm ihn in den Mund.

Stöhnend stieß er die Hüften nach oben – er konnte nicht mehr sehen, nicht mehr denken, konnte nur noch die feuchte Wärme ihres Mundes spüren, wie sie ihn umfing. Violet schürzte die Lippen und saugte. Er stöhnte erneut und rief ihren Namen, gefolgt von ein paar Obszönitäten und vielleicht auch ein wenig Blasphemie.

Violet hob den Kopf, ihre Augen verrucht funkelnd. »Hast du gerade den Erzbischof von Canterbury erwähnt?«

»Vielleicht«, keuchte James, erstaunt, dass er gerade überhaupt sprechen konnte.

»Wie du meinst«, sagte Violet und widmete sich wieder ihrer Aufgabe.

Bald – viel zu bald – spürte James, dass sich sein Körper nach Erleichterung sehnte. Mit übermenschlicher Willenskraft griff er nach unten, nahm ihr Gesicht zwischen die Hände und zog sie zu sich nach oben. Sie glitt seinen Körper hinauf und der Stoff ihres Unterkleids steigerte die Empfindungen zwischen ihnen noch weiter. Er zog ihren Kopf zu sich und küsste sie gierig, hungrig und mit aller Leidenschaft, die er in sich hatte.

Nach einer Weile ließ er von ihr ab, lehnte sich nach vorne, griff den Saum ihres Unterkleids und zog es über ihren Kopf. Violet hob die Arme, um ihm dabei zu helfen, und in diesem Moment war sie so wunderschön, dass er das Gefühl hatte, nicht mehr atmen zu können. Sie setzte sich auf ihn, und das flackernde Kerzenlicht umhüllte ihre nun entblößte weiche Haut. Dann bog sie leicht den Rücken durch und präsentierte ihm ihre Brüste wie ein Geschenk.

Ein Geschenk, das er natürlich gern entgegennahm.

Er ließ sich Zeit, während seine Lippen über ihre Haut wanderten. Sie bewegte sich auf ihm, bis er das Gefühl hatte, gleich zu explodieren, wenn er nicht sofort in ihr sein würde.

»Violet«, raunte er heiser und strich über ihren geschmeidigen Körper, umfasste ihre schlanke Taille und hob sie hoch. »Ich muss …«, setzte er an, unterbrochen von seinem eigenen Stöhnen, als Violet ihn in die Hand nahm und sich auf ihn senkte. Dieses Gefühl, feucht, warm, eng, reichte beinahe aus, um ihn kommen zu lassen – aber schließlich war er kein Grünschnabel von fünfzehn Jahren mehr. Er wusste, wie man sich Zeit ließ.

Also tat er es.

Immer wieder stieß er kräftig die Hüften nach oben, und

Violet lehnte sich nach vorn, während sie sich auf ihm bewegte, stützte die Hände neben ihm ab und warf den Kopf zurück. Er bäumte sich auf, bedeckte ihren Hals mit Küssen und genoss es, wie sie nach Luft schnappte und dann stöhnte, während sie sich enger um ihn zusammenzog.

Er senkte die Hand zwischen ihre Körper, und sein Daumen nahm einen Rhythmus auf, der sie zuerst schneller atmen, dann seufzen ließ. Violets Rhythmus geriet ins Stocken, während sie sich in ihrer Lust verlor. James packte sie, legte sie auf den Rücken und begann, sie immer heftiger zu stoßen. Er beugte sich herunter, küsste sie, und ihre Zungen trafen sich, während er weiter ihr heißes Fleisch rieb. Es dauerte nicht mehr lange, bis sie sich um ihn zusammenzog und ihr Stöhnen durch seinen Kuss gedämpft wurde. Dieses Gefühl reichte, um ihn ebenfalls zum Höhepunkt zu bringen. Hitze strömte durch seinen Körper, und er stöhnte, bevor er leise fluchend auf ihr zusammenbrach.

Lange sagte keiner etwas – James sah sich nicht imstande, auch nur zwei Wörter aneinanderzureihen. Er konnte nur daliegen und ihr Herz an seinem spüren. Vielleicht war es sogar das schönste Gefühl, das er je gespürt hatte.

Irgendwann begann sie, sich unter ihm zu bewegen, und er stützte sich auf die Ellbogen, um sie nicht mit seinem Gewicht zu erdrücken. Sie protestierte leise, die Augen immer noch geschlossen, und er nutzte die Gelegenheit, ihr Gesicht zu betrachten, das ihm so vertraut war und dennoch so lieblich, dass er es nie leid sein würde, es zu bewundern.

Er beugte sich herunter und küsste sie, zuerst nur sanft,

doch als sie bereitwillig die Lippen öffnete und mit ihrer Zunge seinen Mund eroberte, wurde sein Kuss leidenschaftlicher. Nach einer Weile ließ er sich halb lachend, halb seufzend neben sie fallen, immer noch völlig außer Atem von der körperlichen Betätigung. Er spürte ihren Arm an seinem, dann glitt ihre Hand in seine, und sie verschränkten ihre Finger ineinander.

»Das war …«, sagte sie, vervollständigte den Satz jedoch nicht. Er fragte sich, ob sie gerade auch nicht in der Lage war, richtig zu sprechen.

»Ja«, sagte er, hob ihre Hand und küsste sie.

Sie drehte sich auf die Seite, um ihn zu betrachten, und er tat es ihr gleich, Nase an Nase, ihre Beine ineinander verschlungen. Dann strich er ihr eine schweißfeuchte Strähne aus dem Gesicht. »Du bist so wunderschön«, sagte er sanft – nicht, um ihr ein Kompliment zu machen, nicht, weil sie gerade miteinander geschlafen hatten, sondern einfach, weil es die Wahrheit war. Er musste es aussprechen, konnte es in diesem Moment nicht für sich behalten.

Sie lächelte ihn an, und ihre Augen strahlten. »Warum?«, fragte sie, und er wusste, dass sie sich nicht auf seine letzten Worte bezog.

Er seufzte. »Ich habe heute meinen Vater im Park getroffen«, erzählte er und stellte mit Erstaunen fest, dass er nicht so verbittert klang wie sonst, wenn er auf den Duke zu sprechen kam.

Violet zog die Stirn kraus. »Oh?« Sonst nichts – und er war dankbar dafür. Er wusste, dass sie neugierig war, wusste, dass ihr die Frage auf den Lippen brannte, weil sie nun mal Violet war. So war sie eben. Und dennoch lag sie da und wartete geduldig.

»In der Tat«, sagte er knapp und streichelte ihre zarte Wange.

»Habt ihr irgendetwas Wichtiges besprochen?«, fragte sie gelassen, und er musste sich das Grinsen verkneifen, weil sie so große Mühe hatte, ihre Ungeduld zu verstecken.

Kurz zögerte er – sie hatten tatsächlich über etwas Wichtiges gesprochen, und dennoch hatte er das Gefühl, es hatte so wenig mit der Situation gerade zu tun, dass es unnötig war, es zu erwähnen. Er wollte nicht länger über das Gespräch mit dem Duke nachdenken, nicht, nachdem er es zugelassen hatte, dass sein Vater seine Beziehung zu Violet so sehr beeinflusst hatte. »Nicht wirklich«, erwiderte er und sagte sich selbst, dass das keine Lüge war. Es fühlte sich nicht an wie eine Lüge. Die Begegnung mit seinem Vater hatte nichts mit der Liebe zu tun, die er in diesem Moment für seine Frau empfand, und er wollte jetzt nicht die Stimmung trüben, indem er über den Duke sprach. »Aber mit ihm zu sprechen ... Mir ist bewusst geworden, dass ich ihm erlaubt habe, mein Leben zu diktieren. Ich habe ihn immer gewinnen lassen.«

»Es muss kein Wettbewerb sein«, sagte sie sanft, ihr Blick traurig.

»Ich weiß«, sagte er und berührte sanft ihre Wange. »Das weiß ich jetzt.«

»Ich habe dich vermisst«, flüsterte sie. »Ich will dich nie wieder so sehr vermissen müssen.«

»Ich habe dich auch vermisst.« Er lehnte sich nach vorn

und küsste ihre Stirn. »Ich habe es gehasst, mit dir im selben Raum zu sitzen und dennoch das Gefühl zu haben, dass wir meilenweit voneinander entfernt sind.«

»Jetzt bin ich nicht mehr meilenweit entfernt«, sagte sie, und ihr sanftes Lächeln bekam etwas Verruchtes, als sie mit ihrem weichen Fuß über sein Bein strich. Sie hatten noch einiges zu besprechen, erinnerte ihn eine leise Stimme. Er musste ihr beweisen, dass er ihr vertraute. Aber selbst die besten Vorsätze konnten durch eine verführerische, nackte Ehefrau über Bord geworfen werden.

In einer geschmeidigen Bewegung drehte er sie auf den Rücken, beugte sich über sie, stützte sich auf die Ellbogen und lächelte sie an.

»Gott sei Dank.«

Kapitel 16

Sie wussten nicht, wie viel Zeit vergangen war, als der Klang einer Uhr sie zurück in die Realität holte.

»Meine Güte!«, sagte Violet und richtete sich schlagartig auf. »Ich bin in einer halben Stunde mit meiner Mutter zum Tee verabredet!«

»Lass ihr einen Brief zukommen, und sag ihr, dass du krank bist«, sagte James und machte keinerlei Anstalten, sich zu bewegen. Er hatte die Arme hinterm Kopf verschränkt, das Laken bedeckte nur seine Hüften, und Violet nutzte die Gelegenheit, um seine Bauchmuskeln zu bewundern.

Kurz darauf schüttelte sie jedoch traurig den Kopf. »Das wird nicht funktionieren. Sie wird nur einen Aufstand machen, und dann werde ich sie nie los. Es ist besser, wenn ich zu ihr gehe.« Dann setzte sie die Füße auf den Boden. »Und du musst auch gehen. Es sei denn, du willst Price einen Schrecken einjagen. Ich weiß nicht, was dein nackter Anblick mit ihrem empfindsamen Gemüt anrichten würde.«

»Price hat gewiss kein empfindsames Gemüt«, knurrte James. »Schließlich ist sie *deine* Bedienstete.« Dennoch stand er auf und begann, seine Kleidungsstücke einzusammeln, die sich im Eifer des Gefechts im gesamten Zimmer verteilt hatten. Nachdem er Violet ein letztes Mal geküsst hatte, verschwand er durch die Verbindungstür in sein eigenes Schlafgemach.

Eine halbe Stunde später ging Violet die Treppe hinunter. Price' Bemerkung über Damen, deren Haar mitten am Tag zerzaust war, hallte noch immer in ihren Ohren wider. Sie war nicht einmal auf halber Treppe angelangt, als Wooton die Haustür öffnete und Jeremy davor stand.

»Wooton, alter Knabe«, sagte Jeremy, und seine Stimme klang durch die Eingangshalle. »Habe ich vorhin meinen Hut hier vergessen? Ich war auf dem Weg nach draußen so sehr von Lady Templetons Redeschwall abgelenkt, dass ich glaube, ich habe ihn liegen lassen. Aber vielleicht sollte ich mir einfach einen neuen kaufen und ihr die Rechnung zukommen lassen.«

»Ich glaube, Sie haben ihn tatsächlich vergessen, Mylord«, erwiderte Wooton und trat beiseite, um Jeremy hereinzulassen. »Es wäre mir eine Freude, ihn für Sie zu holen.«

»Großartig«, entgegnete James und fügte hinzu: »Ist dein Master zu Hause?«

Wooton nickte. »Ja, das ist er, Mylord. Aber ich befürchte, er ist im Moment beschäftigt.«

»Kniet wahrscheinlich immer noch vor seiner Frau, nehme ich an«, bemerkte Jeremy vergnügt, doch sein Grinsen verebbte ein wenig, als sein Blick auf Violet fiel, die nun beinahe den Fuß der Treppe erreicht hatte. »Oder vielleicht auch nicht. Violet, altes Mädchen, bitte sag mir, dass du dem armen Mistkerl vergeben hast.«

»Jeremy«, sagte Violet und versuchte, ernst zu klingen, obwohl ihr heute nur nach Lächeln zumute war. »Wie kommst du auf die Idee, dass ich ihm vergeben haben könnte?«, fragte sie neugierig – schließlich hatten Diana und sie gerade noch darüber gesprochen, dass sich Violet einen Liebhaber suchen solle, als Jeremy gegangen war.

»Nun, dass deine Mutter und sein Vater euer Kennenlernen arrangiert haben, schien ihn ziemlich erschüttert zu haben. Ich nehme an, dass der Idiot inzwischen gemerkt hat, dass er dir hätte vertrauen sollen.« Hinter Jeremy war Wooton unauffällig im Schatten verschwunden und suchte wahrscheinlich nach dem vermissten Hut – wie immer gab Jeremy nicht viel darauf, wer ihn hören könnte, ganz egal, über welches Thema er auch sprach. Violet wurde plötzlich kalt, als hätte man sie mit einem Eimer Eiswasser übergossen. Doch Jeremy merkte nicht, welche Wirkung seine Worte auf sie hatten, und fuhr unbeirrt fort.

»Ich nehme an, er hat dir erzählt, welche Rolle ich an jenem Abend gespielt habe? Natürlich schulde ich dir dafür eine Entschuldigung. Ich hätte deinen Ruf ruinieren können. Das war ziemlich schäbig von mir.«

Doch Violet hörte ihn kaum noch, ihr gesamtes Wesen konzentrierte sich nur noch auf eine einzige Tatsache: *James hatte gelogen.* Er hatte gesagt, er habe heute Morgen mit dem Duke über nichts von Bedeutung gesprochen – und er hatte gelogen.

Warum hatte sie es nicht gemerkt? Warum hatte sie einfach geglaubt, ihm sei plötzlich klar geworden, dass er ihr von Anfang an hätte vertrauen sollen?

Weil sie sich gewünscht hatte, dass es stimmte. Was wirklich stimmte: Er hatte ihr das gesagt, was sie hatte hören wollen, und sie hatte es einfach geglaubt. Aber es war eine Lüge gewesen. James hatte ihr nicht vertraut – das Einzige, was ihn in ihr Schlafgemach geführt hatte, war Jeremys Bestätigung, dass sie mit den Plänen ihrer Mutter nichts zu tun gehabt hatte.

Im Großen und Ganzen hatte sich also gar nichts verändert. James vertraute ihr noch immer nicht. Wie es aussah, war *Jeremy* derjenige, der James' Misstrauen verdient hätte, und dennoch gab es keinerlei Anzeichen dafür, dass ihre Freundschaft Schaden genommen hatte. Wut erfasste sie, und sie beschloss, dass sie jetzt keine Geduld mehr für all das hatte.

Ihr sechster Sinn, den sie nur in Bezug auf ihren Mann zu haben schien, sagte ihr, dass er in der Nähe war, und sie blickte zur Seite. Wie zur Salzsäule erstarrt und mit einem Stapel Papieren in der Hand stand er am Ende des Korridors – er hatte erwähnt, dass er sich um eine wichtige Sache bezüglich der verflixten Ställe kümmern müsse, denn selbst in postkoitaler Benommenheit schien er an nichts anderes denken zu können. Sein Blick wanderte zwischen ihr und Jeremy hin und her, bis er schließlich Violet in die Augen sah.

»Da bist du ja, Audley!«, rief Jeremy, der noch immer nicht merkte, dass die Temperatur im Haus rasant abgekühlt war. »Gerade habe ich deine liebreizende Frau gefragt, ob deine Entschuldigung erfolgreich war.«

»Jeremy«, sagte James, ohne den Blick von Violet abzuwenden, »verschwinde aus meinem Haus.« Sein Tonfall war zwar nicht wirklich wütend, doch er ließ auch keinen Spielraum für Interpretation zu.

»Aber Audley ...«

»Sofort.« James riss den Blick von Violet los, und sie sah, was er Jeremy wortlos mitteilen wollte: *Bitte. Ich flehe dich an.* Jeremy schien das ebenfalls zu verstehen, denn er murmelte Violet noch ein paar Nettigkeiten zu, sah seinen Freund noch einmal verdutzt an und verschwand dann umgehend. Wooton tauchte gerade rechtzeitig auf, um Jeremy den Hut in die Hand zu drücken und die Tür hinter ihm zu schließen. Dann verschwand er sofort wieder.

Noch nie war ein Schweigen so ohrenbetäubend gewesen.

»Violet ...«, sagte James und machte drei große Schritte auf sie zu. Sein Ton war ruhig, beruhigend, doch das ließ die Flammen des Zorns in ihr nur höherschlagen.

»Du hast mich belogen.« Sie erkannte kaum ihre eigene Stimme wieder, so kalt klang sie.

»Vielleicht habe ich ein paar Dinge nicht erwähnt«, sagte James vorsichtig und krümmte sich, denn selbst er merkte, dass er gerade nach Ausflüchten suchte. Dann sah er ihr direkt in die Augen und holte tief Luft. »Ja. Ich habe gelogen.«

»Als du mir gesagt hast, dir sei klar geworden, dass du zugelassen hast, dass dein Vater dein Leben kontrolliert hat«, sagte Violet so ruhig wie möglich, obwohl in ihrem Inneren ein Sturm tobte, »und dass du mir, deiner *Frau*, von Anfang an hättest vertrauen sollen ...« Sie hielt inne und atmete tief ein. Ihre Stimme war beim Wort »Frau« ein wenig brüchig geworden.

»Es war alles eine Lüge«, stellte sie nüchtern fest. Und es war keine Frage.

»Violet«, wiederholte er, doch diesmal rührte er sich nicht, obwohl sie ihm ansah, dass er auf sie zukommen wollte. Er schien jedoch zu merken, dass er für einen falschen Schritt einen hohen Preis bezahlen könnte. »Alles, was ich dir gesagt habe, war wahr. Ich habe die Sache mit Jeremy nicht erwähnt, weil ich nicht alles nur noch komplizierter machen wollte.«

»Oh, bloß nicht«, sagte Violet mit dünner Stimme, als wäre sie kurz davor, in Stücke zu zerbrechen. »Denn zwischen uns ist es in letzter Zeit ja so einfach gewesen.«

»Verdammt«, schimpfte er. Weder erhob er die Stimme, noch änderte er seinen Tonfall, doch in diesem einen Wort lagen so viele Emotionen, dass sie am liebsten einen Schritt zurück gemacht hätte. »Ich habe es *satt*, mich ständig mit dir zu streiten.«

»Oh, es tut mir ja so leid«, entgegnete Violet. Langsam wurde sie wirklich wütend, und sie war dankbar dafür, denn kurz hatte sie befürchtet, sie würde in Tränen ausbrechen. »Vielleicht hättest du mich dann nicht heiraten sollen. Vielleicht hättest du eine der anderen charakterlosen, einfältigen Debütantinnen heiraten sollen, die du angeblich so *schrecklich langweilig* gefunden hast.«

»Zwischen langweilig und dir liegen Meilen, Violet«, sagte er mürrisch und fuhr sich durch das Haar, wie er es zu Beginn ihrer Ehe oft getan hatte, wenn sie sich gestritten hatten. Doch sie hatten sich schon so lange nicht mehr richtig gestritten, dass sie die Geste beinahe vergessen hatte. Es fühlte sich auf seltsame Weise intim und merkwürdig an, sie wieder zu sehen, und Violet freute sich darüber, obwohl sie vor Wut kochte.

»Wie nett von dir«, antwortete sie. »Das schönste Kompliment, das ich seit Jahren bekommen habe.«

James fluchte leise und war so schnell bei der Treppe, dass Violet keine Chance hatte, zurückzuweichen. Er packte sie am Ellbogen und zog sie den Flur hinab.

»Finger weg«, schimpfte Violet und schlug nach seiner Hand, die plötzlich aus Eisen zu sein schien, so fest war sein Griff. »Ich bin doch kein Hund, den man einfach irgendwohin schleifen kann.«

Doch James ignorierte sie, zerrte sie in die Bibliothek und schlug die Tür hinter ihnen zu.

»Ich entschuldige mich«, sagte er knapp. »Aber ich dachte, es wäre klüger, Vorkehrungen zu treffen, da du schrill geworden bist.«

»*Schrill?*« Violet krümmte sich ein wenig, als sie ihre eigene Stimme hörte, und versuchte es ruhiger. »Schrill?«

»Keine Ahnung, warum mich das beunruhigt haben könnte«, erwiderte er trocken und verschränkte die Arme vor der Brust. Doch er wirkte unruhig, senkte die Arme gleich wieder und ließ den Blick durch den Raum schweifen. Violet wusste nicht, wonach er suchte, doch dann ging er zum Sideboard und schnappte sich einen Cognacschwenker. Hastig schenkte er ein Glas ein, dann ein zweites und reichte ihr eines.

Natürlich schüttete sie ihm den Inhalt des Glases direkt ins Gesicht.

Es war auf seltsame Weise befriedigend, wie er sie anstarrte, während ihm der Brandy über das Gesicht lief. Sie schritt an ihm vorbei, füllte ihr Glas neu und nahm einen lässigen Schluck, bevor sie sich wieder ihrem immer noch schweigenden Ehemann zuwandte.

James wischte sich mit dem Ärmel über das Gesicht und leerte das halbe Glas in einem Zug.

»Ich glaube, man sollte ihn genießen«, bemerkte Violet, nippte an ihrem Brandy und inspizierte ihre Fingernägel. »Zumindest hast du mir das einmal gesagt.«

»Dieser Brandy hat ein Vermögen gekostet.«

»Das ist genau der Punkt, Liebling. Ich finde, du solltest ihn nicht so herunterstürzen.« Violet wagte es, den Blick zu heben. Seine grünen Augen funkelten vor Zorn, sein Gesicht war noch immer feucht. Sie ballte die freie Hand zur Faust und widerstand dem Drang, ihr Taschentuch zu zücken, um ihm das Gesicht abzutupfen.

»Aber damit den Teppich zu durchnässen ist in Ordnung?« Er leerte den Rest seines Drinks.

Violet schnaubte. »Mach dich nicht lächerlich. Ich glaube, dein Gesicht hat alles absorbiert.«

Seufzend stellte er sein nun leeres Glas auf einem Tisch ab. »Ich schätze, ich habe es verdient.«

»Ja«, sagte Violet, schniefte und nahm einen weiteren Schluck. Während der Brandy durch ihre Adern floss, spürte sie, wie sie sich zu entspannen begann, ihre Glieder fühlten sich lockerer an, und auch ihre Wirbelsäule verlor an Steifheit. Doch ihre Wut blieb. Ihm den Drink ins Gesicht zu kippen – was sie sich im Laufe der letzten vier Jahre mehr als einmal ausgemalt hatte, wenn sie wieder schweigend am Tisch gesessen hatten – hatte ihre Rage zwar ein wenig gemildert, doch aus irgendeinem Grund fühlte sie sich jetzt noch schlechter.

»Das und noch mehr«, fügte sie hinzu und stellte das noch halb volle Glas ab. Kurz fragte sie sich, was ihre Mutter von dieser Szene halten würde. Dass ihre Tochter – die Tochter eines Earls! – nicht nur harten Alkohol trank, sondern ihn auch noch ihrem Ehemann ins Gesicht kippte. Sie machte sich eine gedankliche Notiz, diese Geschichte auszupacken, sollte ihre Mutter sie heute zu lange aufhalten – doch da sie ohnehin schon zu spät dran war, konnte sie froh sein, wenn sie überhaupt zu Wort käme, bei den Schimpftiraden, die ihr blühten.

»Ich habe mich die letzten Wochen kindisch verhalten«, sagte sie ehrlich, denn sie wollte auch in ihrem Ärger fair sein. »Ich habe alle Streiche verdient, die du mir gespielt hast, denn ich habe mich dumm verhalten. Ich war sauer auf dich und wollte dir eine Lektion erteilen. Aber ich bin es falsch angegangen. Dafür möchte ich mich entschuldigen.«

Leicht verdutzt hob James eine Augenbraue. Zwar hielt sie sich für einen fairen Menschen, aber Entschuldigungen fielen ihr nicht leicht. Und noch schwerer fiel es ihr, zuzugeben, dass sie unrecht hatte.

»Du musst dich nicht entschuldigen«, sagte er nach kurzem Schweigen. »Ich bin hier der Einzige, der sich entschuldigen muss.«

Sie sah ihm an, dass er an einer anständigen Entschuldigung arbeitete – eine Entschuldigung, die sie nur zu gern gehört hätte. Die sie würde weich werden lassen, weil James nun mal *James* war. Aber das konnte sie auf keinen Fall zulassen.

Das *würde* sie auf keinen Fall zulassen. Nicht, nachdem er behauptet hatte, er sei nun bereit, all ihre Probleme hinter sich zu lassen, nur um sie kurz darauf anzulügen. Er hatte ihr nichts von dem Gespräch mit seinem Vater im Park erzählt, er hatte noch nicht einmal erwähnt, dass Jeremy in den Plan ihrer Eltern involviert gewesen war, in welcher Form auch immer. Falls diese Erkenntnisse zu seiner Entschuldigung heute Morgen geführt hatten, dann hatte er gelogen, als er behauptet hatte, er würde ihr nun vertrauen, denn dann schenkte er den Worten anderer immer noch mehr Glauben als ihren. Es hatte vor vier Jahren schon wehgetan, und es schmerzte sie noch immer, obwohl sie gerade wütend war.

Kurzum: Nichts hatte sich verändert. Und sie würde es nicht zulassen, dass er sie jetzt mit seiner Entschuldigung schwächte.

Also ergriff sie wieder das Wort. »Ich weiß, du willst dich jetzt entschuldigen. Aber das will ich nicht.«

Er zog die Stirn kraus. Am liebsten hätte sie sie geglättet, wäre gern mit dem Daumen darübergefahren, wollte die Wärme und Festigkeit seiner Haut spüren und beobachten, wie sich seine besorgte Miene in etwas völlig anderes verwandelte. Aber sie tat es nicht.

Sie konnte ihn – diesen unendlich wertvollen Mann –

immer wieder besänftigen, doch das würde ihre Probleme nicht lösen.

Er war der Einzige, der sie noch lösen konnte.

»Ich liebe dich«, sagte sie schlicht, und ihr fiel ein Stein vom Herzen. Jetzt, da sie die Wahrheit ausgesprochen hatte, fühlte sie sich leicht. Diese drei kleinen Worte hatte sie die letzten vier Jahre jeden Tag mit sich herumgetragen, und jeden Tag waren sie schwerer geworden.

»Ich liebe dich«, wiederholte sie und fühlte sich beinahe ein wenig schwummrig. Er öffnete den Mund, wahrscheinlich, um die Worte zu erwidern, doch sie kam ihm wieder zuvor, denn das hätte ihre Entschlossenheit geschwächt. »Aber ich will gerade nicht hören, was du zu sagen hast. Ich werde jetzt meine Mutter besuchen, danach treffe ich mich mit Diana zum Abendessen, und heute Abend besuche ich mit Emily das Hauskonzert der Goodchapels. Und ich will nicht, dass du mir folgst, es sei denn, es ist dir wirklich ernst.« Sie schluckte schwer und war von den Gefühlen überrascht, die sie zu überwältigen drohten. So oft hatte sie sich gewünscht, er würde ihr vertrauen, sie lieben, ohne dass etwas zwischen ihnen stünde. So oft hatte sie sich gewünscht, er wäre ihr an diesem schrecklichen Morgen vor vier Jahren gefolgt, hätte sie nicht einfach gehen lassen, sondern darauf bestanden, so lange zu streiten, bis all ihre Probleme ausgesprochen waren und zwischen ihnen wieder alles in Ordnung war.

Und nun, da es durchaus möglich war, dass er ihr folgen würde, wies sie ihn zurück. Denn ihr wurde eines bewusst – etwas, das sie schon vor langer Zeit hätte merken müssen.

Sie wollte, dass er ihr aus den richtigen Gründen folgte. Sie wollte, dass er ihr folgte, weil er sie liebte und ihr mehr vertraute als allen anderen. Sie wollte, dass er ihr folgte, ohne dass er zweimal darüber nachdenken musste. Ohne auch nur einmal an ihren Worten zu zweifeln. Sie wollte, dass er ihr folgte, ohne dass sie ihn darum bitten musste. Ohne ihn davon überzeugen zu müssen, dass sie es wert war. Sie war nicht länger bereit, sich mit weniger zufriedenzugeben. Mit einem Mann, der zwar behauptete, sie zu lieben, ihr jedoch nicht vertraute, wenn es am meisten darauf ankam.

»Ich kann dir gar nicht sagen, wie sehr ich dich vermisst habe«, sagte sie und schluckte schwer. Er streckte die Hand nach ihr aus, ließ sie jedoch auf halber Strecke wieder sinken. Sie sah ihm an, wie viel Mühe es ihn kostete, den Arm zu senken, und sie war dankbar dafür, auch wenn sie sich überwinden konnte, ihm das zu sagen.

»Ich will, dass wir wieder eine richtige Ehe führen. Ich will, dass wir wieder zusammen sind. Ich will meine Tage und meine Nächte mit dir verbringen. Und ich glaube, das willst du auch. Aber ich will vor allem, dass du mir vertraust. Ich will eine *richtige* Ehe, und das ist nicht möglich ohne Vertrauen. Und ich glaube, das wird erst möglich sein, wenn du deinen Vater nicht mehr dein Leben bestimmen lässt. Du bist vor nicht einmal zwei Wochen vom Pferd gefallen. Ein Pferd, das du gar nicht hättest reiten sollen. Und du kannst mir nicht erzählen, dass hinter deinem Leichtsinn etwas anderes steckte als die Besessenheit, deinem Vater etwas zu beweisen.« Sie hielt inne und schluckte erneut. »Ich kenne deinen Wert bereits. Mir musst du nichts beweisen. Und meine Meinung sollte dir am wichtigsten sein, denn *ich* bin deine Frau. Also flehe ich dich an, James. Ich werde jetzt gehen. Bitte folge mir nur, wenn du das erfüllen kannst.«

Es kostete sie all ihre Kraft, sich umzudrehen und zur Tür zu gehen. Tief in ihrem Herzen wusste sie, dass sie sich wünschte, er würde ihr nachrennen und ihr den Weg versperren, sie nicht gehen lassen, bevor sie ihre Probleme nicht ein für alle Mal gelöst hatten. Ja, sie wollte nicht, dass er ihr aus den falschen Gründen folgte, und doch hoffte sie, dass er die richtigen Gründe bereits kannte und sie nicht wieder im Streit gehen ließ. Doch nachdem er keine Anstalten gemacht hatte, ihr zu folgen, war sie froh, dass sie den Raum verlassen hatte, ohne noch einmal zurückzublicken.

Kapitel 17

Nachdem Violet den Raum verlassen hatte, blieb James einfach stehen. Er wollte das nicht – all seine Instinkte schrien, er solle ihr nachrennen, sich noch einmal bei ihr entschuldigen, ihr versprechen, dass er sie nie wieder belügen würde. Verdammt, er würde sogar auf die Knie sinken, wenn es sein müsste.

Und dennoch hielt ihn etwas zurück. Sie dachte, er würde sich noch immer von seinem Vater dominieren lassen. Sie dachte noch immer, dass er ihr nicht vertrauen, sie lieben konnte, wie sie es verdiente. Er musste ihr beweisen, dass das nicht stimmte. Nur wie?

Wie konnte er ihr zeigen, was er so tief in sich spürte? Er war Engländer, kein Mann großer Worte. Wie konnte er sie dazu bringen, ihm zu vertrauen? *Auf sie beide* zu vertrauen?

Irgendwann erschien Wooton in der Tür. »Der Marquess of Willingham und Viscount Penvale, Mylord.«

Müde blickte James von seinem Sessel an der Feuerstelle auf. Für Juli war es ein ungewöhnlich kalter, grauer Tag, am Nachmittag war Nebel aufgezogen. Er saß in seinem Lieblingssessel, in der Hand ein weiteres Glas Brandy. Seine eine

Gesichtshälfte war noch immer ein wenig klebrig. Anscheinend hatte er nicht richtig mit dem Ärmel darübergewischt, nachdem ihm Violet den Drink ins Gesicht geschüttet hatte. Obwohl er in diesem Moment wütend gewesen war, musste er jetzt bei dem Gedanken daran lächeln.

»Du siehst fürchterlich aus«, sagte Jeremy ohne Umschweife, erschien hinter Wooton und schlenderte ins Zimmer.

»War nicht unbedingt mein bester Tag.« Ohne aufzustehen, deutete James auf das Sideboard und erhob sein Glas. »Bedient euch.«

»Wird schwierig werden, zu dir aufzuschließen, so wie du riechst«, bemerkte Penvale streng, nachdem er ebenfalls den Raum betreten hatte. Er klang ein wenig wie eine missbilligende Gouvernante, zu James' Belustigung. Sein Missfallen hielt ihn jedoch nicht davon ab, auf das Sideboard zuzusteuern und zwei Gläser einzuschenken. Eines davon reichte er Jeremy, der es sich bereits in einem Sessel bequem gemacht hatte, das andere behielt er selbst und lehnte sich gegen den Kaminsims.

»Wo ist deine Frau, Audley?«, fragte Penvale. Anscheinend hatte er keine Zeit für Nettigkeiten.

»Trifft sich mit ihrer Mutter zum Tee.« James nahm einen großen Schluck von seinem Brandy und rieb sich die Stirn. »Und dann diniert sie mit deiner Schwester«, fügte er an Penvale gewandt hinzu. »Und dann geht sie noch auf ein verdammtes Hauskonzert mit Lady Emily.« Er warf Jeremy einen düsteren Blick zu.

»Du denkst doch nicht darüber nach, sie zu einem dieser

Events zu begleiten«, bemerkte Jeremy ungläubig über den Rand seines Glases.

»Natürlich nicht. Aber ich habe durchaus darüber nachgedacht, sie eine Viertelstunde nach ihrer Ankunft von ihrer Mutter wegzuzerren, wieder nach Hause zu bringen und das Haus die nächsten Tage nicht mehr zu verlassen.«

»Was ist dann das Problem?«, fragte Penvale träge und schwenkte sein Glas. Doch James ließ sich von seiner Gelassenheit nicht täuschen, er wusste, dass Penvale jedem einzelnen seiner Worte Aufmerksamkeit schenkte.

Kurz dachte James darüber nach, ob er ihnen die ganze Geschichte erzählen sollte, verwarf die Idee aber schnell wieder. Das würde zu lange dauern. Außerdem wäre er vermutlich laut geworden.

»Ich muss sie davon überzeugen, dass ich ihr vertraue«, erwiderte er knapp. »Und dass ich nicht zulasse, dass mein Vater mein Leben ruiniert.«

»Dann geh zu ihm und gib ihm die verdammten Pferde zurück«, sagte Penvale nüchtern. Er klang gelassen, beinahe desinteressiert, doch James starrte ihn an.

»Was denn?«, fragte Penvale und verlagerte das Gewicht von einem Bein auf das andere. »Du bringst dich mit diesen Ställen noch um, nur um deinem Vater zu beweisen, dass du es kannst. Warum gibst du sie nicht einfach zurück? Würde das Violet nicht zeigen, dass du auf ihre Meinung Wert legst?«

Die Ställe zurückgeben.

Es war eine einfache Idee – zu einfach. Eine Idee, die er nicht so einfach ablehnen konnte, dafür fehlte ihm der

Grund – Violets Mitgift war üppig, das Erbe seiner Mutter auch. Brauchten sie wirklich ein Haus auf dem Land? Er nahm an, Violets Antwort würde Nein lauten, wenn sie dafür einen Ehemann bekäme, der nicht den Großteil seiner Tage damit zubrachte, seinem Vater etwas zu beweisen.

Die Idee war befremdlich, aber warum nicht? Er musste eine große Geste vollbringen – und zwar schnell. Er wollte keine Nacht länger ohne sie in seinem Bett verbringen.

In seinem Leben.

Er leerte den Rest seines Drinks, erhob sich und klopfte zuerst Jeremy, dann Penvale auf die Schulter. »Danke für den guten Rat, Jungs«, sagte er und ging in Richtung Tür.

»Ich habe überhaupt nichts gesagt«, rief ihm Jeremy hinterher.

»Das ist vielleicht auch besser so«, rief James über die Schulter. »Ihr findet den Weg selbst hinaus, nehme ich an?«, fragte er und blieb nur kurz im Türrahmen stehen. Ohne auf eine Antwort zu warten, betrat er den Flur und rief nach Wooton und seinem Pferd.

...

Der Duke of Dovington hatte die Gewohnheit, mehrere Abende die Woche in seinem Klub zu verbringen, wenn er in der Stadt war. Diese Routine hielt er penibel ein und erschien jeden Nachmittag zur selben Uhrzeit vor den Türen des *White's*, damit jeder, der etwas mit ihm zu besprechen hatte, wusste, wo er zu finden war. Und da er ein Duke war, gab es etliche Männer, die dieses Wissen nutzten.

Sein jüngerer Sohn jedoch war bisher keiner von ihnen gewesen.

James fand seinen Vater in der Bibliothek des *White's*, den Kopf in ein Buch von Plinius dem Älteren gesteckt. Der Duke blickte nicht auf, als er auf ihn zuging. Anscheinend war er so sehr in das Werk vertieft, dass er die sich rasch nähernden Schritte nicht wahrnahm. James, der seinen Vater noch nie zum Vergnügen hatte lesen sehen, durchschaute das Schauspiel sofort, griff dem Duke unter die Nase und schlug das Buch zu.

»Audley«, sagte der Duke steif, nachdem er aufgeblickt hatte, um nachzusehen, wer die Frechheit besaß, so etwas zu tun. »Ich hätte wissen müssen, dass du es bist.«

»Vater«, erwiderte James, doch diesmal klang seine Stimme nicht so befangen wie sonst, wenn er in Gegenwart seines Vaters war. Er hatte seine Handschuhe ausgezogen, als er das *White's* betreten hatte, doch nun hielt er sie fest mit einer Hand umklammert und schlug sich damit auf die freie Handfläche.

»Setz dich«, befahl sein Vater und deutete auf einen Sessel, wie ein König, der Audienz hielt. James war dieses Verhalten sehr vertraut, aber heute hatte er keine Geduld dafür.

»Nein, danke«, sagte er. »Es wird nicht lange dauern. Erstens, weil ich es eilig habe, und zweitens, weil ich dir ohnehin nicht viel zu sagen habe.« Der Duke blinzelte überrascht, doch James nahm von diesem kleinen Sieg kaum Notiz, so bedacht war er darauf, das loszuwerden, wofür er hergekommen war. »Ich werde mich morgen mit dem Gutsverwalter treffen. Er soll alles dafür in die Wege leiten, Audley House wieder auf dich zu überschreiben.«

Der Duke blinzelte erneut – es war offensichtlich, dass er mit allem gerechnet hätte, aber damit nicht.

»Violet und ich werden unsere Besitztümer natürlich entfernen und wieder zurück in die Curzon Street bringen«, fuhr James fort und wurde mit jedem Wort sicherer, dass er das Richtige tat. »Und dann will ich irgendwann noch mit dir über die finanziellen Vorkehrungen sprechen, die ich getroffen habe, um die Zukunft der Ställe zu sichern, falls du sie fortführen möchtest.«

»James«, protestierte der Duke. »Was geht hier vor? Die Ställe waren ein Hochzeitsgeschenk.«

»Nein«, entgegnete James leise, und obwohl er nicht die Stimme erhob, zuckte der Duke beinahe zusammen, so viel Nachdruck lag in diesem einen Wort. »Diese Ställe waren ein Trick. Eine weitere List, weil du fürchtetest, West würde dir keinen Erben schenken. Plötzlich hast du mich gebraucht. Und was wäre einfacher gewesen, um dich in mein Leben zu schleichen und mich zu kontrollieren, als mich an dich zu binden? Deshalb gebe ich sie dir zurück, Vater. Über das Geschäftliche können wir uns ein andermal unterhalten, aber wir werden es auf Augenhöhe tun. Ich erkläre mich bereit, in dieser Sache dein Geschäftspartner zu sein, aber ich bin nicht länger an deiner Großzügigkeit interessiert.« Er konnte nicht verhindern, dass das Wort *Großzügigkeit* ein wenig sarkastisch klang. »Außerdem«, fügte er hinzu – langsam begann ihm die Sache Spaß zu machen, was vor allem am verblüfften Gesichtsausdruck seines Vaters lag –, »meine Frau und ich werden uns wahrscheinlich in Kürze wieder vertragen. Nicht, dass dich das etwas anginge. Es ist mein größter Wunsch, dass diese Versöhnung irgendwann zu Kindern führt. Falls wir Glück haben. Aber ...«, James machte zwei schnelle Schritte nach vorn, stützte eine Hand auf die Armlehne seines Vaters und beugte sich tief zu ihm herab, »... falls ich auch nur einmal hören sollte, dass du meinen Sohn als deinen Erben bezeichnest, werde ich dafür sorgen, dass du ihn niemals zu Gesicht bekommst.«

Endlich war sein Vater einmal sprachlos. James lächelte, drehte sich um und verließ den Raum.

Dann ritt er wie der Teufel.

...

Es war, beschloss Violet, die schlimmste Teestunde, die sie je mit ihrer Mutter verbracht hatte – und das hatte wirklich etwas zu heißen. Kurz nach ihrer Ankunft hatte Lady Worthington angefangen, ihr die Leviten zu lesen und ihr Verhalten in der letzten Zeit zu tadeln, angefangen bei ihrem Zuspätkommen zum Tee, über ihr entsetzliches Benehmen auf dem Rocheford-Ball – »Einen Tanz zu unterbrechen! So etwas Skandalöses ist mir noch nie zu Ohren gekommen!« –, bis hin zu ihren Verfehlungen als Ehefrau – »Kein Wunder, dass er Fitzwilliam Bridewells Witwe hinterherrennt! Männer haben nun mal *Bedürfnisse*, egal, wie lästig sie auch sein mögen.« Sogar Violets vorgetäuschte Krankheit baute sie in ihre Schimpftirade ein und bewies vielleicht zum ersten Mal in ihrem Leben Scharfsinn, als sie schnaubte: »Ich bin nicht sicher, ob du nicht nur *simuliert* hast. Warum musst du immer so *dramatisch* sein?«

Obwohl Violet es gewohnt war, die Worte ihrer Mutter zu ignorieren, und eine unbeeindruckte Miene aufsetzte, während sie ihren Scone mit dicker Butter bestrich, schrie alles in ihr danach, umgehend in die Curzon Street zurückzukehren. Sich in James' Arme zu werfen. Sich von ihm nach oben tragen und aufs Bett legen zu lassen. Sich von ihm entkleiden zu lassen, bis nichts mehr zwischen ihnen war und sie seine Haut an ihrer spürte.

Sie liebte ihn – sie hatte ihn immer geliebt. Das wusste sie jetzt. Sie hatte versucht, sich einzureden, dass diese Liebe verschwunden war, dass sie niemals existiert hatte, dass zwischen ihnen lediglich Lust und jugendlicher Leichtsinn geherrscht hatten – aber das war nicht wahr. Und sie konnte sich nicht länger selbst belügen. Und ihn auch nicht. Sie liebte ihn mehr als alles andere, und ihn heute zu verlassen hatte ihr beinahe das Herz gebrochen. Wieder einmal.

Aber sie war gegangen, weil sie gewusst hatte, dass sie es tun musste. So eine Ehe konnte sie nicht länger ertragen. Ja, sie hatten auch gute Tage gehabt – heitere, schillernde, herrliche Tage, die ihr golden, endlos und gefüllt mit grenzenloser Freude erschienen waren –, aber es hatte auch andere Tage gegeben. Tage, an denen er einfach verschwunden war und sie ihn nicht hatte erreichen können. Tage, an denen sein Vater zu Besuch gekommen war und er sich dann in sein Arbeitszimmer zurückgezogen hatte, um sich über eine

Vergangenheit den Kopf zu zerbrechen, die sie nur ansatzweise kannte.

Sie wollte wieder eine richtige Ehe, aber sie konnte den Herzschmerz nicht länger ertragen. Und das musste James endlich begreifen.

Sie biss in ihr Scone und ließ ihre Mutter weiterplappern. Jedoch lauschte sie mit einem Ohr nach draußen, in der törichten, verrückten Hoffnung, James könnte ihr doch folgen, um ihr seine Liebe zu beweisen. Sie hatte ihm gesagt, dass er es nicht tun solle, erinnerte sie sich streng. Um Himmels willen, *sie hatte ihm einen Drink ins Gesicht geschüttet*. Und dennoch hoffte ein Teil von ihr, dass dieser Streit zu einem anderen Ende führen würde.

...

Logisch betrachtet wusste James, dass er von *White's* bis zu Wests Haus in Knightsbridge nicht lange gebraucht hatte, denn sein Pferd hatte sich zwischen all den Kutschen und Landauern hindurchgeschlängelt, die Londons Straßen verstopften, doch für ihn fühlte es sich nicht so an. Er war angespannt, nervös, hatte das Gefühl, gleich aus der Haut zu fahren. Jedes Mal, wenn er sein Pferd hatte zügeln müssen, hätte er am liebsten vor lauter Frust geschrien.

Auch wenn es verlockend war, seine Mission über Bord zu werfen und direkt zu Violet zu reiten, wusste James, wenn er Violet wirklich davon überzeugen wollte, dass er sich geändert hatte, dass sie ihm vertrauen konnte, musste er tatsächlich zu einem anderen Mann werden – zu dem Mann, den sie verdiente. Er musste die Probleme mit seinem Vater und seinem Bruder endlich in den Griff bekommen, damit sie nicht zu Problemen wurden, um die sich stattdessen Violet kümmern musste. Zu Problemen, die wieder zwischen ihnen stehen würden. Er war ein erwachsener Mann, und es war an der Zeit, sich auch wie einer zu verhalten.

So fand er sich im St. James's Square wieder und stand beklommen vor Wests Tür. Seit beinahe vier Jahren hatte er nicht mehr an diese Tür geklopft, und am liebsten hätte er es auch jetzt nicht getan. Und dennoch ging beinahe automatisch sein Arm nach oben, seine Hand formte sich zur Faust und er klopfte.

Er wurde von einem Diener hineingelassen und dann von einem Butler begrüßt, der sich seine Überraschung über seinen unerwarteten Besuch nicht anmerken ließ. James wurde in die Bibliothek geführt und höflich darum gebeten zu warten. Seine Lordschaft würde in Kürze bei ihm sein.

Stattdessen ging James im Zimmer auf und ab, sein Kopf war ein einziges Chaos. Er fragte sich, ob sich West wie ein Duke benehmen und ihn würde warten lassen, doch er hatte den Gedanken noch nicht richtig zu Ende gedacht, als sich die Tür schon öffnete und die Stimme seines Bruders den Raum erfüllte.

»James.«

James drehte sich um. West stand im Türrahmen, wie immer makellos herausgeputzt mit Mantel, Kniebundhosen und Halstuch, kein einziges Haar tanzte aus der Reihe. Doch James stellte fest, dass er müde wirkte. Er hatte dunkle Augenringe, und auch die Linien auf seiner Stirn wirkten tiefer als sonst. West war dreißig, doch heute sah er älter aus.

»West«, erwiderte er und stellte fest, dass ihn die Konfrontation mit seinem Bruder nervöser machte als die mit seinem Vater. Ihr Vater mochte vielleicht ein Duke sein, aber er war vor allem auch ein Mistkerl, den James nicht länger akzeptieren wollte. Aber West war anders.

»Tut mir leid, dass ich einfach so hereinplatze«, fügte James zögerlich hinzu, und Wests Gesichtsausdruck wurde ein wenig milder.

»Du bist hier jederzeit willkommen, James«, entgegnete West leise und aufrichtig. Dann machte er ein paar Schritte auf James zu. Er wirkte voll und ganz wie ein englischer Lord, entspannt und selbstbewusst in seiner gewohnten Umgebung, doch James merkte, dass er auch neugierig war.

»Ich bin gekommen, um mich zu entschuldigen«, verkündete James ohne Umschweife.

West hob eine Augenbraue. Dann ging er hinüber zum Kamin, starrte in die Flammen und stützte sich leicht auf seinen Gehstock. »Geht es um … sie?«

James wusste, dass er mit *sie* Lady Fitzwilliam meinte, deren Namen West seit sechs Jahren mit allen Mitteln zu erwähnen vermied. Wests Stimme war ruhig, und da er James den Rücken zugewandt hatte, konnte er seinen Gesichtsausdruck nicht lesen.

»Auch«, sagte er. »Aber ich glaube, es gibt noch viele andere Dinge, für die ich mich entschuldigen muss.«

Nun drehte sich West um und gab sich nicht länger die

Mühe, seine Neugierde zu verbergen. »Hattest du so etwas wie eine Erleuchtung? Eine göttliche Eingebung?«

»Sei jetzt kein Arschloch«, sagte James, ohne die Stimme zu erheben. »Ich hatte heute eine interessante Unterhaltung mit meiner Frau. Dadurch ist mir einiges bewusst geworden.«

»Ach ja?«, murmelte West.

»Ich gebe Vater Audley House zurück.«

Kurz entglitten West die Gesichtszüge, und James kostete es aus, denn das passierte so selten, dass man es umso mehr genießen musste. »Das kann unmöglich dein Ernst sein.«

»Ich meine es todernst«, erwiderte James freudig. »Ich habe Vater gesagt, dass ich ihm die Ställe und das Haus zurückgebe. Dann habe ich ihm angeboten, in Zukunft sein Geschäftspartner zu sein, aber ich will nicht mehr allein dafür verantwortlich sein.«

»Was zur Hölle hat Violet zu dir gesagt?«, fragte West halb beeindruckt, halb panisch. »Ich muss sie unbedingt bitten, mir ihre Tricks zu verraten.«

»Ha.«

»Und was hat Vater gesagt?« James glaubte nicht, dass er sich den Anflug von Ungeduld in Wests Stimme nur einbildete.

»Nicht viel«, antwortete James schulterzuckend. »Wahrscheinlich sitzt er immer noch bei *White's* in seinem Sessel und starrt auf die Stelle, wo ich gestanden habe, als ich es ihm gesagt habe. Ich bin sicher, ihm geht jetzt eine Menge durch den Kopf. Im besten Fall hält er mich für einen unfähigen Narren. Aber ehrlich gesagt, ist es mir egal. Ich weiß, was ich kann. Und es kümmert mich nicht mehr, ob Vater es auch weiß.«

»Wo werden Violet und du jetzt wohnen?«, fragte West nun ernster.

Wieder zuckte James gelassen mit den Schultern. »Wir haben immer noch das Haus in der Curzon Street. Und das habe ich von Mutters Erbe gekauft. Mal sehen, ob Violet das Landhaus vermissen wird. Falls ja, finde ich bestimmt ein Cottage für uns.«

»Du wirkst erstaunlich unbekümmert.« West verschränkte die Arme vor der Brust und lehnte sich gegen das Kaminsims.

Seufzend fuhr sich James durch das Haar. »Die Ställe sind lukrativ, aber ich habe keinen Kopf für Widerristhöhen und welches Fohlen als Zuchthengst dienen soll. Ich habe die Ställe als Geschenk angenommen, weil ich von Violet so verzaubert war, dass ich ihr die Welt zu Füßen legen wollte. Ich habe nicht gedacht, dass sie mich sonst wollen würde. Außerdem wollte ich Vater beweisen, dass ich mich um die Ställe kümmern kann. Es hat sich angefühlt wie ein Test. Ein Test, den ich Tag für Tag wiederholen musste. Ich hatte einfach keine Freude mehr daran.«

Kurz schwieg West, und James wurde bewusst, dass es das persönlichste Gespräch seit ihrer Kindheit war. Und dennoch war es nicht merkwürdig. Es fühlte sich ... richtig an.

»Du hast gesagt, du seist gekommen, um dich zu entschuldigen?« Wests Stimme war leise, doch er sah James geradewegs in die Augen, ohne zu blinzeln.

»Ich habe dir nie vertraut.« James hielt inne. Fast bereute er seine Direktheit. West zeigte jedoch keinerlei Regung. Schweigend wartete er darauf, dass James fortfuhr.

Und das tat er.

»Ich ... Als wir noch klein waren ...« Er machte eine Pause und holte tief Luft, um sich zu sammeln. »Vater hat dich immer bevorzugt, weil du der Erstgeborene bist. Sein Erbe. Mich hat er immer vernachlässigt.« West öffnete den Mund, doch James hob die Hand. »Ich weiß, dass es nicht deine Schuld war und du nicht darum gebeten hast. Aber es war nun mal so. Ich weiß jetzt, dass es für dich auch kein Vergnügen war, ständig unter Vaters Beobachtung zu stehen. Ich glaube sogar, dass ich es besser getroffen habe. Aber für einen Jungen ist das schwer zu verstehen. Seit ich denken kann, hast du immer zu Vater gehört. Ich hatte immer Angst, du würdest sofort zu ihm rennen, wenn ich dir ein Geheimnis anvertraue.«

»Du hast mir nie die Chance gegeben, dir das Gegenteil zu beweisen«, sagte sein Bruder.

»Ich weiß«, entgegnete James offen. »Ich bin nicht hier, um mit dir zu streiten. Ich bin hier, weil ich dir sagen will, dass ich gerne einen Neustart mit dir machen würde.«

»Hat Violet dir gesagt, dass du dich bei mir entschuldigen sollst?«, fragte West.

»Nein«, antwortete James und war froh, dass er ihm diese Antwort geben konnte. »Sie hat mir gesagt ... Nun ja, sie hat einiges gesagt, aber das überrascht dich wahrscheinlich nicht«, fügte er mit einem kleinen Grinsen hinzu, das West erwiderte. »Aber ich weiß jetzt, dass ich mich wie ein verdammter Idiot verhalten habe. Dass ich Menschen vertrauen muss. Und deshalb bin ich hier. Um dir zu sagen, dass ich dir vertrauen will.«

Nach seiner kurzen Rede kam sich James ein wenig komisch vor. Er war es nicht gewohnt, sich West anzuvertrauen. Um ehrlich zu sein, war er es nicht gewohnt, sich überhaupt jemandem anzuvertrauen. Selbst Jeremy und Penvale, zu denen er ein unerschütterliches Vertrauen hatte, waren noch nicht in den Genuss einer solchen Beichte gekommen. Zum allerersten Mal fragte sich James, ob er den beiden tatsächlich mehr vertraute als alle anderen oder ob es nicht vielmehr daran lag, dass sein Vertrauen in die beiden einfach bisher nicht auf die Probe gestellt worden war. Er fragte sich, was aus seiner Freundschaft mit Jeremy geworden wäre, wenn er vor vier Jahren von dessen Verwicklungen in die Pläne seines Vaters erfahren hätte. Wahrscheinlich wäre ihre Freundschaft zerbrochen, und er war dankbar, dass er nicht mehr derselbe vierundzwanzigjährige Mann – beziehungsweise Junge – wie damals war.

»Falls du jetzt erwartest, dass ich dir weinend um den Hals falle, muss ich dich leider enttäuschen. So bin ich nicht«, stellte West klar. Sein Ton war ernst, doch James konnte die Belustigung in seinen Augen erkennen.

»Ein Handschlag tut's auch«, sagte James ebenso ernst und streckte ihm die Hand entgegen. West schüttelte sie fest.

»Ich glaube, wir brauchen jetzt einen Drink«, bemerkte

West und ging in Richtung des Sideboards, von dem James wusste, dass West dort besonders edlen Brandy aufbewahrte. »Mir deine Seele zu offenbaren hat dich augenscheinlich müde gemacht.«

»Wie rührend«, erwiderte James trocken. »Aber nein, ich muss jetzt gehen.«

West hob eine Augenbraue. »So kurz nach unserer Versöhnung? Das schmerzt mich zutiefst.«

»Ich würde gern noch bleiben und mit dir plaudern«, James stellte mit Erstaunen fest, dass er es wirklich so meinte, »aber ich muss jetzt meine Frau aus den Fängen ihrer Mutter befreien.«

Kapitel 18

Violet aß ihren dritten Scone, als James erschien.

Ihre Mutter erklärte gerade lang und breit, warum Violet selbst Schuld an ihren Eheproblemen trug, als die Tür zum Salon aufflog. Erschrocken drehten sich Violet und Lady Worthington um. Sie hätten einen Diener oder Butler erwartet, doch stattdessen war es James.

Und er sah unglaublich attraktiv aus.

Sein Haar war unordentlicher denn je, als wäre er mit hoher Geschwindigkeit geritten. Er trug nicht mal ein Halstuch. Violet warf ihrer Mutter einen kurzen Blick zu, um sicherzugehen, dass sie vor Empörung nicht in Ohnmacht gefallen war. Doch nachdem sie sich vergewissert hatte, dass sie immer noch bei Bewusstsein war, wandte sie sich wieder ihrem Mann zu.

»James«, sagte sie unterkühlt und versuchte, den letzten Rest ihrer Würde zu bewahren und nicht auf seinen entblößten Hals zu starren, was ihr jedoch misslang.

»Violet«, erwiderte er. Als sie die Intensität seines Tonfalls hörte, sah sie ihm in die Augen. Der James, der nun vor ihr stand, wollte keine Spiele mehr spielen.

»Ich dachte, ich hätte dir gesagt, dass du mir nicht folgen sollst«, entgegnete sie und versuchte, ruhig zu klingen, auch wenn ihr Herz bei seinem Anblick höherschlug – es war, als hätte sie ihn heraufbeschworen. Es war jedoch keine leichte Aufgabe, die Ruhe zu bewahren, denn inzwischen war er ihr so nahe gekommen, dass sie den Kopf in den Nacken legen musste, um zu ihm aufzublicken.

»So hast du es nicht formuliert«, widersprach er, und sie war überrascht, als sich auf seinen Lippen ein Lächeln abzeichnete. »Du sagtest, ich solle dir erst folgen, wenn ich dir vertrauen könne und wieder eine richtige Ehe führen wolle. Und hier bin ich nun. Ich bin deinen Anweisungen gefolgt.«

Violet war zwischen Wut und – wie verräterisch ihr Herz doch war – Hoffnung hin- und hergerissen. »Dann hattest du also in den letzten zwei Stunden einen Sinneswandel und hast über deine Prioritäten nachgedacht?« Zufrieden stellte sie fest, dass ihre Stimme frostig klang. Doch die Hoffnung keimte weiter in ihrem Herzen, und der Teil von ihr, der sich so sehr gewünscht hatte, dass er ihr folgen würde, drohte, den Rest zu übermannen. So groß war ihre Freude, ihn wiederzusehen.

»Nein«, entgegnete er und machte einen weiteren Schritt auf sie zu. Nun war er ihr so nah, dass sie seinen Duft wahrnahm – er roch leicht nach Schweiß, nach Pferd und nach ihm selbst. Am liebsten hätte sie ihn zu sich gezogen und seine Haut geschmeckt. In dem Moment, als ihr diese unangebrachten, undamenhaften Gedanken durch den Kopf schossen, räusperte sich jemand.

»Lord James«, sagte Lady Worthington steif. »Was verschafft uns die Ehre?«

»Lady Worthington«, begrüßte James sie, riss den Blick von Violet los und verbeugte sich höflich. »Es ist schon viel zu lange her.« Sein Ton verriet, dass er genau das Gegenteil sagen wollte. »Tut mir leid, wenn ich störe, aber leider habe ich etwas von der Unterhaltung mit Ihrer Tochter aufgeschnappt, als ich gekommen bin.«

»Scheint langsam zur Gewohnheit zu werden«, bemerkte Violet zuckersüß.

Doch James ignorierte ihren Kommentar und widmete sich weiter ihrer Mutter. »Wenn mich nicht alles täuscht, haben Sie Violet über ihre Verfehlungen als Ehefrau aufgeklärt.«

»In der Tat«, sagte Lady Worthington eisig. »Und Sie sollten mir lieber dankbar sein, Sir. Irgendjemand muss sie ja zurechtweisen. Wie soll sie Ihnen sonst je einen Erben schenken?«

James wandte sich Violet zu. »Liebling, ist dir auch schon aufgefallen, dass sich unsere Eltern sehr auf deine Reproduktionsorgane konzentrieren?«, fragte er. Lady Worthington blickte so entsetzt drein, dass sich Violet auf die Lippe beißen musste, um nicht in lautes Gelächter auszubrechen.

»Lady Worthington, bitte erlauben Sie mir, eine Sache klarzustellen«, fuhr James fort. »Alles, was bisher in meiner Ehe schiefgelaufen ist, ist allein meine Schuld. Ihre Tochter ist nicht perfekt, aber für mich ist sie das. Sie hat mich zu einem besseren Menschen gemacht, der ich ohne sie nie hätte sein können. Ich hoffe nur, sie kann mir verzeihen, dass ich so lange gebraucht habe, um sie voll und ganz zu schätzen zu wissen.«

Lady Worthington starrte ihn an, doch er war noch nicht fertig. »Meine Frau und ich müssen dringend ein paar Dinge besprechen, deshalb muss ich Ihre Teestunde nun leider beenden. Aber bitte glauben Sie mir, wenn ich Ihnen sage: Keiner von uns wird jemals wieder durch diese Tür treten, wenn Sie Ihrer Tochter nicht endlich den Respekt entgegenbringen, den sie verdient hat.«

Lady Worthington hatte nicht einmal die Möglichkeit, etwas zu entgegnen, denn James umfasste Violets Taille und half ihr vom Sofa hoch. Dann verbeugte er sich noch einmal, packte Violet am Ellbogen und führte sie schnurstracks in Richtung Tür.

Violet winkte ihrer Mutter heiter zu und blieb dann noch mal stehen. Etwas von James' Wagemut war auf sie übergesprungen.

»Übrigens, Mutter«, sagte sie gelassen, »ab jetzt solltest du ein wachsameres Auge auf die *Times* werfen. Alle Leserbriefe, die mit Mr Viola unterzeichnet wurden, stammen von mir, und ich bin sicher, du wirst jedem einzelnen Wort widersprechen.« Kurz genoss sie das Entsetzen, das sich im Gesicht ihrer Mutter abzeichnete, und ließ sich dann von James aus dem Raum führen.

Draußen warf James sie förmlich in die Kutsche, bevor er selbst einstieg und die Tür hinter sich zuzog.

»Falls du meine Gunst gewinnen willst, ist das der falsche Weg«, schnaubte Violet und blies sich eine Strähne aus dem Gesicht. »Selbst Hunde behandelst du besser.«

»Würdest du bitte einmal für drei Sekunden still sein?«, fragte James in freundlichem Ton.

Violet öffnete den Mund, schloss ihn dann jedoch wieder und ließ sich zurücksinken. Umgehend lehnte sich James nach vorn und nahm mehr Raum ein, als ihm zugestanden hätte.

»Bezüglich deiner Frage vorhin«, sagte er im Plauderton, »nein, ich hatte in den letzten Stunden noch keine göttliche, weltbewegende Eingebung. Ich bin dir nur nachgegangen, um dir zu erklären, was ich bisher herausgefunden habe.«

Violet hob eine Augenbraue. »James, du hast mich heute Morgen angelogen.«

»Es war bereits Nachmittag.«

»Das ändert nichts an der Tatsache.«

»Ich weiß«, erwiderte er leise, und jede Form von Belustigung war aus seiner Stimme verschwunden. »Ich habe dich angelogen, weil ich Angst hatte, du würdest noch immer denken, ich ließe mich von meinem Vater manipulieren. Violet, mir war bereits klar, dass ich dir von Anfang an hätte vertrauen sollen. Ich wollte nicht, dass meine Gespräche mit ihm und Jeremy alles komplizierter machen.«

»Du hättest darauf vertrauen sollen, dass ich es verstehen würde«, sagte sie ebenso leise. »Es war falsch von mir, dass ich vor vier Jahren nicht direkt zu dir gekommen bin, als ich von den Plänen unserer Eltern erfahren habe. Aber«, fügte sie streng hinzu, »das war lange nicht so schlimm wie die Tatsache, dass du mir nicht geglaubt hast, als ich versucht habe, dir die Situation zu erklären.«

»Ich weiß«, versicherte er schnell. »Und es tut mir leid.«

»Aber ich verstehe, woher dieser Instinkt, nicht zu vertrauen, kommt.« Sie seufzte. »Ich muss wissen, dass du es nie wieder zulassen wirst, dass sich dein Vater zwischen uns stellt. Ich will nie wieder die Nachricht erhalten, dass du bei einem Reitunfall fast ums Leben gekommen bist, nur, um deinem Vater etwas zu beweisen. Ich will, dass du zuerst an mich denkst. An *uns*.«

»Ich habe mich heute wie ein Arschloch verhalten«, sagte er und grinste. »Nicht nur heute, wenn wir ehrlich sind.«

»In der Tat«, entgegnete sie und reckte das Kinn.

»Violet.« Nun klang seine Stimme wieder todernst. »Es tut mir leid. Ich habe nicht darauf vertraut, dass ... dass ...« Frustriert fuhr er sich durch das Haar. Jetzt waren seine Locken noch unordentlicher als zuvor. »Ich habe nicht darauf vertraut, dass du darauf vertrauen würdest, dass ich dir vertraue.«

Violet blinzelte. »Wie bitte?«

James schien seine Worte noch einmal zu überdenken und nickte dann zufrieden. »Ich glaube, ich habe es richtig formuliert.«

Violet konnte sich das Grinsen nicht verkneifen. »Es klang auf jeden Fall angemessen.«

»So kompliziert, wie wir es verdient haben?« Er grinste sie an, und ihr Herz schlug schneller.

»Daran sind wir wohl selbst schuld, nicht wahr?« Nun konnte sie nicht anders, als richtig zu lächeln.

»Weißt du«, fragte er im Plauderton, »ich bin ziemlich sicher, dass ich in den letzten vierzehn Tagen den Satz ›Sie weiß nicht, dass ich weiß, dass sie weiß, dass ich es weiß‹ geäußert habe?«

»Ich würde dich ja verspotten«, entgegnete Violet heiser, »aber ich bin ziemlich sicher, ich habe das Gleiche getan.« Dann dachte sie kurz nach. »Natürlich mit anderen Pronomen.«

»Natürlich.«

Dann saßen sie eine Weile da und grinsten sich dümmlich an, doch etwas anderes konnte Violet nicht tun, um sich davon abzuhalten, die Hand auszustrecken und sein Haar glatt zu streichen. Sie hatte das Gefühl, an einer Klippe zu stehen, Hand in Hand mit James, bereit, zu springen – aber noch hatte er ihr nicht die Flügel gezeigt, die sie zum Fliegen benötigten. Sie wollte unbedingt springen – und dennoch.

Und dennoch.

Sie zwang sich, eine Miene höflichen Interesses aufzusetzen und ihre Stimme ruhig klingen zu lassen, obwohl sie sich nicht so fühlte. »Entschuldigung. Was wolltest du sagen?«

Wie ihr Lächeln verebbte nun auch seins, aber wenn der lachende James schon gefährlich war, dann war es dieser erst recht. Wie er sie ansah, ohne zu blinzeln. In seinen Augen spiegelte sich etwas wider, das sie zwar kannte, jedoch nicht bereit war zu glauben.

»Ich habe meinem Vater heute Nachmittag einen Besuch abgestattet. Nachdem du gegangen bist«, sagte er mit fester Stimme. Violet gab sich größte Mühe, ihre Maskerade aufrechtzuerhalten und nichts preiszugeben, war jedoch unsicher, ob es ihr gelang. »Ich habe ihm gesagt, dass ich ihm Audley House zurückgeben werde.«

Was auch immer sie erwartet hatte – das war es nicht.

»*Was?*«, schrie sie fast und fiel beinahe von ihrem Sitz. James griff nach ihr, um sie zu halten, und bevor sie wusste, was sie tat, verschränkte sie ihre Finger mit seinen.

Besorgt runzelte James die Stirn. »Ich ... ich hätte nicht gedacht, dass dir das etwas ausmacht«, bemerkte er unsicher. »Wenn du willst, kaufe ich dir ein anderes Haus auf dem Land. Ohne die Ställe wird unser Einkommen geringer ausfallen, aber es wird uns trotzdem gut gehen. Ich bin sicher, wir finden etwas, das dir genauso gut gefallen wird.«

Violet legte die Hand auf seinen Mund, um ihn zum Schweigen zu bringen. Er starrte sie an und hob fragend eine Augenbraue.

»Das Haus ist mir egal«, sagte sie langsam und deutlich und beobachtete, wie sich die Linien auf seiner Stirn glätteten. »Ich will nur wissen *warum*.«

Er nahm ihre Hand von seinem Mund und küsste ihre Handfläche. Ihre Haut brannte unter seinen Lippen.

»Ich habe es aus den falschen Gründen übernommen«, gestand er leise.

»Das Haus mit den Ställen?«

Er nickte. »Ich wollte meinem Vater etwas beweisen. Ich war so wütend auf ihn. Das bin ich schon immer gewesen. Es ist anstrengend. Und es ist die Sache nicht wert.«

»Ich verstehe, warum du ihn so verabscheust«, sagte Violet und schmiegte die Wange in seine Handfläche. »Du musst ihm nicht vergeben. Das würde ich niemals von dir verlangen.«

Mit dem Daumen strich er über ihre Wange. Nur eine winzige Berührung – und dennoch bekam sie am ganzen Körper Gänsehaut. Wie war es möglich, dass man sich bei einem Menschen so wohlfühlte und er einen gleichzeitig so aus dem Konzept brachte?

»Violet«, sagte er, und sie war sicher, dass er ihren Namen noch nie in diesem Ton ausgesprochen hatte. »Ich verabscheue ihn nicht. Er ist mir mittlerweile scheißegal.« Wie er so lässig fluchte, erregte sie und sprach etwas Tiefes und Primitives in ihr an. »Ich habe ihm gesagt, dass wir gleichberechtigte Geschäftspartner sein können, ich aber nicht mehr die alleinige Verantwortung übernehmen möchte. Ich will nichts von ihm, und es ist mir egal, was er darüber denkt. Er hat mein ganzes Leben kontrolliert, selbst als ich dachte, ich wäre ihm entkommen. Selbst als ich dachte, er wäre mir inzwischen egal, habe ich zugelassen, dass er das vergiftet, was mir am wichtigsten ist.«

Im beengten Raum der Kutsche sank er auf die Knie und nahm ihre Hände in seine.

»Violet, ich liebe dich. Ich werde dich immer lieben. Ich habe mich bereits nach zwei Minuten in dich verliebt. Und ich habe nie aufgehört, dich zu lieben. Die letzten vier Jahre ...« Er hielt inne und schluckte schwer. »Es war die Hölle«, bemerkte er nach einer Weile schlicht. »Ich werde alles – wirklich alles – dafür tun, damit du mir glaubst, dass ich dir vertraue. Und damit du mir auch wieder aus tiefstem Herzen vertrauen kannst. Unsere Ehe ist ...« Eine weitere

Pause. Diese zerstückelte, unbeholfene Rede bedeutete ihr mehr, als es der schönste Monolog je könnte. »Nichts ist mir wichtiger, als unsere Ehe in Ordnung zu bringen. Die letzten zwei Wochen waren die schönsten in den letzten vier Jahren.«

»Wirklich?«, fragte Violet. Irgendwie hatte sie es geschafft, ein Wort hervorzubringen, auch wenn ihre Stimme rauer klang als gewöhnlich. »Ich dachte, du hättest mich in den letzten zwei Wochen am liebsten erwürgt.«

»Das hätte ich auch am liebsten getan«, bestätigte er umgehend und brachte sie zum Lachen. »Aber lieber streite ich mich jeden Tag mit dir, statt mein Leben still mit einer anderen zu verbringen.«

Violet war sich nicht sicher, ob sich eine andere Frau mit dieser Art romantischer Liebesbekundung zufriedengegeben hätte – aber für sie war sie perfekt.

»Oh, James«, flüsterte sie und küsste sanft seine Stirn.

»Ich sollte dir danken«, fuhr er nun hastiger fort, als hätte er Angst, das, was er sagen wollte, könne verschwinden, wenn er es nicht schnell genug aussprach. »Durch dich ist mir bewusst geworden, wie viel Angst ich all die Jahre lang hatte.«

»Angst?«, fragte Violet unsicher, ihr Hals wie zugeschnürt.

»Ich hatte Angst vor anderen Menschen. Angst, dass ich keinem von ihnen vertrauen könnte. Angst, dass selbst du – du, die mir gesagt hat, dass sie mich liebt – lügen könntest. Oder dass ich dich verlieren könnte.«

»Und an jenem Tag«, sagte sie leise, »an dem Tag, an

dem du das Gespräch zwischen deinem Vater und mir gehört hast ... Als wir darüber gesprochen haben, was er und meine Mutter getan haben ...«

»Ich hätte niemals voreilige Schlüsse ziehen sollen«, sagte James rasch. »Dafür gibt es keine Entschuldigung. Überhaupt keine. Ich kann nur sagen, dass es alles bestätigt hatte, was ich bis dahin über das Leben gelernt hatte. Dass wenn ich etwas liebte, es nicht halten würde. Du hast mir keinen Grund gegeben, dir zu misstrauen, und dennoch bin ich sofort vom Schlimmsten ausgegangen. Du warst zu gut, um wahr zu sein. Das hat meine Vermutung bestätigt.«

»Ich hasse deinen Vater«, bemerkte Violet mit leiser Intensität. Irgendetwas musste in ihrer Stimme gewesen sein, das nie zuvor da gewesen war, denn James wich leicht zurück und blickte überrascht drein. »Ich hasse, was er mit dir gemacht hat. Und mit West«, fügte sie hinzu, denn sie glaubte nicht, dass es James' älterer Bruder einfacher gehabt hatte.

»Bevor ich dir gefolgt bin, habe ich West besucht«, erklärte James.

»Meine Güte. Hast du heute ganz London einen Besuch abgestattet?«, fragte sie neckend und war froh, als er ein wenig grinste.

»Nein, nur allen mit dem Nachnamen Audley«, entgegnete er und drückte vorsichtig ihre Hand. »Manche Familien trinken zusammen Tee, aber bei den Audleys wird diskutiert.«

»Bitte sag mir nicht, dass du dich wieder mit West gestritten hast«, flehte Violet. Das Zerwürfnis zwischen James und seinem Bruder hielt schon viel zu lange an, und sie war der Meinung, dass es dafür nicht einmal einen richtigen Grund gab. Ja, sie hatten in der Vergangenheit häufig gestritten, aber nicht mehr als andere Brüder auch. Und lange nicht so heftig wie sie und James in ihrem ersten Ehejahr.

»Nein, nichts dergleichen«, versicherte James ihr. »Ich hatte mit ihm ein ähnliches Gespräch wie jetzt mit dir.« Er grinste verrucht, und ihr wurde auf eine Weise warm, wie es nur James auszulösen vermochte. »Natürlich ohne die Liebesbekundungen.«

»Das hoffe ich doch«, schnaubte sie, und er lachte laut. Eine Melodie, die süßer in ihren Ohren klang als jede Musik, die sie je gehört hatte. Seinem Lachen hätte sie ewig lauschen können.

»Violet, bitte sag mir, was ich tun muss, um dich zurückzugewinnen«, bat er. Sein Lachen war so schnell verschwunden, wie es gekommen war, und wurde durch Verzweiflung ersetzt. Er ließ ihre Hände los, nahm ihr Gesicht zwischen die Hände und legte die Stirn an ihre. Ihre ganze Welt bestand nur noch aus dem Grün seiner Augen.

»Ich war ein Narr. Ich habe dich nicht verdient. Aber ich will das ändern. Wirklich, ich würde alles dafür geben, dass du mir wieder vertraust.« Seine Stimme wurde brüchig, doch er fuhr dennoch fort. »Ich liebe dich so sehr. Ich will unsere Kinder mit der Liebe großziehen, die West und ich niemals hatten. Ich will sie blamieren, wenn sie älter sind, und will ihre Mutter immer wieder für skandalöse Umarmungen in dunkle Ecken ziehen. Ich will alles, von dem ich dachte, ich könnte es nicht haben – und du bist die Einzige, mit der ich es will. Bitte, *bitte* sag mir, was ich tun muss.«

Erst jetzt wurde Violet bewusst, dass sie weinte. James lehnte sich zu ihr, um eine ihrer Tränen zu schmecken und sie mit seiner Zunge daran zu hindern, über ihre Wange zu kullern.

»Du musst überhaupt nichts tun«, flüsterte sie und versuchte, ruhig und stark zu klingen, obwohl sie das Gefühl hatte, gleich in eine Million Stücke zu zerbersten. Pure Freude und der Drang, zu weinen, fochten in ihrem Inneren einen Kampf aus. »Du bist mir gefolgt. Du hast mich nicht wieder gehen lassen. Du hast für uns gekämpft. Uns *vertraut*.«

»Ich werde dich nie wieder gehen lassen«, versprach er, und selbst durch die Tränen sah sie die Intensität seines Blicks und erkannte die Wahrheit in seinen Augen. »Ich will der Mann sein, der dich verdient hat, denn du verdienst alles.«

»Wir verdienen einander«, erwiderte sie und küsste ihn sanft. Innerhalb nur eines Herzschlags wurde der Kuss leidenschaftlicher. Er legte den Kopf leicht schief und fuhr mit der Zunge über ihre Lippen, bis sie ihm Einlass gewährte und den Mund öffnete.

Mit einem Geräusch, das halb wie ein Lachen, halb wie ein Seufzen klang, beendete er den Kuss, jedoch ohne die Hände von ihren Wangen zu nehmen. »Ich will dir so vieles versprechen. Alles«, raunte er, sein Atem ging unregelmäßig. »Diesmal muss es anders werden.«

»Das wird es auch«, sagte sie und verspürte eine Gewissheit, von der sie nicht gedacht hätte, dass sie sie noch einmal empfinden würde. »Wir verstehen einander jetzt.«

»Du hast mir geholfen, mich selbst zu verstehen.« Wieder küsste er sie sanft. »Ich verspreche dir, dass ich nie wieder jemandem mehr Glauben schenken werde als dir.«

»Und ich verspreche dir, dass ich dich nie einem Streit Reißaus nehmen lasse«, entgegnete sie und küsste seinen entblößten Hals.

»Ich verspreche dir, dass ich nie wieder davonlaufen werde.« Langsam strich er über ihre Wange und ließ die Hand über ihren Hals und weiter nach unten gleiten. Sanft umfasste er ihre Brust und rieb mit dem Daumen über die Spitze. Dann hielt er nachdenklich inne. »Und ich verspreche dir, dass ich es dir nächstes Mal sagen werde, falls ich wieder einen Reitunfall haben sollte.«

Violet schnaubte. »Warum versprichst du mir nicht lieber, dass du nie wieder einen Reitunfall haben wirst?«

James grinste. »In Ordnung.«

»Ich verspreche dir, dass ich nie wieder so tun werde, als würde ich sterben, nur um mich an dir zu rächen«, fuhr Violet fort, lehnte sich nach vorn und begann, sein Hemd aufzuknöpfen.

»Ich verspreche dir, dass ich nicht mehr so tun werde, als würdest du tatsächlich sterben, und dich tagelang ans Bett fessele.« Sein Daumen behielt seinen sanften Druck bei, und er stahl sich noch einen Kuss.

»Ich verspreche dir, nie wieder zu husten, um deine Aufmerksamkeit zu erregen.« Sie hatte den Kragen seines

Hemds so weit aufgeknöpft, dass sie nun ihre Lippen über seinen Hals wandern lassen konnte.

»Ich verspreche dir, nie wieder mit einer anderen Dame zu flirten, um mich für deine Rache zu rächen.« Er ließ von ihrer Brust ab und begann mit viel Geschick, die Knöpfe ihres Kleids zu öffnen.

»Ich verspreche dir, dass ich dich unterstützen werde, ganz egal, wofür du dich bezüglich deines Vaters entscheiden wirst. Und West auch.« Sie zog den Kopf zurück, ihr Tonfall klang nun nicht mehr ganz so unbekümmert. Doch sein Blick war alles, was sie brauchte – die Dankbarkeit, die Liebe.

»Ich verspreche dir, dass wir beim Frühstück nie wieder schweigend nebeneinandersitzen werden«, sagte er leise. Was er damit sagen wollte, war glasklar. Nie wieder würden sie es zulassen, dass ihre Ängste und Unsicherheiten zwischen ihnen standen.

»Ich verspreche dir, dass ich nie wieder mit der Kutsche abhauen werde«, fuhr sie nun in beschwingterem Ton fort. »Oder zumindest nicht, um zu meiner Mutter zu fahren.« Frech grinsend ließ sie die Hände unter sein Hemd gleiten und fühlte die Wärme seiner Haut.

»Ich verspreche dir, dir jedes Mal zu folgen«, raunte er, und seine Augen funkelten verrucht, als er den letzten Knopf ihres Kleids öffnete und es über ihre Schultern streifte. »Und ich verspreche dir, dass ich dich in der besagten Kutsche verführen werde, sobald ich dich eingefangen habe.« Er beugte sich herab und drückte seinen heißen

Mund auf die Stelle, wo das Unterkleid Violets nackte Haut berührte, und sie bekam am ganzen Körper Gänsehaut.

»Und ich verspreche dir, dass ich es voll und ganz genießen werde«, flüsterte sie.

Und während sie weiter durch die Straßen Londons zurück zur Curzon Street holperten, löste sie dieses Versprechen umgehend ein.

Danksagung

Dieses Buch zu veröffentlichen ist die Erfüllung eines Lebenstraums, und dafür bin ich vielen Menschen unendlich dankbar, darunter:

Taylor Haggerty, weltbester Agent, der immer an dieses Projekt geglaubt hat und dessen Leidenschaft und positive Einstellung mir mehr bedeuten, als ich sagen kann.

Kaitlin Olson, Ausnahmelektorin, die durch und durch brillant ist und mir geholfen hat, herauszufinden, was ich wirklich erzählen möchte.

Dem ganzen Atria-Team, das so hart daran gearbeitet hat, dieses Buch zum Leben zu erwecken, einschließlich Megan Rudloff, Isabel DaSilva und Sherry Wasserman.

Karin Michel und allen aktuellen und ehemaligen Mitarbeitern der Chapel Hill Public Library.

Meinen Lehrern und Professorinnen, die mich im Laufe der Jahre sowohl zum kreativen als auch zum wissenschaftlichen Schreiben motiviert haben.

Meinen Freunden – in Florida, von der UNC und SILS und darüber hinaus, vor allem Lisa Duckrow und Alice »BriHo« Hayward für ein halbes Leben voll von ... allem. Ich danke CAMEL dafür, dass sie mit mir aufgewachsen ist, und Beatrice Allen, Kerry Anne Harris und Allie Massey Jackson für ihre Unterstützung in meinem Leben als Autorin.

Den Shaws, die mir weit weg von daheim ein Zuhause gegeben haben.

Meiner Familie – Mom, Dad, Alice, Nan und den Bests von Madison, Georgia –, die mir nie gesagt hat, dass mein Traum zu groß sei. Vor allem Mom und Dad: Danke, dass ihr mich in einem Zuhause voller Bücher großgezogen und mir beigebracht habt, wie wertvoll Geschichten sind.

Und schließlich allen Freunden, die sich seit zehn Jahren anhören müssen, dass Schwindsucht die romantischste Art zu sterben ist. Es tut mir leid. Ich weiß, dass das nicht stimmt. Versprochen.

Die wahre Geschichte der Gouvernante von Queen Elizabeth II.

England, 1933: Im Alter von 22 Jahren wird Marion Crawford die Lehrerin von Prinzessin Elisabeth und ihrer Schwester Margaret. Als Marion ihre Stelle im englischen Königshaus antritt, ist sie schockiert. Das Leben im Schloss hat nichts mit der Realität zu tun. Vor allem Lilibet, die zukünftige Königin, wächst Marion ans Herz. Als überzeugte Sozialistin macht Marion es sich zur Aufgabe, Lilibet das echte Leben zu zeigen. Sie fährt mit ihr Metro und Bus, geht in öffentliche Schwimmbäder und macht Weihnachtseinkäufe bei Woolworth's. Ihr Einfluss auf die zukünftige Queen ist gewaltig. Doch Marion ahnt nicht, wie sehr sich auch ihr eigenes Leben durch die Royals verändern wird.

Wendy Holden
Teatime mit Lilibet
Roman

Aus dem Englischen von Elfriede Peschel
Taschenbuch
Auch als E-Book erhältlich
www.ullstein.de

ullstein

Einer der bedeutendsten deutschen Verlage und seine heimlichen Heldinnen

Berlin in den goldenen 20ern: Auf einem Bankett lernt die schillernde Rosalie Gräfenberg den Generaldirektor des Ullsteinverlags Franz Ullstein kennen. Die junge Frau ist geschieden, erfolgreiche Journalistin und die beste Freundin von Verlagsredakteurin und Autorin Vicki Baum. Um Franz Ullstein ist es sofort geschehen. Er verliebt sich in Rosalie und macht ihr kurz darauf einen Antrag. Doch seinen vier Brüdern ist sie ein Dorn im Auge, zu unangepasst ist ihnen die junge Frau. Durch eine Intrige versuchen sie, Rosalie von Franz zu trennen. Aber Vicki Baum und ihr aufgewecktes Tippfräulein Lilli lassen nicht zu, dass nur die Männer die Regeln diktieren und Rosalies Ruf ruinieren. Ab jetzt entscheiden die Frauen selbst, was Erfolg ist und wie jede von ihnen ihr Glück finden wird.

Beate Rygiert
Die Ullsteinfrauen und das Haus der Bücher
Roman

Klappenbroschur
Auch als E-Book erhältlich
www.ullstein.de

Willkommen in Moonflower Bay – Eine Stadt zum Verlieben!

Als Eve Abbott nach zehn Jahren in Moonflower Bay eintrifft, ist es eine unfreiwillige Rückkehr. Die Stadt, in der sie einst jeden Sommer verbrachte, ist für sie mit traurigen Erinnerungen verbunden. Doch nun hat sie von ihrer Großtante das Mermaid Inn geerbt und muss sich mit Renovierungsarbeiten und neugierigen Nachbarn herumschlagen. Und dann stellt sie auch noch fest, dass der Grund für ihre einstige Abkehr von Moonflower Bay und ihr gebrochenes Herz, noch immer in der Stadt lebt …

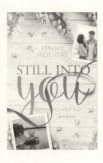

Jenny Holiday
Still into you

Aus dem Amerikanischen von Milena Schilasky
Klappenbroschur
Auch als E-Book erhältlich
www.ullstein.de

ullstein